«PAVILLONS»

Collection dirigée par Maggie Doyle

DU MÊME AUTEUR

chez le même éditeur

La Vie avant l'homme, 1981 ; « Pavillons Poche », 2012
La Servante écarlate, 1987 ; « Pavillons Poche »,
nouvelle édition, 2015
Œil-de-chat, 1990 ; « Pavillons Poche »,
nouvelle édition, 2017
La Voleuse d'hommes, 1994
Mort en lisière, 1996 ; « Pavillons Poche », 2009
Captive, 1998
Le Tueur aveugle, 2002
Le Dernier Homme, 2005
Faire surface, « Pavillons Poche », 2007
La Femme comestible, « Pavillons Poche », 2008
Le Fiasco du labrador, 2009
Le Temps du déluge, 2012
MaddAddam, 2014

MARGARET ATWOOD

C'EST LE CŒUR QUI LÂCHE EN DERNIER

roman

Traduit de l'anglais (Canada)
par Michèle Albaret-Maatsch

Robert Laffont

Titre original : THE HEART GOES LAST

ISBN 978-2-221-19209-2
(édition originale : ISBN 978-1-4088-6778-5, Bloomsbury Publishing, Londres)

Dépôt légal : août 2017

Pour Marian Engel (1933-1985),
Angela Carter (1940-1992),
Et Judy Merril (1923-1997).

Et pour Graeme, comme toujours.

« ... avec un art admirable, il sculpta une belle statue d'ivoire pur [...]. Elle ressemblait en tout point à une vraie jeune fille, prête à s'élancer, mais pleine de retenue pudique ; tant l'art se dissimule à force d'art [...] ; il lui donne des baisers, se convainc qu'elle les lui rend ; lui parle, l'étreint... »

Ovide, « Pygmalion et Galatée »,
Livre X, *Métamorphoses*

« Au bout du compte, ces trucs ne vont pas. Ils sont d'un matériau caoutchouteux dont la texture n'a absolument rien à voir avec celle du corps humain. On essaie de compenser ce défaut en vous conseillant de les tremper dans de l'eau tiède, puis d'utiliser des tonnes de lubrifiant... »

Adam Frucci, « I Had Sex With Furniture »,
Gizmodo, 17/10/09

« Les amoureux et les fous ont des cerveaux bouillants,
Se forgent des images et sont prompts à saisir
Plus que froide raison ne peut jamais comprendre. »

William Shakespeare,
Le Songe d'une nuit d'été, acte V, scène 1

I | OÙ ?

SERRÉS

Dans la Honda, ils sont serrés pour dormir. Déjà que c'était pas un palace à la base, vu qu'ils l'ont achetée d'occasion... Si c'était un van, ils auraient davantage de place, mais tu parles qu'ils auraient pu s'en payer un, même à l'époque où ils pensaient avoir de l'argent. Stan dit qu'ils ont déjà de la veine d'avoir cette caisse, ce qui est vrai, n'empêche, ce n'est pas pour ça qu'ils sont un tant soit peu plus à l'aise.

Charmaine estime que Stan devrait dormir à l'arrière parce qu'il a besoin de plus de place – ce ne serait que justice, il est plus grand –, or il doit être devant pour lever le camp rapidement en cas d'urgence. Il ne fait pas confiance aux réactions de Charmaine dans ces circonstances : d'après lui, elle serait trop occupée à hurler pour conduire. Charmaine peut donc profiter de l'espace plus spacieux derrière, même si elle aussi est obligée de se recroqueviller comme un escargot, parce qu'elle ne peut pas vraiment étendre les jambes.

En général, ils gardent les vitres fermées à cause des moustiques, des gangs et des vandales isolés. Ceux-là, normalement, ils n'ont ni armes à feu ni armes blanches – s'ils ont ce genre de gadgets, vous avez intérêt à dégager en quatrième vitesse –, mais il y a des chances qu'ils soient complètement cinglés, or un cinglé muni d'une barre de fer, d'un caillou ou même d'une chaussure à talon pointu peut causer de sérieux dégâts. S'ils vous prennent pour un démon, un mort vivant ou une pute vampire, vous pouvez faire les pieds au mur pour les ramener à la raison, ils n'en démordront pas. Le mieux avec les cinglés, disait toujours mémé Win – le seul truc, en réalité –, c'est de ne pas se trouver sur leur chemin.

Avec les fenêtres quasiment fermées, à part un petit rien en haut, l'air est étouffant et saturé de leurs odeurs corporelles. Ils n'ont pas beaucoup d'endroits où se doucher ou laver leurs vêtements, et ça rend Stan irritable. Ça rend Charmaine irritable aussi, mais elle fait de son mieux pour refouler ce sentiment et s'attacher au bon côté des choses, parce qu'à quoi bon se plaindre ?

À quoi bon quoi que ce soit ? se dit-elle souvent. Et à quoi bon penser *à quoi bon ?* À la place, elle dit : « Chéri, allez, souris ! »

« Pourquoi ? répond parfois Stan. Donne-moi une bonne raison de sourire, bordel. » Ou bien encore : « Chérie, allez, ferme-la ! » en imitant son ton de voix léger et optimiste, ce qui est vache de sa part. Des fois, il a un côté vache quand il est en pétard, mais au fond il est gentil. La plupart des gens sont gentils au fond, s'ils ont la possibilité d'exprimer leur gentillesse : ça, Charmaine a bien l'intention de continuer à y croire. Une douche aide à faire ressortir la gentillesse d'une personne, parce que, comme disait mémé Win : « La propreté, c'est la voie vers la pureté de l'âme et la pureté de l'âme, c'est la gentillesse. »

C'était un des trucs qu'elle aimait répéter, comme : « Ta mère ne s'est pas suicidée, ce ne sont que des ragots. Quant à ton papa, il a fait de son mieux, mais il s'est coltiné un paquet de problèmes et, à la fin, il a craqué. Tu devrais vraiment essayer d'oublier tout ça, un homme qui a trop bu n'est pas responsable. » Puis elle ajoutait : « Viens, on va faire du pop-corn ! »

Et elles faisaient du pop-corn, et mémé disait : « Ne regarde pas par la fenêtre, mon chou, tu ne veux pas voir ce qu'ils fabriquent là-bas dehors. C'est pas joli. Ils hurlent parce que ça leur fait plaisir. Ils laissent parler leur vraie nature. Assieds-toi à côté de moi. Tout s'est arrangé au mieux, regarde, tu es ici, on est heureuses et en sécurité à présent ! »

Notez, ça n'a pas duré. Le bonheur. La sécurité. Le présent.

OÙ ?

Stan se tortille sur le siège avant pour essayer d'être un peu plus à l'aise. Ça risque pas d'arriver, bordel. Que peut-il faire ? Où se tourner ? Il n'y a pas d'endroit sûr, pas de mode d'emploi. C'est comme si un vent mauvais et insouciant le faisait tourner en rond inlassablement, sans but. Sans issue.

Il se sent tellement seul et, parfois, la présence de Charmaine à ses côtés lui donne l'impression d'être encore plus seul. Il a trahi ses engagements envers elle.

D'accord, il a un frère, mais ce serait la solution de dernier recours. Conor et lui ont suivi des chemins différents, pour rester poli. Une bagarre d'ivrognes en pleine nuit avec libre échange de *pauvre con*, *crétin* et *abruti* serait une version moins polie, c'était d'ailleurs celle qu'avait choisie Conor lors de leur dernière rencontre. Par souci d'exactitude, ajoutons que ça avait également été celle de Stan, même s'il n'avait jamais été aussi ordurier que Conor.

De l'avis de Stan – à l'époque –, Conor était un quasi-voyou. Mais, de l'avis de Conor, Stan était dupe du système, un lèche-cul, un bouffon et un lâche. Une couille molle.

Où est-il aujourd'hui, cette anguille de Conor, que fabrique-t-il ? Lui, au moins, il n'aura pas perdu son boulot dans la formidable débâcle financière et commerciale qui a transformé cette partie du pays en un vrai tas de ferraille : on ne peut pas perdre son boulot si on n'en a pas. Contrairement à Stan, il n'a pas été viré, chassé, condamné à une vie d'errances affolées, les yeux pleins de poussière et les dessous de bras puants. Depuis tout petit, Conor a toujours vécu de ce qu'il pouvait piquer et barboter. Stan n'a pas oublié le couteau suisse pour lequel il avait tellement économisé, ni son Transformer, ni son pistolet Nerf avec ses balles en mousse : tous ont disparu comme par magie, pendant que la tête du petit frère de Stan arrêtait pas de faire nan nan nan, mais nan voyons, qui, moi ?

Stan se réveille dans la nuit et se croit un moment à la maison, au lit, ou du moins dans un lit quelque part. Il tend la main vers Charmaine, or elle n'est pas à côté de lui et il se retrouve enfermé dans la voiture qui pue, taraudé par l'envie de pisser mais effrayé à l'idée d'ouvrir la portière car des braillements se rapprochent, des pas écrasent les gravillons, martèlent l'asphalte. Qui sait si un poing ne va pas s'abattre sur le toit de la bagnole et une bobine souriante, balafrée et bien édentée apparaître derrière le carreau ? *Oh, regardez-moi ce qu'on a là ! Oh, la chouquette ! Allez, on se pète cette caisse ! File-moi le pied-de-biche !*

Puis le petit murmure terrifié de Charmaine : *Stan ! Stan ! Il faut qu'on parte ! Il faut qu'on parte tout de suite !* Comme s'il n'était pas fichu de s'en rendre compte tout seul. Il ne retire jamais la clé de contact. Le moteur s'emballe, les pneus crissent, hurlent, huent, le cœur cogne à tout rompre et ensuite, quoi ? Du pareil au même ailleurs, sur un autre parking ou une petite rue latérale. Ce serait bien s'il avait une mitraillette : avec n'importe quoi de moins grand, on serait loin du compte. Pour l'heure, sa seule arme, c'est la fuite.

Il a l'impression d'être poursuivi par la poisse, comme si la poisse était un chien errant à sa remorque, qui le suivait à la trace et l'attendait au tournant. Et l'observait du fond des fourrés pour lui régler son compte avec son œil jaune diabolique. Peut-être que ce qu'il lui faut, c'est une sorcière, un super bon vaudou. Plus deux cents dollars pour qu'ils puissent s'offrir une nuit dans un motel, avec Charmaine à côté de lui, pas inaccessible sur la banquette arrière. C'est le strict minimum : rêver de plus, ce serait pousser le bouchon un peu trop loin.

La commisération de Charmaine ne fait qu'aggraver les choses. Les efforts qu'elle déploie !

« Ce n'est pas parce qu'on a perdu la maison, qu'on dort dans la voiture et que tu as été... (elle ne veut pas dire licencié) que tu es un nul. Au moins tu ne lâches pas prise, tu cherches un boulot. Ces trucs comme la maison et... et... c'est des trucs qui arrivent à des tas de gens. À la plupart des gens. »

Ce à quoi Stan répond toujours :

« Mais pas à tout le monde. Pas à tout le monde, bordel. »

Pas aux riches.

Ils avaient tellement bien démarré. À l'époque, ils avaient tous les deux un boulot. Charmaine s'occupait des événements pour la chaîne de maisons de retraite médicalisées Les Souliers Rouges – ses supérieurs estimaient qu'elle avait un vrai don avec les personnes âgées – et gravissait les échelons. Lui se débrouillait bien aussi : responsable contrôle qualité débutant chez Robotique Exquise, il testait le module Empathie des modèles automatisés évaluant la satisfaction de la clientèle. Les gens ne voulaient pas seulement faire des courses, expliquait-il à Charmaine : ils voulaient le grand jeu, ce qui incluait un sourire. Or sourire était difficile : ça pouvait se transformer en grimaces, en rictus lubriques... Mais si tu affichais le sourire idoine, les clients te lâchaient un petit extra. Incroyable, en y repensant, comment on ne mégotait pas sur les extras en ce temps-là.

Ils avaient fait un petit mariage – rien que des amis, étant donné qu'il ne leur restait pas beaucoup de famille, leurs parents respectifs étant morts d'une manière ou d'une autre. Charmaine avait décrété que, de toute façon, elle n'aurait pas invité les siens, mais n'était pas davantage entrée dans les détails parce qu'elle n'aimait pas parler d'eux ; en revanche, elle regrettait que mémé Win ne soit plus là. Quant à Conor, qui savait où il était ? Stan ne l'avait pas cherché, car s'il s'était pointé il aurait probablement essayé de peloter Charmaine ou concocté autre chose pour se rendre intéressant.

Après, ils avaient passé leur lune de miel en Géorgie au bord de la mer. Ça avait été un moment fort. Sur les photos, ils sont tous les deux bronzés et souriants, enveloppés de soleil comme d'une brume, ils lèvent leur verre de – de quoi ? Sans doute un cocktail tropical chargé en sirop de citron vert –, ils lèvent leur verre à leur vie nouvelle. Charmaine porte un haut bain de soleil rétro à fleurs, une jupe paréo, elle a une corolle d'hibiscus coincée derrière l'oreille et ses cheveux blonds, ébouriffés par la brise, brillent ; lui a une chemise verte ornée de pingouins, que Charmaine lui a choisie, et un panama ; enfin, pas un vrai, mais un truc dans cet esprit. Ils ont l'air tellement jeunes, tellement innocents. Tellement impatients de vivre leur avenir.

Stan a envoyé une de ces photos à Conor pour lui montrer qu'il y avait enfin une femme qu'il ne pourrait pas lui piquer ; et aussi pour qu'il voie la réussite qu'il serait en droit d'espérer s'il se rangeait, s'il revenait vers le droit chemin, s'il arrêtait de se taper ses petites peines de prison, de jouer les marginaux. Non que Conor ne soit pas malin : il l'est trop. Toujours à essayer de jouer au plus fin.

Conor a envoyé un message en retour : « Joli cul, jolies loches, cher grand frère. Elle cuisine ? Par contre, les pingouins ont l'air con. » Classique : il fallait toujours que Conor ricane, qu'il te dénigre. C'était avant qu'il coupe les ponts, qu'il flanque les mails de Stan à la corbeille, qu'il refuse de donner son adresse.

De retour dans le Nord, ils ont fait un premier versement sur une maison, un logement de deux chambres à coucher qui avait besoin d'un peu d'amour, mais qui était bien pour un début et suffisamment grand pour une famille désireuse de s'agrandir, comme l'avait affirmé l'agent immobilier avec un clin d'œil. Son prix paraissait abordable, pourtant, avec le recul, c'était une erreur – il y avait les rénovations et les réparations, soit des frais supplémentaires venant s'ajouter au remboursement de leur emprunt. Ils se sont dit qu'ils pourraient y arriver : ils n'étaient pas très dépensiers, ils se démenaient au boulot. C'est se démener au boulot qui te fiche en l'air. Stan s'était tué à la tâche. Il aurait mieux fait de pas s'embêter, vu qu'il se retrouve avec que dalle. Quand il repense au travail abattu, il est sur le cul.

Puis tout est parti en eau de boudin. Du jour au lendemain, ou presque. Et pas seulement dans sa vie à lui : tout le château de cartes, tout le système a volé en éclats, des billions de dollars se sont évaporés, comme du brouillard derrière une fenêtre. Des hordes d'experts à deux balles ont défilé à la télé en faisant semblant d'expliquer pourquoi c'était arrivé – démographie, perte de confiance, gigantesques pyramides de Ponzi –, mais ce n'était que des hypothèses à la noix. Quelqu'un avait menti, quelqu'un avait triché, quelqu'un avait vendu à terme, quelqu'un avait provoqué une inflation monétaire. Pas assez d'emplois, trop de main-d'œuvre. Ou bien pas assez d'emplois pour les gens du peuple comme Stan et Charmaine. Le Nord-Est, où ils habitaient, était la région la plus durement touchée.

La branche des Souliers Rouges où Charmaine travaillait a rencontré des difficultés : du fait que c'était un établissement haut de gamme, nombre de familles n'ont plus pu y larguer leurs vieux parents. Les chambres se sont vidées, il a fallu rogner sur les dépenses. Charmaine a demandé un transfert – la chaîne se portait toujours bien sur la côte Ouest –, mais elle n'a pas obtenu satisfaction et a été licenciée. Puis Robotique Exquise a plié bagage pour s'installer sur la côte Ouest et Stan s'est retrouvé largué sans filet.

Assis dans leur nouvelle maison, sur leur nouveau canapé où trônaient les coussins fleuris que Charmaine avait assortis avec tant de soin, ils se sont enlacés, se disant qu'ils s'aimaient, Charmaine a pleuré et Stan l'a réconfortée, convaincu d'être un nul.

Charmaine a trouvé un emploi temporaire de serveuse; quand l'endroit a bu le bouillon, elle en a déniché un autre. Puis encore un autre, dans un bar. Ce n'étaient pas des endroits luxueux; ceux-là avaient tendance à se faire rares, parce que les gens qui pouvaient se permettre des repas raffinés allaient se les tortorer plus loin à l'ouest, voire dans des pays exotiques où le concept de salaire minimum n'avait jamais existé.

Stan n'a pas eu la même chance avec les petits boulots; il était surqualifié, comme on le lui a expliqué au bureau de recrutement. Quand il a protesté qu'il n'était pas difficile – il était prêt à nettoyer les sols, à tondre les pelouses –, ils lui ont opposé un sourire suffisant (quels sols? quelles pelouses?) et lui ont dit qu'ils conserveraient son dossier. Puis le bureau de recrutement a fermé à son tour, pourquoi l'avait-on gardé ouvert s'il n'y avait pas d'emplois ?

Ils se sont cramponnés à leur petite maison en vivant de fast-food, de la vente de leur mobilier, en économisant l'énergie, assis dans le noir dans l'attente d'une reprise. Quand ils ont fini par la mettre en vente, il n'y avait plus d'acheteurs ; les maisons voisines étaient déjà vides et les pilleurs étaient passés, arrachant tout ce qui pouvait se monnayer. Un beau jour, ils n'ont plus eu un sou pour honorer leurs remboursements et la banque a bloqué leurs cartes de crédit. Ils ont pris la tangente avant qu'on ne les jette à la rue et ont filé pour éviter que leurs créanciers ne saisissent leur voiture.

Par chance, Charmaine avait un petit pécule de côté. Ça, plus son maigre salaire au bar et les pourboires, voilà ce qui leur permet de payer leur essence, une boîte postale pour avoir une adresse si quelque chose se présente pour Stan et le trajet jusqu'à la laverie quand ils ne peuvent plus supporter la crasse de leurs vêtements.

À deux reprises, Stan a vendu son sang, bien que ça ne lui ait pas rapporté grand-chose.

« Vous ne me croirez pas, lui a dit la femme la deuxième fois, en lui remettant un gobelet en carton rempli d'un succédané de jus de fruit, mais il y a des gens qui nous ont demandé si on ne voulait pas acheter le sang de leur bébé, vous imaginez un peu ?

— Sans blague ? s'est écrié Stan. Pourquoi ? Les bébés n'ont pas tant de sang que ça. »

Ça a plus de valeur, lui a-t-elle expliqué. D'après une info qui tournait, un complet renouvellement du sang, du frais pour du vieux, t'évitait la démence et ramenait ton horloge biologique vingt à trente ans en arrière.

« Jusqu'à présent, les essais n'ont porté que sur des souris, lui a-t-elle confié. Les souris, ce n'est pas des humains ! Mais il y a des gens qui se raccrochent à n'importe quoi. Nous, on a refusé une bonne douzaine de propositions de sang de bébé. On répond qu'on ne peut pas accepter. »

Tu peux être sûr qu'il y en a qui acceptent, s'était dit Stan. *Du moment qu'il y a du fric à se faire.*

Si seulement ils pouvaient se dénicher un endroit offrant de meilleures perspectives. Il y aurait un boom dans l'Oregon – dopé par la découverte de terres rares, dont la Chine est très friande –, mais comment y aller ? Ils n'auraient même plus le peu d'argent que Charmaine rapporte, tomberaient en panne d'essence... Ils pourraient abandonner la bagnole et essayer l'auto-stop, mais rien que cette idée terrifie Charmaine. La voiture est l'unique barrière les protégeant de la tournante, et elle n'est pas la seule concernée, dit-elle, vu ce qui traîne la nuit à moitié à poil. Elle n'a pas tort.

Que pourrait-il bien faire pour les sortir de ce mauvais pas ? En tout cas, il faut qu'il trouve une solution. Avant, le léchage de cul offrait beaucoup de débouchés dans le monde de l'entreprise, mais aujourd'hui ils sont loin, ces culs à lécher. Les banques ont quitté la région, les industries de transformation aussi ; l'ingénierie informatique a migré vers de plus riches pâtures, dans des lieux et des nations plus prospères. Les industries de service représentaient un solide recours, mais ces emplois sont devenus rares eux aussi, du moins dans le coin. Un des oncles de Stan, aujourd'hui décédé, bossait comme chef à l'époque où la cuisine représentait un bon boulot, parce que le gratin habitait encore sur le plancher des vaches et que les grands restaurants avaient du prestige. Ce n'est plus le cas, ce type de clients évoluent sur des plates-formes maritimes exonérées d'impôts juste au-delà de la limite des eaux territoriales. Et ces nantis embarquent leurs chefs avec eux.

Autres ténèbres, autre parking. C'est le troisième, cette nuit ; ils ont été obligés de décamper des deux précédents. Maintenant, ils sont tellement à cran qu'ils n'arrivent pas à se rendormir.

« On devrait peut-être essayer les machines à sous », suggère Charmaine.

Ils ont fait ça une fois et ont gagné dix dollars. Ce n'est pas beaucoup, mais au moins ils n'avaient pas tout perdu.

« Pas question, réplique Stan. On ne peut pas prendre ce risque, on a besoin de l'argent pour l'essence.

— Prends un chewing-gum, chéri, lui propose Charmaine. Détends-toi un peu. Dors. Ton cerveau travaille trop.

— Quel cerveau, bordel ? » lui rétorque Stan.

Il s'ensuit un silence blessé : il ne devrait pas passer ses nerfs sur elle. *Tu es un con*, se dit-il. *Rien de tout cela n'est de sa faute.*

Demain, il ravalera sa fierté. Il essaiera de retrouver Conor, s'associera à sa dernière arnaque, intégrera son univers de petits voyous. Il sait à peu près par où commencer. Sinon, il se bornera à contacter Conor pour lui demander de lui prêter de l'argent, s'il est en fonds. Les rôles s'inversent – dans le temps, quand ils étaient plus jeunes et avant que Conor ait compris comment truander le système, c'était Conor qui le contactait –, mais il aurait intérêt à ne pas évoquer le passé.

Ou peut-être que oui. Conor lui doit de l'argent. Il pourrait peut-être lui dire que c'est un juste retour des choses ou va savoir. Encore qu'il n'ait aucun moyen de pression. N'empêche, Conor est son frère. Et il est le frère de Conor. Ça doit bien compter pour quelque chose.

II | ARGUMENTAIRE

PÊLE-MÊLE

Ce n'est pas une bonne nuit. Charmaine tente néanmoins de se montrer réconfortante.

« Concentrons-nous sur tout ce qu'on a, dit-elle dans l'obscurité moite et fétide de la voiture. On est ensemble. »

Elle manque tendre la main vers l'avant, pour toucher Stan, le rassurer, mais se ravise. Stan risque de se méprendre sur son geste, il va vouloir la rejoindre à l'arrière, il va vouloir faire l'amour, or, quand ils sont compressés ainsi, c'est parfois extrêmement inconfortable parce qu'elle a la tête coincée contre la portière, qu'elle a tendance à glisser de la banquette et sa tête fait bang bang bang pendant que Stan la besogne, comme s'il cherchait à s'acquitter d'une corvée à toute vitesse. Ce n'est pas très inspirant.

En plus, elle n'arrive jamais à se concentrer. Allez savoir si quelqu'un dehors ne va pas se pointer en douce et les épier ? Surpris, le cul à l'air, Stan serait forcé de regagner l'avant de la voiture au plus vite et de redémarrer pendant qu'une bande de voyous taperait aux carreaux pour la choper, elle. Notez, pas elle en premier. Ce qu'ils voudraient, ce serait l'unique chose de valeur, c'est-à-dire la voiture. Elle, ils y penseraient après, une fois qu'ils en auraient terminé avec Stan.

Dans le quartier, des flopées d'anciens propriétaires de bagnole se sont vu balancer sur les gravillons ; poignardés, la tête fracassée, ils se sont vidés de leur sang jusqu'à ce que mort s'ensuive. Aujourd'hui, plus personne ne s'occupe de ce genre d'affaires, ne cherche à identifier le coupable, ça prendrait du temps et seuls les riches ont les moyens de faire appel à des policiers. « Autant de trucs qu'on ne savait pas apprécier dans le temps », aurait dit mémé Win. Charmaine l'entend encore avec tristesse.

Mémé Win a refusé d'aller à l'hôpital quand elle est tombée malade pour de bon. Elle a déclaré que ça serait trop cher, ce qui était vrai. Elle est donc morte à la maison, où Charmaine l'a soignée jusqu'au bout. « Vends la maison, mon chou, lui répétait mémé Win quand elle était encore lucide. Va à l'université, exploite ton potentiel au maximum. Tu en as les moyens. »

Et Charmaine avait exploité son potentiel au maximum. Elle s'était spécialisée en gériatrie et en thérapie par le jeu, parce que mémé Win disait que, comme ça, elle pourrait travailler aussi bien avec des bébés qu'avec des vieux, et aussi qu'elle avait de l'empathie et un don pour aider les gens. Elle avait eu son diplôme.

Ça ne change pas grand-chose aujourd'hui.

« S'il nous arrive quoi que ce soit, on sera tout seuls », lui répète trop souvent Stan. Ce n'est pas rassurant. Pas étonnant qu'il fasse si vite, quand il réussit à lui grimper dessus tant bien que mal. Il est obligé d'être constamment sur le qui-vive.

Donc, avant de dormir, au lieu de toucher Stan, elle lui dit dans un murmure :

« Dors bien. Je t'aime. »

Stan lui répond un truc. Peut-être : «Moi aussi, je t'aime», sauf que ça ressemble plus à un grognement, un brin ricanant. Le malheureux est probablement à moitié endormi. Il l'aime vraiment, il a dit qu'il l'aimerait toujours. Quel bonheur elle a eu de tomber sur lui, ou lui de tomber sur elle. De tomber l'un sur l'autre. Il était tellement sérieux et solide. Elle aimerait bien être comme ça aussi, sérieuse et solide, encore qu'elle ne croit pas trop pouvoir y arriver, car elle panique très facilement. Il faut qu'elle s'endurcisse. Il faut qu'elle fasse montre de courage. Elle n'a aucune envie d'être un poids mort.

Tous les deux se réveillent de bonne heure – c'est l'été à présent, la lumière qui entre par les vitres de la voiture est trop vive. *Peut-être que je devrais installer des sortes de rideaux*, se dit Charmaine. Ils pourraient dormir plus longtemps, ils seraient moins grognons.

Ils vont acheter des beignets de la veille dans le centre commercial le plus proche, avec double glaçage au chocolat, et se préparent un Nescafé dans la voiture avec leur thermoplongeur. C'est beaucoup moins cher que de prendre un café dans la boutique de beignets.

«C'est comme un pique-nique», déclare Charmaine d'un ton joyeux, alors que ça n'y ressemble pas trop : ils mangent des beignets rassis dans la voiture tandis qu'il tombe une légère bruine dehors.

Stan épluche les sites d'offres d'emploi sur leur téléphone prépayé, mais ça le déprime – il n'arrête pas de répéter : «Rien, bordel, rien, bordel, rien» –, au point que Charmaine lui propose d'aller faire un jogging. C'était dans leurs habitudes avant, quand ils avaient la maison : ils se levaient de bon matin, faisaient leur jogging avant le petit déjeuner, puis se prenaient une douche. Après, on se sent tellement plein d'énergie, tellement propre. Mais Stan la regarde comme si elle avait perdu la boule et elle comprend que oui, ce serait idiot de laisser la voiture sans personne avec tout dedans, leurs vêtements par exemple, et de s'exposer en plus, allez savoir qui peut se cacher dans les fourrés. Et puis, où iraient-ils ? Dans les rues aux maisons abandonnées ? Les parcs sont trop dangereux, ils grouillent de drogués, tout le monde le sait.

« Jogging, mon cul », marmonne simplement Stan.

Pas rasé et mal luné, il aurait grand besoin d'une coupe de cheveux. Peut-être qu'elle pourrait le faire entrer en douce dans le bar où elle bosse, avec une serviette et un rasoir : il se doucherait et se raserait dans les toilettes pour hommes. Ce n'est pas luxueux, mais il y a encore de l'eau au robinet. Rouge de rouille, d'accord, mais c'est quand même de l'eau.

Le bar s'appelle PixelDust[1]. Il a ouvert dans la décennie où la région connaissait un mini-boom numérique – un tas de start-up interactives et de créateurs d'applications – et ciblait une clientèle de jeunes geeks, avec des jouets et des jeux du genre baby-foot, billards et courses de voitures en ligne. De grands écrans plats recouvrent les murs où on projetait avant des films muets en guise de papier mural tendance ; il y en a un de cassé, les autres présentent différentes émissions de TV lambda, une par écran. De petits recoins abritaient des échanges intelligents, de sorte que cette section s'appelait le « cercle de réflexion ». Le panneau est toujours là, sauf que quelqu'un a barré le terme *réflexion* pour le remplacer par *fornication*, parce que deux des prostituées quasi à demeure y font leurs passes. Après la débâcle du mini-boom, des petits malins ont cassé la

1. Référence à la *pixie dust* de *Peter Pan* : la poudre de perlimpinpin serait donc une poudre de pixels ici. Mais *dust* signifie aussi « poussière ». (*N.d.T.*)

partie *Pixel* du panneau LED ; il ne reste plus que *Dust*, la poudre, la poussière.

C'est bien vu, songe Charmaine : l'ensemble disparaît sous une couche de crasse tenace. L'atmosphère empeste le graillon de la boutique voisine qui vend des ailes de poulet grillées ; les clients du bar les rapportent dans des sacs en papier et les font circuler à travers la salle. Elles sont un peu répugnantes, mais Charmaine ne dit jamais non quand on lui en offre.

L'établissement aurait dû fermer, sauf qu'il abrite aujourd'hui, à ce qu'elle présume – en réalité, elle le sait – les activités d'un groupe de dealers locaux. C'est là qu'ils voient leurs fournisseurs et leurs clients ; pas de risque d'être arrêtés ici, plus maintenant. Ils ont quelques habitués et les deux prostituées, des filles pleines d'entrain qui n'ont pas plus de dix-neuf ans. Toutes deux sont très jolies. La première est blonde, l'autre a de longs cheveux bruns. Sandi et Veronica, en T-shirts à sequins et mini mini-shorts. Elles racontent qu'elles allaient à l'université avant que tout le monde dans le coin se retrouve privé de revenus.

De l'avis de Charmaine, elles ne vont pas tenir longtemps. Soit quelqu'un leur flanquera une raclée et elles arrêteront, soit elles laisseront tomber pour se mettre à la drogue, ce qui est une autre façon d'arrêter. Ou bien un maquereau les prendra sous sa coupe ; ou bien un beau jour elles basculeront dans un trou dans l'espace et plus personne n'aura envie de parler d'elles, parce qu'elles seront mortes. C'est étonnant que rien de tout cela ne leur soit encore arrivé. Charmaine aimerait leur dire de ficher le camp, mais où iraient-elles ? De toute façon, ça ne la regarde pas.

Lorsqu'elles ne sont pas occupées par le cercle de fornication, elles s'assoient au bar où elles boivent des boissons light et bavardent avec Charmaine. Sandi lui a confié qu'elles faisaient le tapin en attendant de décrocher un vrai boulot, c'est tout, et Veronica a ajouté : « J'en ai plein le derche de bosser comme ça », ce qui les a fait rigoler toutes les deux. Sandi aimerait devenir coach privé, Veronica infirmière. Elles en parlent comme si ça allait vraiment arriver un jour. Charmaine ne les contredit pas : mémé Win n'arrêtait pas de dire qu'un miracle est toujours possible, comme quand Charmaine était venue vivre avec elle – car ça, c'en était un, de miracle !

Donc, allez savoir ! À deux reprises quand Stan est venu la chercher au travail, Sandi et Veronica étaient là, si bien qu'elle n'a pas pu faire autrement que de les présenter. Une fois dans la voiture, il a grommelé : « Tu ne devrais pas être aussi copine avec ces putes », ce à quoi Charmaine a répondu qu'elle n'était pas si copine que ça avec elles mais qu'elles étaient vraiment gentilles, et il a marmonné : « Gentilles, mon cul », ce qui de l'avis de Charmaine n'était pas très sympa. Mais elle n'a fait aucun commentaire.

De temps à autre, des inconnus s'aventurent dans l'établissement, des jeunes en général, des touristes d'autres pays, d'autres villes plus prospères, cherchant à s'encanailler, en mal de sensations faciles ; c'est là qu'elle a besoin d'être sur ses gardes. Elle connaît à présent beaucoup d'habitués : eux lui fichent la paix – ils savent qu'elle n'est pas comme Sandi et Veronica, qu'elle a un mari –, il n'y a qu'un nouveau pour imaginer pouvoir lui faire des avances.

Elle est de service d'après-midi, une tranche horaire assez calme. Pour les pourboires, c'est mieux le soir, mais Stan ne veut pas qu'elle travaille sur ce créneau-là, plein de vieux vicelards bourrés ; cela étant, si on le lui proposait, il serait peut-être obligé de céder, parce que leur pécule est en train de fondre. L'après-midi, elle est seule avec Deirdre, une brune qui a survécu à la belle époque de PixelDust – elle bossait comme codeuse autrefois, a un ruban de Moebius tatoué sur le bras et deux couettes de gamine, ce qui lui donne le look geek d'Harriet l'espionne. Et il y a aussi Brad, c'est lui qui rappelle à l'ordre les clients bagarreurs, si besoin.

Elle peut regarder la télé sur les écrans plats, de vieux films des années soixante avec Elvis Presley, qui font tellement de bien, ou des sitcoms diffusés en journée, même s'ils ne sont pas si marrants que ça ; de toute façon la comédie, c'est très froid et dur, on se moque de la tristesse des gens. Elle préfère les émissions où il y a plus d'action et où tout le monde se fait kidnapper, violer ou boucler dans un trou noir et où en principe on ne rigole pas. En principe, on est bouleversé, comme si ça nous arrivait personnellement. C'est un peu plus chaleureux comme sentiment, ça touche de plus près, ce n'est pas distant, ni froid, comme quand on se moque des gens.

Avant, elle suivait une émission qui n'était pas une sitcom mais une téléréalité intitulée *The Home Front avec Lucinda Quant*. Lucinda avait été une présentatrice très populaire, puis elle avait vieilli, donc *The Home Front* n'était plus diffusé que sur le réseau local. Elle allait interviewer des gens expulsés de leur maison, on voyait toutes leurs affaires en tas sur la pelouse, leur canapé, leur lit, leur télé, c'était vraiment triste, mais intéressant aussi, tous ces trucs qu'ils avaient achetés, et Lucinda leur demandait ce qui leur était arrivé et ils lui racontaient qu'ils avaient travaillé très dur, puis leur usine avait fermé, ou bien le siège avait été délocalisé ou autre chose. Les téléspectateurs étaient censés envoyer une aide financière, et ils le faisaient parfois, ce qui montrait bien que les gens avaient bon cœur.

Charmaine trouvait que *The Home Front* était encourageant, dans la mesure où ce qu'ils avaient vécu, Stan et elle, pouvait arriver à n'importe qui. Mais après, Lucinda Quant avait eu un cancer, elle avait perdu tous ses cheveux et s'était mise à leur bombarder des vidéos où on la voyait malade, dans sa chambre d'hôpital. Déprimée par ces images, Charmaine avait arrêté de regarder Lucinda. Pourtant, elle espérait que ça allait s'arranger pour elle et qu'elle se remettrait.

Parfois, elle bavarde avec Deirdre. Elles se racontent leur vie, celle de Deirdre est pire que celle de Charmaine, il n'y a pas autant d'adultes aussi gentils que mémé Win et il y a plus d'agressions sexuelles avec avortement à la clé, ce à quoi Charmaine n'aurait jamais pu se résoudre. Pour le moment, elle prend la pilule, Deirdre lui en fournit des pas chères, mais elle a toujours eu envie d'un bébé, bien qu'elle n'ait pas idée de la manière dont elle pourrait l'assumer, avec Stan et leur vie dans la bagnole, si elle tombait enceinte par accident. Certaines femmes – des femmes d'avant, des femmes plus coriaces – ont réussi à se débrouiller d'un ou plusieurs marmots dans un espace confiné – un paquebot, un chariot bâché... peut-être pas une voiture. C'est difficile de se débarrasser des odeurs qui imprègnent l'intérieur, on a intérêt à faire super attention aux régurgitations et autres.

Vers onze heures, Stan et elle se prennent un autre beignet. Puis, poussés par l'espoir d'une bonne trouvaille, ils avisent une grande poubelle derrière un bar à soupe, mais, manque de chance, quelqu'un les a devancés. Avant midi, Stan l'emmène à la laverie automatique d'un des centres commerciaux – ils y sont déjà allés, deux des machines fonctionnent encore. Il surveille la voiture pendant qu'elle prépare un chargement, puis règle via leur téléphone. Il y a peu, elle s'est débarrassée de leurs vêtements blancs – y compris de ses chemises de nuit en coton –, les a échangés pour des couleurs sombres. C'est trop difficile d'entretenir du blanc, elle déteste l'air minable que ça donne sinon. Puis ils déjeunent de quelques lamelles de fromage et d'un bagel rassis, accompagnés d'un Nescafé. Ils mangeront mieux dans la soirée, parce que Charmaine aura été payée.

Stan la dépose ensuite devant chez Dust et lui dit qu'il reviendra la chercher à sept heures.

Brad lui annonce que Deirdre ne viendra pas : elle a téléphoné, elle est malade, mais ce n'est pas grave parce qu'il ne se passe pas grand-chose. Il y a juste quelques mecs assis au bar en train de se descendre une bière ou deux. Le tableau a beau proposer des cocktails raffinés, personne n'en commande jamais.

Elle se carre peu à peu dans l'ennui typique de l'après-midi. Elle n'est là que depuis quelques semaines, pourtant il lui semble que ça fait plus longtemps. Attendre, attendre, attendre – que d'autres décident, que quelque chose se passe. L'endroit lui rappelle beaucoup la maison de retraite des Souliers Rouges, dont la devise était *Rien ne vaut son chez-soi* – formule plutôt écœurante si on y réfléchit, étant donné que, si les pensionnaires étaient là, c'était justement parce qu'ils ne pouvaient plus vivre chez eux. Dans l'ensemble, vous serviez à boire et à manger aux vieilles gens quand il le fallait, comme au Dust, vous étiez gentille avec eux, comme au Dust, et vous leur souriiez beaucoup, comme au Dust. À l'occasion, elle leur procurait des distractions d'ordre thérapeutique, un clown, un chien, un musicien ou un groupe offrant un peu de son temps à des fins caritatives. Mais, en général, il ne se passait pas grand-chose, comme sur ces sites animaliers montrant des vidéos d'aiglons jusqu'au moment où il y avait une brusque agitation, une crise qui se soldait par une mort, moche et bruyante. Comme au Dust. Sinon que, dans la mesure du possible, on ne tabasse personne à l'intérieur de l'établissement.

« Une bière, ordonne un homme assis au bar. La même. »

Charmaine sourit machinalement et se penche vers le réfrigérateur pour en sortir une bouteille. En se relevant, elle surprend son reflet dans le miroir – elle est encore en forme, n'a pas l'air trop épuisée malgré ses nuits agitées – et s'aperçoit que son client l'observe avec attention. Elle détourne les yeux. L'a-t-elle provoqué, excité en se penchant ainsi ? Non, elle n'a fait que son boulot. Qu'il regarde.

La semaine dernière, Sandi et Veronica lui ont demandé si elle aimerait faire quelques passes. Ça lui rapporterait plus que le bar ; encore plus si elle allait à l'extérieur. Elles ont deux chambres disponibles dans les environs, plus chics que le cercle de fornication ; il y a des lits. Charmaine a l'air jeune ; les clients aiment bien les gentilles blondes comme elle, avec un visage enfantin et de grands yeux de biche.

« Oh non ! s'est écriée Charmaine. Non, je ne pourrais pas ! » Elle a pourtant ressenti une petite pointe d'excitation, comme lorsqu'on regarde par une fenêtre et qu'on aperçoit dans la pièce une autre version de soi, menant une autre vie : une vie plus tapageuse et gratifiante. Financièrement du moins, et c'est pour Stan qu'elle le ferait, pas vrai ? Ce qui justifierait tout ce qui pourrait se passer. Dont des trucs avec des inconnus, des trucs différents. Quel effet ça ferait ?

Mais non, impossible, c'est bien trop dangereux. On ne sait jamais ce que ces types-là sont capables de faire, ils pourraient perdre les pédales. Ils pourraient laisser parler leur vraie nature. Et si Stan l'apprenait ? Il n'accepterait jamais, même s'ils avaient vraiment besoin d'argent. Ça le démolirait. En plus, c'était mal.

STUPÉFAIT

Stan essaie la dernière adresse connue de Conor, un bungalow muré dans une rue qui ne compte plus que la moitié de ses résidents. On dirait qu'il y a des gens à l'affût derrière certaines fenêtres, mais peut-être que non. Si ça se trouve, ce ne sont que des illusions d'optique. Il y a ce qui pouvait autrefois être un jardin collectif, avec des vestiges de pois à rames. Quelques pieux en bois émergent des mauvaises herbes piquantes qui te battent les genoux. Sur le trottoir défoncé devant le porche, un crâne peint en rouge, comme celui dont Conor et lui décoraient la cabane, le club de ses dix ans, où ils rangeaient leurs affaires. Qu'est-ce qu'ils avaient en tête ? Des histoires de pirates, c'est sûr. Curieux comme les symboles ont la vie dure.

Conor squattait ce bungalow la dernière fois que Stan l'a vu, il y a deux ou trois ans environ. Il avait reçu un message de Conor, très pressant apparemment mais, en débarquant, il avait découvert que c'était la même chose que d'habitude : Conor avait besoin d'un prêt.

Vêtu d'un débardeur et d'un short Speedo, une ligne d'araignées tatouées sur le bras, Conor lançait un couteau contre un mur – pour être plus précis, il essayait de le planter dans une silhouette de femme nue dessinée au feutre violet –, pendant que quelques-uns des crétins qui lui servaient de copains l'encourageaient en se passant des joints. Stan, qui à l'époque avait encore un boulot et se sentait assez satisfait de lui-même, avait joué le numéro du grand frère et l'avait engueulé pour sa fainéantise, ce à quoi Conor lui avait suggéré d'aller se la faire mettre. Un des copains lui avait proposé de dévisser la tête à Stan, mais Conor avait juste ricané et répliqué que, s'il y avait des têtes à dévisser, il était capable de s'en charger tout seul, avant d'ajouter : « C'est mon frangin, avant d'ouvrir son porte-monnaie faut toujours qu'il commence par me balancer son énervement à la con. » Après quelques regards furibonds, ils s'étaient tapés dans le dos et Stan avait allongé deux cents dollars à Conor, qu'il n'avait pas revus depuis et qui aujourd'hui lui feraient rudement plaisir. Là-dessus, Stan avait fait l'erreur de demander des nouvelles de son vieux couteau suisse, Conor s'était fichu de lui – se prendre autant la tête pour un couteau de merde ! – et ils avaient fini par échanger de méchantes insultes comme s'ils avaient encore neuf ans.

Stan frappe à la porte verte et cloquée. Pas de réponse, il la pousse, elle n'est pas fermée. Un dingue a dû foutre le feu là-dedans, parce que l'endroit est à moitié carbonisé ; des bouts de vitre éparpillés par terre renvoient de vifs éclats de lumière. Mal à l'aise, il se fait la réflexion que Conor est peut-être là, à l'état de squelette noirci, mais il n'y a absolument personne dans ces pièces calcinées et ouvertes sur le ciel. Le mobilier roussi et infesté de souris diffuse une odeur de brûlé.

Quand il ressort, il repère un homme occupé à examiner l'habitacle de sa voiture, il doit avoir envie de piquer un truc. Le gars d'apparence décharnée n'a pas l'air armé, Stan pourrait donc le ceinturer si nécessaire. N'empêche, mieux vaut rester à distance.

« Hé », lance-t-il à l'adresse de la chemise d'un gris douteux et du crâne dégarni.

Le gars pivote brutalement.

« Je regarde, c'est tout, marmonne-t-il. Chouette bagnole. »

Sourire mielleux, mais Stan n'est pas dupe : une lueur fourbe brille dans ces yeux enfoncés. Un couteau peut-être ?

« Je suis le frère de Conor, explique-t-il. Il vivait ici avant. »

Un revirement se produit ; quoi que le gars ait pu envisager, il n'essaiera plus. Ça veut dire que Conor doit être encore en vie, et que sa réputation est pire qu'il y a deux ans.

« Il n'est pas ici, répond le type.

— Oui, je vois bien », rétorque Stan.

Un silence s'installe. Soit l'autre sait où est Conor, soit non. Il essaie d'évaluer ce que ça représente pour Stan. Ensuite, soit il mentira et cherchera à le fourvoyer, soit non. Il y a encore quelques années, Stan aurait été plus effrayé par la situation.

Puis le gars finit par lâcher :

« Mais je sais où il est.

— Donc tu peux m'y conduire.

— C'est trois dollars, réplique l'autre, la paume ouverte.

— Deux. Quand je l'aurai vu », riposte Stan sans retirer la main de sa poche.

Il n'a pas l'intention de raquer pour des clous. De toute façon, il n'a pas l'intention de raquer du tout, vu qu'il n'a pas deux dollars sur lui. Mais Conor les aura, ces deux dollars. Conor paiera. Soit ça, soit il écrabouillera les ratiches du gars ou ce qu'il en reste.

« Comment je sais qu'il a envie de te voir ? poursuit le gars. T'es peut-être pas son frère.

— C'est un risque, rétorque Stan en souriant. On y va en voiture ? »

Voilà qui pourrait être hasardeux – il faudra que le gars s'asseye sur le siège avant, à côté de lui, et il est peut-être armé. Mais il n'a pas le choix.

Ils montent en voiture, inquiets l'un comme l'autre. Ils descendent la rue, tournent à l'angle. Encore une rue, où quelques gamins mochards tapent dans un ballon de foot dégonflé. Et enfin, un terrain de caravaning, ou du moins un terrain accueillant quelques caravanes. À l'entrée, deux gars aux yeux plissés, l'un noir, l'autre pas, leur barrent le passage. Une forteresse en quelque sorte.

Stan s'arrête, baisse sa vitre.

« Je viens voir Conor, explique-t-il. Je m'appelle Stan. Je suis son frère.

— C'est ce qu'il m'a dit », ajoute son voisin, soucieux de ne pas se mouiller.

Un des deux gars colle un coup de pied pas trop virulent dans le pneu avant gauche. L'autre discute brièvement sur son portable, jette un coup d'œil par la vitre, puis ajoute quelques mots – il doit décrire Stan. Puis il lui fait signe de descendre.

« T'inquiète, on va la surveiller, déclare le propriétaire du téléphone, qui a compris les préoccupations de Stan, lequel imagine déjà sa bagnole sans roues ni grand-chose d'autre. Va tout droit. Herb va te guider.

— T'as intérêt à ce que ce soit bien son frère, lance le numéro deux à l'adresse de Herb. Sinon, t'es bon pour creuser deux trous. »

Conor est dehors, derrière la caravane la plus éloignée, dans un espace envahi de mauvaises herbes où se dressait peut-être une maison autrefois. Il a l'air plus grand. Il a perdu du poids ; à une période, il se fichait de son apparence, maintenant il est mince. Il tire sur une canette de bière posée sur une souche. Non, une pile de briques. Son arme est en réalité une vieille carabine à air comprimé de leur enfance, Stan s'en souvient. C'était la sienne, mais Conor la lui avait piquée au cours d'un bras de fer. L'idée que Conor se fait d'une compétition est simple : on joue jusqu'à ce qu'il ait gagné, après on s'arrête. Ce n'était pas qu'il était plus costaud que Stan ; il était plus retors. Et beaucoup plus violent. Du temps où il était gamin, il ne débranchait jamais trop.

Bing font les plombs contre la canette. Le guide de Stan n'interrompt pas Conor mais se place sur le côté de façon à ce que ce dernier ne puisse pas manquer de le voir.

Encore quelques *bing* : Conor les fait attendre. Il finit par s'arrêter, pose sa carabine en appui contre un parpaing, puis se tourne. Merde, il est même rasé. Qu'est-ce qui lui est arrivé ?

« Monsieur Stan, dit-il en souriant. Comment tu vas ? »

Il s'avance, les bras largement ouverts, et tous deux accomplissent une pataude version de l'étreinte rituelle avec claques dans le dos.

« C'est moi qui l'ai amené, précise le sac d'os. Tu m'avais dit de surveiller la maison.

— C'est bien, Herb, répond Conor. Va voir Ricky, il va te donner quelque chose. »

Pendant que le gars s'éloigne en traînant des pieds, Conor marmonne :

« Putain de débile. Allez, on va se prendre une bière. »

Ils entrent dans une des caravanes. Une Airstream : le grand luxe.

La pièce principale est étonnamment fraîche et propre. Contrairement à sa chambre d'adolescent, il ne l'a pas salopée : rien qui te saute à la figure, pas de tas d'ordures ostentatoire ni de posters de rockers crispés sur leur bite. Face aux parents, Stan le défendait, plaidait sa cause, affirmait qu'il se remettrait dans le droit chemin. Ce n'est peut-être pas si mal qu'il ne l'ait pas fait. En tout cas, à en juger par les apparences, il a l'air d'avoir une source de revenus, et une bonne.

Décor gris pâle, petits cubes high-tech en aluminium, discrètement placés ici et là, rideaux aux fenêtres, bon goût : faut-il en conclure que Conor a une femme dans sa vie ? Une femme d'ordre, pas une cochonne. Ou bien est-ce juste qu'il gagne un paquet de fric ?

« C'est sympa ici », constate tristement Stan en comparant avec sa voiture exiguë et malodorante.

Stan s'approche du réfrigérateur et en sort deux bières.

« Je me débrouille. Et toi ?

— Pas trop bien », avoue Stan.

Ils s'asseyent à la table intégrée et attaquent leur bière.

« T'as plus de boulot », lâche Conor après un silence décent.

Ce n'est pas une question.

« Comment tu sais ?

— Sinon, pourquoi tu aurais cherché à me retrouver ? » dit Conor d'une voix égale.

Inutile de nier, donc Stan ne bronche pas.

« Je me demandais si des fois...

— Oui, je te dois du pognon », marmonne Conor.

Il se lève, tourne le dos à Stan et farfouille dans une veste accrochée à la porte.

« Deux cents, ça t'ira pour l'instant ? »

Stan émet un merci bourru, empoche les billets.

« T'as besoin d'un job ?

— À quoi faire ?

— Oh, tu sais bien. Un truc ou un autre. Tu pourrais suivre les mouvements de certains trucs. L'argent, par exemple. Le transférer à l'étranger. Le planquer ici ou là. Nous assurer une façade honorable.

— Qu'est-ce que tu bricoles ? demande Stan.

— C'est cool. Rien de dangereux. Du haut de gamme. Des commandes. »

Stan se demande s'il ne pique pas des œuvres d'art. Mais où pourrait-il encore en rester dans la région ?

« Merci, dit-il. Peut-être plus tard. »

Il n'a pas vraiment envie de bosser pour son petit frère, même si ce n'est pas risqué. Ce serait une façon de s'en remettre à la charité familiale. Maintenant qu'il a un peu de liquide et un vague répit, il peut se chercher quelque chose. De décent.

« À toi de voir, répond Conor. Tu veux pas un téléphone par hasard ? Complètement rechargé. Si tu fais gaffe, il te durera peut-être un mois. »

Pourquoi pas un deuxième téléphone ? Charmaine et lui pourraient s'appeler. Le temps que le crédit s'épuise.

« Où tu l'as eu ? s'enquiert Stan.

— T'inquiète pas, il est reformaté, précise Conor. Impossible de l'identifier. »

Stan glisse l'appareil dans sa poche.

« Comment elle est, ta femme ? Charmaine ?

— Bien, bien.

— Naturellement qu'elle est bien. Je te fais confiance. Mais comment va-t-elle ?

— Elle va bien. »

Quand Conor s'intéresse à une de ses nanas, ça le rend nerveux. Pour Conor, Stan doit partager, de bon cœur ou pas. Deux ou trois copines de Stan ont été de cet avis aussi et ça lui est resté en travers de la gorge. Jusqu'à aujourd'hui.

Il a envie de demander une arme à Conor afin de repousser les voyous de la nuit, mais il est en position de faiblesse et il entend déjà les commentaires de son frère : *T'étais déjà nul avec ton Nerf, tu serais capable de te tirer une balle dans le pied.* Ou pis : *Qu'est-ce que tu m'offres en échange ? Un petit moment avec ta femme ? Ça lui plairait. Hé ! Je blague !* Ou : *Bien sûr, si tu acceptes de bosser pour moi.* Il préfère donc ne rien tenter.

Les deux gardes raccompagnent Stan à sa voiture. Ils sont bien plus sympas maintenant, lui tendent même la main.

« Rikki.

— Jerold.

— Stan. »

Comme s'ils ne le savaient pas.

Il monte dans sa voiture quand un autre véhicule s'arrête devant l'entrée du terrain de caravaning : une élégante hybride noire aux vitres teintées. On dirait que Conor a des copains chicos.

« Tiens, les affaires reprennent », remarque Jerold.

Stan se demande bien qui va mettre pied à terre, mais personne ne se montre. On attend qu'il se tire.

ARGUMENTAIRE

Charmaine aime s'occuper, mais parfois, au Dust, il n'y a pas grand-chose à faire l'après-midi. Elle a déjà briqué le comptoir deux fois, réarrangé les verres. Elle pourrait se planter devant l'écran plat le plus proche pour suivre la rediffusion d'un match de baseball, sauf que le sport ne l'intéresse pas trop ; elle ne comprend pas pourquoi les gens s'excitent autant devant un groupe de bonshommes qui se courent après sur un terrain en essayant de taper dans un ballon, puis se tombent dans les bras en se collant des tapes sur le cul et sautent comme des ressorts en braillant.

Le son est bas, mais, quand il y a les pubs, ça beugle et, en plus, ils font défiler du texte en bas de l'écran pour être sûrs que le spectateur ne rate pas le message. Si en général ce sont des pubs pour les bagnoles et les bières, là ils passent un truc différent.

C'est un homme en costume, juste la tête et les épaules sur l'écran, qui te regarde droit dans les yeux. Il n'a même pas ouvert la bouche qu'il a déjà quelque chose de convaincant – il a l'air très sérieux, comme si ce qu'il s'apprêtait à dire était extrêmement important. Et quand il se met à parler pour de vrai, elle est prête à jurer qu'il lit en elle.

« Fatigué de vivre dans votre voiture ? » lui dit-il.

Il lui parle vraiment ! C'est impossible, comment saurait-il qu'elle existe ? Pourtant, elle en a bien l'impression. Il sourit. Quel sourire compréhensif !

« Bien entendu ! Ce n'est pas ce que vous attendiez de la vie. Vous aviez d'autres rêves. Vous méritez mieux. »

Oh oui, songe Charmaine dans un soupir. *Mieux !* C'est exactement ce qu'elle ressent.

Vient ensuite l'image d'un portail fixé dans une sorte de paroi en verre fumé et brillant, de gens qui le franchissent – de jeunes couples dynamiques et souriants, se tenant par la main. Tenue pastel, printanière. Puis une maison, une maison impeccable, peinte de frais, avec une haie et une pelouse, sans tas de ferraille ni canapé défoncé au milieu, la caméra zoome ensuite par la fenêtre du premier étage, derrière les rideaux – des rideaux ! – et fait le tour de la pièce. Spacieuse ! Luxueuse ! Ce sont des mots qui émaillent les publicités immobilières pour des logements à la campagne ou à la plage, loin, dans d'autres pays. De l'autre côté de la porte de la salle de bains, on aperçoit une profonde baignoire pleine de charme avec une profusion d'épaisses serviettes de bain blanches pendues à côté. Dans le grand lit, de beaux draps propres à jolis motifs floraux, bleu et rose, et quatre oreillers. Tous les muscles du corps de Charmaine se languissent de ce lit, de ces oreillers. Oh, s'étirer de tout son long ! Sombrer dans un sommeil confortable, emportée par ce douillet sentiment de sécurité qu'elle éprouvait chez mémé Win.

Ce n'est pas que la maison de mémé Win ressemblait vraiment à celle qu'elle vient de voir. Elle était nettement plus petite, mais bien rangée elle aussi. Charmaine se rappelle plus ou moins une autre maison du temps où elle était gamine ; peut-être était-elle comme celle à l'écran ? Non : il y avait trop de bazar. Vêtements chiffonnés par terre, assiettes sales dans la cuisine. Y avait-il un chat ? C'est possible, un moment. Une sale histoire avec le chat. Elle l'avait trouvé dans le vestibule, mais il avait changé de forme et un liquide sortait de lui. *Nettoie ça ! Ne réponds pas !* Elle n'avait pas répondu – pleurer, ce n'est pas répondre –, ce qui n'avait rien changé ; elle avait beau faire, elle avait toujours tort.

Il y avait dans le mur de sa chambre un trou de la taille d'un grand poing. Pas surprenant, vu que c'était un poing qui l'avait transpercé. Elle y cachait des affaires. Un bébé Beanie. Un mouchoir en tissu avec de la dentelle au coin, à qui c'était ? Un dollar qu'elle avait ramassé quelque part. Elle avait la conviction que, si elle plongeait la main au fond, elle traverserait tout le mur et trouverait de l'eau, des poissons aveugles et d'autres trucs, des trucs avec des dents noires, qui risqueraient de remonter. Donc elle faisait attention.

« Vous rappelez-vous la vie que vous aviez ? poursuit la voix de l'homme pendant le tour des draps et des oreillers. Avant que ne vacille l'univers sûr et solide que nous connaissions ? Avec le Projet Positron, dans la ville de Consilience, vous pourriez la retrouver. Non seulement nous vous offrons le plein-emploi, mais nous vous fournissons aussi une protection contre tous les dangereux éléments qui affectent tant de monde ces temps-ci. Travaillez avec des gens qui partagent votre façon de voir ! Contribuez à résoudre les problèmes de la nation en matière de chômage et de criminalité tout en réglant les vôtres ! Mettez l'accent sur le positif ! »

Retour sur le visage de l'homme. Ce n'est pas véritablement un beau visage, pourtant il inspire la confiance. Un peu comme un prof de maths ou un pasteur. On voit qu'il est sincère, et sincère, c'est mieux que beau. « Les hommes vraiment beaux, ce n'est pas une bonne idée, disait mémé Win, ils ont trop de choix. » « Comment ça ? » lui demandait Charmaine, à quoi mémé Win grommelait : « T'occupe. »

« Aujourd'hui, le Projet Positron accepte de nouveaux membres, ajoute l'homme. Si vous répondez à nos exigences, nous répondrons aux vôtres. Nous assurons une formation dans de nombreux domaines professionnels. Devenez la personne que vous avez toujours rêvé d'être ! Signez dès à présent ! » De nouveau ce sourire, on dirait qu'il regarde au fond de sa tête. Mais ça n'a rien d'effrayant, c'est bienveillant. Pour elle, il veut le meilleur, rien de moins. Elle pourra devenir la personne qu'elle a toujours rêvé d'être, quand elle aura la possibilité de désirer des choses pour elle sans risquer quoi que ce soit.

Viens ici. Ne crois pas que tu peux te cacher. Regarde-moi. Tu es une vilaine, pas vrai ? Non n'était pas la bonne réponse, mais *Oui* non plus.

Arrête ce tintouin. Tais-toi, je t'ai dit, tais-toi ! Tu ne sais même pas ce qui fait mal.

« Oublie ces trucs tristes, ma chérie, disait mémé Win. Allez, on va faire du pop-corn. Regarde, j'ai cueilli des fleurs. » Mémé Win avait un petit carré de terre devant la maison. Des capucines, des zinnias. « Pense plutôt à toutes ces fleurs et tu t'endormiras en un rien de temps. »

Au milieu de la publicité, Sandi et Veronica font leur entrée. Puis, assises au bar devant un Coca Light, elles regardent aussi.

« Ça a l'air super, dit Veronica.

— Rien n'est jamais gratuit, réplique Sandi. C'est trop beau pour être vrai. Ce mec m'a pas l'air trop généreux en pourboires.

— On peut toujours essayer, insiste Veronica. Ça ne peut pas être pire que le cercle de fornication. Moi, je craque devant ces serviettes.

— Je me demande à quoi ils jouent ? lance Sandi.

— Au poker », répond Veronica.

Et elles éclatent de rire.

Charmaine se demande ce qu'il y a de si drôle. Elle n'est pas sûre qu'elles correspondent au genre de personnes que cet homme recherche, mais ce serait vraiment trop snob, décourageant aussi, de dire ça, en plus elles sont fondamentalement gentilles toutes les deux, donc, à la place, elle s'écrie : « Sandi ! Je parie que tu pourrais être infirmière ! » Un site Web et un numéro de téléphone s'affichent au bas de l'écran ; Charmaine s'empresse de les noter. Elle est survoltée ! Quand Stan viendra la chercher, ils pourront vérifier les détails sur leur téléphone. Elle a conscience d'être sale, de l'odeur âcre émanant de ses vêtements, de ses cheveux, du graillon de la boutique aux ailes de poulet à côté. Voilà le moyen de se débarrasser de tout ça, de s'en défaire comme d'une peau d'oignon ; elle pourra quitter cette peau et devenir quelqu'un d'autre.

Y aura-t-il une machine à laver et un séchoir dans cette nouvelle maison ? Bien sûr. Et une table à manger. Des recettes : elle pourra de nouveau préparer de bons petits plats, comme après qu'ils s'étaient mariés, Stan et elle. Des déjeuners, des dîners intimes, rien que tous les deux. Ils s'assiéront sur des chaises pour manger, ils auront des assiettes en vraie porcelaine au lieu de plastique. Peut-être même des bougies.

Stan sera heureux lui aussi : comment ne le serait-il pas ? Il cessera d'être aussi grincheux. C'est vrai, il faudra d'abord qu'elle l'aide à se libérer de ce côté, qui lui fera dire que c'est une arnaque, comme tout le reste, que c'est une sorte d'escroquerie, et pourquoi s'embêter à postuler puisqu'ils ne seront pas acceptés ? Mais qui ne risque rien n'a rien, lui répondra-t-elle, et pourquoi est-ce qu'ils n'essaieraient pas ? D'une façon ou d'une autre, elle le convaincra.

Au pire, elle lui fera miroiter la promesse du sexe. Le sexe dans un grand lit luxueux avec des draps propres – *dis, Stan, ça ne te plairait pas ?* – et pas de dingues cherchant à fracasser la vitre de la bagnole. Si nécessaire, elle subira même l'épreuve de la banquette arrière exiguë ce soir, pour le récompenser s'il dit oui. Ce ne sera pas tellement marrant pour elle, mais la marrade peut attendre. Jusqu'à ce qu'ils soient dans leur nouvelle maison.

III | PERMUTATION

PORTAIL

Intégrer le Projet Positron n'est pas gagné. Tout le monde ne les intéresse pas, murmure Charmaine à Stan dans le car qui les a récupérés au point de ramassage, sur le parking. Il y a des gens à bord qui ne seront pas acceptés, c'est impossible, ils sont trop usés, parcheminés, ils ont des dents noires ou plus de dents du tout. Stan se demande s'il y a un régime de soins dentaires sur place. Pour l'instant, il n'a aucun problème de cet ordre ; une chance, étant donné toutes les cochonneries sucrées et bon marché qu'ils ont boulottées.

Sandi et Veronica sont aussi du voyage ; installées à l'arrière, elles grignotent un plein sac d'ailes de poulet froides. De temps en temps, elles rigolent, un peu trop fort. Tout le monde dans ce car est sur les nerfs, Charmaine en particulier.

« Et si on nous refuse ? demande-t-elle à Stan. Et si on nous accepte ? »

Elle dit que c'est comme à l'école quand ils te sélectionnaient pour les équipes sportives : dans tous les cas, on était sur les nerfs.

Le trajet dure des heures sous une petite pluie qui n'en finit pas ; le car parcourt la campagne dégagée, passe devant des centres commerciaux aux fenêtres pour la plupart condamnées par des panneaux de contreplaqué, des fast-foods miteux. Seules les pompes à essence ont l'air ouvertes. Au bout d'un moment, Charmaine s'endort, la tête sur l'épaule de Stan. Lui a le bras autour d'elle ; il l'attire contre lui, sombre à son tour dans le sommeil.

Il se réveille quand le car s'arrête devant un portail encastré dans un haut mur de verre fumé. *Génération solaire*, se dit-il. *C'est malin, cette intégration.* Le groupe à bord s'éveille, s'étire, descend. C'est la fin de l'après-midi ; comme par enchantement, une douce lumière perce les nuages et leur prête une lueur dorée. Un grand nombre de passagers sourient. Ils franchissent en file indienne l'enceinte qui voit tout, puis le box de l'entrée où on scanne leurs yeux et où on prend leurs empreintes, avant de leur délivrer une carte d'accès en plastique portant un numéro et un code-barres.

Une fois remontés dans le car, ils traversent Consilience, la ville qui accueille le Projet. Charmaine dit qu'elle a du mal à en croire ses yeux : tout est tellement pimpant, on jurerait une photo. Comme une ville de film, de vieux film. Comme au temps béni où personne n'était encore né. À la perspective de ce qui les attend, elle presse la main de Stan, qui la lui presse en retour.

« C'est ce qu'il nous faut », affirme-t-elle.

Ils descendent devant l'hôtel Harmonie, le meilleur hôtel en ville, d'après le jeune homme tiré à quatre épingles qui s'occupe d'eux à présent, mais aussi le seul et unique hôtel, parce que Consilience n'est pas précisément une destination touristique. Il les guide vers la salle de bal où on leur sert boissons et snacks en guise d'entrée en matière.

« Vous êtes libres de partir à tout moment, leur assure-t-il, si l'ambiance ne vous plaît pas. »

Il sourit, pour montrer que c'est une blague.

Pourquoi l'ambiance ne leur plairait-elle pas ? Stan fait rouler une olive dans sa bouche avant de la mâcher : il y a longtemps qu'il n'a pas mangé d'olives. Le goût émousse son attention. Il devrait être plus vigilant, parce qu'on les surveille bien entendu, même s'il est difficile de deviner qui ça peut être. Tout le monde est sacrément gentil ! Exactement comme l'olive : il y a longtemps que Stan n'a pas rencontré pareil vernis de politesse tout en sourires et en acquiescements. Qui aurait pensé qu'il était aussi fascinant ? Pas lui ; en revanche, trois femmes, des hôtesses à l'évidence, ayant même un badge nominatif, sont là pour le convaincre de son magnétisme. Il scrute la salle : deux mecs et une nana accordent un traitement analogue à Charmaine. Ses copines, les putes de bas étage de PixelDust, font aussi partie de ce groupe. Elles se sont maquillées, ont mis une robe. On aurait vraiment du mal à les prendre pour des professionnelles.

Au fil de la soirée, la foule devient de plus en plus clairsemée – une discrète élimination, présume Stan. Pour tous ceux qui ont un état d'esprit contestable, c'est la porte. Mais Stan et Charmaine ont dû réussir le test, parce qu'ils sont toujours là à la fin de soirée. Tous les gens qui restent se voient remettre une réservation de chambre pour plus tard. Ils reçoivent également un bon pour un repas, carafe de vin comprise, et un autre jeune homme les conduit à un restaurant appelé Ensemble, juste un peu plus bas dans la rue.

Il y a une vieille mélodie en fond sonore, une nappe blanche, une moquette épaisse.

« Oh, Stan, lui souffle Charmaine par-dessus les bougies électriques décorant leur table, on dirait un rêve devenu réalité ! »

Elle retire la rose de son vase et la hume.

C'est une fausse, a envie de lui dire Stan. Mais pourquoi lui gâcher son plaisir ? Elle est tellement heureuse.

Ils passent la nuit à l'hôtel Harmonie. Charmaine prend deux bains, les serviettes-éponges l'excitent beaucoup. *Plus que moi*, songe Stan, enfin, c'est l'impression qu'il en a ; elle se montre néanmoins complaisante, alors pourquoi se plaindre ?

« Tu vois, lui dit-elle après. C'est mieux que sur la banquette arrière, non ? »

S'ils s'engagent dans le Projet Positron, ajoute-t-elle, ils pourront dire adieu à cette horrible bagnole et bon débarras ; les vandales et les voleurs auront tout loisir de la réduire en miettes, ils n'en auront plus besoin.

UNE NUIT DEHORS

Le lendemain, les ateliers commencent. Après le premier, ils seront encore libres de s'en aller, leur annonce-t-on. En fait, il faudra qu'ils s'en aillent, car Positron veut que tous pèsent soigneusement les différentes options qui s'offrent à eux avant de prendre leur décision. Ils sont bien placés pour savoir que le monde, au-delà des portes de Consilience, est une décharge en décomposition ; que les gens crèvent de faim ; qu'ils vivent de récupération, de chapardage et font les poubelles. Est-ce une vie pour un être humain ? Donc, ils passeront tous ce qui sera, le Projet Positron l'espère – il l'espère sincèrement ! –, leur dernière nuit dehors. Ça leur donnera le temps de réfléchir, sérieusement. Car le Projet n'est pas intéressé par les resquilleurs, les touristes désireux de faire un petit essai. Le Projet veut un engagement sérieux.

Après cette nuit-là, vous êtes soit dedans, soit dehors. Et si vous êtes dedans, c'est pour toujours. Maintenant, personne ne vous forcera. Si vous vous engagez, c'est de votre plein gré.

Le premier jour des ateliers est principalement consacré aux PowerPoints. Ça commence par des vidéos de la ville de Consilience, où l'on voit des gens heureux accomplir un boulot banal : bouchers, boulangers, plombiers, réparateurs de scooters et ainsi de suite. Puis défilent des vidéos de la prison Positron, située au cœur de Consilience, où travaillent d'autres gens heureux, tous en salopette orange. Stan ne suit que d'un œil : il sait déjà qu'ils vont signer leur engagement demain, parce que Charmaine y tient absolument. Malgré le léger malaise qu'il éprouve – qu'ils éprouvent tous les deux, car, au petit déjeuner, entre leur verre de lait et de vrais pamplemousses, Charmaine lui a lancé : « Chéri, tu es sûr ? » –, les serviettes de bain ont scellé le marché.

Ils passent la nuit de l'autre côté du mur dans un motel minable dont Stan est prêt à parier qu'il a été pensé exprès, meubles abîmés sur commande, vaporisation d'odeurs de tabac froid, cafards importés et violent vacarme dans la chambre voisine, sans doute un enregistrement festif. Mais ça colle assez bien à la réalité pour que l'univers circonscrit par l'enceinte de Consilience leur paraisse plus désirable que jamais. D'ailleurs, c'est sans doute la réalité, sinon pourquoi la feindre alors qu'il y a tant de lieux dévastés à disposition ?

Vu le boucan et le matelas défoncé, ils ont du mal à trouver le sommeil ; du coup, Stan entend tout de suite qu'on tape à la fenêtre.

« Hé ! Stan ! »

Putain, quoi encore ? Il tire le rideau dépenaillé, jette un œil prudent dehors. C'est Conor, flanqué de ses deux acolytes gardes du corps.

« Conor ! Putain, qu'est-ce qu'il y a ? »

Au moins, c'est son frère, pas un dingue armé d'un pied-de-biche.

« Salut, frangin, fait Conor. Sors. Il faut que je te parle.

— Maintenant ?

— Sinon, pourquoi je dirais qu'il *faut* que je te parle ?

— Chéri, qu'est-ce qu'il y a ? demande Charmaine, le drap remonté jusqu'au menton.

— C'est mon frère, c'est tout, explique Stan en enfilant ses vêtements.

— Conor ? Pourquoi il est là ? »

Elle n'aime pas Conor, ne l'a jamais aimé ; elle trouve qu'il a une mauvaise influence sur Stan et risque de l'entraîner sur une mauvaise pente, comme si Stan se laissait entraîner facilement. Conor pourrait le pousser à des comportements qu'elle désapprouve, à trop boire et à se livrer à des activités encore plus glauques, qu'elle ne définira jamais mais sans doute pense-t-elle à des prostituées.

« N'y va pas, Stan, peut-être qu'il...

— Je suis capable de me débrouiller, riposte Stan. C'est mon frère, nom de Dieu !

— Ne me laisse pas toute seule ici ! gémit-elle. J'ai peur ! Attends, je viens avec toi ! »

Est-ce qu'elle lui sert un numéro, histoire de le tenir en laisse pour que Conor ne puisse pas l'embarquer vers un lieu de perdition ?

« Ne bouge pas, chérie. Je serai juste là-dehors », lui dit-il d'une voix qu'il espère gentiment rassurante.

Des pleurnicheries étouffées montent du lit. On peut compter sur Conor pour te pourrir la vie.

Stan se faufile à l'extérieur.

« Qu'est-ce qu'il y a ? dit-il du ton le plus irrité qu'il puisse affecter.

— Ne t'embarque pas dans cette histoire, lui conseille Conor dans un quasi-murmure. Fais-moi confiance. Tu ne veux pas de ça.

— Comment tu m'as retrouvé ?

— À quoi ça sert, un téléphone, d'après toi ? C'est moi qui te l'ai filé ! Donc je l'ai localisé, neuneu. Je t'ai suivi jusqu'ici avec ton car. Leçon numéro un, n'accepte jamais le téléphone d'un inconnu, lui explique Conor avec un grand sourire.

— Tu n'es pas un inconnu, bon sang.

— Exact. Bref, je te le dis sans détour. Quoi qu'ils te racontent, ne crois surtout pas à leurs salades.

— Pourquoi pas ? C'est quoi, l'arnaque ?

— L'arnaque, c'est qu'à moins de faire partie de la Direction générale, on n'en ressort pas. À part dans une caisse, les pieds devant. J'essaie juste de te protéger, c'est tout.

— Qu'est-ce que tu cherches à me dire ?

— Tu ne sais pas ce qui se passe à l'intérieur, insiste Conor.

— Ça veut dire quoi ? Toi, oui ?

— J'ai entendu certains trucs. C'est pas pour toi. Les mecs bien l'ont toujours dans le baba. Toi, t'es trop gentil. »

Stan pointe le menton en avant. Autrefois, la remarque de Conor aurait déclenché une bagarre.

« Tu es sacrément parano, déclare-t-il.

— Ouais, t'as raison. Ne dis pas que je ne t'ai pas prévenu. Reste en dehors de ça, dans ton intérêt. Écoute, tu es ma famille. Je t'aiderai, comme toi, tu m'as aidé. Tu as besoin d'un boulot, de pognon, d'un service, tu sais où je suis. Tu seras toujours le bienvenu. Et la petite dame, amène-la aussi. »

Conor affiche un grand sourire.

« Il y a de la place pour elle, quand tu veux. »

C'est donc ça. Ce prédateur de Conor a l'œil sur Charmaine. Stan ne tombera pas dans le panneau.

« Merci, mon pote, j'apprécie. J'y penserai.

— Tu parles, réplique Conor, mais il sourit gaiement et tous les deux échangent une tape dans le dos, comme de juste.

— Stan ? dit la voix angoissée de Charmaine du fond de la chambre.

— Va rassurer ta petite femme », marmonne Conor.

Il pense que c'est Charmaine qui porte la culotte, Stan en a conscience.

Il regarde Conor s'éloigner avec ses deux gardes du corps ; ils montent dans une longue voiture noire qui s'enfonce en douceur dans la nuit, aussi silencieusement qu'un sous-marin. C'est sans doute la même voiture que celle du terrain de caravaning. Les mecs comme Conor qui se font du pognon veulent toujours ce genre de bagnoles.

Ça ne dérangerait pas Stan d'en avoir une pareille.

VILLES JUMELLES

Le lendemain matin, ils abordent l'ultime étape. C'est à peine si Stan regarde les conditions générales, tant Charmaine est impatiente de signer. Après tout, ils ont été choisis, dit-elle, alors que des tas d'autres ont été refusés. Elle lui décoche un sourire un peu énigmatique quand il appose son nom sur le formulaire.

« Oh, merci, s'écrie-t-elle. Je me sens tellement plus protégée maintenant. »

Puis les ateliers peuvent sérieusement démarrer ; ou, comme le dit un des animateurs pour plaisanter, maintenant qu'ils ont eu les hors-d'œuvre, ils vont passer au plat de résistance. Ils sont à deux doigts d'apprendre une foule de choses stupéfiantes, ce qui va requérir leur concentration totale. Atelier des messieurs par ici, des dames par là, car les deux groupes vont être confrontés à des défis, attentes et devoirs différents, et, par ailleurs, quand ils seront dans la phase prison du Projet – point qui leur sera expliqué plus en détail sous peu –, ils seront séparés pendant un mois, alors autant qu'ils s'habituent, les prévient en riant l'animateur de leur premier atelier. De toute façon, l'abstinence attise la passion, ils le savent d'expérience, il en est sûr. Nouveau ricanement.

Seulette, Seulette, l'est méchante, la branlette, songe Stan. Un refrain de Conor à l'adolescence, comme il en avait des palanquées. Il suit du regard Charmaine et toutes les autres femmes qui quittent la salle. Sandi et Veronica ne se retournent pas, Charmaine oui. Elle lui décoche un grand sourire pour lui montrer qu'elle ne doute pas de leur décision ; elle paraît un peu angoissée, pourtant. Mais, bon, lui aussi l'est un peu. Qu'est-ce que c'est que ces trucs stupéfiants qu'ils vont apprendre ?

Les animateurs des ateliers hommes, au nombre d'une demi-douzaine, sont de jeunes gars en costume sombre, diplômés boutonneux et sérieux d'un programme de discours de motivation taillé sur mesure par un cercle de réflexion mondialement financé. À l'époque où il bossait chez Robotique Exquise, Stan a fréquenté ce genre d'individus. Dans le temps, il ne les appréciait pas ; mais, comme dans le temps, il ne peut les éviter, car ces ateliers sont obligatoires.

Durant cette journée où les séances se succèdent sans répit, ils ont droit au grand jeu. La logique qui sous-tend

Consilience, son histoire, les difficultés qu'elle risque de rencontrer, les obstacles s'opposant à son développement et les raisons pour lesquelles il faut absolument qu'elle les surmonte.

Les villes jumelles de Consilience/Positron représentent une expérience. Une expérience ultra ultra importante – les gars du cercle de réflexion utilisent le mot ultra au moins dix fois. Si elle réussit – et il faut qu'elle réussisse, c'est possible s'ils unissent leurs forces –, ce pourrait être le salut, non seulement des nombreuses régions si durement touchées ces derniers temps, mais aussi, au final, si ce modèle est adopté aux plus hauts niveaux, de la nation dans son ensemble. Chômage et criminalité réglés d'un coup d'un seul, et une vie nouvelle pour tous les gens concernés – qu'ils imaginent une seconde !

Quant à eux, les nouveaux Positronistes : ce sont des héros ! Ils ont choisi de s'exposer au risque, de parier sur le côté positif de la nature humaine, d'explorer des territoires encore inconnus de la psyché. À l'égal des premiers pionniers, ils montrent la voie et débroussaillent le chemin vers l'avenir – un avenir qui, grâce à eux, se révélera plus sûr, plus prospère et tout bonnement meilleur ! La postérité les révérera. Tel est le baratin. Stan n'a jamais entendu autant de craques de sa vie. D'un autre côté, il a comme envie d'y croire.

Le dernier orateur est plus âgé que les jeunes boutonneux, mais pas de beaucoup. Son costume, tout aussi sombre, paraît plus élégant. Le gars, étroit d'épaule, a un long torse, des jambes courtes ; des cheveux courts aussi, rejetés en arrière et rasés sur la nuque. C'est un physique qui proclame : *Je suis coincé.*

Une femme l'accompagne, vêtue d'un ensemble sombre elle aussi. Elle a des cheveux noirs et raides, une frange et la mâchoire carrée ; pas de maquillage, mais des créoles. Elle a des jambes musclées et néanmoins jolies. Elle s'assied un peu à l'écart et pianote sur son mobile. Est-ce une assistante ? Ce n'est pas clair. Stan la range dans la catégorie des camionneuses. Techniquement, elle n'a rien à faire ici, dans un atelier pour hommes, et Stan se demande à quel titre elle est présente. Cela dit, c'est toujours mieux de la regarder, elle, plutôt que le mec.

Ce dernier démarre en déclarant qu'il faudrait qu'ils l'appellent Ed. Ed espère qu'ils se sentent en confiance, parce qu'ils savent – comme lui ! – qu'ils ont fait le bon choix.

À présent, il aimerait leur offrir – et partager avec eux – un aperçu plus étoffé de ce qui se passe en coulisse. Il a fallu lutter pour obtenir les multiples autorisations nécessaires à la mise en place de l'entreprise Positron. Les autorités ne se sont pas décidées aisément ; plus d'un gourou de l'Administration s'est retrouvé le cul entre deux chaises (son usage audacieux du terme *cul* lui arrache un petit sourire), ainsi qu'en témoignent les hurlements qui se sont élevés la première fois que la presse a annoncé la mise en place du Projet. Les porte-parole, hommes ou femmes – Ed jette un coup d'œil à la femme, qui sourit –, ont bravé beaucoup de protestations indignées des extrémistes et autres mécontents en ligne, lesquels prétendent que Consilience/Positron empiète sur les libertés individuelles, cherche à contrôler l'ensemble de la société et représente une insulte à la nature humaine. Personne n'est plus respectueux des libertés individuelles qu'Ed, mais ils le savent tous – Ed affiche ici un sourire de conspirateur –, ces prétendues libertés ne se mangent pas, ce n'est pas la nature humaine qui paye les factures et de toute façon il fallait bien faire quelque chose pour soulager la pression qui s'amassait dans la cocotte-minute de la société. Ne sont-ils pas de cet avis ?

La femme à l'ensemble sombre lève les yeux. Que regarde-t-elle ? Son regard glisse sur eux, calme, froid. Puis elle se repenche sur son mobile. Privé de son propre téléphone, Stan se sent nu : ils ont été obligés de s'en séparer avant que l'atelier ne démarre. On leur en a promis de nouveaux, mais ces derniers ne fonctionneront qu'à l'intérieur de l'enceinte. Stan se demande quand on les leur remettra.

Ed baisse la voix : on va passer aux choses sérieuses. Comme prévu, un PowerPoint avec une série de graphiques apparaît. Les grands argentiers cachent les véritables statistiques pour éviter des mouvements de panique, affirme-t-il, mais quarante pour cent de la population de la région – un chiffre choquant – est aujourd'hui sans emploi, dont cinquante pour cent ont moins de vingt-cinq ans. Quelle meilleure recette pour provoquer la désintégration du système et entraîner l'anarchie, le chaos, des actes de vandalisme absurdes, une prétendue révolution, donc des pillages, des gangs tout-puissants, des chefs de guerre et des viols systématiques, le tout afin de terroriser les faibles et les impuissants ? Voilà la sinistre perspective qui attend tout un chacun. Tous ici ont déjà noté ces symptômes dans leur propre vie, raison pour laquelle – il en est certain – ils ont vu la nécessité de signer.

Que faire ? demande Ed en remuant les sourcils. Comment enrayer ce phénomène, initiative qui va, ils en conviendront sûrement, dans le sens des intérêts de la société dans son ensemble ? Au niveau décisionnaire officiel, les idées se font de plus en plus rares. On ne peut en effet affecter que tant d'effectifs, tant d'impôts au contrôle des émeutes, à la surveillance de la société, à la traque des jeunes aux pieds agiles dans des allées obscures, au maniement de la lance incendie et aux pulvérisations de poivre sur des rassemblements suspects. Trop de villes autrefois débordantes d'activité stagnent ou se vident de leurs habitants, dans le Nord-Est surtout mais aussi dans d'autres États durement touchés, en particulier ceux qui ont connu de longues périodes de sécheresse. Trop d'exclus vivent dans des voitures abandonnées, dans les tunnels du métro, voire dans les égouts. La consommation de drogues et d'alcool prend des proportions épidémiques, avec des boissons au titrage suicidaire et des drogues provoquant une éruption d'ampoules sur tout le corps, anéantissant l'individu en moins d'un an. L'abrutissement revêt de plus en plus d'attraits pour les jeunes mais aussi les gens mûrs ; en effet, à quoi bon préserver son cerveau quand, en dépit d'intenses réflexions, on ne peut même pas envisager un début de solution au problème ? Ce n'est d'ailleurs pas un problème, ça va au-delà. On est plus proche d'un effondrement imminent. Se peut-il que leur région autrefois si belle, leur pays autrefois si beau soient condamnés à muer en un misérable champ de ruines ?

Au début, ils avaient choisi de construire davantage de prisons où entasser davantage de monde, mais cette solution s'est très vite révélée prohibitive. (À ce stade, Ed fait défiler quelques transparents supplémentaires.) En outre, ils se sont retrouvés avec une armée de docteurs ès prisons, dotés de compétences criminelles de pros et plus que désireux de les mettre en pratique dès leur retour à la vie normale. Même en privatisant les centres pénitentiaires et en offrant les services de prisonniers, à titre de main-d'œuvre gratuite, à des intérêts commerciaux internationaux, il n'y a eu aucune amélioration des ratios coûts-bénéfices, les travailleurs forcés américains étant incapables de surpasser les travailleurs forcés d'autres pays. Dans le marché du travail forcé, la compétitivité est liée au prix de la nourriture, or les Américains, généreux envers et contre tout et toujours soucieux d'aider les chiens perdus sans collier – ici,

Ed affiche un sourire indulgent, méprisant –, n'étaient pas prêts à affamer les prisonniers qu'ils tuaient à la tâche. Même si presse et politiciens diabolisaient largement ces détenus qualifiés de déchets de la société, de vile racaille, personne ne peut indéfiniment soustraire au regard du public des monceaux de cadavres aux jambes réduites à l'état de cannes de serins. Peut-être dans le cas d'une mort isolée et inexpliquée – il y a toujours une mort isolée et inexpliquée, déclare Ed en haussant les épaules –, mais pas quand elles se multiplient. Il y a toujours un fouinard pour vous faire une vidéo avec son téléphone ; on a beau prendre énormément de précautions pour garder de telles choses sous le manteau, elles risquent de fuiter et allez savoir quel tollé et éventuellement quel déchaînement elles sont susceptibles de provoquer ?

Stan sent sa nuque le picoter. C'est comme si Ed parlait de son frère ! Ou peut-être pas spécifiquement de Conor, mais Stan est assez sûr que si Ed avait l'occasion de voir Conor de près, il le classerait dans la catégorie des déchets de la société. Si Stan utilise ce genre de qualificatifs, ce n'est pas grave, ça reste dans la famille, par ailleurs ce n'est pas comme s'il approuvait ce que Conor est sans doute en train de fabriquer, mais... C'est ça, le type de rumeurs que Conor a entendues ? Que Positron est méchamment répressif quand on a les doigts crochus ? Un mauvais point et dehors ?

Il aimerait téléphoner à Conor, lui parler davantage. Voir ce qu'il sait au juste sur ce Projet. Mais, sans téléphone, c'est impossible. *Attends*, se dit-il. *Donne une chance à cet endroit.*

Ed ouvre grands les bras à la manière d'un téléprédicateur ; sa voix devient plus sonore. Puis, ajoute-t-il, les Positronistes se sont fait la réflexion – idée de génie – que si l'on réduisait les effectifs des prisonniers pour gérer les établissements pénitentiaires de façon rationnelle, ça donnerait des unités économiques viables où tous seraient gagnants. Ces unités généreraient des emplois dans la construction, dans la maintenance, dans le nettoyage, dans la sécurité. Des boulots à l'hôpital, dans la confection d'uniformes, de chaussures, dans l'agriculture, pour les cas où il y a des fermes à proximité; une abondance de postes jamais démentie. Des villes de taille moyenne abritant de grands pénitenciers seraient à même de s'autofinancer, et les habitants de ces agglomérations bénéficieraient d'un confort dévolu à la classe moyenne. Et, si chaque citoyen se trouvait être soit gardien, soit prisonnier, le résultat se traduirait par le plein-emploi : pendant qu'une moitié serait en prison, l'autre moitié aurait à garder les prisonniers d'une manière ou d'une autre. Ou bien à garder ceux qui les avaient gardés.

Et puisqu'il n'était pas réaliste d'escompter que cinquante pour cent de la population puisse se prévaloir d'une criminalité certifiée, il fallait, pour plus de justice, que chacun se relaie : un mois en prison, un mois dehors. Qu'ils pensent aux économies, deux couples ou deux groupes de résidents par logement ! C'était le temps partagé porté à sa conclusion logique.

D'où les villes jumelles de Consilience/Positron. Dont ils constituent aujourd'hui un élément essentiel ! Ed sourit du sourire accueillant, ouvert du démarcheur-né. Tout ça est une question de bon sens !

Stan a envie de le questionner sur la marge bénéficiaire et aimerait savoir si ce Projet est une affaire privée. Il ne peut en être autrement. Quelqu'un a bien décroché les lucratifs contrats pour le génie civil et les fournitures, les murs ne poussent pas tout seuls et, à en juger par ce qu'il a vu du portail, les systèmes de sécurité sont de très bonne qualité. Mais il se domine : a priori, ce n'est pas le moment de demander, car un énorme CONSILIENCE est apparu sur l'écran :

CONSILIENCE = CONDAMNÉS + RÉSILIENCE. UN SÉJOUR EN PRISON AUJOURD'HUI, C'EST NOTRE AVENIR GARANTI.

UNE VIE DIGNE DE CE NOM

Stan doit reconnaître que l'équipe des relations publiques et les promoteurs de marque ont bien bossé ; Ed est aussi de cet avis, c'est évident. Le Projet Positron a abandonné le nom de la prison préexistante, leur explique-t-il, parce que le « Centre pénitencier du Nord » faisait vieillot et rasoir. Ils ont choisi « Positron », qui techniquement désigne les antiparticules associées à l'électron, mais peu de gens sur terre le savent, pas vrai ? C'est un terme qui a une résonance très, eh bien, très positive. Or, pour régler nos problèmes actuels, il nous faut du positif. Même les gens les plus cyniques – selon Ed –, les plus négatifs sont obligés d'en convenir. Ensuite, ils se sont tournés vers de grands designers afin d'avoir leur avis sur la présentation et l'atmosphère globales. Les années cinquante ont été retenues pour les aspects visuels et audio, parce que, pour la majorité des personnes consultées, c'est la décennie du bonheur. Ce qui est un des objectifs du Projet : le maximum de bonheur possible. Qui refuserait de cocher cette case-là ?

En lançant le nouveau nom et la nouvelle esthétique, Positron a touché un point sensible. Stratagème crédible, ont déclaré les blogueurs. Enfin, une vision ! Pourquoi ne pas essayer, puisque rien d'autre n'a marché ? ont même suggéré les éléments dépressifs dans leurs rangs. Dans leur désespoir, les gens étaient prêts à gober tout ce qui pouvait les galvaniser.

Dès les premières publicités à la télé, le nombre des enregistrements en ligne s'est révélé stupéfiant. Pas étonnant : il y avait tellement d'avantages. Qui ne préfère pas un bon repas trois fois par jour, une douche qui ne se limite pas à un verre d'eau, des vêtements propres et un lit confortable, sans punaises ? Sans parler du sentiment exaltant d'un objectif commun partagé. Au lieu de croupir dans un condominium désert peu à peu envahi par de la moisissure noire ou de s'entasser dans une caravane en passant ses nuits à repousser des ados aux regards vides et froids, armés de tessons de bouteilles et prêts à vous faire la peau pour une poignée de mégots, on bénéficie d'un emploi rémunéré, de trois solides repas par jour, d'une pelouse à tondre, d'une haie à tailler, de l'assurance qu'on contribue au bien-être général et d'une chasse d'eau en état de marche. En un mot, ou plutôt en six : UNE VIE DIGNE DE CE NOM.

C'était le dernier slogan de la dernière diapo du dernier PowerPoint. Une idée importante à cogiter chez soi, ajoute Ed. Dans leur nouveau chez-soi, juste ici à Consilience. Et à Positron bien sûr. Pensez à un œuf, avec son blanc et son jaune. (Un œuf apparaît sur l'écran et un couteau le coupe en deux dans le sens de la longueur.) Consilience, c'est le blanc, Positron le jaune et, ensemble, ils forment l'œuf complet. Le fruit de la poule aux œufs d'or, ajoute Ed en souriant. Il y a une dernière image : celle d'un nid où brille un œuf doré.

Ed arrête le PowerPoint, chausse ses lunettes de lecture, consulte une liste. Quelques points pratiques : ils recevront leur nouveau mobile dans le hall principal. En même temps, ils toucheront leurs allocations logement. Tout est expliqué en détail sur les feuilles vertes de leur chemise, mais, en bref, tout le monde à Consilience vivra deux vies : prisonnier un mois, gardien ou employé de la ville le mois suivant. Tout le monde aura un Alternant. Les pavillons accueilleront donc quatre personnes au moins : le premier mois, ils seront occupés par les civils, le deuxième mois par les prisonniers du premier mois, qui s'y installeront en endossant le rôle des civils. Et ainsi de suite, mois après mois, à tour de rôle. Qu'ils imaginent les économies réalisées sur le coût de la vie, lance Ed, avec ce qui peut être soit un tic, soit un clin d'œil.

Quant à leur pouvoir d'achat, toujours un sujet brûlant, chacun d'eux se verra attribuer une certaine somme de posidollars, lesquels pourront être échangés contre des articles qu'ils auraient éventuellement envie d'acheter dans les boutiques de Consilience ou sur le catalogue numérique du réseau interne. Cette somme sera automatiquement reconstituée les jours de paye. En ce qui concerne les objets acquis pour personnaliser les espaces habitables, ils auront la possibilité soit de les stocker durant leurs séjours en prison, soit de les partager avec leurs Alternants ; bien entendu, en cas de casse, les Alternants remplaceront lesdits articles, avec leurs propres posidollars. Une équipe d'entretien s'occupera de la plomberie et des problèmes électriques. Et des fuites, ajoute Ed. Celles du toit, pas celles touchant aux informations, précise-t-il avec un sourire. Une blague sans doute, présume Stan.

Il jette un rapide coup d'œil sur la feuille verte. Les célibataires ont droit à un logement de deux pièces dans un condo, qu'ils partageront avec une autre personne et leurs deux Alternants. Les pavillons sont réservés aux couples et aux familles : bien, Charmaine et lui en auront un. Les adolescents disposent de deux écoles – une au sein de la prison, une en dehors. Les jeunes enfants logent avec leur mère dans l'aile des femmes, qui est équipée de garderies, de maternelles et de classes de danse pour tout-petits. C'est vraiment un cadre idéal pour eux et jusqu'à présent l'index de satisfaction parentale a toujours été extrêmement élevé.

Chaque logement compte quatre casiers, un par adulte. Les vêtements civils, qui peuvent être choisis dans le catalogue, sont rangés dans lesdits casiers pendant que leurs propriétaires assurent leur service mensuel de prisonniers. La tenue orange des détenus reste à Positron, on la porte dans le centre pénitentiaire, puis on la laisse sur place pour qu'elle soit nettoyée.

Les cellules ont été modernisées et, même si l'on a veillé à respecter le thème, on leur a apporté des aménagements considérables. On ne va tout de même pas leur demander de vivre dans une sorte de prison démodée ! La nourriture, par exemple, est digne d'un trois-étoiles au moins. Pour sa part, il n'y a pas de repas qu'il apprécie davantage : c'est incroyable ce que la conscience professionnelle et une approche positive peuvent apporter à des ingrédients simples et sains.

Ed consulte ses notes. Stan s'agite et change de fesse : combien de temps ce moulin à paroles va-t-il continuer à se répandre ? Il a vu ce qui les attend et, pour le moment, il n'y a pas à flipper. Il aimerait bien un café. Ou mieux, une bière. Il se demande ce qu'ils auront raconté à Charmaine, dans les ateliers pour femmes.

Bien, encore un point, poursuit Ed. De temps à autre, il se peut qu'une équipe de tournage vienne réaliser un reportage sur la vie idéale qui sera la leur, afin de le présenter en dehors de Consilience et promouvoir le bon travail accompli ici. Ils auront donc la possibilité de voir le fruit de leurs efforts sur le circuit fermé de Consilience. Musique et films sont disponibles sur le même réseau, sinon que, pour parer à d'éventuels débordements, il n'y a ni pornographie ni violence excessive, ni rock ni hip-hop. En revanche, aucune restriction sur les quartets à cordes, Bing Crosby, Doris

Day, les Mills Brothers ou les titres de vieilles comédies musicales hollywoodiennes.

Merde, se dit Stan. *Des conneries pour mémés.* Et le sport alors, est-ce qu'ils auront la possibilité de regarder des matchs ? Y aura-t-il moyen de récupérer un signal de l'extérieur ? Où est le mal avec le foot ? Mais peut-être a-t-il intérêt à ne pas se risquer à ce genre d'initiative trop tôt.

Deux choses encore, ajoute Ed. Il y a une liste sur laquelle il convient d'indiquer les emplois qu'on préfère effectuer en prison et en ville ; il serait bon qu'ils numérotent leurs trois premiers choix, en attribuant un dix à leur favori. Quant à ceux qui n'ont jamais conduit de scooter, ils doivent s'inscrire sur la feuille jaune ; les cours de scooter commenceront mardi. La couleur des scooters est assortie à celle des casiers et chacun est personnellement responsable du véhicule qu'on lui a confié.

Lui, Ed, est certain qu'ils vont tous contribuer à la réussite de cette nouvelle aventure révolutionnaire. Bonne chance ! Il les salue en agitant la main à la façon du Père Noël, puis quitte la salle. La femme à l'ensemble noir lui emboîte le pas. *C'est peut-être un garde du corps*, se dit Stan. *Puissants fessiers.*

Lorsqu'il arrive devant la liste des emplois, Stan choisit la robotique en premier. Après, les technologies de l'information et en trois la réparation de scooters. Il présume qu'il peut faire n'importe lequel des trois. Tant qu'il n'atterrit pas au nettoyage des cuisines, ça va.

Ce soir-là, Charmaine et lui font leurs premières courses avec leurs posidollars et partagent leur premier repas dans leur nouveau logement. Charmaine n'en revient pas ; elle est tellement contente qu'elle en gazouille. Elle veut ouvrir toutes les portes de placard, mettre en route tous les appareils électriques. Elle est impatiente de découvrir ce qu'ils vont avoir comme boulot, et elle s'est inscrite pour apprendre à conduire un scooter. Tout ça va être vraiment génial !

« Allons-nous coucher », suggère Stan.

Elle part en vrille. Il a l'impression qu'il lui faudrait un filet à papillons pour l'attraper, tellement elle est déchaînée.

« Je suis surexcitée ! » reconnaît-elle.

Ça, c'est sûr, se dit Stan. Il aimerait bien être l'objet de cette surexcitation, plutôt que le lave-vaisselle, sur lequel elle s'extasie à présent comme si c'était un chaton. Lui ne peut se défaire du sentiment que cet endroit s'apparente à une sorte de système pyramidal et que ceux qui ne le comprennent pas se retrouveront en chemise. Mais rien ne justifie ce sentiment. Peut-être est-il de nature ingrate.

AFFAMÉE DE TOI

Depuis combien de temps vivent-ils dans les villes jumelles ? Stan ne le sait plus trop. Il arrive qu'on perde son cap. Une année s'est-elle déjà écoulée ? Plus d'une année. Il passe un mois à réparer des scooters et, le mois d'après, il travaille à un logiciel de comptage d'œufs en prison, et ensuite retour aux scooters. Rien qu'il ne puisse gérer.

Là, il rince sa tasse de café tout en écoutant « Paper Doll » avec les écouteurs de son téléphone. *The flirty guys*, fredonne-t-il. Au début, il détestait la musique de Consilience, mais il commence à la trouver curieusement apaisante. Doris Day a même un je-ne-sais-quoi de bandant.

Aujourd'hui, c'est le jour de la permutation, Charmaine et lui vont retourner en prison. Comment meuble-t-elle son temps loin de lui, dans l'aile des femmes ?

« On fait beaucoup de tricot, lui a-t-elle confié. À nos heures creuses. Et il y a les jardins potagers, la cuisine – on se relaie pour les tâches quotidiennes. Il y a le linge aussi, bien entendu. Et puis il y a l'hôpital, mon poste de chef de l'administration des thérapeutiques – c'est une grosse responsabilité ! Je ne m'ennuie jamais ! Les jours filent !

— Je te manque ? lui a demandé Stan, il y a une semaine. Quand tu es en prison ?

— Bien sûr que tu me manques. Ne sois pas bête », lui a-t-elle répondu en l'embrassant sur le nez.

Mais ce n'était pas une bise sur le nez qu'il voulait. *As-tu faim de moi, te consumes-tu de désir pour moi ?* Voilà ce qu'il aimerait lui demander. Mais il n'ose pas, il est presque sûr qu'elle rigolerait.

Ce n'est pas qu'ils ne font pas l'amour. Ils le font plus que dans la voiture, c'est sûr, mais Charmaine s'exécute comme si elle faisait du yoga, en contrôlant soigneusement sa respiration. Lui, le sexe qu'il veut, c'est celui auquel on ne peut résister. Il veut de l'irrésistible. Non non non, oui oui oui ! Voilà ce qu'il veut. Il en a pris conscience au cours de ces derniers mois.

Dans la cave, il ouvre le grand casier vert et y range ses vêtements d'été : shorts, T-shirts, jeans. Peut-être ne les mettra-t-il pas pendant un moment : à son retour, le mois prochain, la saison chaude sera peut-être terminée et il portera des polaires, encore qu'on ne sache jamais avec le mois de septembre. Il aura moins à s'occuper de la pelouse, ce qui sera un plus. Sauf qu'elle sera dans un état catastrophique. Il y a des gars qui se foutent totalement des pelouses, qui les laissent pousser n'importe comment, de sorte qu'elles se dessèchent, et après les fourmis jaunes se collent dedans et c'est un boulot de dingue pour les faire repartir. S'il était là tout le temps, elle serait splendide.

À l'étage, il y a des serviettes propres dans la salle de bains et des draps propres sur le lit. Charmaine y a veillé avant de reprendre son scooter pour regagner Positron. Depuis deux mois, il quitte la maison après elle, si bien que c'est lui qui se charge de l'inspection finale : pas de dépôts douteux au fond de la baignoire, pas de chaussettes orphelines, pas de savon ni de cheveux par terre. Quand ils reviennent, le premier jour de chaque deuxième mois, Stan et Charmaine sont censés trouver un logement impeccable, nickel, parfumé au produit d'entretien au citron, et Charmaine aime à le laisser ainsi. Elle dit qu'ils doivent donner l'exemple.

Pourtant, quand ils reviennent, les lieux ne sont jamais nickel, c'est certain. Ainsi que Charmaine l'a pointé, il y a des cheveux ici et là, des croûtes de toast, des taches. Pis : trois mois plus tôt, Stan est tombé sur un billet plié dont le coin dépassait de dessous le réfrigérateur. Peut-être était-il fixé sur la porte par l'aimant en forme de canard argent dont Charmaine se sert pour ses listes de courses ?

En dépit des strictes consignes de Consilience leur interdisant tout contact avec leurs Alternants, il s'est rué dessus. Bien qu'imprimé sur une feuille, il reflétait une lascivité incroyable :

Max chéri, j'ai du mal à attendre jusqu'à la prochaine fois. Je suis affamée de toi ! Je te veux tellement. Méga bisous plus câlins assortis et tu sais quoi en prime – Jasmine.

Il y avait un baiser au rouge à lèvres : rose fluo. Non, plus sombre : une sorte de pourpre. Pas violet, pas mauve, pas prune. Stan avait convoqué dans sa tête les noms des couleurs citées sur les nuanciers pour peintures et les échantillons de tissus devant lesquels Charmaine passe tellement de temps. Il avait porté le papier à son nez, l'avait humé ; il exhalait encore une vague odeur de chewing-gum à la cerise.

Charmaine n'a jamais mis un rouge à lèvres de cette couleur. Et elle ne lui a jamais écrit un billet pareil. Il l'avait flanqué à la poubelle, comme s'il était brûlant, mais l'avait repêché et replacé sous le réfrigérateur : pas question que Jasmine sache que quelqu'un avait intercepté son petit mot pour Max. Et puis il est possible que Max cherche ce genre de messages sous le frigo – c'est peut-être un petit jeu coquin entre eux ? –, auquel cas il serait fâché de ne pas le trouver. *Tu as eu mon mot ?* lui demanderait Jasmine pendant qu'ils seraient au lit, collés l'un contre l'autre. *Quel mot ?* marmonnerait Max. *Oh, merde, un de nos Alternants est tombé dessus !* s'écrierait Jasmine. Puis elle éclaterait de rire. Peut-être que ça l'exciterait, l'idée qu'une tierce paire d'yeux ait vu l'empreinte de sa bouche avide.

Cela dit, elle n'a pas besoin d'être excitée. Stan n'arrête pas de penser à tout ça : à Jasmine, à sa bouche. Déjà à la maison, c'est assez dur, même avec Charmaine qui respire à côté de lui, doucement, bruyamment, selon ce qu'ils font ou plutôt ce qu'il lui fait – Charmaine n'a jamais été du genre très active, c'est plus une femme qui reste sur la touche et l'encourage de loin. Mais, à Positron, dans le lit étroit qu'il occupe dans l'aile des hommes, ce baiser flotte devant ses yeux braqués sur l'obscurité ; pareil à quatre coussins moelleux, il est ouvert et invitant, comme s'il allait soupirer ou prendre la parole. Il connaît la couleur de cette bouche à présent, il l'a retrouvée.

Fuchsia. Ça évoque quelque chose de moite, de pulpeux. *Oh, dépêche-toi*, dit cette bouche. *Je te veux, je te veux maintenant ! Je suis affamée de toi !* Mais c'est à Stan qu'elle s'adresse, pas au gars dont les fringues sont rangées dans le casier voisin du sien. Pas à Max.

Max et Jasmine, ce sont leurs prénoms – les prénoms des Alternants, les deux autres occupants de la maison, qui évoluent au milieu de sa routine, alimentent ses exigences et interprètent ses fantasmes de vie normale quand Charmaine et lui sont absents. Il n'est pas censé connaître ces prénoms, ni rien sur leurs propriétaires : c'est le protocole de Consilience. Mais, à cause du billet, il connaît leurs prénoms. De même qu'il connaît à présent – qu'il déduit ou, pour être plus précis, qu'il imagine – beaucoup d'autres choses aussi.

Le casier de Max, c'est le rouge. Celui de Charmaine est rose, celui de Jasmine pourpre. Dans une heure environ – lorsque Stan aura quitté la maison et se sera déconnecté –, Max franchira la porte d'entrée, ouvrira le casier rouge, en sortira ses vêtements, les montera au premier et les rangera sur les étagères, dans le placard de la chambre : le nécessaire pour un séjour d'un mois.

Puis Jasmine arrivera. Elle ne s'embêtera pas avec le casier, pas au début. Ils se jetteront dans les bras l'un de l'autre. Non : Jasmine se jettera dans les bras de Max, se plaquera contre son torse, lui offrira sa bouche fuchsia, puis elle arrachera les habits de Max et les siens, l'entraînera par terre sur... sur quoi ? Le tapis du salon ? À moins que, chancelants de désir, ils ne basculent étroitement enlacés sur le lit impeccable dont Charmaine a soigneusement repassé les draps avant de partir ? Des draps ornés d'une bordure de merlebleus nouant de petits rubans roses. Des draps de bébés, des draps de gamins : la conception du mignon selon Charmaine. Ils ne correspondent pas à Max et Jasmine, jamais ils ne se choisiraient des accessoires aussi banals, aussi falots. Le satin noir, c'est plus leur style. Notez, comme tout le reste de l'équipement, ils leur ont été fournis avec le logement.

Jasmine n'est pas du genre à repasser les draps et elle ne fait pas le lit pour Stan et Charmaine avant de partir : le matelas est à nu et il n'y a pas de serviettes dans la salle de bains. *Car, bien entendu, Jasmine se contrefiche de ces détails ménagers*, songe Stan, *la seule chose qui l'intéresse réellement, c'est le sexe.*

Stan replace Jasmine et Max dans sa tête, dans ce sens-ci, dans celui-là, soutien-gorge en dentelle déchiré, jambes en l'air, cheveux follement emmêlés, alors qu'il n'a même pas idée de ce à quoi ils ressemblent. Le dos de Max est couvert de griffures, tel le cuir du canapé favori d'un matou.

Quelle salope, cette Jasmine. Une seconde et elle est chaude, comme une plaque à induction. Insupportable.

Peut-être qu'elle est moche. Moche moche moche, répète-t-il à la façon d'une formule magique qui lui permettrait de l'exorciser, elle, son rouge à lèvres parfumé au chewing-gum – cette odeur le rend dingue – et sa voix musquée, qu'il n'a jamais entendue. Peine perdue, parce qu'elle n'est pas moche, elle est belle. Elle est tellement belle qu'elle rayonne dans le noir.

Pas de facéties comme ça avec Charmaine. Pas de torrides baisers fuchsia, pas de galipettes sur la moquette. Dans un mois, ce sera « Stanley ! Stan ! Chéri ! Je suis là ! » d'une voix claire et aiguë, d'une voix dénuée de sous-entendus : Charmaine avec sa jupe rayée bleu et blanc, si pimpante et dispensant de vagues émanations de Javel derrière des fragrances d'adoucisseur rappelant le talc pour bébé.

Il n'a aucun regret. C'est pour tout ça qu'il l'a épousée : elle lui a permis d'échapper aux femmes compliquées, sournoises, ironiques, tantôt chaleureuses tantôt glaciales avec lesquelles il s'était enferré avant de la rencontrer ; des femmes suffisamment faciles pour que Conor et d'autres les lui raflent. Transparence, fiabilité, fidélité : les multiples humiliations endurées lui ont appris la valeur de ces qualités. Il a été séduit par le côté rétro de Charmaine, son style pub pour gâteaux secs, sa pruderie, le fait qu'elle ne dise quasiment jamais un mot grossier. Quand ils se sont mariés, ils ont envisagé des enfants, le jour où leurs moyens le leur permettraient. Ils l'envisagent toujours. Peut-être que ça arrivera bientôt, maintenant qu'ils ne vivent plus dans la voiture.

Il tape le code de son casier, attend que s'allume le signal FERMÉ, remonte les marches de la cave, sort de la maison. Une fois dehors, il compose le second code sur le pavé tactile à côté de la porte pour finaliser sa sortie.

Pendant ce temps, à Positron, Jasmine et Max ont déjà dû enfiler la tenue civile qu'ils ont rangée le mois précédent. Chacun doit être en train de quitter son aile pour aller déposer son uniforme orange à la réception. D'ici peu, ils vont sauter sur leur scooter et prendre la direction de la maison. Stan, saisi d'un fantasme de voyeur, rêve de se cacher derrière la haie, la haie de cèdres qu'il a taillée la semaine dernière, histoire de reprendre le boulot que Max a bâclé durant son séjour. Il attendra leur retour à tous deux, puis regardera par la fenêtre. Il a calculé l'angle de vision et a laissé les stores du rez-de-chaussée à peine entrouverts. En revanche, s'ils montent au premier, il ne pourra que recourir à l'échelle coulissante, initiative ô combien grinçante et métallique, il le sait.

Et s'il tombait ? Ou pis, si Max se penchait par la fenêtre, totalement à poil, et le poussait ? Il ne sait rien de Max, à part ce que le billet suggérait ; et aussi que Max a été le premier à choisir son casier et qu'il a opté pour le rouge. Il doit être agressif. Stan n'aimerait pas qu'un bonhomme à poil et fumasse le fasse tomber d'une échelle coulissante, un bonhomme à poil sur l'épiderme bien charpenté duquel il ajoute à présent abondance de tatouages. Max a aussi le crâne rasé, couvert de cicatrices et de coutures héritées des multiples fois où il a brisé dents et mâchoires avec juste son crâne en obus, c'est sûr.

Le crâne de Stan a toujours un coussin de cheveux blonds, hélas ! De plus en plus clairsemés, alors qu'il n'a que trente-deux ans. Jamais il n'a filé un coup de boule dans la gueule de quelqu'un, mais il est prêt à parier que Max, oui. Autrefois, dans sa vie d'avant Positron, Max bossait comme garde du corps d'un baron de la drogue : vêtu de noir et bardé de chaînes en or, il trempait dans la traite des femmes et le trafic de coke, il n'y a pas à en douter. Quelqu'un dans le genre de Conor, mais en plus costaud, plus dur, plus mauvais, plus puissant. Sur terrain stable, Stan aurait peut-être une chance de se défendre face à un mec de cette trempe, mais sur cette fichue échelle, il perdrait l'équilibre. Et atterrirait dans la haie qu'il a taillée avec tant de soin, en la défonçant méchamment.

Ce trou du cul de Max est encore pire avec la haie qu'avec la pelouse. Stan a retrouvé le taille-haie dans le garage, les lames encrassées de feuillage haché menu. Mais il n'y a pas de risque que Max puisse se concentrer sur la taille de la haie, étant donné que chaque fois que Jasmine voit le pauvre bougre avec ses gants de jardinage en cuir, elle lui saute dessus et s'attaque à sa boucle de ceinture.

Tout bien réfléchi, mieux vaut ne pas regarder par la fenêtre.

PERMUTATION

C'est une belle journée sans nuages, pas trop chaude pour un 1er août. Aux yeux de Charmaine, les jours de permutation ont un côté presque festif : quand il ne pleut pas, les rues fourmillent de gens qui se sourient, se saluent, certains à pied, d'autres sur leur scooter avec leur code de couleurs et, à l'occasion, dans une voiturette de golf. De temps à autre, une des voitures noires de la Surveillance fend la foule : elles sont plus nombreuses les jours de permutation.

Tout le monde paraît très heureux : quand on a deux vies, il y a toujours la perspective d'autre chose. C'est comme être en vacances tous les mois. Mais quelle est la vie où on est en vacances et celle où on est actif ? Charmaine n'en sait trop rien.

Tout en roulant vers la pharmacie de Consilience sur son scooter rose et pourpre, elle consulte sa montre : elle n'a pas beaucoup de temps. Elle doit pointer à Positron à cinq heures et demie au plus tard, et il est déjà trois heures. Elle a dit à Stan qu'elle avait quelques commandes à passer pour l'hôpital de la prison – d'où son besoin de filer. Le mois d'avant, elle a pris le prétexte des housses – il était d'accord, non, pour les housses ? Elles sont ternes, hein, ne faudrait-il pas qu'ils aillent voir la sélection et soumettent leur demande pour qu'on leur accorde quelque chose de plus gai ? On ne se rend pas trop compte avec une image numérique, il vaut mieux aller regarder de près. Tiens, quelques échantillons ! Du fleuri ou plutôt un motif abstrait ?

N'importe quoi dans ce registre et Stan décroche, elle peut être sûre et certaine qu'il n'a pas capté un seul mot de ce qu'elle lui a raconté. Si elle devait disparaître subitement, il s'en apercevrait, mais sinon il ne fait pas trop attention à elle. Ces derniers temps, il l'a traitée comme un bruit blanc, comme les clapotis de ruisseau que diffuse leur machine à dormir. Dans le temps, ça l'aurait blessée – ça l'a blessée –, aujourd'hui, ça lui convient très bien.

Elle gare son scooter dans le parking derrière la pharmacie, puis revient sur ses pas pour gagner l'entrée. Déjà, son cœur bat plus vite. Elle prend une inspiration, endosse sa mine affairée, efficace, se penche sur son petit carnet, comme si elle y avait noté quelque chose. Puis elle commande une grande boîte de gaze, à mettre sur le compte de l'hôpital. Elle n'en a absolument pas besoin, mais ça passera inaperçu : personne n'ira compter le nombre de pansements de gaze en stock, d'autant que c'est son boulot à elle, un mois sur deux.

Elle adresse son sourire radieux à Bill Nairn, qui effectue sa dernière heure de pharmacien avant de raccrocher sa blouse blanche pour reprendre le rôle qui est le sien entre les murs de Positron. Bill lui retourne son sourire et ils échangent quelques commentaires sur le temps exquis, puis terminent sur un au revoir. Elle sourit de nouveau. Elle a des dents tellement candides : des dents asexuées, absolument pas acérées. Avant, son physique tout en symétrie et en blondeur la tracassait, mais elle y voit aujourd'hui un atout. Ses petites dents n'alarment personne : être lisse, c'est un bon camouflage.

Elle regagne le parking à la hâte et trouve, bien sûr, une petite enveloppe coincée sous le siège du scooter. Elle s'en empare, sort du parking en zigzaguant, tourne au coin et s'engage dans une rue résidentielle où elle se gare.

Pour organiser leurs rencontres, ils n'utilisent pas les téléphones fournis par Consilience : c'est trop risqué, on ne sait jamais ce qu'espionnent les gens du central informatique. Toute la ville est sous cloche : on peut communiquer à l'intérieur, mais pour recevoir ou envoyer quoi que ce soit à l'extérieur, il faut passer par des portails agréés. Pas de gémissements, pas de plaintes, pas de ragots, pas de dénonciations. Le message global doit être étroitement contrôlé : impossible que le monde ait le moindre doute sur la bonne marche du Projet des villes jumelles Consilience/Positron.

Et tout marche bien, regardez : les rues sont sûres, pas de sans-abri et des emplois pour tous !

Certes, il y a eu sur le chemin quelques bosses qu'il a fallu aplatir. Mais, pour le moment, Charmaine n'a pas l'intention de s'appesantir sur ces bosses démoralisantes ni sur la nature de l'aplatissement.

Elle déplie le papier, mémorise l'adresse. Elle brûlera ce billet, mais pas ici à la vue de tous : une femme en scooter qui ferait un truc pareil risquerait d'attirer l'attention. Il n'y a pas de voitures noires en vue, cependant il paraît que la Surveillance est capable de voir jusque dans les moindres recoins.

Aujourd'hui, c'est l'adresse d'un lotissement, vestige d'une décennie du milieu du XXe siècle : une des nombreuses reliques du passé de la ville. Comme ils l'ont tous appris dans les brochures, Consilience a été fondée à la fin du XIXe siècle par un groupe de Quakers en quête de fraternité; la cité, qui s'appelait alors Harmonie, avait pour armoiries une ruche en référence au labeur coopératif. Sa première industrie avait été une usine de betteraves sucrières, une fabrique de meubles avait suivi, et ensuite une corseterie. Après, il y avait eu une usine automobile – des véhicules pré-Ford –, puis une société de pellicule pour appareils photo et, à la fin, un établissement carcéral.

Après la Seconde Guerre mondiale, les principales industries avaient disparu et il n'était plus rien resté d'Harmonie, sinon un centre-ville vidé de sa substance, plusieurs bâtiments publics décrépits malgré leurs colonnes blanches et une batterie de maisons saisies que même les banques n'avaient pas réussi à vendre. Et, bien entendu, le pénitencier, qui était l'endroit où les habitants avaient travaillé – ceux qui avaient eu la chance d'avoir un emploi.

Désormais, tout est bien différent, songe Charmaine. Quel progrès ! Ils ont déjà rénové le gymnase, par exemple. Et ils sont en train de moderniser tout un tas de maisons – un nouveau lot de candidats va débarquer d'un mois à l'autre et les occuper. Ou peut-être s'installeront-ils dans des logements un peu moins modernes, comme celui dans lequel Stan et elle ont vécu au début et où ils ont connu des problèmes de plomberie ; plus que de simples problèmes, ça avait été catastrophique. Une fois, il avait tellement plu que les eaux usées avaient reflué dans l'évier de la cuisine : c'est plus qu'un problème, ça.

Par bonheur, leur transfert avait été accepté ; elle présume que leurs Alternants ont déménagé, eux aussi, mais peut-être que non. Elle n'a pas pensé à poser la question à Max – si sa femme et lui ont vécu dans l'autre logement avant. Ce n'est pas le genre de choses dont elle parle avec Max.

Tous les mois, une nouvelle adresse : c'est mieux ainsi. Par chance, il y a énormément de maisons vacantes, datant soit de l'époque de la faillite industrielle, quand les organismes de crédit immobilier recouraient aux saisies, soit d'une époque moins reculée où un grand nombre de résidences restaient inoccupées parce que personne n'en voulait. Quand il n'est pas dans sa cellule à Positron, Max appartient à l'équipe de restauration des logements de Consilience. C'est eux qui inspectent les logements, puis les déclarent bons pour la boule de démolition et le nivellement préalable à la création d'un parc ou de jardins communaux, ou pour la rénovation, de sorte qu'il sait quels sont ceux qui conviennent.

Max essaie de choisir le type de décoration que Charmaine préfère : elle aime les jolis papiers peints avec des boutons de rose ou des marguerites. Il parvient toujours à trouver des maisons avec ce genre d'intérieur. Mais dans chacune, les vandales sont passés avant eux, à l'époque où ils circulaient de ville en ville et de foyer en foyer, fracassant fenêtres et bouteilles, buvant, se droguant, dormant à même le sol et convertissant les baignoires en latrines, et ce avant même le lancement du Projet Positron.

Les gangs et les frappadingues ont laissé leurs signatures sur le papier peint : tags gribouillés et autres joyeusetés. Dessins vicelards. Mots courts, durs, écrits à la bombe, au marqueur, au rouge à lèvres et, en deux endroits, avec un truc brunâtre qui fait une croûte. De la merde peut-être.

« Lis-moi ça, lui avait chuchoté Max à l'oreille, dans la première maison, la première fois.

— Je ne peux pas. Je ne veux pas.

— Si, avait répondu Max. Tu veux. »

Et sans doute était-ce vrai, parce qu'ils s'étaient déversés, ces mots. Max avait éclaté de rire, l'avait soulevée de terre, puis avait glissé les mains sous sa jupe. Jamais elle ne porte de jeans pour ces rencontres, et c'est à cause de ça. Une minute plus tard, ils roulaient sur le plancher nu.

« Attends ! s'était-elle écriée en haletant de plaisir. Défais les boutons !

— Je ne peux pas attendre », avait-il répliqué.

Et c'était vrai, il ne pouvait pas attendre et, comme il ne pouvait pas, elle non plus. On aurait juré qu'ils modulaient le texte de la quatrième de couverture du roman le plus salace des quelques malheureux titres à l'actif de la bibliothèque de Positron. Balayés. Ivres de désir. Un vrai cyclone. Gémissements désespérés. Tout ça à la fois. Elle n'avait jamais pensé posséder pareille force, pareille énergie. Elle avait cru que ça n'existait que dans les livres et à la télé, ou bien chez d'autres gens.

Après, elle avait ramassé les boutons, les avait empochés. Seuls deux avaient sauté. Elle les a recousus plus tard, à la fin de son mois à Positron et avant de retourner à la maison où elle vivait avec Stan.

Elle aimait vraiment Stan, mais c'était différent. Une forme d'amour différente. Confiant. Calme. Assorti de poissons rouges, dans des aquariums – même s'ils n'avaient rien de tout ça –, et de chats peut-être. Avec des œufs pour le petit déjeuner, pochés, douillettement lovés dans leur pocheuse individuelle. Et des bébés.

Après la mort de mémé Win, Charmaine avait bien été obligée de se débrouiller et de faire son chemin ; elle s'était souvent retrouvée en terrain glissant, à deux doigts du désastre, mais elle avait continué à avancer et c'est ce qui l'avait sauvée. Elle tenait à Stan, parce qu'elle aimait le contact de la terre ferme sous ses pieds, les surfaces sans reflets et les films au dénouement bien tourné. C'est un moyen de trouver l'apaisement, à ce qu'on dit. Elle avait accepté le poste de chef de l'administration des thérapeutiques à la prison Positron quand on le lui avait proposé car, selon elle, ça incluait des étagères, des inventaires et que tout était à sa place.

Ou plutôt elle avait cru qu'il en serait ainsi ; mais elle est en train de découvrir que ça va plus loin. Il y a des responsabilités dont on ne lui avait pas parlé au début, une certaine part de désordre. Il faut naviguer. Elle est en passe de devenir assez compétente dans ce domaine. Et il s'avère qu'elle n'est pas aussi accro à l'ordre qu'elle le croyait.

C'était vraiment cucu de laisser ce mot sous le réfrigérateur. Et ce baiser au rouge à lèvres ! Quelle vulgarité ! Elle garde ce tube de rouge dans son casier ; elle ne s'en est servi que sur ce billet. Stan n'accepterait jamais qu'elle porte une couleur aussi criarde – ça s'appelle Passion Pourpre, quel mauvais goût !

C'est pour ça qu'elle l'a acheté : c'est ainsi qu'elle voit ses sentiments pour Max. Pourpres. Passionnés. Criards. Eh oui, de mauvais goût. À un homme pareil, pour lequel on éprouve pareils sentiments, on peut dire toutes sortes de choses, *je suis affamée de toi* étant parmi les plus modérées. Des mots qu'elle n'aurait jamais utilisés avant. Des mots vandales. Par moments, c'est incroyable ce qui sort de sa bouche ; et ne parlons pas de ce qui y entre. Elle fait tout ce que veut Max.

Il ne s'appelle pas Max, bien sûr, pas plus qu'elle ne s'appelle Jasmine. Ils n'utilisent pas leurs vrais prénoms : ils l'ont décidé dès la première fois, sans même se consulter. On croirait qu'ils ont le don de lire dans le cerveau de l'autre.

Non, pas le cerveau. Quand elle est avec Max, elle jette son cerveau aux orties.

RANGEMENTS

La première fois avait été un pur hasard. Charmaine s'était attardée à la maison après le départ de Stan, elle finissait ses rangements, comme elle le faisait au début, avant Max. « Ne m'attends pas », avait-elle dit à Stan pour ne pas l'avoir dans les pattes. Elle aimait sa routine ménagère, aimait enfiler son tablier et ses gants en caoutchouc, puis cocher tous les éléments de sa liste mentale sans être interrompue. Tapis de sol, baignoire, éviers. Serviettes, toilettes, draps. De toute façon, Stan détestait le bruit de l'aspirateur.

« Je vais juste faire le lit, lui avait-elle lancé en saisissant l'occasion par les cheveux – les siens étant relevés en queue-de-cheval. Vas-y, chéri. À dans un mois. Que tout se passe bien ! »

Et c'était ce qu'elle était en train de faire – le lit, en fredonnant – quand Max était entré dans la pièce. Il l'avait surprise. Coincée : il n'y avait qu'une porte. Il était plutôt mince, nerveux. Pas d'une taille exceptionnellement grande. D'épais cheveux noirs. Séduisant aussi. C'était un homme qui devait avoir trop de choix.

« C'est bon, lui avait-il lancé. Désolé, je suis en avance. J'habite ici. »

Il avait avancé d'un pas.

« Moi aussi », avait répondu Charmaine.

Ils s'étaient regardés.

« Le casier rose ? »

Encore un pas.

« Oui. Vous, c'est le rouge, avait-elle bredouillé en reculant. J'ai presque fini, après vous pourrez...

— Ne vous pressez pas. »

Encore un pas en avant.

« Qu'est-ce que vous avez dans votre casier rose ? Je me le suis souvent demandé. »

Était-ce une plaisanterie ? Charmaine avait toujours du mal à savoir si les gens plaisantaient ou pas.

« Vous aimeriez peut-être boire un café ? avait-elle suggéré. Dans la cuisine. J'ai nettoyé la machine, mais je peux toujours... Notez, il n'est pas très bon, ce café. »

Charmaine, tu babilles, s'était-elle dit.

« Pour moi, ça va. Je préfère rester là à vous regarder. J'aime bien votre manie de faire le lit avant de partir. Et de sortir des serviettes propres. Comme dans un hôtel.

— Pas de soucis, ça me plaît assez, ça me donne l'impression... »

À présent, elle était acculée à la table de chevet. *Il faut que je sorte de là*, s'était-elle dit. Peut-être qu'en se faufilant elle pourrait le contourner. Elle s'était rapprochée du mur, puis avait avancé.

« Désolée, il faut que j'y aille maintenant », avait-elle marmonné d'un ton qu'elle espérait égal.

Mais il avait posé la main sur son épaule et s'était encore approché.

« J'aime votre tablier. Si c'en est un. Il s'attache derrière ? »

L'instant d'après – comment est-ce que ça s'était passé ? –, son tablier était par terre, ses cheveux détachés – c'est lui qui les avait dénoués ? –, ils s'embrassaient et il avait les mains sous sa jupe repassée de frais.

« On a deux heures devant nous, avait-il déclaré en s'écartant d'elle. Mais on ne peut pas rester ici. Ma femme... attends, je connais un endroit... »

Il avait griffonné une adresse.

« Vas-y maintenant.

— Je vais juste border le lit, sinon, ça ferait louche. »

Cette remarque lui avait arraché un sourire. Elle avait bel et bien bordé le lit, mais pas aussi impeccablement que d'habitude, parce que ses mains tremblaient. Puis elle avait suivi ses directives.

Ça avait été leur première maison vacante. Elle était sombre, pleine de mouches crevées, il n'y avait pas d'électricité ni d'eau non plus ; les murs étaient fissurés, plein de taches, mais cette première fois rien de tout ça n'a eu d'importance, elle n'a pas prêté attention à ces détails. Il est parti en premier par une petite porte. Elle a compté jusqu'à cinq cents, comme il le lui avait conseillé, puis elle est sortie par la porte principale en essayant de prendre un air de fonctionnaire pressée et elle a sauté sur son scooter pour rentrer directement à Positron, où elle a pointé, rendu ses vêtements civils, pris la douche obligatoire et enfilé la tenue orange de la prison qui l'attendait, toute propre. Après le dîner – rôti de porc et choux de Bruxelles – avec les autres dans le hall des femmes, elle a rejoint son cercle de tricot, comme d'habitude, et discuté de trucs et d'autres, comme d'habitude aussi. Mais elle était comme une somnambule.

Elle aurait dû être horrifiée par son comportement, par ce qu'elle avait fait. À la place, elle balançait entre la stupéfaction et la jubilation. C'était vraiment arrivé ? Cela arriverait-il encore ? Comment le contacter ou même croire à son existence ? Impossible. C'était comme être postée au bord d'une falaise. Ça lui donnait le vertige.

À dix heures, elle a regagné sa cellule, où la femme avec qui elle la partageait dormait déjà. Le clang de la porte, puis le clic du verrou l'ont rassurée. Le fait d'être bouclée dans sa cage l'a sécurisée, maintenant qu'elle se savait abriter cette autre personne capable de folies et d'acrobaties dont elle n'avait jamais soupçonné l'existence. Ce n'était pas la faute de Stan, mais celle de l'alchimie. Les gens parlaient d'alchimie pour évoquer autre chose, la personnalité par exemple ; pour elle, c'est bien d'alchimie qu'il s'agissait. D'odeurs, de textures, de goûts, d'ingrédients secrets. Elle voit beaucoup de chimie dans son boulot, elle sait ce que ça peut faire. L'alchimie, la chimie, ça peut s'apparenter à de la magie. Ça peut être impitoyable.

Cette nuit-là, elle a dormi comme si elle avait trop bu. Le lendemain, elle s'est acquittée de ses responsabilités à l'hôpital avec sa vivacité coutumière, en se cachant derrière un sourire de façade. Et depuis, elle attend : entre les murs de Positron pendant que Max inspecte des logements vacants à Consilience ; puis à la maison avec Stan, dans son boulot à préparer les tartes et les buns à la cannelle à la boulangerie. Et après elle a droit à une heure ou deux dans la peau de Jasmine, avec Max, les jours de permutation, quand il rentre à Positron et qu'elle retourne à la vie civile, ou vice versa.

Une maison vacante. L'angoisse. La précipitation. Le déchaînement.

Puis encore l'attente. C'est comme être étirée jusqu'au point de rupture ; elle n'en est pas encore là. Sinon que le fait de laisser ce billet ressemblait à une rupture. Ou à un début. Elle aurait dû mieux se maîtriser.

Stan a dû lire le billet. Ce n'est pas possible autrement. Il a dû le lire, puis le remettre sous le réfrigérateur, parce que Max lui a décrit l'endroit où il l'a trouvé, et c'était bien plus à droite que là où elle l'avait coincé. Depuis, Stan est tellement préoccupé qu'on le croirait sourd et aveugle. Quand il fait l'amour – c'est ainsi que Charmaine voit les choses, totalement dissociées de ce qu'elle vit avec Max –, quand Stan fait l'amour, ce n'est pas à elle qu'il le fait. Ou, disons, pas à l'idée qu'il a d'elle. Il est presque en colère.

« Lâche-toi ! lui a-t-il crié un jour. Lâche-toi, bordel ! »

« Qu'est-ce que tu voulais dire par "Lâche-toi" ? lui a-t-elle demandé après, de la voix perplexe d'une femme qui ne comprend pas, cette voix qui était avant sa seule et unique voix. Comment ça ? De quoi tu parles ? »

Il a marmonné « fais pas gaffe » et « désolé » et a paru avoir honte de lui. Elle n'a pas cherché à le calmer. Elle a envie qu'il ait honte de lui, ce sentiment protège en partie ses mensonges.

Une fois, il s'est trompé et l'a appelée Jasmine. Et si elle avait répondu ? Elle se serait trahie. Mais elle s'était dominée et avait fait mine de n'avoir rien entendu. Peut-être Stan était-il tombé amoureux de son billet, avec son baiser fuchsia mal inspiré. Faut-il s'en amuser ou y voir un danger ?

Et si Stan découvrait la vérité ? Sur elle, sur Max ? Comment réagirait-il ? Il se met facilement en colère ; si c'était pire quand ils vivaient dans la voiture, il lui est arrivé, même ici, de balancer des verres, de jurer quand les choses ne marchent pas comme il veut : le taille-haie, la tondeuse. Il n'aimerait pas découvrir que Jasmine n'existe pas, sauf à l'intérieur de Charmaine. En ce cas, elle le perdrait. Il ne pourrait pas le supporter.

Il faut qu'elle rompe avec Max. Il faut qu'elle les préserve tous les deux – Stan comme Max –, et elle aussi. Mais pas tout de suite. Elle peut sûrement s'accorder encore quelques heures, quelques moments, de cette parenthèse qu'elle ne peut qualifier de bonheur ; non, ce n'est pas ça.

Il aurait été préférable que ce soit Jocelyn, la femme de Max, qui trouve ce billet. Qu'aurait-elle pensé ? Rien de trop grave. Elle n'aurait pas pu identifier « Max », parce qu'il n'utilise jamais ce prénom avec sa femme à ce qu'il dit, et il n'a pas beaucoup de rapports sexuels avec elle, en tout cas rien qui ressemble aux rapports qu'il a avec Charmaine, donc inutile d'être jalouse. Ce sont deux univers différents, Max et Jasmine sont dans un des deux, sa femme dans l'autre.

Pour Jocelyn, « Max » et « Jasmine » ne seraient que les Alternants, qui occupent la maison quand son mari et elle sont à Positron. Si ce billet l'avait un tant soit peu intriguée, elle aurait pris « Max » et « Jasmine » pour Stan et Charmaine. Qu'aurait-elle pu penser d'autre ?

Pff, alors ! songe Charmaine. *On croirait qu'on s'en est tirés jusqu'à présent.*

Tu as dit quoi ? Elle entend la voix de Max dans sa tête, comme souvent quand il n'est pas là. Elle l'invente, le sait ; elle lui fait dire certains trucs. Pourtant, elle n'a pas l'impression d'inventer, il lui semble qu'il lui parle vraiment. *« Pff » ? Comme un de ces mecs des vieilles vignettes de journaux ? Chérie, que tu es rétro, putain, que tu es cool ! Maintenant, je vais te faire dire quelque chose de mieux avec ta petite bouche pourpre de salope. Demande-moi. Penche-toi.*

Tout ce que tu veux, lui répond-elle. Tout ce qu'il veut dans cette non-maison, dans ce rien-espace, cet espace qui n'existe pas, entre deux personnes sans vrais noms. *Oh, tout ce que tu veux.* Déjà, elle est d'une servilité pitoyable.

Et voici l'adresse du jour. Le scooter de Max est garé, discrètement, quatre portes décrépites plus loin. C'est à peine si elle parvient à monter les marches du perron, tant ses jambes flageolent. Si un curieux l'observait, il la prendrait pour une handicapée.

IV | C'EST LE CŒUR QUI LÂCHE EN DERNIER

COUPE DE CHEVEUX

Stan pointe à Positron, se prend une douche, enfile sa combinaison orange, fait la queue pour sa coupe de cheveux. Ils tiennent à préserver les apparences d'une authentique prison, bien que l'aspect tondu des prisonniers soit archaïque – ça allait de pair avec les poux d'antan – et qu'ils ne vous font plus le grand jeu : c'est juste relativement court, comme ça, au moment de sortir, les cheveux ont retrouvé une longueur respectable pour la vie civile.

« Tu as passé un bon mois dehors ? » lui demande le coiffeur, qui s'appelle Clint. Clint porte un grand T sur le devant, parce qu'il joue le rôle d'un Trusty, détenu bénéficiant d'un régime de faveur. Ce n'est pas un des criminels d'origine, ceux qui étaient encore là aux premiers temps du Projet : jamais on ne laisserait un détenu dangereux à proximité de ces ciseaux et rasoirs. Dehors, quand il est civil, Clint s'occupe de l'élagage des arbres. Avant d'intégrer le Projet, il était actuaire, mais il a perdu son boulot quand sa boîte est partie s'installer à l'ouest.

C'est une rengaine connue, même si personne ne parle trop de ce qu'il faisait avant : on n'encourage pas les coups d'œil dans le rétro. Stan lui-même ne s'appesantit pas sur son interlude chez Robotique Exquise, lorsqu'il croyait que l'avenir s'apparentait à un large trottoir qu'il suffisait d'arpenter tranquillement pour aller d'un pâté de maisons à l'autre ; de même ne s'appesantit-il pas sur ce qui a suivi, quand il s'est retrouvé sans boulot. Il déteste se revoir à cette époque-là : crasseux, morose et le souffle coupé par le sentiment d'inutilité qui recouvrait tout comme un brouillard. Que c'est bon d'avoir de nouveau des objectifs, comme la découverte et la séduction de Jasmine. Il la sent presque au bout de ses doigts – sa malléabilité, sa flexibilité de caoutchouc, sa chaleur de forêt tropicale humide.

On se calme, se dit-il en se glissant sur son siège. *Sors les mains de tes poches. Va pas te coller une hernie.*

Clint a dû apprendre le métier de coiffeur ici : tout le monde a été obligé de se taper une formation, afin d'acquérir ou de perfectionner une compétence pratique susceptible de servir au sein de Positron.

« Ouais, très bon, je peux pas me plaindre, répond Stan. Et toi ?

— Génial. J'ai un peu bossé dans ma maison. Je suis allé trouver le comité, qui m'a donné l'autorisation, et j'ai repeint la cuisine. Jaune primevère, ça a refilé un coup de jeune à la pièce. Exposition au nord. La patronne était ravie.

— Qu'est-ce qu'elle fait en taule ? demande Stan.

— Elle bosse à l'hôpital. Chirurgienne. Le cœur principalement. Et la tienne ?

— À l'hôpital aussi, chef de l'administration des thérapeutiques. »

Stan éprouve une certaine fierté : Charmaine a beau avoir un casier rose, ce n'est pas une nunuche. C'est un poste sérieux, à responsabilités. « Il faut qu'on puisse compter sur toi, il faut être optimiste», lui a-t-elle dit. Et aussi stable, discrète et pas sujette aux idées noires.

«Ce doit être un boulot difficile par moments, commente Clint. Le boulot avec les malades.

— Au début, oui. Ça l'affectait un peu. Là, elle s'y est faite.»

Elle ne lui parle jamais beaucoup de son travail, mais, bon, lui ne lui parle pas plus du sien.

«Il faut quelqu'un d'équilibré, ajoute Clint. Pas un sentimental.»

Voilà qui n'appelle qu'un ouais et rien de plus. Clint opte pour un silence clic-clic-clic plein de tact, ce qui convient parfaitement à Stan. Il a besoin de se concentrer sur Jasmine, Jasmine au baiser fuchsia. Elle ne le lâche pas.

Il ferme les yeux, se voit dans la peau d'un prince héros d'un des jeux vidéo débiles de son enfance, se frayant un chemin à coups de bâton à travers des marais envahis de plantes mangeuses d'hommes aux tentacules déployés, annihilant des sangsues géantes, se taillant un passage au milieu de ronciers empoisonnés pour accéder au château de fer où Jasmine gît endormie sous la garde d'un dragon, le dragon Max. Un baiser, son baiser à lui, Stan, devrait la réveiller sous peu. L'ennui, c'est qu'elle est déjà réveillée, elle est super réveillée, et fait l'amour avec le dragon. Lui et sa grande queue écailleuse.

Sale rêverie. Il ouvre les yeux.

Qui est Max? Ce pourrait être quelqu'un qu'il voit souvent sans le savoir. Ce pourrait être un mec qui lui a filé son scooter à réparer pendant son mois en taule, ou bien un gardien qui le boucle la nuit en lui disant : *Bronche pas.* Ce pourrait même être Clint : non, ça se peut? «Clint» pourrait-il être un faux nom? Sûrement pas. Clint est plus âgé, il grisonne et a une bedaine.

« Voilà, c'est fait », lance Clint.

Il brandit un miroir pour que Stan puisse se voir. Un boudin de gras hérissé de cheveux se forme sur sa nuque, mais uniquement s'il rejette la tête en arrière. Quand il trouvera Jasmine, il faudra qu'il pense à garder la tête droite. Ou légèrement penchée en avant. Elle pourrait poser la main dessus, une main dotée de longs doigts solides aux ongles couleur de sang artériel. À cette simple idée, il se sent rougir. Clint balaie les petits cheveux d'un geste leste.

« Merci, marmonne Stan. À dans deux mois. »

Deux mois – un en prison, un dehors – d'ici sa prochaine coupe de cheveux. Avant ça, il aura rencontré Jasmine, il fera tout pour.

Il se joint à la file des gens qui attendent de déjeuner, ce qu'il fait toujours juste après la coupe de cheveux. La nourriture de Positron est excellente car, si les gars des cuisines vous refilent de la merde, vous leur en refilerez aussi le mois d'après, histoire de leur rendre la pareille. Ça marche du tonnerre : ahurissant le nombre de chefs consciencieux qu'on a vus surgir. Aujourd'hui, il y a des raviolis au poulet, un de ses plats préférés. Satisfaction supplémentaire : il a lui-même contribué à la production des poulets en sa qualité de superviseur de la volaille de Positron.

Dans les mois qui ont suivi son intégration, l'heure du déjeuner était stressante. À l'époque, il restait encore quelques criminels purs et durs dans les lieux. Des revendeurs de drogue, des membres de gangs, des arnaqueurs et des escrocs, des voleurs de tout poil. Crânes soigneusement rasés, profonds tatouages témoignant des liens unissant leur propriétaire à son gang et proclamant son allégeance. C'étaient des bousculades dans la queue pour la cafétéria, des regards noirs, des confrontations à n'en plus finir. Stan apprit d'ingénieuses combinaisons de mots qu'il n'aurait personnellement jamais associés, même dans ses engueulades avec Conor, et dont on était forcé d'admirer la créativité, la poésie même. (*Pus, bite, pâté de foie, mère, chien, confiote à la fraise* : d'ailleurs que voulaient-ils dire avec ça ?) Des échauffourées éclataient pour des muffins, certains se prenaient une platée d'œufs brouillés en pleine poire.

Parfois, les choses se dégradaient, et ça se piétinait, ça se cassait la gueule. À ce stade, les gardiens étaient censés intervenir en force, mais seuls quelques-uns d'entre eux avaient une authentique expérience d'agents de sécurité, de sorte que ces interventions manquaient d'autorité. Il y avait eu des gens écrasés, des distributions de coups de pied et de poing, certains avaient été étouffés, d'autres ébouillantés par du café chaud, ce qui avait donné lieu à des vengeances en coulisse : mystérieuses agressions à l'arme blanche dans les douches, attaques à la fourchette à découper subtilisée dans la cuisine, commotions cérébrales chez des individus s'étant abondamment cogné la tête, allez savoir comment, contre des cailloux, dans le jardin maraîcher, sous le couvert des rangs de tomates.

Durant cette période, Stan a fait le dos rond, se l'est fermé et a essayé de se faire le plus invisible possible, conscient qu'il n'était pas Conor – il n'était pas équipé pour des jeux aussi brutaux. Mais cette phase n'a guère duré, car les perturbations provoquées par ces éléments criminels représentaient une menace trop grave pour le Projet. L'idée de départ était qu'en éparpillant les criminels au milieu des volontaires, qui constituaient désormais l'essentiel des détenus, ça aurait un effet positif sur les premiers. En outre, eux aussi seraient autorisés à sortir un mois sur deux pour endosser à leur tour leur rôle d'habitants de Consilience, où ils assumeraient des tâches citoyennes, voire une fonction de gardien au Positron.

Cela leur fournirait une expérience qu'ils n'avaient peut-être encore jamais eue – à savoir un emploi –, leur vaudrait une place dans la communauté et le respect des autres en même temps qu'ils apprendraient à se respecter eux-mêmes. Avoir des prisonniers assumant une fonction de gardien et vice versa serait extrêmement positif, répétait-on à l'envi. Les gardiens seraient moins tentés d'abuser de leur pouvoir, vu qu'eux aussi ne tarderaient pas à se retrouver sous les verrous. Et les prisonniers auraient tout intérêt à bien se conduire, dans la mesure où le recours à la violence engendrerait des vengeances. De plus, la criminalité avait perdu son côté attrayant, la domination des gangs ne procurant plus de richesse matérielle et le recel étant devenu impossible : qui aurait voulu acheter un truc qui se retrouvait dans tous les appartements de Consilience ? Il n'y avait aucune substance illicite à céder sous le manteau ou à dealer, aucun racket possible. Telle était la théorie officielle.

Mais certains criminels avaient apparemment envie de jouer les gros bras, juste pour le fun : un big boss reste un big boss, même sans bonus financier. Des gangs se sont formés, des criminels ont intimidé des non-criminels ou les ont entraînés dans de sinistres cercles de pouvoir malfaisants auxquels les novices ont trouvé un attrait tout neuf. Il y a eu des cambriolages en ville, des soirées avec beaucoup de casse et peut-être même – à en croire les rumeurs – des viols collectifs. À un moment donné, la menace d'un soulèvement contre la Direction a plané, avec prises d'otages et essorillages, mais cette machination a été découverte à temps, grâce à un espion.

Les forces extérieures auraient toujours pu couper l'alimentation électrique et l'eau – le premier idiot venu y aurait pensé, de l'avis de Stan –, mais les mauvaises nouvelles se seraient répandues dehors et le Projet aurait encaissé un échec spectaculaire, et ce de manière par trop publique. Les gens en auraient conclu que le modèle n'avait aucune valeur. Et les investisseurs auraient perdu un paquet de pognon.

Après un renforcement de la surveillance, les pires perturbateurs se sont évanouis dans la nature. Consilience tournant en circuit fermé – une fois dedans, on n'en sortait plus –, où avaient-ils donc disparu ? « Transférés dans une autre aile » était la version officielle. Ou sinon « problèmes de santé ». Des rumeurs sur leur sort ont commencé à circuler sous forme de discrets sous-entendus et hochements de tête. Et les comportements se sont radicalement améliorés.

BOULOT

Son repas terminé, Stan se repose brièvement dans sa cellule ; puis, une fois les raviolis au poulet descendus, il va faire sa gym en salle de muscu, en se concentrant sur son gainage musculaire. Après, c'est l'heure de prendre son service au centre avicole.

Positron abrite quatre catégories d'animaux – des vaches, des cochons, des lapins et des poulets. La prison possède également un grand nombre de serres installées sur les sites des bâtiments démolis et plusieurs hectares de vergers à pommes, en plus des jardins maraîchers. Tout cela, ajouté aux champs de soja et de blé vivace, est censé fournir les produits frais, tant pour la prison Positron que pour la ville de Consilience. Non seulement les produits frais mais aussi les surgelés, et non seulement la nourriture mais aussi les boissons : d'ici peu, il y aura une brasserie. Quelques produits proviennent de l'extérieur – un certain nombre, en fait –, situation qui a priori ne durera pas. D'ici très peu de temps, le Projet sera autonome.

Sauf pour les articles en papier, les plastiques, le fioul, le sucre, les bananes et...

N'empêche, pensez aux économies réalisées dans d'autres secteurs, les poulets par exemple. Les poulets sont un total succès. Dodus et goûteux, ils se reproduisent aussi vite que des souris et pondent avec une régularité de métronome. Ils mangent les feuilles de légumes qui ne se consomment pas, les restes des repas de Positron ainsi que les abats et autres reliquats des animaux abattus. Les cochons mangent la même chose, en plus grande quantité. Les vaches et les lapins sont restés végétariens.

À part les manger, Stan n'a rien à faire des vaches, des cochons et des lapins. Il ne s'occupe que des poulets. Ils vivent dans des cages métalliques, mais on les laisse se dégourdir les pattes deux fois par jour, ce qui est censé améliorer leur moral. Le chauffage et la lumière dont ils disposent sont gérés par un ordinateur installé dans un petit abri, que Stan vérifie régulièrement : un jour, un problème de fonctionnement a failli se traduire par un lot de poulets grillés, mais Stan, qui s'y connaît, a pu reprogrammer l'appareil et sauver la situation. Les œufs sont ramassés via d'ingénieux systèmes de descendeurs et de bandes de transport associés à un programme de comptage numérique. Stan y a personnellement apporté quelques améliorations qui ont réduit la casse, et désormais le système marche bien. En général, Stan passe ses quatre heures de service à superviser la sortie des poulets l'après-midi, à endiguer les affrontements hiérarchiques et à surveiller les crêtes afin de détecter de possibles problèmes de santé et de déprime.

C'est un boulot pour la forme, il le sait. Il présume que tous les poulets ont une puce sous-cutanée et que c'est ainsi que s'effectue la véritable supervision, dans une pièce bourrée de mouchards automatiques reportant des chiffres sur des diagrammes de flux et des graphiques. Mais sa routine l'apaise.

Au début – durant le semi-règne des criminels fous furieux, les authentiques criminels, et avant que les autorités n'installent des caméras espions pour surveiller le centre avicole –, Stan recevait quotidiennement la visite de certains mecs de Positron, ses codétenus d'un mois.

Ce qu'ils voulaient, c'était bénéficier d'un petit moment seul avec un poulet. Ils étaient ouverts à une transaction. En retour, Stan se verrait protéger de la sourde violence des gangs qui constituaient alors un courant sous-jacent derrière le paisible train-train de Positron.

« Tu veux faire quoi avec ? » s'est-il écrié la première fois.

Le gars s'était expliqué : il voulait s'enfiler un poulet. Ça ne faisait pas souffrir l'animal, il l'avait déjà fait, c'était normal, des tas de mecs faisaient ça et les poulets ne parlaient pas. Ici, sans dégorgeoirs, un mec virait chaud comme un lapin, d'accord ? Et c'était pas juste que Stan se garde tous les poulets pour lui ; s'il ne déverrouillait pas cette putain de cage fissa, sa vie risquait de tourner moyennement sympa, à supposer qu'on la lui laisse, parce que le pédé qu'il était sans doute allait peut-être remplacer le poulet de basse-cour.

Stan a saisi le message. Il a autorisé les rendez-vous clandestins avec la volaille. Et son rôle dans tout ça, c'était quoi, alors ? Souteneur de poulets. Ça valait mieux que d'être mort.

Conor aurait su quoi faire. Conor t'aurait allongé le gars par terre, l'aurait réduit en chair à pâté. Conor lui aurait demandé plus cher. Conor aurait orchestré les violences lui-même. Mais peut-être que Conor n'aurait pas survécu quand la Direction avait furieusement entrepris d'aplanir les problèmes.

Pendant qu'il se balade entre les rangées de cages, qu'il écoute les gloussements apaisants des poules satisfaites et respire l'odeur ammoniaquée des fientes, il se demande s'il a honte de son rôle de souteneur de volailles et s'aperçoit que non. Pis, il envisage d'essayer personnellement l'option poulet, car ce coup de plumeau vivant balaierait peut-être l'image de Jasmine de son cerveau et atténuerait éventuellement ses désirs obsédants. Mais il y a les caméras de surveillance : avec un poulet au bout de la queue, façon marshmallow sur une brochette, un homme s'expose au risque d'un style singulièrement dénué de dignité. Et ça ne serait sans doute pas un exorcisme efficace : il se mettrait juste à rêver à une Jasmine avec des plumes.

Arrête ça, Stan, se dit-il. *Arrête tout de suite. Prends sur toi.*

Il devient vraiment beaucoup trop obsédé. Il doit bien y avoir un médicament pour l'aider à se débarrasser de ce rêve éveillé. Non, de ce cauchemar éveillé – de ce supplice qui n'en finit pas. Peut-être demandera-t-il à Charmaine une sorte de calmant, de médicament déflationniste : elle bosse à la thérapeutique, elle pourrait mettre la main sur quelque chose. Mais comment lui expliquer son problème – *je bande pour une femme que je n'ai jamais vue* – sans parler de ses désirs ? Elle est tellement pure, impeccablement bleu et blanc, et son odeur si proche du talc pour bébé ! Elle ne comprendrait pas une compulsion aussi tordue. Et aussi foutrement stupide.

Peut-être qu'il aurait besoin de passer un moment dans l'atelier d'ébénisterie, après son service avec la volaille. Travailler de l'égoïne. Mettre la cheville dans le trou.

Charmaine enfile sa blouse verte par-dessus sa tenue orange. Une autre Procédure spéciale est prévue dans l'après-midi. C'est toujours l'après-midi qu'ils les programment ; ils préfèrent éviter l'obscurité de la nuit. Comme ça, c'est plus sympa pour tout le monde, y compris pour elle-même.

Elle s'assure qu'elle a bien son masque et ses gants chirurgicaux : oui, dans sa poche. Il faut d'abord qu'elle aille chercher la clé au bureau de surveillance qui se trouve à la conjonction de trois couloirs. Il n'y a pas de réceptionniste en chair et en os, juste une borne à tête, mais au moins y en a-t-il une dedans. Ou plutôt l'image enregistrée d'une tête. Est-elle vivante ou pas ? Personne n'en sait rien : ils font ça tellement bien à présent. Peut-être que d'ici peu ils confieront les Procédures spéciales à des robots et n'auront plus besoin d'elle. Ce serait une bonne chose ? Non. La Procédure a sûrement besoin du facteur humain. C'est plus respectueux.

« Pourrais-je avoir la clé, s'il vous plaît ? » demande-t-elle à la tête.

Mieux vaut traiter les têtes comme si c'étaient des vraies, au cas où.

« Connectez-vous, s'il vous plaît », lui répond la tête souriante.

Malgré sa mâchoire carrée, c'est une brune attirante, si elle est réelle, avec une frange et de petites créoles. Les têtes changent très souvent, peut-être pour donner l'illusion qu'elles existent bel et bien.

Charmaine ne peut s'empêcher de se demander si la tête la voit. Elle tape son code, le confirme du pouce, fixe le lecteur d'iris à côté de la borne à tête jusqu'à ce qu'il clignote.

« Merci », dit la tête.

Une clé plastifiée tombe d'une fente au bas de la borne. Charmaine l'empoche.

« Veuillez trouver ici votre Procédure spéciale ultraconfidentielle du jour. »

Un bout de papier sort d'une autre fente : numéro de chambre, nom du détenu à la prison Positron, âge, dernière dose de sédatifs reçue et heure à laquelle elle a été administrée. Le gars doit être sacrément shooté. C'est mieux.

Elle entre dans le dispensaire, avise le meuble de rangement et saisit son code pour en ouvrir la porte. Le flacon est là, il l'attend, et l'aiguille aussi. Elle enfile ses gants.

Dans la pièce qui leur est allouée, l'homme est attaché à son lit en cinq points, comme toujours maintenant, si bien que le patient ne peut plus s'agiter désespérément, lancer des coups de pied et mordre. Il est groggy, mais réveillé, ce qui est bien. Charmaine préfère : ce serait dommage d'effectuer la Procédure sur un sujet endormi, celui-ci passerait à côté de quelque chose. Quoi exactement ? Charmaine ne le sait pas trop, mais quelque chose qui serait moins bien autrement.

Il lève les yeux vers elle : en dépit des médicaments, il a peur, c'est évident. Il essaie de parler et émet un son pâteux. « Euheuheuh... » Ils produisent toujours le même son, qu'elle trouve un peu pénible.

« Bonjour, dit-elle. Quelle belle journée ! n'est-ce pas ? Regardez ce beau soleil ! Qui serait déprimé par un jour pareil ? Il ne vous arrivera rien de mal. »

C'est vrai : si elle se fonde sur ce qu'elle a observé, l'expérience semble être fantastique. C'est elle qui est mal, parce qu'elle s'inquiète forcément à l'idée que ce qu'elle fait n'est peut-être pas bien. C'est une grosse responsabilité, d'autant qu'elle n'est pas censée raconter à qui que ce soit ses activités précises, même pas à Stan.

D'accord, les individus qu'on amène pour la Procédure ne sont que de grands criminels, les incorrigibles, ceux qu'on n'a pas pu réformer. Les perturbateurs, qui démoliraient Consilience s'ils en avaient la possibilité. C'est le dernier recours. On l'a beaucoup rassurée à ce propos.

La plupart des Procédures concernent des hommes, mais pas toutes. Encore qu'elle n'en ait pas encore effectué une seule sur une femme. Les femmes ne sont pas si difficiles à réformer : ça doit être ça.

Elle se penche et embrasse cet homme sur le front. C'est un jeune homme à la peau lisse et dorée sous ses tatouages. Elle laisse son masque dans sa poche. Elle est censée le mettre pour la Procédure afin de se protéger des microbes, mais elle ne le fait jamais : ce serait effrayant, un masque. À tous les coups, une caméra cachée la surveille, toutefois personne ne lui a encore reproché ce léger manquement au protocole. Ils ont du mal à trouver des gens désireux d'effectuer la Procédure de manière efficace et néanmoins attentionnée, ils le lui ont dit – des gens dévoués, des gens sincères. Or, dans l'intérêt général, il faut bien que quelqu'un s'en charge.

La première fois qu'elle avait risqué ce baiser sur le front, la tête avait fait un brusque mouvement en cherchant à mordre et l'avait fait saigner. Elle avait demandé qu'on ajoute une courroie de cou. Et avait obtenu gain de cause. Ici, à Positron, ils tiennent compte des remarques.

Elle caresse le crâne du patient, lui sourit de ses dents trompeuses. Elle espère lui apparaître sous les traits d'un ange. Un ange de miséricorde. N'en est-elle pas un ? Ces hommes-là sont comme Conor, le frère de Stan. Nulle part à leur place. Ils ne sont jamais heureux

– que ce soit à Positron, à Consilience ou n'importe où ailleurs. C'est pourquoi elle leur fournit une solution. Une échappatoire. Soit cet homme gagnera un monde meilleur, soit il n'ira nulle part. En tout cas, il s'apprête à vivre un grand moment.

« Je vous souhaite un trip merveilleux », lui dit-elle.

Elle lui tapote le bras, puis lui tourne le dos afin qu'il ne la voie pas glisser l'aiguille dans le flacon pour en aspirer tout le contenu.

« Et on y va », lance-t-elle gaiement.

Elle trouve la veine, enfonce l'aiguille.

« Euheuheuh », marmonne-t-il.

Il tente laborieusement de se redresser, affiche une expression horrifiée, mais ça ne dure pas. Son visage se détend ; il cesse de la fixer et porte les yeux vers le plafond, le plafond blanc et vide qui, pour lui, n'est plus ni blanc ni vide. Il sourit. Elle chronomètre la Procédure : cinq minutes d'extase. Il y a des tas de gens qui n'ont même pas ça dans toute leur existence.

Puis il sombre dans l'inconscience. Il cesse de respirer. C'est le cœur qui lâche en dernier.

Parfait. Ou mieux, disons. C'est bon d'être bon dans ce qu'on fait.

Elle tape les chiffres indiquant que l'intervention s'est terminée avec succès, jette l'aiguille dans la poubelle recyclable – inutile d'avoir des aiguilles stériles pour la Procédure, donc on les réutilise. Positron est extrêmement fort dans la lutte antigaspi. Elle retire ses gants, les fourre dans la boîte Ne jetons pas nos plastiques, puis sort de la pièce. D'autres personnes vont maintenant arriver pour faire le nécessaire. La mort sera attribuée à un « arrêt cardiaque », ce qui est vrai pour l'essentiel.

Que deviendra le cadavre ? Pas de crémation ; c'est un gaspillage d'énergie. Par ailleurs, aucun détenu, sous quelque forme que ce soit, vivant ou mort, ne franchit le portail de Consilience. Elle s'est interrogée sur de possibles prélèvements d'organes, mais ne les préférerait-on pas en état de mort cérébrale et sous perfusion plutôt que carrément morts, point à la ligne ? En matière d'organes, plus c'est frais, mieux c'est, non ? De la nourriture pour bétail enrichie en protéines ? Charmaine a du mal à croire qu'ils puissent faire ça, ce ne serait pas respectueux. Enfin, quoi qu'il en soit, ce sera forcément utile, c'est tout ce qu'elle a besoin de savoir. Il y a des choses auxquelles il vaut mieux ne pas penser.

Ce soir, elle ira rejoindre le cercle de tricot, comme d'habitude. Certaines d'entre elles font des petits bonnets en coton pour bébés, d'autres travaillent sur un nouveau projet – des nounours bleus, très mignons.

« Tu as passé une bonne journée ? lui demanderont les femmes du cercle de tricot.

— Oh, excellente », répondra-t-elle.

SCOOTER

C'est la mi-septembre. Le soir, quand Stan va faire le tour du pâté de maisons, il enfile sa polaire. Quelques feuilles sont déjà tombées sur la pelouse ; il les ratisse tôt le matin, avant le petit déjeuner. Pas beaucoup de gens dehors à cette heure-là. Juste la voiture noire de la Surveillance à l'occasion, qui circule aussi silencieusement qu'un requin. Est-il vraiment convenable de leur adresser un petit signe amical de la main ? Stan décide de s'abstenir : mieux vaut se comporter comme s'ils étaient invisibles. Allez savoir qui est à l'intérieur ? Si ça se trouve, ces bagnoles sont télépilotées, façon drones.

Après le petit déjeuner – des œufs pochés, s'il a de la chance, c'est un de ses plats préférés – et un bisou d'adieu de Charmaine, il file à son boulot de civil, au dépôt où il répare des scooters électriques. Ça a été un bon choix : les gens qui attribuent les emplois ici ont pris en compte son passage chez Robotique Exquise et, de toute façon, il a toujours aimé bricoler, bidouiller les machines et leurs programmes numériques. Un jour, il a démonté le grille-pain musical bon marché qu'un petit plaisantin de chez Robotique leur avait offert en cadeau de mariage et l'a remonté pour lui faire jouer « Steam Heat ». Charmaine avait trouvé ça mignon au début. À la longue, pourtant, ça tape sur les nerfs, les mélodies répétitives.

Tous les scooters ont un numéro mais pas de nom, parce qu'il ne serait pas bon qu'un conducteur connaisse l'identité de son Alternant, au cas où ils tomberaient l'un sur l'autre un jour de permutation. Ça déclencherait de vieilles rancœurs, des disputes : et c'est qui qui a fait cette bosse ? Qui a rayé la peinture ? Il faut être crétin pour mettre la batterie à plat ou laisser le scooter dehors sous la pluie ! Si encore il n'y avait pas d'abri ! Les scooters appartiennent à la ville de Consilience, pas à un particulier. Ni à deux. Mais c'est fou ce qu'on devient possessif pour une connerie pareille.

Le scooter sur lequel il est en train de bosser à l'atelier est celui que Charmaine conduit : rose à bandes pourpres. Tous les scooters sont bicolores, pour être assortis aux deux casiers de leurs conducteurs. Le sien – le sien et celui de Max – est vert et rouge. C'est exaspérant de penser à ce salopard de Max sur le scooter, le cul vissé sur le siège que Stan considère comme sien. Mais mieux vaut ne pas s'appesantir là-dessus. Il a intérêt à garder son calme.

Ça fait deux jours que Charmaine a des problèmes avec son deux-roues. Cette cochonne de machine – c'est ainsi qu'elle formule les choses – toussote au démarrage, puis s'étouffe quelques pâtés de maisons plus loin. Peut-être un problème avec les connexions solaires ?

« Je vais te l'embarquer, lui a proposé Stan. Au dépôt. Comme ça, je travaillerai dessus.

— Oh, merci, chéri, vraiment ? » a-t-elle répondu avec désinvolture.

Est-ce un effet de l'imagination de Stan ou lui manifeste-t-elle moins de gratitude qu'avant ?

« Tu es un chou », a-t-elle ajouté un peu distraitement.

Elle était en train de nettoyer la cuisinière : ce genre de corvées lui plaît, ça l'excite de retirer la saleté. Stan ne se plaint pas, vu que, du coup, il a toujours des sous-vêtements nickel.

Il a identifié le problème – des câbles dénudés – et a passé deux soirées dans leur garage à réparer les courts-circuits, de sorte que le scooter tourne tout à fait bien et qu'il peut le prendre pour aller au dépôt où il travaillera un peu plus dessus ; c'est ce qu'il a expliqué à Charmaine.

En réalité, il veut le scooter pour lui. Encore deux semaines – le premier jour d'octobre – et la machine reviendra à Jasmine, il veut donc la customiser en vue de cet événement.

Pourquoi lui a-t-il fallu autant de temps pour penser à cette solution ? Pour penser à cette façon de suivre Jasmine ? Ça coulait pourtant de source ! Tout ce dont il a besoin, c'est d'un second smartphone ; avec un peu de piratage et de manipulation, il pourra le synchroniser sur le sien et planquer le téléphone trafiqué dans le scooter. Après quoi il sera à même de surveiller les déplacements de Jasmine pendant qu'il est en prison et, une fois dehors, il recouvrera, via son propre téléphone, les informations stockées. Personne dans le Projet n'a accès au wi-fi extérieur, mais on peut communiquer sur le réseau de Consilience, à l'intérieur du système, et consulter des plans de la ville sur le GPS interactif. Il ne lui en faut pas plus.

Ça a été assez facile de subtiliser le téléphone de Charmaine. Ces derniers temps, elle est tellement distraite qu'elle s'est convaincue de l'avoir oublié quelque part, au travail peut-être, et allez savoir où il est passé ? Elle a signalé sa disparition et on lui en a remis un autre. Pour l'instant, tout baigne. Il sera au gnouf tout le mois d'octobre, à s'occuper des poulets, mais à sa sortie le 1er novembre, il pourra reconstituer les allées et venues de Jasmine en son absence.

À la fin, ces allées et venues le conduiront d'une façon ou d'une autre à un point de recoupement – un endroit où il pourra peut-être l'entrevoir ou même l'embusquer. Un jour de permutation, il tombera sur elle dans l'allée du supermarché – ou plutôt dans ce qui passe pour un supermarché à Consilience. Il traînera à l'angle d'une rue. Il se tapira derrière un arbuste, sur un terrain vague. Puis, avant qu'elle réalise quoi que ce soit, il aura posé sa bouche sur ses lèvres à la saveur de cerise, et elle craquera ; elle ne pourra pas résister, pas plus que le papier ne peut résister à une allumette enflammée. Et paf ! Embrasée ! Un anneau de feu ! Quelle image ! Elle est presque insupportable.

Tu es marteau, se dit-il. *C'est du harcèlement. Tu es un foutu obsédé. Tu risques de te faire prendre. Et alors quoi, gros malin ? Direction l'hosto pour tes prétendus problèmes de santé ? Et, à ton avis, qu'est-ce qu'ils font aux malades dans ton genre à Positron ?*

Pourtant, il continue. Le siège du scooter est le meilleur endroit pour cacher l'autre téléphone. Il entaille le similicuir, en bas sur le côté, là où personne ne remarquera rien. Là. C'est fait. Puis une ligne de superglu pour refermer ; si on ne sait rien, ça passe totalement inaperçu.

« Il est comme neuf », dit-il à Charmaine en lui rendant son scooter.

Elle pousse une exclamation ravie, sorte de roucoulement qu'il trouvait provocant avant mais qui aujourd'hui le dégoûte, puis l'enlace pour la forme.

« Je te remercie infiniment ! » lui dit-elle.

Mais pas tant que ça, loin de là. Quand il lui grimpe dessus, cette nuit-là, et essaie quelques nouvelles figures de style en espérant susciter autre chose que le répertoire limité de ses petits halètements ponctués d'un soupir, elle se met à glousser et lui dit qu'il la chatouille. Ce n'est pas très encourageant, bordel. Autant se taper un poulet.

Tant pis. À présent, il peut suivre Jasmine, prévoir tous ses faits et gestes, lire dans ses pensées, elle est presque à portée de main. Entre-temps, il a deux semaines pour s'entraîner en suivant Charmaine sur son scooter. Ce sera rasoir, car où va-t-elle sinon à la boulangerie où elle bosse, faire ses courses, à la maison, à la boulangerie, faire ses courses ? Elle est tellement prévisible. C'est pas un scoop. Enfin, ça lui permettra toujours de savoir si son système à deux téléphones marche ou pas.

POIRE

C'est déjà le 1er octobre. Encore un jour de permutation. Que le temps passe vite !

Charmaine gît enchevêtrée dans ses vêtements répandus sur le sol de la maison abandonnée – une maison en assez bon état cette fois-ci, elle sera restaurée et non démolie. Le papier peint est sobre, un motif de lierre coquille d'œuf et truffe. Les graffitis se détachent nettement dessus : peinture rouge foncé, feutre noir. Mots courts, forts, inattendus et durs. Elle se les répète comme une incantation.

« Tu es tellement surprenante », lui murmure Max en lui mordillant l'oreille.

Est-ce un jour à remettre le couvert ? se demande-t-elle. Elle est arrivée tôt à la maison abandonnée, précisément dans cet espoir.

« Tellement maîtresse de toi, poursuit Max, alors que derrière... ton mari est un veinard.

— Je ne suis pas pareille avec lui. »

Elle espère qu'il ne lui demandera pas de parler de Stan. Ce n'est pas juste.

« Dis-moi comment tu es avec lui. Non. Dis-moi comment tu serais avec un parfait inconnu. »

Il veut qu'elle lui décrive de gentilles atrocités pour l'exciter. Quelques cordes, un hurlement étudié. C'est un jeu auquel ils se livrent parfois, maintenant que l'automne est là et qu'ils se connaissent mieux.

À présent, il faut qu'elle réfléchisse à Stan. À Stan dans la réalité.

« Max, j'ai besoin qu'on soit sérieux.

— Je suis sérieux, rétorque Max en faisant glisser sa bouche sur son cou.

— Non, écoute. Je crois qu'il se doute de quelque chose. »

Pourquoi croit-elle donc cela ? Parce que, depuis quelque temps, Stan la regarde ou plutôt la traverse du regard, comme si elle était transparente. Ça l'effraie plus que s'il était grincheux ou furieux ou qu'il l'accusait carrément.

« Comment ça ? »

Max lève la tête : il est inquiet. Si Stan s'encadrait sur le seuil de la porte, il filerait par la fenêtre. C'est ce qu'il ferait, elle le sait désormais : il déguerpirait, il sprinterait, il se carapaterait à la vitesse d'un lapin. C'est la vérité, il faut être réaliste. Elle ne devrait pas trop lui faire peur, elle n'a pas envie qu'il fuie, pas avant que ce soit nécessaire. Elle veut le cramponner encore, à la façon dont les gamins cramponnent leur peluche : une tristesse infinie l'envahit à l'idée de le laisser partir.

« Je ne pense pas qu'il sache, précise-t-elle. Ce n'est pas qu'il sache à proprement parler, mais il me regarde drôlement.

— C'est tout ? Hé, moi aussi je te regarde drôlement. Qui ne le ferait pas ? »

Il l'attrape par les cheveux, lui tourne la tête, lui donne un petit baiser.

« Tu es inquiète ?

— Je ne sais pas. Peut-être que non. Il se met facilement en colère. Il pourrait se montrer violent. »

Cette remarque produit un certain effet sur Max.

« Moi aussi, ça me ferait ça. Hé, j'adorerais me montrer violent avec toi. »

Il lève la main ; elle s'écarte en tressaillant, comme il le voulait. À présent, ils sont de nouveaux enlacés, enchevêtrés dans un de leurs vêtements, et dégringolent dans le noir indicible.

Les yeux fermés, elle reprend son souffle et mesure combien elle est en réalité inquiète : sur une échelle de un à dix, elle est au moins à huit. Et si Stan était vraiment au courant ? Et si ça lui faisait quelque chose ? Il pourrait devenir méchant, mais à quel point ? Il pourrait se montrer menaçant. D'après ce qu'il lui a dit, son frère, Conor, est comme ça : ça ne le dérange pas de tabasser une fille et de la laisser sur le carreau, si elle l'a trompé. Et si Stan abritait ce genre de méchanceté au fond de lui ?

Peut-être faudrait-il qu'elle se protège tant qu'elle le peut. Si elle mettait de côté une petite quantité du flacon à chaque Procédure – si elle empochait une des aiguilles au lieu de la mettre au recyclage –, quelqu'un s'en apercevrait-il ? Ensuite, elle pourrait profiter du sommeil de

Stan pour le piquer, sauf qu'ainsi, il n'aurait pas droit à un départ béatifique. Ce qui serait injuste. Mais, bon, on n'a pas toujours ce qu'on veut.

Et que ferait-elle du corps ? Ça, ce serait un problème. Creuser un trou dans la pelouse ? Quelqu'un le remarquerait. Saisie d'une idée folle, elle se dit qu'elle pourrait le fourrer dans son casier rose, à supposer qu'elle réussisse à le tirer jusque-là : Stan est assez lourd. En plus, même si les casiers sont grands, il faudrait peut-être qu'elle le découpe en morceaux pour qu'il tienne dedans. Mais il dégagerait vite une puanteur horrible et, la fois d'après, quand la femme de Max, Jocelyn, descendrait à la cave pour ouvrir son casier pourpre, elle ne pourrait pas la rater.

Max ne parle jamais beaucoup de Jocelyn, même si Charmaine l'embête gentiment. Au début, elle s'était promis de ne jamais être jalouse ; n'est-ce pas elle, et elle seule, que Max désire vraiment ? D'ailleurs, elle n'est pas jalouse : la curiosité, ce n'est pas pareil que la jalousie. Pourtant, quand elle pose des questions, Max lui résiste.

« Tu n'as pas besoin de savoir », dit-il.

Elle visualise Jocelyn sous les traits d'une grande femme aristocratique, élancée, les cheveux bien tirés en arrière, comme une ballerine ou une maîtresse d'école dans les films d'autrefois. Une femme distante, snobinarde, réprobatrice. Elle a parfois l'impression que Jocelyn est au courant de son existence et la méprise. Pis : que Max a parlé d'elle à Jocelyn, qu'ils la prennent tous les deux pour une poire, naïve, une petite salope comme il y en a des dizaines, que tous les deux se moquent d'elle. Mais c'est de la parano.

À son avis, Max ne serait pas d'une grande aide pour ce qui est de Stan, à supposer que ce dernier soit mort. Oui, Max est irrésistiblement sexy, mais ce n'est pas un lion, il n'a pas de cran, pas comme Charmaine. Il la laisserait avec le sac d'embrouilles, le sac de nœuds. Le sac dans lequel elle aurait été obligée de coller Stan, parce qu'elle n'aurait pas eu le courage de le regarder dans cet état. Inerte et sans défense. Elle aurait trop repensé à ce qu'ils avaient vécu quand ils étaient amoureux, puis quand ils s'étaient mariés, qu'ils avaient fait l'amour dans l'océan, qu'il portait cette chemise verte avec les pingouins dessus... rien que de repenser à cette chemise tout en imaginant Stan mort lui donne envie de pleurer.

Peut-être qu'elle l'aime vraiment. Mais oui, bien sûr ! Pensez à la chance qu'elle a eue de le rencontrer après la mort de mémé Win, alors qu'elle était toute seule, sa mère étant partie, son père aussi – d'une autre façon notez et, lui, elle n'avait aucune envie de le revoir un jour. Pensez à ce que Stan et elle ont traversé ensemble, à ce qu'ils ont eu, à ce qu'ils ont perdu, à ce qu'ils ont encore malgré tout. Pensez à la loyauté de Stan envers elle.

Devenez la personne que vous avez toujours voulu être, dit-on à Positron. Est-ce donc ça, la personne qu'elle a toujours voulu être ? Une personne si lâche, si prompte à se soumettre, à sombrer dans l'impuissance, si dépourvue de, dépourvue de quoi ? N'empêche, quel que soit ce dont elle est dépourvue, elle ne voudrait jamais faire de mal à Stan.

« Tourne-toi, sale cochonne, ordonne Max. Ouvre les yeux. »

Il y a des moments où il aime qu'elle le regarde.

« Dis-moi ce que tu veux.

— Continue », répond-elle.

Il marque une pause.

« Continue quoi ? »

C'est ce genre de pauses qui la pousse à dire n'importe quoi.

S'est-elle comportée en idiote ? Oui, c'est certain. Cela en valait-il la peine ? Non. Peut-être. Oui.

Ou bien oui, là, maintenant.

V | EMBUSCADE

RENCONTRE CITOYENNE

Le soir d'avant le 1er décembre, jour de permutation, il y a une nouvelle Rencontre citoyenne. Ce n'est pas que les gens se rencontrent pour de bon : ils suivent le programme sur une télé en circuit fermé, soit à l'intérieur de Positron, soit en dehors. Cette Rencontre citoyenne vise à ce que chacun sache que l'expérience Consilience/Positron tourne vraiment bien. Le succès collectif de leur saine interaction, leurs objectifs en matière de production alimentaire, le taux de logements remis en état : ce genre de choses. Discours tonifiants, évaluations punchy, retours d'informations utiles. Critiques minimales et quelques nouvelles règles en guise de conclusion.

Ces Rencontres citoyennes soulignent tous les plus. Les actes de violence ont énormément baissé, leur annonce-t-on aujourd'hui – un graphique apparaît à l'écran –, et la production d'œufs a augmenté. Pour ce qui est de la volaille, on va bientôt mettre en place une méthode innovante : des poulets sans tête nourris par sonde, ce qui, ça a été prouvé, diminue l'anxiété et augmente le rendement en viande ; de surcroît, cela élimine la cruauté envers les animaux, type même des bénéfices multiples que Positron incarne aujourd'hui ! Hourra pour l'équipe des choux de Bruxelles, qui a produit plus que ses quotas deux mois d'affilée ! Pour ce qui est de la production de lapins, plaçons la barre plus haut dans la seconde moitié de novembre, car d'excellentes recettes de lapin ne vont pas tarder à arriver. Ils sont priés de faire davantage attention au tri dans le cadre du programme de recyclage des déchets ; pour que ça marche, il faut se serrer les coudes. Et cetera, et cetera.

Des poulets sans tête, putain, pas question que je bouffe ça, se dit Stan. Il a descendu trois bières avant le début de la réunion : la brasserie de Consilience fonctionne, et cette bière, c'est mieux que rien, même s'il peut imaginer ce que Conor en dirait. *Tu déconnes. C'est pas de la bière, c'est de la pisse d'âne. Et c'est fait avec quoi au juste ?*

Oui, avec quoi ? se dit-il en reprenant une rasade. Il se laisse aller à rêvasser ; assise à côté de lui sur le canapé, Charmaine gazouille : « Oh, les œufs marchent bien ! Ça doit être toi, chéri ! » De temps en temps, il lui parle de son travail au centre avicole ; elle, en revanche, est plus discrète sur ses propres activités, ce qui pique la curiosité de Stan. Que fait-elle exactement à l'administration des thérapeutiques ? Il n'y a pas que la délivrance de médicaments, or, quand il lui pose des questions, elle lui oppose un visage vide d'expression et clôt la discussion. Ou sinon elle dit juste que tout va bien, comme s'il risquait de penser le contraire.

Il y a autre chose qui le turlupine à propos de Charmaine. Au cours de leurs séjours en ville, il a surveillé le scooter à l'occasion, juste pour s'assurer que son système de téléphone marchait bien. Tout s'est déroulé comme prévu : Charmaine a couru ici et là, boulangerie, magasins, retour à la maison. Mais, après, il s'est aperçu qu'elle faisait des détours les jours de permutation. Pourquoi est-elle allée dans le quartier le plus miteux de la cité, là où il y a les bâtisses pas réhabilitées ? Que fabrique-t-elle ? Elle cherche un autre logement ? Ce doit être pour ça qu'elle passe tant de temps dans ces baraques : elle doit relever les dimensions des pièces. Est-elle en mode de nidification ? Va-t-elle commencer à faire pression pour qu'ils bénéficient d'un autre transfert et s'installent dans quelque chose de plus grand ? Envisage-t-elle d'avoir un bébé ? C'est sûrement sa stratégie, même si elle n'a pas amené le sujet sur le tapis ces derniers temps. Qu'en pense-t-il personnellement ? Il ne sait pas trop : un bébé risquerait d'interférer avec ses plans concernant Jasmine, quoique ces derniers soient loin d'être clairs comme du cristal. Au-delà de leur première rencontre sulfureuse, il n'imagine pas grand-chose.

Il sait désormais où va Jasmine lorsqu'elle est citoyenne de Consilience : elle enfourche le fameux scooter rose et pourpre et file au gymnase. Elle doit faire beaucoup de sport. Que son corps doit être souple, tonique et fort.

Ça l'inquiète : elle est capable de lui résister quand il émergera de la piscine, tel un puissant calmar géant, et l'enveloppera de ses bras nus et ruisselants d'eau. Mais elle ne lui résistera pas longtemps.

Il s'est mis, lui aussi, à fréquenter le gymnase, pour voir. Certes, Jasmine n'y sera pas ; elle est à Positron. Mais il y a les appareils de musculation, les tapis de course : son beau cul a dû se poser sur ceux-là, ses pieds agiles ont dû fouler ceux-ci. Il a beau savoir que c'est impossible, il espère à moitié trouver des signes d'elle : un mouchoir par terre, une pantoufle de vair, un bikini fuchsia. Des signes magiques de sa présence.

Parfois, quand il s'attarde, il se sent observé ; peut-être par le visage qu'il distingue mal derrière la fenêtre à l'étage donnant sur la piscine du gymnase. C'est là que les superviseurs de la Direction générale sont censés faire leur gym, donc, bien entendu, il doit y avoir quelqu'un de la Surveillance dans les parages. Cette idée le rend nerveux : il n'a pas envie d'être remarqué, il n'a pas envie que quelqu'un lui prête un intérêt particulier. À part Jasmine.

La Rencontre citoyenne saute aujourd'hui les préliminaires habituels avec photos de travailleurs heureux et diagrammes circulaires pour se concentrer totalement sur Ed, qui est en plein discours de motivation. Qu'ils assument tous formidablement bien leurs tâches au sein du Projet – leurs résultats dépassent ses prévisions les plus optimistes ! Ils doivent être tellement fiers de leurs efforts et de leurs réussites ; ils sont en train d'écrire l'histoire, ils représentent une référence pour les villes futures à l'image de la leur ; en effet, neuf autres villes sont en train d'être reconstruites sur le modèle Consilience/Positron. Si tout va bien, ce modèle sera reproduit partout où le besoin s'en fera vivement sentir – partout où les travailleurs se retrouvent sur le carreau, touchés par la crise économique !

Mieux encore, grâce à ce modèle, avec son réaménagement de la vie civique, ses dollars générés par le bâtiment et son contrôle du gaspillage, l'économie de ces régions commence à se relever de ce marasme. Que de nouvelles initiatives ! Que de problèmes réglés ! Les êtres humains peuvent se montrer si créatifs, quand on leur en donne l'occasion !

Attends, se dit Stan. *Qu'y a-t-il derrière tous ces pouet pouet ? Il y a des mecs qui doivent se faire un paquet de blé avec cette affaire. Mais qui, mais où ? Car on ne voit guère de retombées entre les quatre murs de Consilience. Tout le monde a un toit, c'est vrai, mais personne ne nage en grande eau.*

Alors, est-ce qu'on leur sert des bobards à tous, est-ce qu'on les prend pour des dindons ? Les a-t-on amenés par ruse à se taper le boulot tandis que d'autres s'en mettent plein les poches ? Conor lui a toujours répété qu'il était trop confiant, qu'il n'était jamais fichu de renifler des motifs véreux et que, s'il avait le choix, il paierait au prix fort un plein sac de bicarbonate de soude pour s'en tapisser les narines. Et qu'en prime il réussirait probablement à planer.

Ai-je donc été aussi abruti que ça ? se demande Stan. *À quoi est-ce que j'ai renoncé précisément ? Et est-ce vrai qu'il n'y a plus moyen de sortir, sinon dans une caisse, comme Conor m'a prévenu ?* Ce n'est pas possible : les gens au sommet de la hiérarchie doivent pouvoir circuler comme ils le veulent. Mais, à part Ed, il ne les connaît pas.

Il a vraiment envie d'une autre bière. Il va néanmoins attendre que l'émission soit terminée, allez savoir si la télé ne peut pas le voir ?

Stan, Stan, se répète-t-il. *Vas-y mollo sur la parano. Pourquoi ça les intéresserait de te regarder les regarder ?*

Ed affiche maintenant une mine paternelle contrariée.

« Certains d'entre vous, déclare-t-il, et vous vous reconnaîtrez – certains d'entre vous se sont offert des expériences numériques. Vous connaissez tous les règles : les téléphones sont destinés aux communications personnelles avec vos amis et vos proches intra-muros, rien de plus. Ici, à Positron, nous ne plaisantons pas avec les limites ! Vous pensez peut-être que ce sont des distractions d'ordre personnel, que ces tentatives d'intrusion dans l'espace privé d'autrui sont inoffensives. Et, en effet, rien de dommageable n'a été commis à ce jour. Mais nos systèmes sont extrêmement sensibles ; ils relèvent tous les signaux non autorisés, aussi discrets soient-ils. Alors, déconnectez-vous immédiatement – encore une fois, vous vous reconnaîtrez – et nous n'engagerons aucune action contre vous. »

La bande-son de Consilience retentit – c'est la musique de la construction de la grange dans *Les Sept Femmes de Barberousse* – et le slogan apparaît en grosses lettres : CONDAMNÉS + RÉSILIENCE = CONSILIENCE. UN SÉJOUR EN PRISON AUJOURD'HUI, C'EST NOTRE AVENIR GARANTI.

Stan sent un frisson le parcourir. *Pas de panique*, se dit-il. Le message d'Ed visait plusieurs personnes, ce n'est pas obligé qu'ils en aient après lui personnellement. N'empêche, il va retirer ce téléphone du scooter tout de suite. Ce n'est pas grave, il a Jasmine dans sa ligne de mire. Les jours de permutation, son premier stop, c'est la maison, celui d'après le gymnase.

EMBUSCADE

Il décide que ce ne sera pas le gymnase, ce serait trop public. À la place, ce sera ici, à la maison. Le jour de la permutation, Charmaine sautera sur son scooter pour éventuellement aller inspecter d'autres logements, après quoi elle se garera à Positron, après quoi Jasmine prendra le fameux scooter pour venir ici. Entre-temps, il rangera sa pile de vêtements propres bien pliés dans son casier vert, tapera son code pour sortir de la maison mais, au lieu de se rendre directement à la prison, il attendra dans le garage. Quand Jasmine arrivera, il la verra entrer. Alors, il la suivra et leur inévitable et brûlante rencontre aura lieu. Ils n'auront peut-être même pas la possibilité de se rendre à l'étage, tant leur désir sera irrépressible. Le canapé du salon ? non, trop guindé. Le tapis. Pas le sol de la cuisine en tout cas : ce serait dur pour les genoux.

Max ne les dérangera pas, comment pourrait-il débouler ici sans le scooter – le vert et rouge – qu'il partage avec Stan ? Lequel est censé arriver à Positron maintenant ou à peu près, sauf qu'il est encore dans le garage. Il éprouve une certaine satisfaction à imaginer Max en train de poireauter et de consulter sa montre pendant que sa Jasmine, l'indocile insatiable, noue ses bras et ses jambes autour de lui, Stan.

À présent, il est donc dans le garage. Il fait chaud pour un 1er décembre, et pourtant il frissonne un peu : ce doit être la tension. Le taille-haie est accroché au mur, nettoyé de frais, batterie chargée, prêt à servir, même si cette raclure de Max ne risque pas d'apprécier le soin que Stan a pris de l'appareil. Le taille-haie ferait une arme de choix, à supposer que Max débarque à la maison par d'autres moyens et qu'il y ait confrontation. Cet engin a un bouton de mise en marche extrêmement sensible ; une fois à plein régime, sa lame aiguisée, qui tourne en vrombissant, serait capable de trancher la tête d'un bonhomme. Il plaiderait la légitime défense.

Si ça ne se passe pas ainsi et qu'à la place il se retrouve engagé dans un solide corps-à-corps avec Jasmine, il sera en retard pour pointer. C'est mal vu, mais il faut bien qu'il prenne le risque, parce qu'il ne peut pas continuer comme ça. Ça le bouffe. Ça le tue.

Il y a, dans la porte principale du garage, une fente par laquelle Stan suit la situation, en attendant que Jasmine surgisse sur son scooter rose, de sorte qu'il n'entend pas la porte latérale s'ouvrir.

« C'est Stan, n'est-ce pas ? » dit une voix.

Il se redresse en sursaut, fait volte-face. D'instinct, il s'apprête à attraper le taille-haie. Mais c'est une femme.

« Qui êtes-vous ? » rétorque-t-il.

Plutôt petite, elle a des cheveux noirs et raides qui lui arrivent aux épaules. Des sourcils noirs. Une bouche pleine et sévère, pas de rouge à lèvres. Un jean et un T-shirt noirs. On croirait une goudou spécialisée en arts martiaux.

Son physique lui dit quelque chose. Il l'a vue au gymnase ? Non, pas là. C'était à l'atelier, ils venaient de signer. Elle accompagnait cet abruti d'Ed.

« J'habite ici », dit-elle.

Elle sourit.

Elle a des dents en touches de piano.

« Jasmine ? » demande-t-il d'un ton hésitant.

Ce n'est pas possible. Jasmine ne ressemble pas à ça.

« Il n'y a pas de Jasmine », répond-elle.

Il est perplexe. S'il n'y a pas de Jasmine, comment sait-elle qu'il devrait y en avoir une ?

« Où est votre scooter ? Comment êtes-vous venue ici ?

— En voiture, lui explique-t-elle. Je me suis garée à côté. À propos, je m'appelle Jocelyn. »

Elle lui tend la main, mais Stan ne la lui serre pas. *Merde*, songe-t-il. *Elle appartient à la Surveillance, c'est la seule chose qui explique qu'elle ait une voiture.* Il est glacé.

« Maintenant, tu aurais peut-être intérêt à m'expliquer pourquoi tu as caché ce téléphone dans mon scooter, ajoute-t-elle en retirant sa main. Ou dans le scooter que tu croyais être le mien. Je l'ai suivi, ton traqueur ingénieux. On le voit très bien sur nos appareils de surveillance. »

Allez savoir comment, ils se retrouvent dans la cuisine – sa cuisine à lui, sa cuisine à elle, leur cuisine. Il est assis. Tout ici lui est familier – la machine à café, les petites serviettes pliées que Charmaine a placées là avant de partir –, or il a l'impression de ne plus rien reconnaître.

« Tu veux une bière ? » lui propose-t-elle.

La bouche de Stan émet un drôle de bruit. Jocelyn le sert, se prend une bière elle aussi, puis s'assied en face de lui, se penche en avant et lui décrit avec beaucoup trop de détails les allées et venues de Charmaine les jours de permutation. La manière dont elle entre et sort de maisons vides, depuis des mois maintenant, de concert avec Max, le mari de Jocelyn. *De concert*, c'est la formule qu'elle utilise. Ainsi que d'autres mots, plus concis.

Cela dit, Max n'est pas le vrai nom de son mari. Il s'appelle en réalité Phil, et elle a déjà eu ce genre de problèmes avec lui. Elle est toujours au courant, et il sait qu'elle sait mais fait mine de ne pas savoir. Il sait qu'il y a des caméras cachées dans les maisons vides, il sait qu'elle a accès aux enregistrements vidéo. Ça fait partie de son plaisir, la certitude qu'il se met en scène pour elle. Il faut toujours qu'il s'écarte du droit chemin – c'est une addiction ; comme le jeu, c'est une maladie, Stan n'est-il pas de cet avis, comment ne pas le plaindre ? –, elle le laisse donc en profiter un moment. C'est un exutoire pour lui et, dans une cité fermée dont on ne franchit le portail qu'une fois, les exutoires sont limités. Il a essayé de se faire aider pour son addiction sexuelle, il a essayé le suivi psychologique, la thérapie par aversion, mais rien n'a marché jusqu'à présent. En plus, le fait qu'il soit bel homme n'aide pas. Les femmes dotées d'une imagination romantique débordante se jettent plus ou moins à son cou. Ce n'est pas ça qui manque.

Quand elle estime que l'embrouille dans laquelle il s'est fourré a assez duré, elle l'affronte. Ça met le holà à ces histoires : il rompt avec la femme en question, définitivement. Puis, après un intervalle où il promet de bien se tenir, il recommence avec une autre. C'est humiliant pour elle personnellement, même s'il lui affirme qu'il lui est loyal dans son cœur, qu'il n'arrive simplement pas à contrôler ses pulsions.

« Mais il n'y a encore jamais eu de joker, poursuit-elle. Aucun de nos Alternants, à moi et Phil. »

Stan est tellement perdu qu'il ne parvient pas à penser droit. Charmaine ! Sous son nez, la salope – elle qui se refusait à lui ou lui accordait de tiédasses tranchettes de cul entre des draps propres. Ce doit être elle qui a écrit le billet au baiser fuchsia. Comment ose-t-elle être au fond tout ce qu'il lui reprochait de ne pas être ? Et avec un enfoiré du nom de Phil, marié à un lutteur en jupon ! D'un autre côté, comment quelqu'un ose-t-il qualifier sa femme d'exutoire ?

« Un joker, bredouille-t-il mollement. Vous voulez parler de Charmaine ?

— Non. Je parle de toi. »

Elle regarde par en dessous ses sourcils.

« C'est toi, le joker. »

Elle lui sourit d'un sourire qui n'a rien de timide. Malgré l'absence de maquillage, sa bouche a l'aspect sombre et liquide de l'huile.

« Il faut que j'y aille, marmonne-t-il. Il faut que je pointe avant le couvre-feu, à Positron. Il faut que...

— Tout est réglé. C'est moi qui ai la main sur les numéros d'identité personnelle. J'ai bidouillé les données pour que Phil prenne ta place.

— Quoi ? s'exclame Stan. Et mon boulot ? Ça demande une formation, il peut pas juste...

— Oh, il se débrouillera bien, affirme Jocelyn. Il n'est pas doué de ses mains, comme toi, mais il se débrouille bien avec le numérique. Il prendra soin de tes poulets pour toi, d'un côté comme de l'autre. Il ne laissera personne les approcher. »

Merde, se dit Stan. *D'un côté comme de l'autre*. Elle est aussi au courant pour les poulets. Depuis combien de temps le surveille-t-elle ?

« Pour le moment, ajoute-t-elle en penchant la tête comme si elle réfléchissait, pour le moment, tu vas rester ici, avec moi. Tu pourras me parler de ton intérêt pour Jasmine. Si tu veux, on écoutera Max et Jasmine durant leurs petits rendez-vous dans les maisons abandonnées. J'ai les enregistrements, les vidéos de surveillance. Tu n'imagines pas la qualité sonore, elle est excellente. C'est très excitant. On peut s'offrir une petite partie à deux, sur le canapé. J'estime qu'il est temps que je pratique aussi le jeu de Phil, non ?

— C'est... »

Il a envie de dire : *C'est foutrement tordu*, mais se ravise. Cette femme appartient à la Direction générale, elle fait partie de la Surveillance : elle pourrait lui rendre la vie vraiment désagréable.

« C'est injuste », bredouille-t-il.

Il n'a plus qu'un filet de voix.

Elle lui sourit de nouveau de sa bouche indéchiffrable. Elle a des biceps, des épaules, et ses cuisses sont inquiétantes ; sans parler du fait que c'est une malade du voyeurisme. À quoi s'est-il exposé, à quoi a-t-il exposé sa vie ? Pourquoi a-t-il fait ça ? Où est la joyeuse, l'insipide Charmaine ? C'est elle qu'il veut, pas cette sinistre casse-couilles qui a sûrement du poil aux pattes.

Il vérifie subrepticement les sorties : la porte de derrière, la porte d'entrée, la porte de l'escalier de la cave. Et s'il fourrait cette bonne femme dans son casier vert au sous-sol, puis prenait ses jambes à son cou ? Mais pour aller où ? Il s'est coupé de toute possibilité de retraite.

« Sincèrement. Ça ne marchera pas, ce n'est pas... je ne suis pas... Il faut que je m'en aille », dit-il.

Il ne peut se résoudre à ajouter *s'il vous plaît*.

« Ne t'inquiète pas, réplique-t-elle. Personne ne remarquera ton absence. Ça te fera un mois de plus à la maison. Puis, le mois prochain, quand Charmaine sortira de Positron, tu pourras y aller.

— Non, je ne veux pas... »

Elle soupire.

« Considère que c'est une initiative nécessaire pour éviter de possibles violences. Il faudra bien que tu admettes que tu as envie de l'étrangler, n'importe qui éprouverait des sentiments analogues. Tu me remercieras plus tard. À moins, bien entendu, que tu veuilles que je soumette un rapport sur tes infractions au règlement. Une autre bière ?

— Oui », réussit-il à articuler.

Il dégringole de plus en plus profondément dans le trou qu'il s'est lui-même creusé.

« Prenons-en deux, suggère-t-il, piégé. Et qu'est-ce qu'il faut que je fasse encore ? »

Pour échapper aux conséquences, sous-entend-il, mais il n'a même pas à s'expliquer. Elle sait très bien qu'elle lui force la main.

Elle ne se presse pas pour lui répondre, boit, se passe la langue sur les lèvres.

« On va voir, non ? On a tout le temps. Je suis sûre que tu es très doué. À propos, j'ai permuté les casiers. Le tien, c'est le rouge maintenant. »

CHAT ROOM

Le 1er janvier, jour de permutation, les réceptionnistes prient Charmaine de rester à la prison, les Ressources humaines ont besoin de lui parler. D'emblée, un mauvais pressentiment saisit la jeune femme. Sont-ils au courant pour Max ? Si c'est le cas, elle est dans le pétrin. Combien de fois leur a-t-on répété qu'ils n'avaient absolument pas le droit de fraterniser avec leurs Alternants ? On n'est même pas censés savoir à quoi ils ressemblent. C'est une des raisons pour lesquelles c'était pour elle si excitant de voir Max. Si interdit, si fou.

Voir Max. Quelle façon vieux jeu de formuler les choses ! Mais elle *est* vieux jeu – en tout cas, c'est ce que dit Stan. Encore qu'ils ne se sont pas vus tant que ça, Max et elle, pendant les moments qu'ils ont passés ensemble. Il y a eu des gros plans, dans la pénombre. Une oreille, une main, une cuisse.

Oh, pourvu qu'ils ne sachent rien, implore-t-elle silencieusement en croisant les doigts. Ils n'ont jamais spécifié ce qu'on risquait en cas de désobéissance, même si Max l'a rassurée. Pas grand-chose, d'après lui : ils te flanquent juste une petite tape sur la main et te changent peut-être d'Alternants. De toute façon, Max et elle ont été extrêmement prudents, et il n'y avait pas de logiciels espions dans ces maisons ; il le savait, c'était son boulot de tout savoir sur ces logements. N'empêche, et si Max s'était trompé ? Pis : et si Max avait menti ?

Elle prend une grande inspiration et sourit en découvrant ses petites dents candides.

« Quel est le souci ? » lance-t-elle à la réceptionniste d'une voix plus haut perchée et ingénue que d'habitude. Est-ce lié à son travail de chef de l'administration des thérapeutiques ? Si c'est le cas, elle apprendra à s'améliorer, parce qu'elle tient toujours à faire du mieux possible et se donner au maximum.

Elle espère que c'est bien cela, le problème. Peut-être ont-ils remarqué qu'elle ne respectait pas le protocole du masque chirurgical, peut-être estiment-ils qu'elle est trop gentille avec les sujets durant les Procédures spéciales. Les caresses sur la tête, les baisers sur le front, ces marques de gentillesse et cette attention personnelle juste avant d'enfoncer l'aiguille hypodermique : si rien de tout ça n'est interdit, ce n'est pas requis pour autant. Ce sont des effets, des ornements – de petites touches qu'elle a ajoutées parce que l'affaire devient alors une expérience de qualité, non seulement pour le sujet de la

Procédure, mais pour elle aussi. Elle est fermement convaincue de la nécessité de préserver la touche d'humanité. Depuis le début, elle s'est préparée à énoncer tout ça devant un tribunal, au cas où on en arriverait là. Bien qu'elle ait espéré que ce ne serait jamais le cas. Peut-être l'heure est-elle venue.

« Oh, non, je suis sûre que ce n'est rien », déclare la réceptionniste.

Elle ajoute qu'il ne s'agit que d'une formalité administrative. Quelqu'un a dû taper le mauvais code ; quand ce genre de chose se produit, il faut parfois un moment pour débrouiller le problème. Même avec la technologie moderne, l'erreur humaine est toujours possible, il faut juste que Charmaine s'arme de patience jusqu'à ce qu'on remonte à ce qui n'est sans doute qu'un bogue.

Charmaine acquiesce et sourit. Mais elles la regardent bizarrement (elles sont tantôt deux, tantôt trois derrière le bureau des sorties, l'une d'elles textotant sur son mobile), et il y a une drôle d'intonation dans leur voix : elles ne disent pas la vérité. Charmaine est sûre de ne rien imaginer.

« Si vous voulez bien attendre dans la Chat Room, lui dit la femme au mobile en pointant une porte à côté du comptoir. Loin des formalités de sortie. Merci. Il y a une chaise, vous pouvez vous asseoir. La responsable des Ressources humaines ne va pas tarder. »

Charmaine jette un coup d'œil vers le groupe de prisonniers qui sort de Positron. N'est-ce pas Sandi au milieu d'eux, et Veronica ? Elle les a aperçues brièvement au fil des mois – elles font leur temps de prison aux mêmes dates qu'elle –, mais elles n'appartiennent pas à son cercle de tricot et ne travaillent pas à l'hôpital, si bien qu'elle n'a pas l'occasion de les approcher. Maintenant, pourtant, elle a très envie d'entrevoir un visage ami. Malheureusement, elles ne l'ont pas vue, elles ont tourné les talons. Elles ont retiré leur combinaison orange et portent leurs vêtements de ville, sans doute anticipent-elles les bons moments qu'elles vont vivre d'ici peu, dehors.

Comme elle, il y a encore quelques minutes. Elle a mis un soutien-gorge en dentelle blanche sous un nouveau pull cerise. Elle a choisi ces affaires le mois d'avant, spécialement pour Max aujourd'hui.

« Qu'est-ce qui ne va pas ? » lui crie une des autres femmes, quelqu'un de son cercle de tricot.

Charmaine doit incarner la détresse, elle affiche sûrement un visage triste. Elle se force à relever les coins de sa bouche.

« Rien, je t'assure. Une histoire d'entrées de données. Je sortirai un peu plus tard », lance-t-elle aussi joyeusement qu'elle le peut.

Pourtant, elle en doute. Elle sent la sueur mouiller son pull, sous ses bras. Il va falloir laver ce soutif, pronto. À tous les coups, le rouge cerise va déteindre ; en plus, sur le blanc, on a un mal de chien à faire partir les taches.

Elle s'assied sur la chaise en bois de la Chat Room et s'efforce de ne pas compter les minutes, de résister à l'envie folle de retourner faire une scène à la réception, ce qui ne serait assurément pas utile. Et même si elle finit par sortir un peu plus tard, quid de Max ? de leur rendez-vous organisé un mois plus tôt ? En ce moment précis, il doit être sur son scooter en train de foncer vers la maison abandonnée de ce mois-ci ; il lui a donné l'adresse la fois dernière et elle l'a mémorisée en la répétant comme une prière silencieuse, allongée dans sa chemise de nuit standard en polycoton sur le petit lit de sa cellule à Positron.

Max aime qu'elle lui décrive cette chemise de nuit. Il aime qu'elle lui dise combien c'est une torture pour elle que d'être allongée dans cette chemise de nuit qui gratte, à se tourner et se retourner sans pouvoir dormir, en pensant à lui, en repensant à toutes ses paroles et caresses, en retraçant de ses propres mains les chemins parcourus sur et dans sa chair. *Et après, quoi d'autre après ?* lui murmurera-t-il sur le plancher crasseux où ils sont couchés. *Dis-moi. Montre-moi.*

Ce qu'il aime encore plus – elle a tellement de mal à s'y résoudre qu'il est obligé de lui soutirer les mots un à un –, ce qu'il aime encore plus, c'est la pousser à lui raconter ce qu'elle ressent quand c'est Stan qui lui fait l'amour. *Alors qu'est-ce qu'il fait ? Dis-moi, montre-moi. Et alors qu'est-ce que tu ressens ?*

Je fais comme si c'était toi, dira-t-elle. *Je suis obligée, je suis obligée de faire ça. Sinon, je deviendrais dingue, je ne pourrais pas le supporter*. En réalité, ce n'est pas vrai, mais c'est ce que Max aime entendre.

La dernière fois, il est allé plus loin. *Et si c'était nous deux en même temps ?* a-t-il suggéré. *Par-devant et par-derrière. Dis-moi...*

Oh non, je ne pourrais pas ! Pas les deux en même temps ! C'est...

Moi, je pense que tu pourrais. Je pense que t'en as envie. Regarde, tu rougis. T'es une vilaine petite salope, hein ? Tu te taperais toute l'équipe de foot des benjamins si t'avais la place. T'en as envie. Nous deux en même temps. Dis-le.

Dans ces moments-là, elle dirait n'importe quoi. Ce qu'il ne sait pas, c'est que, d'une certaine façon, c'est toujours tous les deux en même temps : si elle est avec l'un, l'autre est là aussi, invisible participant, bien qu'à un niveau inconscient. Inconscient pour lui, mais conscient pour elle, parce qu'elle les abrite tous les deux dans sa conscience, en les entourant de beaucoup d'attentions, comme si c'étaient de fragiles meringues, des œufs crus ou des oisillons. Pour elle cependant, ce n'est pas sale de les aimer tous les deux en même temps : chacun d'eux a une essence différente, et il se trouve qu'elle est douée pour chérir l'essence unique d'une personne. Tout le monde n'a pas ce don-là.

Et maintenant, elle va rater le rendez-vous avec Max et n'a aucun moyen de le prévenir. Que va-t-il penser ? Il arrivera tôt à la maison, parce que, comme elle, il a du mal à se dominer. Il vit pour ces rencontres, meurt d'envie de la plaquer contre lui, de déchirer ses vêtements, de brutaliser ses fermetures Éclair, de faire sauter ses boutons, voire une couture ou deux, tant il a hâte d'assouvir son désir ardent, irrésistible. Il va attendre longtemps, longtemps dans la maison vide, impatiemment, et arpentera le sol crasseux, incrusté de boue, en regardant par la fenêtre constellée de chiures de mouches. Mais elle ne viendra pas. En déduira-t-il qu'elle l'a trahi ? qu'elle l'a laissé tomber ? qu'elle l'a planté ? qu'elle l'a abandonné dans un accès de lâcheté ou de loyauté envers Stan ?

Et puis il y a Stan lui-même. Après le mois qu'il vient de passer à Positron, il aura rendu sa combinaison orange et enfilé son jean et sa polaire. Il aura quitté l'aile des hommes du complexe de Positron ; il sera revenu en scooter par les rues de Consilience grouillantes des flots de gens d'humeur festive, les uns affluant vers la prison pour y assumer leur service de prisonniers, les autres en sortant pour renouer avec la vie civile.

Stan aussi l'attendra, pas dans une bâtisse à l'abandon encore tout imprégnée de l'atmosphère des lointaines soirées drogues et partouzes de loubards, mais dans leur propre maison, cette maison qu'elle considère comme la leur. Ou, en tout cas, à moitié la leur. Stan sera là, dans l'intimité de leur nid conjugal, sûr de la voir débarquer d'une minute à l'autre, enfiler son tablier et préparer le dîner pendant qu'il ira s'amuser dans le garage avec ses outils. Peut-être compte-t-il lui dire qu'elle lui a manqué – en général, c'est ce qu'il fait, même si ça lui arrive de moins en moins souvent – et l'embrasser avec désinvolture.

Elle savoure la désinvolture de ces embrassades : cette désinvolture montre qu'il n'a pas idée de ce qu'elle vient de faire. Il n'imagine pas qu'elle revient d'une heure volée avec Max. Elle adore cette expression – *heure volée*. Ça fait tellement années cinquante. Comme dans les films romantiques qu'on diffuse parfois sur la télé de Consilience, où tout se termine bien.

Pourtant, l'expression *heure volée* n'a aucun sens, quand on y réfléchit. C'est comme les baisers volés : l'heure volée fait référence au temps et les baisers volés à un lieu, sur lequel se posent les lèvres d'untel. Mais comment ces choses-là peuvent être volées ? Qui commet le vol ? Stan est-il le propriétaire de cette heure, de ces baisers aussi ? Sûrement pas. Et même s'il l'est, s'il ne sait rien du temps et des baisers qu'il n'a pas eus, en quoi Charmaine lui fait-elle du mal ? Dans le domaine artistique, certains voleurs ont réalisé de parfaites copies de tableaux de prix qu'ils ont substituées aux originaux, et les propriétaires ont passé des mois, des années même, sans remarquer quoi que ce soit. C'est comme ça.

Mais, quand elle ne se montrera pas, Stan le remarquera. Il sera fâché, puis angoissé. Il demandera aux responsables de Consilience d'effectuer une recherche, de vérifier s'il n'y a pas eu d'accidents de scooter dans les rues. Puis il contactera Positron. On lui annoncera probablement que Charmaine est encore à l'intérieur, dans l'aile des femmes. Sans lui donner de raisons pour autant.

Toujours assise sur la petite chaise dure de la Chat Room, Charmaine essaie de garder l'esprit tranquille. *Pas étonnant que les gens condamnés à l'isolement aient tourné dingues*, songe-t-elle. Personne à qui parler, rien à faire. À Positron, on ne pratique plus la mise à l'isolement. Pourtant, durant leur visite préliminaire, avant qu'ils ne prennent la grave décision de signer, on leur a fait voir les cellules, à Stan et elle. Les anciens cachots sont équipés de bureaux et d'ordinateurs – pour les ingénieurs en technologies de l'information et communication ainsi que pour la division robotique qu'ils s'apprêtaient à lancer. « Des possibilités très excitantes dans ce domaine, leur a dit le guide. À présent, allons voir le réfectoire, puis le bétail et la section horticulture – tous nos poulets sont élevés ici –, ensuite nous pourrons jeter un coup d'œil sur le studio de l'artisanat où l'on vous remettra vos fournitures pour le tricot. »

Le tricot. Si elle doit passer encore un mois à Positron, elle en aura vraiment soupé du tricot. C'était amusant au départ, ça rappelait le bon vieux temps et on bavardait, mais maintenant on leur a attribué des quotas. Si tu ne tricotes pas assez vite, les surveillantes te font sentir que tu es une fainéante.

Oh, Max. Où es-tu ? J'ai peur ! Mais même si Max pouvait l'entendre, viendrait-il ?

Stan, oui. Il la prend au sérieux, quand elle a peur. Les araignées, par exemple : elle ne les aime pas, et Stan est très efficace avec les araignées. C'est un truc qu'elle apprécie chez lui.

COLLIER ÉTRANGLEUR

C'est la fin de l'après-midi. Le soleil est bas dans le ciel, la rue déserte. Elle paraît déserte, du moins : il doit y avoir des yeux enchâssés partout – dans le lampadaire, dans la bouche incendie –, c'est sûr. Ce n'est pas parce qu'on ne les voit pas qu'ils ne peuvent pas nous voir.

Stan est en train de tailler la haie en s'efforçant de se montrer non seulement utile, mais aussi de bonne humeur. La haie n'a pas besoin d'être taillée – c'est le 1er janvier et c'est l'hiver, malgré l'absence de neige –, cependant cette activité l'apaise autant que s'il se rongeait les ongles : c'est répétitif, ça fait sérieux et c'est violent. Le taille-haie émet un gémissement menaçant qui rappelle un essaim de guêpes, et ce bruit lui donne une illusion de pouvoir qui atténue son sentiment de panique. La panique d'un rat en cage, qui a de quoi boire et manger à volonté, du sexe aussi, mais aucune échappatoire et la crainte sournoise que cela ne participe d'une expérience dont il est certain qu'elle sera douloureuse.

La source de sa panique : Jocelyn, l'étau à pattes. Elle le tient, enchaîné à sa cheville, au bout d'une laisse invisible. Avec un collier étrangleur. Il ne peut se libérer.

Respire à fond, Stan, se dit-il. *Au moins, tu es toujours vivant, du gland.* Vivant du gland. Il ricane intérieurement. Pas mauvais, Stan.

Il a des écouteurs aux oreilles, branchés à son mobile. Les gémissements du taille-haie accompagnent la voix de Doris Day, dont la playlist des meilleurs succès lui sert de berceuse dans la journée. Au début, il a eu envie de balancer Doris du haut d'un toit, mais le choix est limité en matière de musique – ils censurent tout ce qui est trop excitant ou perturbateur – et il préfère encore Doris au pot-pourri tiré de *Oklahoma!* ou au « White Christmas » de Bing Crosby.

Il coupe un paquet de branches de cèdre aux allures de plumes sur le rythme entraînant de « Love Me or Leave Me ». Maintenant qu'il s'est habitué à elle, c'est apaisant d'imaginer Doris, toujours virginale mais avec des nichons d'une fermeté impressionnante et solidement maintenus dans leur soutif, souriant de son sourire d'antan blanchi par le soleil et préparant ses milk-shakes dans sa cuisine, comme dans ce biopic d'elle qu'ils passent si souvent à la télé de Consilience. C'était la fille « bien » du temps où son contraire était la « dévergondée ». Dans ses souvenirs d'enfance, un oncle alcoolique tarabuste les jeunes filles et les traite de dévergondées parce qu'elles portent des jupes courtes. Il avait onze ans à l'époque et commençait à remarquer ce genre de choses.

Doris n'aurait jamais choisi une jupe comme ça, sauf pour une occasion sportive sans rien de sexuel, comme le tennis. Peut-être recherchait-il une fille comme Doris en épousant Charmaine. Fiable, simple, loyale. Cuirassée dans de purs sous-vêtements blancs. Quelle foutaise, en fin de compte.

Lonely, fredonne-t-il dans sa tête. Mais il n'aura pas droit à la solitude, pas de *loneliness* pour lui dès l'instant où Jocelyn rentrera de son boulot d'espionne. « Tu devrais mettre tes trucs en cuir, lui a-t-elle demandé deux soirs plus tôt de la voix qu'elle prend pour l'aguicher. Avec le truc, le tournevis. Je ferai comme si tu étais le plombier. » Elle faisait allusion à ce qu'il portait à présent : ses gants de travail en cuir, son tablier de travail avec ses poches et ses bidules. Une tenue sexy pour mecs, selon elle. Il n'a quand même pas mis les trucs en cuir : il a sa fierté. Mais elle s'émousse.

Il grimpe sur un escabeau pour atteindre la partie supérieure de la haie. S'il gigote, il risque de basculer, ce qui pourrait être fatal, vu que le taille-haie est ultra-aiguisé. Il pourrait te trancher un cou en deux temps trois mouvements, comme dans ces films de samouraïs japonais que Conor et lui regardaient quand ils étaient gamins. Au Moyen Âge, les bourreaux coupaient les têtes d'un bon coup de hache, du moins dans les spectacles historiques. Serait-il capable d'un geste aussi extrême ? Peut-être avec des roulements de tambour et les braillements d'une foule de rustres lui balançant des légumes pour l'encourager. Il lui faudrait des gants de cuir, mais des gants à crispin, et un masque de cuir pareil à ceux des films d'horreur. Et son torse, il serait nu ? Autant éviter : il a besoin de se raffermir, de se remuscler. Il boit trop de cette fichue bière tout juste bonne à t'assurer une bedaine : elle a un goût de pisse, mais tout est bon pour se bourrer la gueule.

La veille, Jocelyn a enfoncé son index dans le bourrelet qui lui ceint la dernière côte. « Débarrasse-toi de cette graisse ! » lui a-t-elle dit. C'était censé être une moquerie, mais il y avait un *ou sinon* sous-entendu. *Ou sinon* quoi ? Stan sait qu'il est en sursis, mais s'il bousille cette mise à l'épreuve, quelle qu'elle soit, que se passera-t-il ?

Plus d'une fois, il s'est imaginé qu'un objet acéré détachait la tête de Jocelyn du reste de son corps.

Secret love, chante Doris. *Dum de dum, me, yearning, free*. C'est à peine si Stan prête attention à ces paroles tant il les a entendues. Papier peint semé de boutons de rose. La vie de Doris Day aurait-elle été différente si elle s'était fait appeler Doris Night ? Aurait-elle porté de la dentelle noire, se serait-elle teint les cheveux en rouge et aurait-elle chanté des chansons d'amour à te fendre le cœur ? Et Stan, qu'en aurait-il été de sa propre vie ? Aurait-il été plus mince et plus en forme, s'il s'était appelé Phil, comme cet abruti de cavaleur qui est marié à Jocelyn ?

Ou Conor. Et s'il s'était appelé Conor ?

No more, chante Doris. Après, ce sera les dix premiers morceaux de la playlist Patti Page. « Combien coûte ce chien dans la vitrine ? » Et un vrai chien fera *ouaf ouaf*. Charmaine trouve que cette chanson est mignonne. Pour elle, *mignon* s'inscrit dans une catégorie primordiale, comme le bien et le mal. Les crocus : mignons ; les orages : pas mignons. Les coquetiers en forme de poulet : mignons ; Stan fâché : pas mignon. Il est rarement mignon ces temps-ci.

Qu'est-ce qui serait mieux, la hache ou le taille-haie ? se demande-t-il. La hache, si on a le tour de main pour agir proprement. Sinon, pour les amateurs, le taille-haie. Les tendons céderaient comme de la corde mouillée ; ensuite, le sang chaud lui giclerait au visage, comme un canon à eau. Cette idée lui soulève le cœur. C'est le problème avec ses fantasmes : ils deviennent trop colorés, puis virent au cafouillage et au désastre, et il se retrouve empêtré dans ce qui pourrait mal tourner. Trop de choses ont déjà mal tourné.

Avec le taille-haie, on peut réussir à faire du bon boulot sur son propre cou ; avec la hache, non. Une fois en marche, le taille-haie continue à son rythme, qu'on soit conscient ou pas. Conor lui a un jour parlé d'un mec qui s'était suicidé dans son lit avec un couteau à découper électrique. Sa femme infidèle roupillait à côté de lui ; c'est la chaleur du sang de son mari imprégnant peu à peu le matelas qui l'a réveillée. Stan fantasme aussi là-dessus, parce qu'il y a des jours où il se sent tellement piégé, tellement impuissant, tellement dans l'impasse, tellement châtré qu'il ferait presque n'importe quoi pour prendre la tangente.

Mais pourquoi réagir de manière aussi négative ? *Chéri, pourquoi es-tu si négatif ?* entend-il dans sa tête : la voix enjouée, puérile et haut perchée d'une poupée Barbie. *Ta vie n'est sûrement pas aussi mauvaise que ça !* L'implication étant : puisque j'en fais partie. *Va te faire foutre*, lance-t-il. La voix lâche un petit *oh* choqué, puis explose comme une bulle.

Charmaine n'en finit pas d'attendre. Pourquoi n'y a-t-il pas de magazines à lire, pourquoi n'y a-t-il pas de télé ? Elle irait même jusqu'à regarder un match de base-ball. En plus, elle a besoin d'aller aux toilettes et il n'y en a pas. Ce n'est vraiment pas très respectueux et, si elle ne se surveille pas, elle va devenir ronchon. Or, si on n'a pas les moyens de se justifier, la ronchonnerie crée des situations fâcheuses. Les gens vous snobent ou sinon se montrent encore plus ronchons que vous. « Souris et le monde te sourira, disait mémé Win. Pleure et tu pleureras toute seule. » Il ne faut pas qu'elle pleure : mieux vaut se comporter comme si tout était normal, et même enquiquinant. Ce n'est qu'un problème administratif.

Finalement, une femme avec un PosiPad et un uniforme de gardienne apparaît ; à la poche de sa veste, un badge à son nom est accroché : AURORA, RESSOURCES HUMAINES. Charmaine sent son cœur se serrer.

Aurora des Ressources humaines a un sourire sans joie, un regard glacial. Elle a un message à donner et c'est sans accroc qu'elle le transmet : vraiment désolée, mais Charmaine doit rester un mois de plus à Positron ; en outre, elle est relevée de ses fonctions dans l'administration des thérapeutiques.

« Mais pourquoi ? bredouille Charmaine. S'il y a eu la moindre plainte... »

Voilà une remarque peu futée, vu que les sujets auxquels elle administre ses thérapeutiques présentent un encéphalogramme plat dans les cinq minutes suivant le début de la Procédure spéciale, ce qui est en général le propre des gens dont le cœur a cessé de battre. Qui serait alors en état d'arpenter la planète et de porter plainte ? *Peut-être certains d'entre eux sont-ils revenus d'entre les morts pour critiquer la qualité de ses services,* se dit-elle en blaguant. *Et en imaginant qu'ils l'aient fait, ils auraient menti*, songe-t-elle encore avec indignation. Elle est fière, à juste titre, de ses efforts et de son talent, elle a vraiment un don, ça se voit dans leurs yeux. C'est une bonne exécutante, elle délivre une belle mort : ceux qui lui ont été confiés partent heureux et pleins de gratitude à son égard, s'il faut en croire le langage corporel. Et il le faut : entre les mains de Max, elle a perfectionné ses compétences en la matière.

« Oh, non, pas de plaintes », rétorque Aurora des Ressources humaines avec un peu trop de désinvolture.

C'est à peine si son visage bouge : elle s'est fait lifter et ils ont forcé le trait. Elle a l'œil rond, elle est tirée comme si un poing géant lui maintenait les cheveux sur la nuque. Elle a sans doute suivi une session de l'école d'esthétique du programme de recyclage de Positron. Ce sont en fait les étudiants qui officient en tant que chirurgiens, il est donc bien naturel qu'ils se plantent de temps en temps. N'empêche, si elle était aussi ratée, Charmaine se précipiterait du haut d'un pont. Dans les maisons de retraite médicalisées Les Souliers Rouges, ils faisaient un bien meilleur boulot. Ils étaient capables de travailler sur des gens de soixante-dix, quatre-vingts ou même quatre-vingt-cinq ans qui, après, avaient l'air d'en avoir à peine soixante.

Sans doute forment-ils des chirurgiens esthétiques ici parce qu'ils ne vont pas tarder à avoir de la demande. L'âge moyen de Consilience étant de trente-trois ans, pour le moment, on n'a pas encore trop de mal à se sentir beau, mais qu'est-ce que ça donnera dans quelques années ? s'interroge Charmaine. Une énorme population de vieillards en fauteuils roulants ? Ou bien tous ces vieux seront-ils relâchés, ou plutôt expulsés – jetés à la rue, obligés de s'adapter à la misère du monde extérieur ? Non, puisque le contrat est à vie. Si l'on en croit ce qu'on leur a dit avant qu'ils ne signent.

Mais – c'est une idée neuve pour Charmaine, et elle n'est pas très agréable – on ne leur a pas fourni de garantie sur la durée éventuelle de la vie en question. Peut-être qu'à partir d'un certain âge les gens seront envoyés à l'administration des thérapeutiques pour y subir la Procédure. *Peut-être que, moi aussi, je finirai là*, songe Charmaine, *et que, comme moi, une femme me dira que tout va bien se passer, me caressera les cheveux, m'embrassera le front avant de me piquer avec une aiguille sans que je puisse bouger ou dire quoi que ce soit, parce que je serai sanglée et droguée jusqu'à la moelle.*

« S'il n'y a pas eu de plaintes, alors pourquoi ? demande Charmaine à Aurora en essayant de ne pas montrer son désespoir. On a besoin de moi aux thérapeutiques, c'est une technique particulière, j'ai de l'expérience, je n'ai jamais eu une seule...

— Eh bien, compte tenu des doutes sur votre identité, vous admettrez que c'est nécessaire, j'en suis sûre, l'interrompt Aurora, comme la désactivation de vos codes et cartes. Pour le moment, nous dirons que vous avez un statut incertain. La vérification de la banque de données est très minutieuse, forcément, étant donné que nous avons eu, je peux vous le confier, quelques imposteurs ici. Des journalistes. »

Elle fronce les sourcils autant que son visage tiré le lui permet.

« Et d'autres perturbateurs. Qui cherchent à déterrer – qui cherchent à *inventer* de vilaines histoires sur notre belle communauté.

— Oh, c'est terrible ! s'exclame Charmaine dans un souffle. Cette manière d'échafauder... »

Elle se demande de quelles vilaines histoires il s'agit, mais renonce à questionner son interlocutrice.

« Oui, bon, marmonne Aurora. Avant de parler, nous allons tous devoir nous montrer très vigilants, on ne sait jamais, n'est-ce pas ? Si on a affaire à une personne réelle ou pas.

— Oh, je n'y ai jamais pensé », avoue Charmaine avec sincérité.

Le visage d'Aurora se détend d'un millimètre.

« Vous aurez de nouveaux codes et cartes si..., poursuit-elle avant de se reprendre, *quand* votre identité sera confirmée. D'ici là, c'est une question de confiance.

— Une question de confiance ! s'écrie Charmaine indignée. Il n'y a jamais eu la moindre...

— Il ne s'agit pas de vous personnellement, la coupe Aurora. Ce sont vos données. Je suis sûre que vous êtes une personne totalement fiable à tous les niveaux. Plus que loyale. »

A-t-elle surpris un sourire un peu suffisant ? Difficile de l'affirmer, vu son visage figé. *Loyale*, Charmaine se surprend à rougir. Max a-t-il parlé ? Les a-t-on vus ? En tout cas, dans son travail, elle a été loyale.

« Maintenant, enchaîne Aurora, soucieuse d'efficacité. Je vous place provisoirement à la laverie. Au pliage des serviettes – on a une pénurie de personnel dans ce service. J'ai moi-même plié des serviettes, c'est très apaisant. Il est parfois sage de se déconnecter de trop de stress et de responsabilités, ainsi que des passe-temps auxquels nous pouvons – elle hésite, cherche le bon mot –, les passe-temps auxquels il nous arrive de recourir pour gérer notre stress. Plier des serviettes ménage des temps de réflexion. Prenez ça comme une étape de votre développement professionnel. Des vacances en quelque sorte. »

Flûte, flûte, flûte, se dit Charmaine. Le pliage de serviettes. Son statut à Positron vient d'encaisser une dégringolade humiliante.

Charmaine retire les vêtements de civil qu'elle a mis quelques heures plus tôt. (*Oh mince, mon soutien-gorge*, se dit-elle : ces marques rose fluo sous les bras, elle ne pourra jamais les faire partir.) Et il y a autre chose. Aurora ne sourit pas comme tout le monde, mais il n'y a pas que son sourire qui est bizarre, il y a son intonation. Exagérément lénifiante. Comme on parle à un enfant qui va subir une vaccination douloureuse ou à une vache en route pour l'abattoir. On a des rampes spéciales pour ces bovins-là, pour les pousser à aller placidement à la rencontre de leur destin.

Le soir, après quatre heures de pliage de serviettes suivies du dîner collectif – hachis Parmentier, salade d'épinards, mousse de framboises –, Charmaine rejoint le cercle de tricot dans la salle principale de l'aile des femmes. Ce n'est pas son cercle habituel, ni le groupe qui la connaît : ces femmes-là sont parties aujourd'hui et ont été remplacées par leurs Alternantes. Non seulement Charmaine ne les a jamais vues mais, pour elles aussi, c'est une inconnue. Elles lui font clairement sentir qu'elles ne comprennent pas pourquoi elle est coincée en leur compagnie : elles se montrent courtoises, mais sans plus. Les tentatives que Charmaine déploie pour échanger des banalités sont reçues froidement; on dirait presque qu'elles ont entendu une histoire honteuse sur son compte.

Ce groupe est censé tricoter des nounours bleus pour des enfants d'âge préscolaire – un certain nombre pour les garderies de Positron et de Consilience, le reste pour l'export, pour des boutiques d'artisanat dans des villes lointaines et plus prospères, peut-être même dans d'autres pays, parce que Positron doit pouvoir assumer ses frais. Hélas ! Charmaine ne parvient pas à se concentrer sur son nounours. Elle est nerveuse, son angoisse monte de minute en minute. Cette erreur numérique, comment a-t-elle pu se produire ? Le système est en principe inviolable. Une équipe informatique est en train d'y travailler, lui a assuré Aurora, mais entre-temps il faudra que Charmaine assiste à des cours de yoga au gymnase et respecte fidèlement son train-train quotidien ; c'est regrettable, toutefois un numéro est un numéro et, d'après son numéro d'identification, elle n'est pas la personne qu'elle dit être. Aurora est sûre que ça va s'arranger très vite.

Charmaine ne croit pas une seconde à ses salades. Quelqu'un doit avoir une dent contre elle. Mais qui ? L'ami ou la maîtresse d'un des sujets de la Procédure spéciale ? Comment seraient-ils au courant, comment auraient-ils eu accès à ces informations a priori totalement confidentielles ! Ils ont dû découvrir la vérité sur Max et elle. Ce doit être ça. Ils sont en train de réfléchir à ce qu'il faut faire d'elle. À ce qu'il faut lui faire.

Si seulement elle pouvait parler à Stan. Pas à Max : au premier soupçon de danger, Max décamperait. C'est un voyageur de commerce dans l'âme. *Je chérirai à tout jamais les moments que nous avons partagés et te garderai dans mon cœur*, puis la fenêtre de la salle de bains et hop, par-dessus la clôture de derrière en la laissant se débrouiller de l'arme fumante et du cadavre à terre, lequel pourrait bien être le sien.

Max est comme les sables mouvants. Comme du vif-argent. Vif. Elle l'a toujours su. Stan, en revanche – Stan est solide. S'il était ici, il remonterait ses manches et s'attaquerait à la réalité. Il lui dirait quoi faire.

Zut. Elle a fait une boulette au niveau du cou du nounours bleu, elle a fait une maille à l'endroit alors qu'elle aurait dû la faire à l'envers. Faut-il qu'elle défasse son rang et le retricote entièrement ? Non. Tant pis, le nounours aura une petite crête autour du cou. Elle lui mettra peut-être un ruban avec un nœud à cet endroit-là. Cacher le défaut en ajoutant une touche personnelle. *Si tu n'as que des citrons*, se dit-elle, *fais une limonade rose*.

Quand elle regagne sa cellule ce soir-là, elle est vide. Sa compagne est partie ; c'est son mois à Consilience. Pourtant, l'autre lit n'est pas fait, le matelas est à nu. On jurerait que quelqu'un est mort.

Ils ne lui ont donc pas attribué une nouvelle compagne de cellule. Ils l'isolent. Est-ce le début de sa punition ? Pourquoi s'est-elle laissée aller à fricoter avec Max ? Elle aurait dû quitter la pièce en courant dès l'instant où elle a posé les yeux sur lui. Elle s'est comportée comme une vraie poire ! Et à présent elle est toute seule.

Ce jour-là, pour la première fois, elle pleure.

LE BOY

« Chéri, allez, souris, ça ne peut pas être si terrible que ça », lui répétait régulièrement Charmaine quand ils vivaient dans la voiture, ce qui lui tapait sur les nerfs : bordel, comment pouvait-elle être aussi joyeuse alors que des pelletées de merde leur tombaient sur le dos ? À présent, il essaie de se rappeler son ton léger, ses paroles de réconfort, les maximes rassurantes qu'elle empruntait à mémé Win. *C'est avant l'aube qu'il fait le plus noir.* Il faudrait qu'il s'aguerrisse, parce qu'elle a raison : ça ne peut pas être si terrible que ça. Des tas d'hommes seraient contents à sa place.

Tous les jours de la semaine, il se rend à son soi-disant travail, au dépôt de réparation des scooters électriques de Consilience, où il doit éluder les questions des autres mecs – « Qu'est-ce que tu fous ici ? Je croyais que c'était ton mois à Positron. » Ce à quoi il répond : « Il y a des crétins dans l'Administration qui ont merdé, ils ont mélangé mes données perso avec celle d'un autre gars. Une erreur d'identité, mais, bon, je ne me plains pas. »

Inutile d'expliquer que l'autre gars est le gros con qui saute sa femme, cette traîtresse guillerette, et que le crétin de l'Administration est une barbouze haut placée dans la Surveillance qui a enregistré les rencontres de son mari et de Charmaine sur des vidéos pleines de grain, mais étonnamment érotiques. Stan sait qu'elles sont étonnamment érotiques parce qu'il les a regardées avec Jocelyn, assis sur le sofa même où il s'asseyait avec Charmaine pour regarder la télé.

Ce sofa, avec son fond bleu roi et ses motifs de lis blanc cassé, était alors synonyme d'ennui tiédasse et de routine confortable ; le maximum qu'il avait pu faire dessus avec Charmaine avait été de lui tenir la main ou de lui passer le bras autour des épaules, parce qu'elle prétendait ne pas vouloir faire des choses qu'on fait au lit ailleurs que là où elles doivent se faire, c'est-à-dire au lit. Une affirmation totalement fausse s'il en juge par les fameuses vidéos, dans lesquelles Charmaine n'a jamais besoin que d'une porte fermée et d'un plancher pour donner libre cours à la pute qu'elle abrite en son sein, exhorter Phil à faire des choses qu'elle a toujours refusées à Stan et bramer des choses qu'elle ne lui a jamais dites.

Jocelyn, affichant un sourire pincé mais ravi, aime observer Stan à ces moments-là. Puis elle veut qu'il rejoue ces vidéos, lui dans le rôle de Phil et elle dans celui de Charmaine. Le plus affreux, c'est que, parfois, il y arrive ; même si c'est tout aussi affreux quand il n'y arrive pas. S'il la brutalise et la baise, c'est parce qu'elle le lui a demandé. S'il n'y parvient pas, il est nul ; bref, dans un cas comme dans l'autre, il a tout faux. Jocelyn a transformé ce banal sofa avec ces lis fadasses en un repaire du vice synonyme de tortures et d'humiliations. C'est à peine s'il peut encore s'asseoir dessus :

qui aurait cru qu'un bien de consommation anodin, fait de tissu et de rembourrage, puisse se métamorphoser en un formidable instrument de manipulation ?

Il espère bien que Jocelyn enregistre ces scènes et qu'elle obligera Phil à les regarder à son tour. Elle est suffisamment vache pour ça. À tous les coups, Phil se demande pourquoi il est toujours en prison et essaie d'intimider son monde – *Il y a une erreur, je suis censé sortir maintenant, laissez-moi juste contacter ma femme, elle fait partie de la Surveillance, on va régler tout ça.* Stan prend un plaisir acide à imaginer ce scénario, de même que les regards butés des gardiens, leurs ricanements étouffés, parce qu'ils ont des ordres d'en haut, pas vrai ? *Calme-toi, mon pote, reprends le document, les numéros d'identité de Positron ne mentent pas, le système est inviolable.* Ce tordu de connard de Phil l'a bien cherché.

Cette pensée aide Stan pendant ses prestations sexuelles sur commande avec Jocelyn, lesquelles sont bien plus proches de l'attendrissage de steak que d'un interlude de pur plaisir.

Oh, Stan ! dit la pseudo-voix gloussante et mutine de Charmaine. *Tu y prends plaisir, c'est forcé ! Tu le sais ; presque toujours en tout cas, les hommes connaissent tous des baisses de régime ponctuelles, mais ne crois pas que je n'entende pas tes gémissements le reste du temps, donc c'est forcément agréable pour toi, ne nie pas !*

Va te faire foutre, lui lance-t-il. Mais Charmaine, avec son visage d'ange et son cœur retors – la vraie Charmaine –, ne peut l'entendre. Elle ignore que Jocelyn a foutu le bordel dans leur vie pour se venger de lui avoir piqué Phil ; le premier du mois, elle s'en apercevra. Quand elle entrera ici, persuadée de trouver Stan, ce sera Phil qui l'attendra. Lui non plus ne sera pas spécialement ravi, à ce que présume Stan, parce qu'une petite partie de jambes en l'air bien testostéronée à l'occasion n'a rien à voir avec un quotidien dilué à l'eau tiède.

C'est là que Charmaine comprendra que le feu qui lui brûle les reins n'est pas celui qu'elle croit – ce n'est pas le Max de ses rêves enfiévrés, dont elle invoque inlassablement le faux nom dans ces fichues vidéos –, mais un mâle autrement moins Alpha, qui lui paraîtra bien différent à la lumière du jour. Plus mou, plus vieux, plus blasé aussi, avec un regard salace, calculateur : ça se voit sur sa gueule, dans les vidéos. Que ça leur plaise ou pas, Phil et elle seront condamnés à rester ensemble. Charmaine sera obligée de vivre avec les chaussettes sales du monsieur et ses cheveux dans le lavabo ; elle devra subir ses ronflements, échanger des banalités avec lui au petit déjeuner ; tout ça te lui plombera la bleuette simili-gothique dans laquelle elle s'est mise en scène.

Combien de temps leur faudra-t-il pour qu'ils s'ennuient, puis qu'ils en aient carrément marre l'un de l'autre ? Combien de temps avant que Phil n'en arrive à la violence familiale, histoire de s'occuper les mains ? Pas longtemps, espère Stan. Ça ne le dérangerait pas d'apprendre que Phil gifle Charmaine, pas seulement pour pimenter le sexe, comme il le fait à l'écran, mais en vrai : elle le mérite.

Phil aurait cependant intérêt à ne pas pousser le bouchon trop loin, ou Charmaine serait capable de lui planter un couteau à pamplemousse dans la jugulaire, car derrière son petit numéro de blonde écervelée, il y a quelque chose de biaisé. Une puce électronique qui a sauté, un mauvais contact. Stan ne s'en est pas aperçu quand ils vivaient ensemble – il avait sous-estimé sa part d'ombre, ce qui a été son erreur numéro un, parce que tout le monde a une part d'ombre, même les ébourrissonnes comme elle.

Une autre pensée lui vient, pas trop sympa : quand Phil et Charmaine se mettront à vivre ensemble dans cette maison, qu'adviendra-t-il de lui, Stan ? Il ne pourra rester ici avec eux, c'est clair. Jocelyn le kidnappera-t-elle pour l'enfermer dans un nid d'amour secret où elle l'enchaînera au pied de son lit ? Ou bien se lassera-t-elle de le traiter en gigolo de service, de trafiquer ses branchements perso, de le regarder se démener à la manière d'une grenouille galvanisée, et le laissera-t-elle réintégrer Positron pour un repos bien mérité ?

Cela dit, peut-être modifiera-t-elle le programme encore davantage : peut-être se bornera-t-elle à garder Stan ici avec elle, à prolonger ce jeu tordu de papa-maman pendant que les deux autres calment leurs ardeurs au violon. Le jour de la permutation venu, alors que Charmaine et Phil seront tout près d'enfiler leurs fringues civiles et de foncer à leur sordide rendez-vous, un drôle de zèbre en uniforme leur annoncera qu'il y a un retard et qu'ils ne pourront pas sortir tout de suite de Positron. Ce qui fera trois mois d'affilée pour Charmaine. Elle doit être en train de tourner dingue.

Phil aura déjà deviné que Jocelyn l'a découvert une fois de plus et se demandera si elle n'a pas fini par le laisser tomber. S'il a deux sous de jugeote, il sera dans un état d'angoisse avancée. Il doit savoir que, derrière son tailleur strict et banal et sa façade de tolérance inoxydable, sa femme est une harpie vengeresse.

Mais Charmaine sera désorientée. Elle déploiera tout son registre de manipulations féminines pour la Direction de Positron : stupeur blonde à fossettes, frémissement des lèvres, indignation, suppliques larmoyantes – toutefois rien de tout cela ne servira à grand-chose. Alors, peut-être s'effondrera-t-elle réellement. Elle pétera les plombs, hurlera, s'écroulera par terre. Les responsables ne le supporteront pas : ils l'obligeront à se relever, la mettront au pas. Stan aimerait bien voir ça ; il en retirerait une certaine satisfaction, vu le mépris avec lequel elle l'a traité. Peut-être Jocelyn le laissera-t-elle suivre la scène sur la caméra espion.

Ça ne risque pas trop. L'accès de Stan au matériel espion se limite aux contorsions de Charmaine et Phil sur un plancher. Pour Jocelyn, c'est un mégaflash. Ses demandes, chaque fois répétées, sont pathétiques : elle doit bien se rendre compte qu'il n'éprouve aucune réelle passion. À ces moments-là, il serait prêt à avaler un diluant pour peintures ou à se fourrer un piment rouge dans le nez – n'importe quoi pour éviter de réfléchir durant ces scènes d'humiliation mutuelle. Cependant, il a besoin de se convaincre qu'il est tout près de se muer en automate, parce qu'il a besoin que ça continue. Il y va peut-être de sa vie.

La nuit dernière, Jocelyn a essayé un nouveau truc. Pour autant qu'il puisse en juger, elle possède tous les codes d'accès, a ainsi ouvert le casier rose de Charmaine et farfouillé dans ses affaires où elle a déniché une chemise de nuit dans laquelle elle pouvait entrer. Il y avait des pâquerettes dessus et des petits nœuds – très éloigné du style fonctionnel de Jocelyn, ce qui était peut-être le but.

Jocelyn a l'habitude de dormir dans la chambre d'appoint, où elle range également son « travail », quel qu'il soit ; or, la nuit dernière, elle a allumé une bougie parfumée, enfilé la fameuse chemise de nuit et débarqué sur la pointe des pieds dans la chambre de Stan. « Surprise », a-t-elle murmuré. Elle avait la bouche peinturlurée et, quand elle l'a pressée sur la sienne, il a reconnu l'arôme du baiser au rouge à lèvres sur le billet qu'il avait trouvé. *Je suis affamée de toi ! J'ai tellement besoin de toi. Méga bisous plus câlins assortis et tu sais quoi en prime – Jasmine.* Et lui, comme un crétin, qui était tombé amoureux de cette Jasmine sensuelle, avec sa bouche couleur de jus de raisin ! Quel mirage ! Et après, quelle déception !

Qui donc Jocelyn voulait-elle être alors ? Arraché à son sommeil, il s'est trouvé désorienté ; l'espace d'un moment, il n'a plus su où il était ni qui se plaquait contre lui.

« Imagine que je suis Jasmine, a-t-elle chuchoté. Laisse-toi aller. »

Mais comment aurait-il pu avec, sous ses doigts, la texture familière de la chemise de nuit en coton de Charmaine ? Les pâquerettes. Les petits nœuds. Quel monde entre les deux !

Combien de temps encore pourra-t-il continuer à jouer cette comédie de boulevard sans perdre totalement la tête et recourir à la violence ? Quand il travaille au dépôt de scooters, il réussit à conserver son équilibre : résoudre des problèmes mécaniques l'apaise. Mais, quand approche la fin de sa journée de travail, il sent monter la terreur. Puis il faut qu'il reprenne son scooter et regagne la maison, avec l'objectif de s'enfiler quelques bières et feindre de se concentrer sur les tâches du jardin avant le retour de Jocelyn.

C'est risqué d'associer brouillard du houblon et engins électriques, mais c'est un risque qu'il est prêt à assumer. S'il ne s'anesthésie pas, il est capable de faire une grosse bêtise.

Or Jocelyn est haut placée dans la hiérarchie ; ils doivent la surveiller jusqu'au dernier poil du cul et une unité de la police d'élite est sans doute prête à passer à l'action à la moindre menace. Stan déclencherait sûrement une alerte en esquissant ne serait-ce que le geste le plus anodin contre elle, s'il la ficelait par exemple pour la fourrer dans le casier rose de Charmaine – non, pas le rose, il ne connaît pas le code ; dans son casier rouge à lui – et qu'il s'enfuyait. Mais pour aller où ? Il n'y a pas de route pour sortir de Consilience, pas pour ceux qui ont fait la mégaconnerie de l'intégrer. De se désintégrer. UN SÉJOUR EN PRISON AUJOURD'HUI, C'EST NOTRE AVENIR GARANTI.

Tu t'es fait entuber, dit la voix de Conor dans sa tête.

Voici qu'arrive Jocelyn dans son sombre véhicule de barbouze qui ronronne doucement. Elle doit avoir un chauffeur, parce qu'elle sort toujours par l'arrière. Il paraît qu'à Positron ils bossent sur une série de nouveaux trucs techniques et robotiques, qui vont aider le Projet à éponger ses frais, donc peut-être qu'il y a un bot au volant.

Stan éprouve l'envie dingue de foncer vers le taille-haie, de le démarrer, de menacer de tailler Jocelyn et son robot de chauffeur en pièces s'ils ne l'emmènent pas illico au portail principal de Consilience. Mais si elle n'est pas dupe et qu'elle refuse ? Tentera-t-il le coup en risquant de se retrouver en rade avec une bagnole bourrée d'électronique et un cadavre en kit ?

Mais si ça marche, il l'obligera à lui faire franchir le portail pour s'enfoncer dans les champs de ruines à moitié déserts de l'autre côté du mur. Il sautera de la voiture, s'enfuira. Ce ne sera pas terrible, la vie là-bas, à fouiller les poubelles et à repousser les pilleurs d'ordures, mais il mènerait de nouveau sa barque, ce serait toujours ça. Il retrouverait Conor, ou bien Conor le retrouverait. Si quelqu'un sait faire des pieds et des mains de l'autre côté, c'est Conor. Quant à lui, il faudra qu'il ravale sa fierté. Qu'il fasse pas mal marche arrière. *J'ai eu tort, j'aurais dû t'écouter*, etc., bordel, etc.

Cela dit, peut-être vaut-il mieux ne pas risquer le coup du taille-haie avec Jocelyn. Sans doute peut-elle activer le système d'alarme rien qu'en fléchissant les orteils. Et ne parlons pas de sa réactivité : ces gens de la Surveillance doivent avoir un entraînement en arts martiaux. On leur a sûrement appris à écraser la trachée d'un adversaire rien qu'avec les pouces.

Elle descend de la voiture à présent, les pieds en premier. Chaussures, chevilles, nylon gris. N'importe quel mec qui verrait ses jambes serait forcément excité. Pas vrai ?

Accroche-toi à ça, Stan, se dit-il. *Il n'y a pas que des inconvénients.*

VI | LA SAINT-VALENTIN

INCERTITUDE

On est le 10 février et Stan est toujours dans l'incertitude. Charmaine n'a pas réapparu le jour de la permutation, comme il l'avait espéré et craint. Espéré, parce qu'elle lui manque – bien obligé de l'admettre – et qu'il a envie de la voir, surtout si elle doit remplacer Jocelyn. Craint, parce que qui sait s'il ne va pas perdre son calme ? Lui dire qu'il a vu ses vidéos avec Max, la confronter à tous les mensonges qu'elle lui a servis, lui coller un pain à la Conor ? Le provoquerait-elle, se moquerait-elle de lui ? Ou bien est-ce qu'elle lui dirait en pleurant qu'elle a fait une grosse bêtise, qu'elle regrette vraiment et l'aime énormément ? Et en admettant qu'elle dise ça, comment saura-t-il si elle est sincère ?

Lui-même serait dans une position délicate. Et si Jocelyn prenait la défense de Charmaine, qu'elle lui confiait ce qu'elle sait de l'empressement de Stan à poursuivre la fausse Jasmine, puis qu'elle ajoutait quelques détails sur ce qu'ils ont fabriqué sur le canapé bleu, Stan et elle ? Et ailleurs. Dans plein d'ailleurs. Chaque fois qu'il essaie d'imaginer ses retrouvailles avec Charmaine, son cerveau se transforme en un écheveau embrouillé.

« Je pense qu'une séparation un peu plus longue vous sera bénéfique », lui a dit Jocelyn à ce sujet, comme si Charmaine et lui étaient deux enfants querelleurs que leur mère aimante mais stricte avait expédiés au coin. Non, pas leur mère : une baby-sitter décadente qui sera sous peu accusée de détournement de mineurs dans la mesure où, juste après ce petit sermon collet monté, Stan s'est retrouvé sur le canapé bleu aux lis chastes mais désormais crasseux à interpréter une des séquences préférées de Jocelyn dans la saga porno qu'ils se repassent fréquemment et dont leurs deux fougueux conjoints sont les vedettes.

« Et si c'était nous deux en même temps ? » s'est-il surpris à grommeler comme de très loin.

La voix était la sienne, le texte celui de Max. Pour ce passage, le script exige un certain travail manuel. C'est difficile de retenir toutes les paroles, de les synchroniser avec les gestes. Comment font-ils dans les films ? Enfin, eux, ils ont la possibilité de faire des prises multiples : si ce n'est pas bon, ils recommencent.

« Par-devant et par-derrière ?

— Oh non, je ne pourrais pas ! » a répliqué Jocelyn d'une voix censée paraître haletante et honteuse, comme celle de Charmaine sur la vidéo.

Et en effet c'était ressemblant : elle ne jouait pas, ou pas totalement.

« Pas les deux en même temps ! C'est... »

Et après ? Le noir total. Pour gagner du temps, il a arraché quelques boutons.

« Je pense que tu pourrais, lui a soufflé Jocelyn.

— Moi, je pense que tu pourrais, a-t-il répété. Je pense que t'en as envie. Regarde, tu rougis. T'es une vilaine petite salope, hein ? »

Quand est-ce que tout ça se terminera ? Pourquoi ne pourrait-il pas simplement sauter ces jeux de rôle à la noix, aller droit à l'essentiel, en arriver au moment où les yeux de Jocelyn se révulsent et où elle hurle comme du métal qu'on déchire ? Mais elle ne veut pas de la version abrégée. Elle veut du dialogue, un rituel, elle veut de la séduction. Elle veut ce que Charmaine a eu, là sur l'écran, et pas une syllabe de moins. Si Stan y réfléchit une seconde, c'est triste : on dirait qu'elle a été exclue, qu'elle seule n'a pas été invitée à la fête d'anniversaire de sa petite copine et qu'elle a donc décidé de célébrer sa propre fête, toute seule.

C'est bien toute seule qu'elle la célèbre, plus ou moins, vu que Stan n'est pas présent au sens réel du terme. *Pourquoi ne se commande-t-elle pas un robot ?* se demande-t-il. Les gars du dépôt de scooters racontent qu'on vient de lancer la production de nouveaux sexbots performants encore au stade d'essai quelque part dans les profondeurs de Positron. C'est peut-être un bobard ou un vœu pieux, mais les gars jurent que non : ils ont des infos de première main. Il s'agirait d'une ligne de prostibots conçus par un designer hollandais, dont certains sont destinés au marché domestique, mais la majorité à l'exportation. Les bots sont censés être extrêmement réalistes, avec chaleur corporelle, peau en fibre de plastique sensible au toucher, de vrais frissons, plusieurs registres de voix et intérieur autonettoyant, à des fins sanitaires : qui aurait envie de se choper une chtouille ?

Ces bots vont réduire le trafic sexuel, affirment les amateurs : fini les gamines vendues d'un pays à l'autre, battues pour mieux mater leur résistance, enchaînées à un lit, réduites en charpie, puis balancées dans des lagunes d'eaux usées. Fini tout ça : en plus, ils vont quasiment chier de l'or.

Mais on ne pourra absolument pas comparer avec une femme en chair et en os, rétorquent les détracteurs : si on les regarde dans les yeux, on ne verra pas de personne réelle. Oh, ils ont plusieurs cordes à leur arc, répondent les amateurs : des muscles faciaux améliorés, un meilleur logiciel. Mais ils ne ressentent pas la douleur, s'insurgent les détracteurs. On est en train de bosser sur cette fonction, assurent les amateurs. En tout cas, ils ne diront jamais non. Ou s'ils disent non, ce sera parce qu'on le voudra.

Stan a des doutes sur l'ensemble : les modules Empathie chez Robotique Exquise n'auraient pas dupé un gamin de cinq ans. Mais peut-être ont-ils fait d'énormes progrès.

Les gars blaguent, se proposent de postuler pour un boulot de testeur de prostibots à Positron. Il paraît que c'est une expérience formidable, quoiqu'un peu sinistre. Tu as la possibilité de choisir l'option voix et expression verbale, le bot te susurre des flatteries aguichantes ou des cochonneries ; quand tu le touches, il gigote ; tu tires ton coup. Après, pendant le cycle de rinçage – ça, c'est un peu bizarre, ça rappelle un poil trop le bruit d'un lave-vaisselle qui vidange –, tu dois remplir un questionnaire et tu coches des cases pour évaluer les qualités et les défauts de telle ou telle fonctionnalité, suggérer des améliorations. Comme expérience sexuelle à la carte, ils prétendent que ce sera mieux que le vieux trafic de baise de poulets de Positron. Pas de piaillements, pas de griffures de pattes. Mieux aussi qu'une pastèque tiédasse, laquelle n'est pas follement réactive.

Il doit bien y avoir des prostibots mâles pour les Jocelyn de cette terre, se dit Stan. Sauveur le baiseur turbineur androïde. Mais ce modèle ne conviendrait pas à Jocelyn, parce qu'elle veut quelque chose qui puisse éprouver de la rancœur et même de la fureur. Qui la ressente et soit obligé de la refouler. Il a une bonne idée de ses goûts à présent.

La veille du premier jour de l'an, elle a fait du pop-corn et insisté pour qu'ils le mangent en regardant le début de la vidéo : l'arrivée de Phil dans la maison délabrée, ses allées et venues agitées, le bonbon à la menthe qu'il se fourre dans la bouche, ses gestes vifs quand il se pomponne devant un bout de verre, vestige d'un miroir brisé. Le pop-corn dégoulinait de beurre fondu, mais quand Stan a fait mine d'aller chercher une serviette en papier, Jocelyn a posé la main sur sa jambe. C'était un geste assez discret, toutefois Stan est capable de reconnaître un ordre quand on lui en donne un.

« Non », a-t-elle dit en souriant de ce sourire de plus en plus énigmatique pour lui.

Dissimule-t-il de la souffrance, ou l'intention d'en infliger ?

« Reste ici. Je veux ton beurre partout sur moi. »

Au moins, c'était un petit extra, ce beurre. Un truc que Phil et Charmaine n'ont pas fait. En tout cas sur les vidéos.

Et donc les choses ont continué. Mais, vers la fin du mois de janvier, l'ardeur, si on peut dire, de Jocelyn s'est émoussée. Apparemment distraite, elle travaille dans sa chambre sur son ordinateur et, au lieu d'exiger de faire l'amour sur le canapé, lit des romans sur la question, pieds nus et jambes levées. Il en sait davantage sur elle à présent, ou davantage sur l'histoire qui lui sert de couverture. Comment est-elle entrée dans le business de la Surveillance ? lui a-t-il demandé, histoire de meubler la conversation à la table du petit déjeuner.

« J'ai fait des études de littérature. C'est vraiment utile.

— Tu te fous de moi, hein ?

— Absolument pas. C'est là qu'on déniche toutes les intrigues. C'est là qu'on apprend tous les rebondissements possibles et imaginables. Pour ma thèse, j'ai bossé sur *Le Paradis perdu.* »

Paradis quoi ? La seule chose qui soit venue à l'esprit de Stan, c'est un site de night-club en Australie qu'il a repéré en ligne un jour qu'il cherchait du porno soft, mais l'endroit a fermé depuis des années. Il a eu envie de demander à Jocelyn si HBO a tiré une mini-série de ce bouquin ou autre chose, car, dans ce cas, il l'aurait peut-être vu, mais s'est tu : moins il manifeste son ignorance, mieux c'est. Déjà qu'elle le traite comme un épagneul dégénéré, avec un mélange d'amusement et de mépris. Sauf quand il est en pleine action pelvienne. Ce qui est de plus en plus rare.

Il y a des soirs où il se retrouve à boire de la bière tout seul, parce qu'elle n'est pas rentrée. L'absence de Jocelyn le soulage – il a moins de pression pour ses prestations –, mais lui fait peur aussi : et si elle envisageait de se débarrasser de lui ? Et si la destination vers laquelle elle comptait l'envoyer n'était pas la prison, mais ces abysses inconnus où ont disparu les criminels purs et durs auparavant bouclés à Positron ?

Jocelyn a le pouvoir de l'éliminer. D'un simple geste de la main, elle peut le réduire à néant. Elle n'en a jamais parlé, mais il sait qu'elle a ce pouvoir.

Pourtant, le 1er février est passé sans permutation pour lui. Il a donc fini par amener le sujet sur le tapis : quand précisément allait-il retourner à Positron ?

« Tes poulets te manquent ? a-t-elle rétorqué. Ne t'inquiète pas, si ça se trouve, tu ne vas pas tarder à les retrouver. »

Devant cette réponse, les poils de sa nuque se sont hérissés : l'origine des aliments destinés à la volaille nourrit des rumeurs macabres à Positron.

« Mais, avant, j'ai envie de passer la Saint-Valentin avec toi. »

Malgré une pointe de dureté derrière, elle a un ton presque sentimental.

« Je veux que cette journée soit spéciale. »

Était-ce une menace, ce « spéciale » ?

Elle l'a fixé avec un petit sourire.

« Je ne veux pas que nous soyons... interrompus.

— Qui nous interromprait ? »

Dans les vieux films, du genre de ceux qui passent sur la chaîne de Consilience – films comiques, films tragiques, mélos –, les interruptions sont fréquentes. La porte s'ouvre à la volée et quelqu'un fait irruption – un époux jaloux, un amant trahi. À moins que ce ne soit un film d'espionnage, auquel cas c'est un agent double, ou encore un film policier dans lequel un mouchard trahit le gang. Échauffourées ou coups de feu s'ensuivent. Fuites par le balcon. Balles dans la tête. Hors-bord s'échappant en zigzaguant. Voilà sur quoi débouchent ces interruptions avant un dénouement heureux. Ce n'est sûrement pas le type d'interruption envisageable ici.

« Personne, je suppose », a-t-elle dit.

Elle l'a regardé avec attention.

« Charmaine n'est pas du tout en danger, a-t-elle ajouté, elle est en pleine forme. Je ne suis pas un monstre ! »

Et de nouveau cette main sur le genou de Stan. De la soie d'araignée, plus résistante que le fer.

« Tu es inquiet ? »

Bien sûr que je suis inquiet, bon sang, a-t-il eu envie de hurler. *Qu'est-ce que tu crois, espèce de tordue ? Tu crois que c'est une partie de plaisir pour moi que d'être l'esclave d'un maître-chien qui peut me faire piquer à tout moment ?* Mais la seule chose qu'il a répondue, c'est :

« Non, pas vraiment. »

Puis, à sa grande honte :

« J'attends ça avec impatience. »

Sa réaction l'écœure. Qu'aurait donc fait Conor à sa place ? D'une manière ou d'une autre, il aurait pris les choses en main. Conor aurait retourné la situation. Mais comment ?

« Tu attends quoi avec grande impatience ? » lui a-t-elle demandé, le regard inexpressif.

Pour ce qui est du jeu, c'est une vraie pro.

« Tu attends quoi, Stan ? a-t-elle répété devant son silence.

— La Saint-Valentin. »

Quel loser. *Rampe, Stan. Lèche les bottes, le cul. Si ça se trouve, ta vie ne tient qu'à un fil.*

Elle a souri franchement cette fois. Cette bouche qu'il serait bientôt obligé d'écraser sous la sienne, ces dents qui bientôt lui mordilleraient l'oreille.

« Bien, a-t-elle dit gentiment en lui tapotant la cuisse. Ton impatience me fait plaisir. J'aime les surprises, pas toi ? La Saint-Valentin me fait penser à des cœurs à la cannelle. Tu sais, les petits bonbons rouges qu'on suçait dans le temps. Des Red Hots, ça s'appelait. Tu te souviens ? »

Elle s'est passé la langue sur les lèvres.

Arrête ces conneries, a-t-il manqué lui lancer. *Laisse tomber ces putains de sous-entendus. Je sais que c'est mon petit cœur que tu as envie de sucer.*

« J'ai besoin d'une bière, a-t-il dit.

— Il va falloir la gagner », a-t-elle répliqué d'un ton redevenu sévère.

Sa main a remonté sur la cuisse de Stan et l'a pressée.

Charmaine est convoquée pour vérifier ses données : on la fait asseoir pour un examen de la rétine, on reprend l'empreinte de ses doigts, on la prie de lire *Winnie l'ourson* pour analyser sa voix. Ces mesures vont-elles revalider son profil dans la base de données ? Difficile à dire : elle est toujours seule dans sa cellule, toujours tenue à l'écart par le cercle de tricot, toujours coincée au pliage de serviettes.

Pourtant, le lendemain, Aurora des Ressources humaines se présente dans les locaux de la laverie et prie Charmaine de l'accompagner à l'étage pour une petite discussion. Les autres plieuses de serviettes lèvent le nez : Charmaine a-t-elle des ennuis ? Elles doivent l'espérer. Charmaine, qui se sent désavantagée – elle est couverte de fibres, c'est humiliant –, s'époussette et suit Aurora jusqu'à l'ascenseur.

La petite discussion a lieu dans la Chat Room à côté du bureau des sorties. Aurora est heureuse d'annoncer à Charmaine que ses cartes et codes vont lui être restitués – enfin, pas restitués, confirmés. Comme Aurora l'en avait assurée, le problème de la banque de données est réglé et elle est de nouveau la personne qu'elle prétend être. Aurora affiche un sourire pincé. N'est-ce pas une bonne nouvelle ?

Charmaine en convient. Au moins a-t-elle retrouvé son identité numérique, ce qui est assez réconfortant.

« Je peux donc sortir maintenant ? demande-t-elle. Rentrer chez moi ? J'ai été privée de beaucoup de temps dehors. »

Malheureusement, réplique Aurora, Charmaine ne peut pas encore quitter Positron : la synchronisation ne fonctionne pas. Certes, en théorie, elle pourrait s'installer dans la chambre d'appoint de sa maison – Aurora émet un bruit qui s'apparente au rire –, mais son

Alternante occupe bien entendu le logement qu'elles partagent, puisque c'est son tour. Aurora comprend combien tout cela doit être contrariant pour Charmaine, mais il faut respecter la rotation appropriée, sans interaction entre Alternants. L'intimité mènerait inévitablement à des disputes territoriales, en particulier pour des articles de confort, tels que des draps ou une lotion corporelle. Pour ce qui est des petits coins douillets et des jouets préférés, ils l'ont tous appris, il n'y a pas que les chats et les chiens qui soient possessifs. On aimerait bien que ce soit le cas ! La vie ne serait-elle pas plus simple ?

Bref, Charmaine doit continuer à être patiente, poursuit Aurora. Et de toute façon elle a fait un si bon travail au tricot – ses nounours bleus : combien en a-t-elle tricoté à présent ? Au moins une douzaine ! Elle aura le temps d'en faire un peu plus avant de sortir, avec un peu de chance lors de la prochaine permutation, qui aura lieu quand ? Le 1er mars, n'est-ce pas ? Et on est presque à la Saint-Valentin – ce ne sera donc plus très long !

Pour sa part, Aurora n'a jamais appris à tricoter. Elle le regrette sincèrement. Ce doit être apaisant.

Charmaine serre les poings. Encore un de ces sacrés nounours avec leurs yeux brillants et aveugles et elle va déraper, dérailler. Elles en ont rempli de pleines cuves. Ils lui font faire des cauchemars, ces nounours ; elle rêve qu'ils sont au lit avec elle, figés mais vivants.

« Oui, c'est apaisant », lui concède-t-elle.

Aurora consulte son PosiPad. Elle a une autre bonne nouvelle pour Charmaine : à partir du surlendemain, elle quittera le pliage de serviettes et reprendra ses activités de chef de l'administration des thérapeutiques. Positron récompense en effet le talent et l'expérience, et le talent et l'expérience de Charmaine ne sont pas passés inaperçus. Aurora esquisse une grimace d'encouragement.

« Tout le monde n'a pas la patte, dit-elle. Associée à un dévouement comme le vôtre. Il y a eu des incidents, quand d'autres... d'autres opératrices se sont vu confier la tâche de, la tâche. Avec ses responsabilités fondamentales.

— Quand est-ce que je commence ? balbutie Charmaine avant d'ajouter : Merci. »

Elle est ravie d'échapper au pliage de serviettes. Elle est impatiente de regagner l'aile de l'administration des thérapeutiques et d'emprunter tous ces couloirs qu'elle n'a pas oubliés. Elle se voit en train d'approcher de la borne d'accueil, d'accéder à la tête peut-être réelle sur l'écran, de franchir les portes familières, d'enfiler prestement ses gants, de se saisir des médicaments ainsi que de la seringue et de l'aiguille hypodermiques. Puis d'entrer dans la salle où l'attendra le sujet de la Procédure, immobile mais aux prises avec une foule de peurs, qu'elle apaisera. Puis elle lui procurera bonheur et délivrance. Que ce sera bon de se sentir de nouveau respectée.

Aurora consulte encore une fois son PosiPad.

« Je vois en fait que vous êtes censée reprendre vos fonctions demain après-midi, déclare-t-elle. Après le déjeuner. Ici, quand nous commettons une erreur, nous faisons le nécessaire pour la réparer. Félicitations pour cette heureuse issue ! Nous vous avons tous soutenue. »

Charmaine se demande bien qui l'a soutenue, vu qu'elle n'a remarqué personne. Mais, comme tant de choses à Consilience, ce soutien s'est peut-être effectué en coulisse.

« Seigneur, je suis en retard pour la réunion, s'écrie Aurora. Nous avons tout un nouveau groupe de prisonniers qui débarquent, tous en même temps ! D'autres questions ou renseignements ? »

« Oui », dit Charmaine. Pendant qu'elle était enfermée à Positron, qu'a-t-on raconté à Stan sur sa situation ? Il a dû s'inquiéter à son sujet ! Est-ce qu'il sait pourquoi elle n'était pas là ? À la maison. Lui a-t-on expliqué ce qui s'est passé ? Ou bien a-t-il pensé qu'on l'avait juste retranchée ? envoyée aux thérapeutiques ? biffée ? Elle n'a pas osé poser de questions jusqu'à présent – on aurait pu croire qu'elle se plaignait, ça aurait pu susciter des suspicions, interférer avec ses chances d'être disculpée –, mais elle est blanchie désormais.

« Stan ? répète Aurora d'un air ahuri.

— Stan. Mon mari, Stan.

— Ce n'est pas une information à laquelle j'ai accès. Mais je suis certaine qu'on s'en est occupé.

— Merci », bredouille Charmaine.

Ce serait peut-être jouer avec le feu que de vouloir plus de réponses durant cette délicate transition – cette réhabilitation.

Et puis il y a Max, dont elle ne sait rien non plus. Brûlant de désir ! Brûlant d'un ardent désir ! Il doit être en train de devenir fou. Mais impossible de solliciter Aurora à propos de Max.

« Pourrais-je juste lui envoyer un message ? insiste Charmaine. À Stan ? pour la Saint-Valentin ? Pour lui faire savoir que je vais bien et que je... »

Une pause tremblante au bord des larmes ; elle a l'impression qu'elle risque vraiment de les verser.

« ... que je l'aime ? »

Aurora cesse de sourire.

« Non. Pas de message quand on est à Positron. Vous le savez très bien. Si la prison n'est plus une prison, le monde extérieur ne veut plus rien dire ! Maintenant, profitez au mieux du reste de votre expérience ici. »

Elle hoche la tête, se relève et sort en trombe de la Chat Room.

Au moins n'y aura-t-il plus trop de ces serviettes de malheur, se dit Charmaine tout en pliant et empilant, pliant et empilant. Qui sait si on ne peut pas s'attraper une maladie des bronches avec toutes ces fibres. Elle pousse son quota vers le guichet quand une sorte de brouhaha s'élève derrière elle, venant des autres femmes affectées au pliage de serviettes. Elle se tourne : c'est Ed, le président-directeur général du Projet Positron, il fait entrer une femme plus âgée qui ne porte pas la tenue orange. Elle a sur la tête quelque chose qui ressemble à un turban, décoré de fleurs en feutre rouge. Ils avancent vers elle.

« Oh, mon Dieu ! » s'exclame Charmaine.

Ça lui est sorti tout seul.

« Lucinda Quant ! J'adorais votre émission, *The Home Front*, c'était tellement... Que je suis heureuse que vous alliez mieux ! »

Elle babille, se ridiculise.

« Je suis désolée, je ne devrais pas...

— Merci », répond Lucinda Quant d'un ton bourru.

Elle a l'air ravi. Elle est très parcheminée, sa peau du moins. Elle n'était pas comme ça à la télé, mais c'est peut-être la maladie.

« Je suis sûr que Mme Quant apprécie votre soutien, déclare Ed de sa voix suave. Nous lui faisons faire un rapide tour de notre beau projet. Elle est en train de réfléchir à une nouvelle émission intitulée *After the Home Front*, qui décrirait à tous la solution extraordinaire que nous avons mise en œuvre pour régler les problèmes des sans-abri et des chômeurs. »

Il sourit à Charmaine. Il est tout près d'elle.

« Vous êtes heureuse ici, n'est-ce pas ? lui demande-t-il. Depuis votre arrivée ?

— Oh oui, s'écrie Charmaine. C'est tellement, c'est tellement... »

Comment décrire cette expérience, en prenant tout en compte, dont Max et Stan ? Va-t-elle fondre en larmes ?

« Excellent », déclare Ed.

Il lui tapote le bras et se détourne, sans plus faire attention à elle. Lucinda Quant pose ses yeux de fouine bordés de rouge sur Charmaine.

« Tu as perdu ta langue ? lui lance-t-elle.

— Oh non », balbutie Charmaine.

Ed va-t-il lui causer des ennuis parce qu'elle n'a pas dit ce qu'il fallait ?

« C'est juste... que j'aurais aimé participer à votre émission. »

Et c'est vrai, parce que peut-être que des gens leur auraient envoyé de l'argent et que Stan et elle n'auraient alors jamais eu besoin d'intégrer le Projet.

EN TRAÎNANT DES PIEDS

Stan se lance dans un compte à rebours : encore deux jours avant la Saint-Valentin. Le sujet n'est pas revenu sur le tapis, mais de temps à autre il surprend Jocelyn qui l'observe d'un œil spéculatif, comme si elle le jaugeait.

Ce soir, ils sont sur le canapé comme d'habitude, mais cette fois-ci la housse ne souffrira pas. Ils sont assis côte à côte, les yeux rivés droit devant eux, comme un couple marié – ce qu'ils sont, sinon qu'ils sont mariés à quelqu'un d'autre. Et, là, ce ne sont pas les girations numériques de Phil et Charmaine qu'ils regardent. Ils regardent vraiment la télé – c'est la télé de Consilience, mais quand même. En buvant suffisamment de bière, en plissant les yeux, en balayant le contexte, on pourrait presque se croire dans le monde extérieur. Ou dans le monde extérieur d'avant.

Ils ont allumé le poste à la fin d'une émission de développement personnel. Jusqu'à présent, pour autant que Stan ait pu comprendre, ça porte sur les moyens de capter les rayons d'énergie positive de l'univers via les points énergétiques invisibles du corps. On y parvient par les narines : *fermez la narine droite avec l'index, inspirez, ouvrez, fermez la narine gauche, expirez.* La chasse aux crottes de nez prend une dimension nouvelle.

La vedette de l'émission est une jeune blonde en justaucorps rose. Il a l'impression de la connaître, comme c'est souvent le cas avec ces femmes génériques. Jolies loches – surtout quand elle fait la narine droite –, en dépit de son caquetage oiseux. Donc, tout le monde y trouve son compte : développement personnel et narines pour les femmes, loches pour les mecs. Distractions. Ici, ils ne se démanchent pas pour te rendre malheureux.

La femme au justaucorps rose les invite à pratiquer tous les jours parce que, quand on se concentre, concentre, concentre sur des pensées positives, on attire la chance et on barre la voie à toutes les pensées négatives qui cherchent à nous envahir. Or elles peuvent avoir un effet gravement toxique sur leur immunité et provoquer des cancers ainsi que des poussées d'acné, car la peau, le plus grand organe du corps, est particulièrement sensible à la négativité. Puis elle leur annonce que le programme de la semaine suivante portera sur l'alignement pelvien, ainsi pourront-ils réserver leur tapis de yoga au gymnase. Elle disparaît avec un sourire d'arrêt sur image.

Ça ne serait pas Sandi, l'ancienne copine de Charmaine, la pouffe de PixelDust ? se demande Stan. *Non, trop jolie.*

Une nouvelle musique retentit – « Somewhere Over the Rainbow », chanté par Judy Garland –, accompagnée du logo de Consilience : CONSILIENCE = CONDAMNÉS + RÉSILIENCE. UN SÉJOUR EN PRISON AUJOURD'HUI, C'EST NOTRE AVENIR GARANTI.

Eh oui, encore une Rencontre citoyenne. Stan bâille, essaie de se contrôler, écarquille les yeux. Voici que déboulent les somnifères habituels : graphiques, statistiques, injonctions maquillées en encouragements. Les incidents violents sont en baisse pour la troisième fois d'affilée, annonce un petit bonhomme dans un costume étriqué, et continuons à faire bouger notre flèche : capture d'écran d'un graphique. La production d'œufs est encore une fois en hausse. Autre graphique, puis image d'œufs sur un descendeur avec compteur automatique attribuant un numéro d'identification à chaque œuf. Stan éprouve une pointe de nostalgie – ces poulets et ces œufs étaient autrefois ses poulets et ses œufs. Ils étaient sous sa responsabilité et représentaient, oui, sa tranquillité. Mais aujourd'hui tout cela lui a été retiré, il a été rétrogradé au rang de lécheur en chef des orteils de Jocelyn la barbouze.

Courage, serre les dents, se dit-il. *Ferme la narine droite, inspire.*

Maintenant, un autre visage apparaît à l'écran. C'est Ed, l'entôleur, qui va tous les entôler, mais un Ed plus convaincant, plus assuré, plus confiant dans son comportement, plus imbu de lui-même. Peut-être a-t-il décroché un contrat majeur. Quoi qu'il en soit, il est tout pénétré de l'importance de ce qu'il s'apprête à annoncer.

Le Projet va bien, dit Ed. Leur unité, ici à Consilience, a été la première ville, la pionnière, et d'autres entités de la chaîne ont prospéré tout autant. Le siège reçoit quotidiennement des requêtes émanant d'autres communautés sinistrées, qui voient dans le Projet un moyen de régler leurs propres problèmes, tant économiques que sociaux. Il existe des solutions différentes, plus traditionnelles, à ces problèmes – ainsi la Louisiane, qui reste fidèle à son modèle de vivier en accueillant à des fins financières les fortes têtes d'autres États, et le

Texas, qui continue à appliquer la peine capitale pour gérer ses statistiques en matière de criminalité. Mais de nombreuses juridictions cherchent quelque chose de plus *lucratif*... de plus *humain*, ou du moins de plus... de plus ressemblant à Consilience. Il y a tout lieu de croire qu'à un niveau supérieur, leurs villes jumelles seront considérées comme un possible modèle à l'avenir. Difficile de faire mieux que le plein-emploi. Il sourit.

Mais à présent, un froncement de sourcils. En fait, poursuit Ed, il a été prouvé que leur modèle était très efficace – très propice à l'ordre social et, par suite, très positif pour l'invest... – pour les *supporteurs* et les *visionnaires* qui ont eu le courage et la fibre morale de visualiser la voie à suivre à une époque où les challenges étaient multiples... Le modèle de Consilience connaît, en un mot, un tel succès qu'il s'est fait des ennemis. C'est le lot de toutes les entreprises qui réussissent. En règle générale, là où il y a de la lumière, les ténèbres ne tardent pas à surgir. Et il est au regret de les informer que c'est à présent le cas.

Il fronce encore plus les sourcils, projette le front en avant, baisse le menton, redresse les épaules : c'est l'attitude d'un taureau furieux. Quels sont ces ennemis ? En premier lieu, des reporters. Des journalistes amateurs de scandales qui essaient de s'immiscer partout, d'obtenir des preuves... des photos et autres matériels qu'ils pourront dénaturer pour étayer de prétendus exposés et monter le monde extérieur contre tout ce que le Projet Positron représente. Ces individus suspects, ces prétendus reporters, cherchent à saper les fondements de la prospérité retrouvée et à miner la confiance, confiance sans laquelle nulle société ne peut fonctionner de manière stable. Plusieurs journalistes ont franchi le mur en prétextant vouloir adhérer au Projet, mais par chance ils ont été identifiés à temps. Par exemple, rien que l'autre jour, une journaliste de télévision disposant d'excellentes références a bénéficié d'un minitour dans de strictes conditions de confidentialité et a été surprise en train de prendre des photos à la sauvette à seule fin d'illustrer un point de vue biaisé.

Comment expliquer que de tels gens puissent souhaiter saboter une initiative aussi remarquable ? Sinon en disant que ce sont des asociaux, des caractériels qui prétendent agir dans l'intérêt d'une prétendue liberté de la presse et dans le but de restaurer de prétendus droits de l'homme, au prétexte que la transparence est une vertu et que les individus doivent être informés. Mais les hommes n'ont-ils pas le droit d'avoir un travail ? Ed en est convaincu ! Et de quoi manger, ainsi qu'un logement décent, ce que Consilience fournit – voilà qui relève assurément des droits légitimes !

Ces ennemis, inutile de mâcher ses mots – dit Ed –, ont déjà fomenté des manifestations, très modestes heureusement, et ont tenu des blogs hostiles, mais par chance dénués de crédibilité. Rien de tout cela n'est encore allé bien loin : en effet, quelles preuves de leurs allégations mensongères ces mécontents peuvent-ils avancer ? Des allégations mensongères qu'il ne répétera pas, ce serait leur faire trop d'honneur. Ces gens et leurs réseaux doivent être identifiés, puis neutralisés. Car sinon, que se passera-t-il ? Le modèle de Consilience sera menacé ! Il sera attaqué de tous côtés par ce qu'on peut à première vue considérer comme des forces négligeables, mais qui, prises ensemble, n'ont rien de tel, elles sont catastrophiques, de même qu'un rat est insignifiant, mais qu'un million de rats constituent une infestation, un fléau. Il faut donc recourir aux mesures les plus drastiques avant que les choses ne deviennent incontrôlables. Une solution s'impose.

Et une telle solution a en effet été élaborée, non sans une solide réflexion et après avoir rejeté des alternatives moins viables. C'est la meilleure solution disponible ici et maintenant : ils peuvent le croire sur parole.

Et c'est là qu'il a besoin de leur coopération. Car le bijou au cœur de Consilience – la prison Positron, à laquelle ils donnent tous tellement de leur temps et de leur attention – a été choisi pour son rôle vital dans cette solution. Chaque résident de Consilience aura une fonction à jouer, ne serait-ce qu'en se protégeant du danger et en veillant à détecter les subversions de l'intérieur, mais pour l'instant c'est en vaquant simplement à leurs activités quotidiennes, comme s'il ne se passait rien d'inhabituel, en dépit des inévitables dérangements qui risquent de perturber lesdites activités de temps à autre, qu'ils peuvent le mieux aider. Encore qu'il espère sincèrement que ces perturbations seront réduites au minimum.

Qu'ils n'oublient pas, ajoute Ed, que ces ennemis, s'ils réussissent, détruiraient la sécurité de l'emploi et le mode de vie de tous ! Il convient de bien garder cela à l'esprit. Il a grande confiance dans le bon sens des citoyens de Consilience et dans leur aptitude à comprendre l'intérêt général et à choisir le moindre mal.

Il s'autorise un minuscule sourire. Puis il est remplacé par le logo de Consilience et le slogan de fin bien connu : UNE VIE DIGNE DE CE NOM.

Stan juge la nouvelle, si c'en est une, intéressante. Y a-t-il réellement des éléments subversifs ? Essaient-ils réellement de saper le Projet ? Dans quel but ? Personnellement, il a bousillé sa vie, mais, pour les autres résidents – ceux qu'il connaît du moins –, cet endroit est autrement mieux que ce qu'ils avaient avant.

Il coule un regard en douce vers Jocelyn. Elle fixe pensivement l'écran, sur lequel un bébé de la garderie de Positron joue avec un nounours en tricot bleu, au cou ceint d'un ruban. Depuis quelque temps, ils passent des photos de gamins après la Rencontre citoyenne, comme pour rappeler à tout le monde qu'il vaut mieux ne pas s'écarter de la ligne de conduite que Consilience leur fixe, sous peine de compromettre la sécurité et le bonheur de ces petits. Qui ferait ça, sinon une personne capable de maltraitance sur enfants ?

Jocelyn éteint la télé, puis soupire. Elle paraît fatiguée. *Elle savait ce qu'Ed allait dire*, songe Stan. Elle est partie prenante de sa solution, quelle qu'elle soit. Peut-être qu'elle a écrit le discours.

« Tu crois au libre arbitre ? » lui demande-t-elle.

Sa voix est différente ; elle n'a pas son assurance habituelle. Est-ce une sorte de piège ?

« Comment ça ? » fait Stan.

Le premier camion arrive le lendemain matin. Le déchargement a lieu devant les portes principales ; Stan découvre la scène en allant à son travail en scooter. Les gens qu'on fait descendre portent la combinaison réglementaire orange, mais ils sont encagoulés, les mains dans le dos, attachées par des menottes en plastique. Au lieu d'être conduits directement à Positron, ils remontent la rue d'un pas traînant sous la férule d'un groupe de gardiens. Les prisonniers doivent plus ou moins voir ce qui se passe devant eux : ils ne trébuchent pas autant qu'on pourrait le craindre. À en juger par les formes dissimulées derrière ces amples vêtements, il y a quelques femmes.

Inutile de les exhiber de la sorte si on ne cherche pas à faire une démonstration, se dit Stan. Une démonstration de force. Que se passe-t-il dans le monde turbulent en dehors du vase clos, du bocal à poissons de Consilience ? Non, pas un bocal à poissons, car personne ne voit ce qui s'y trame.

Les autres gars du dépôt de scooters lèvent la tête devant la procession muette qui va en traînant des pieds, puis se remettent au travail.

« Des fois, les journaux, ça manque », grommelle l'un d'entre eux.

Personne ne répond.

MENACE

Charmaine a suivi la Rencontre citoyenne à la télé en compagnie de toutes les autres détenues de l'aile des femmes. Personne n'a grand-chose à dire, parce que rien de ce qui peut se produire ne risque de les affecter, surtout tant qu'elles sont à l'intérieur de la prison, donc pourquoi se faire du mouron ? De toute façon, ajoute quelqu'un du cercle de tricot, même si un reporter était entré, que pourrait-il rapporter ? Il n'y a eu aucun problème au sein de Consilience. Les trucs moches, c'est dehors ; c'est bien pour ça qu'ils sont venus ici, pour y échapper. Hochements de tête à la ronde.

Charmaine est moins convaincue. Et si un reporter entendait parler de la Procédure ? Tout le monde ne comprendrait pas ; ils ne comprendraient pas les raisons, les bonnes raisons, derrière. On pouvait faire un gros titre franchement déplaisant sur une histoire pareille. Elle se voit subitement sur une photo, à la une, dans sa blouse verte, une aiguille à la main, en train d'afficher un sourire sinistre : L'ANGE DE LA MORT PRÉTEND AVOIR ENVOYÉ DES HOMMES AU PARADIS. Ce serait horrible. Elle s'attirerait beaucoup de haine. Mais, Dieu merci, Ed ne laissera pas entrer les reporters.

Le lendemain soir, après le repas collectif dans le réfectoire des femmes – ragoût de poulet, choux de Bruxelles, crème de tapioca –, elles entrent toutes à la queue leu leu dans l'espace principal où le cercle de tricot se réunit. La cuve à nounours est à moitié vide ; elles ont pour tâche de la remplir avant la fin du mois.

Charmaine s'empare du nounours qui lui est alloué et se met au travail. Elle a à peine fait deux rangs, un rang à l'endroit, un rang à l'envers, qu'elle perçoit une grande agitation. Les têtes se tournent : un homme vient d'entrer dans la pièce. C'est rarissime, ici, dans l'aile des femmes. Il s'agit d'Ed en personne, il a le même air que quand elle l'a vu au pliage de serviettes, mais en moins détendu. Il a les épaules plus rejetées en arrière, le menton relevé. Une attitude martiale.

Derrière lui, il y a Aurora avec son PosiPad et une autre femme : cheveux noirs, visage carré, corps musclé de quelqu'un qui fait beaucoup de sport – de la boxe, pas du yoga. Jolies jambes, bas gris. Charmaine la reconnaît : c'est une des têtes parlantes de l'écran de validation de l'administration des thérapeutiques. Ces têtes sont donc réelles après tout ! Elle s'est toujours posé la question.

Est-ce son imagination, ou cette femme l'a-t-elle repérée et lui a adressé un petit salut, l'ombre d'un sourire ? Peut-être est-ce une alliée secrète – un de ses soutiens en coulisse, qui lui ont rendu son activité légitime. Charmaine esquisse un petit signe de tête dans sa direction, au cas où.

Aurora prend la parole en premier. Elle leur présente Ed, leur président-directeur général – elles l'auront reconnu après ses remarquables présentations dans le cadre des Rencontres citoyennes –, il a aujourd'hui des instructions très simples mais cruciales à leur donner.

Ed démarre par un sourire et un regard sur l'assistance. À la télé, il est toujours sympathique, vous regarde droit dans les yeux, inclut tout le monde d'une manière ou d'une autre. Et c'est ce qu'il fait à présent, il les met à l'aise.

Il commence son intervention. Il sait qu'elles ont vu la Rencontre citoyenne et il a quelque chose à ajouter au sujet de la crise à laquelle ils sont tous confrontés – enfin, ce n'est pas encore une crise, et c'est son travail, et le leur aussi, de s'assurer que cela n'en devienne pas une. Ed accepte bien volontiers l'examen approfondi du monde extérieur – il est heureux de sortir et de s'exprimer au nom de chacun d'entre eux ici et de mobiliser des soutiens –, mais il ne permettra pas que les détenus soient harcelés et traînés dans la boue, car c'est précisément l'objectif de leurs adversaires : les harceler et les traîner dans la boue. Pourquoi devraient-ils être soumis à pareil traitement ? Après tout le dur labeur qu'ils fournissent, ce serait particulièrement injuste.

Les femmes acquiescent de la tête. Il a leur sympathie. Qu'il est gentil de les protéger ainsi.

La situation est sous contrôle, poursuit-il, mais en attendant il fait appel à elles pour qu'elles déploient toutes encore plus d'efforts que d'habitude pour repousser les barbares à leurs portes, qui se sont déclarés contre le nouvel ordre sociétal qu'ils sont en train de créer ici même. Ce nouvel ordre, symbole d'espoir, risque d'être délibérément saboté.

Néanmoins, des mesures nécessaires ont été prises. Certains de ces saboteurs ont été identifiés et vont être amenés à Positron, où leur cas sera réglé. Les gens à cheval sur les principes jugeront peut-être qu'une telle initiative n'est pas strictement légale, mais les situations désespérées exigent qu'on fasse une entorse au règlement, il est sûr qu'elles en conviendront.

Voici comment elles pourront l'aider : pas de fraternisation avec ces prisonniers d'un style nouveau, même si l'occasion s'en présente. Tout bruit inhabituel devra être ignoré. Il ne peut dire à quoi ces bruits pourraient ressembler, sinon qu'ils seront inhabituels, mais elles

les reconnaîtront lorsqu'elles les entendront. Sinon, elles devront se comporter comme à l'accoutumée et s'occuper – pour reprendre une formule osée – de leurs oignons.

Comme par un fait exprès, un hurlement s'élève. Il est loin – difficile de dire s'il s'agit d'un homme ou d'une femme –, mais il s'agit bel et bien d'un hurlement. Charmaine ne bronche absolument pas ; elle s'oblige à ne pas tourner la tête. Le hurlement venait-il de la sono ? de l'extérieur, de la cour ? Il y a un imperceptible frémissement parmi les femmes qui se cuirassent pour ne rien entendre.

Ed s'est interrompu un bref instant pour faire place au hurlement. À présent, il reprend. Enfin, dit-il, il va partager une nouvelle avec elles, pour laquelle il leur présente d'avance toutes ses excuses : durant cette crise – et il espère vraiment qu'elle ne tardera pas à être réglée –, Positron ne sera pas ce havre confortable et familier, accueillant amis et voisins, qu'elles ont contribué à faire vivre. Malheureusement, cette prison va devenir un endroit moins confiant, moins ouvert, comme c'est nécessaire en cas de crise – chacun devra être sur ses gardes, se montrer plus brusque, plus dur. Mais, après cet interlude, si les forces agissant dans l'intérêt général l'emportent, tous retrouveront l'atmosphère plaisante et sympathique habituelle.

Maintenant, il espère qu'elles vont se détendre et reprendre leur activité. Il va juste circuler au milieu d'elles et les regarder travailler, parce que les voir s'employer aussi paisiblement et efficacement constitue pour lui un formidable encouragement.

« Je suppose que ça veut dire : "Continuez à tricoter" », dit la voisine de Charmaine.

Depuis qu'elles savent qu'elle va reprendre son ancien boulot, les femmes du cercle de tricot sont plus sympas avec elle.

« De quoi il parlait ? demande une autre. Quels bruits ? Je n'ai rien entendu.

— On n'a pas besoin de savoir, intervient une troisième. Quand les gens débitent des trucs pareils, ça veut dire : "Écoute même pas", voilà ce que ça veut dire.

— J'ai pas compris cette histoire de crise, ajoute une quatrième. Il y a eu une explosion ? »

Zut de zut, songe Charmaine. *J'ai sauté une maille.*

Là-dessus, Ed surgit juste derrière elle. Il a dû s'approcher à pas de loup.

« Vous nous tricotez là un bien beau nounours bleu, lui dit-il. Il va faire un heureux. »

Charmaine lève les yeux vers lui. Il est à contre-jour : c'est à peine si elle le voit.

« Je ne suis pas très douée, bredouille-t-elle.

— Oh, je suis sûr que si », réplique-t-il en tournant les talons.

Une idée lui traverse l'esprit : *il est au courant pour Max*. Elle se sent rougir de honte. Mais pourquoi cette pensée ? Pourquoi est-ce qu'il saurait ? Il est trop haut placé pour se soucier de quelqu'un comme elle. Si elle a eu pareille pensée, c'est parce qu'elle est comme elle est, c'est parce qu'elle ne peut s'ôter Max de la tête. Du corps. Elle est infichue de se libérer de lui.

SAINT-VALENTIN

C'est la Saint-Valentin. Stan est au lit. Il n'a pas envie de se lever, parce qu'il n'a aucune envie de se taper les prochaines heures à anticiper la méchante ou embarrassante surprise que Jocelyn lui réserve d'un moment à l'autre. S'agira-t-il d'un gâteau rouge assorti d'une tapageuse lingerie fendue semée de cœurs pour Jocelyn – ou pis, pour lui ? Lui fera-t-elle une déclaration d'amour cucu et affreusement gênante dans l'espoir qu'il lui en fera une tout aussi cucu et affreusement gênante en retour ? Les femmes dotées, comme elle, d'une redoutable carapace peuvent avoir un intérieur ruisselant de sensiblerie.

Ou bien est-ce que ce sera l'option B – *on arrête là, tu ne fais pas l'affaire*. Un coup de mandoline sur la nuque de la part du sbire qu'elle a caché dans le placard à balai – il attribue ce rôle à son chauffeur habituel, à supposer qu'il y en ait un, que ce ne soit pas seulement un bot –, puis une piqûre dans le bras pour qu'il reste aux abonnés absents, la sinistre voiture furtive aux vitres teintées et Positron dans la foulée, où ils lui régleront son compte comme ils règlent le compte des uns et des autres. Après, le broyeur réservé à l'alimentation des poulets, ou tout autre appareil leur servant à disposer des restes. Alors, le gâteau et la tendre confession aux yeux de velours, ou bien la mandoline administrée d'une poigne de fer ? Elle est capable de l'un comme de l'autre.

Après s'être forcé à se lever, il enfile sa tenue de travail, sort dans le couloir, puis ripatonne jusqu'au sommet de l'escalier et tend l'oreille. Elle doit être dans la cuisine ; il note des odeurs de nourriture et entend des clinquements. Il descend à pas prudents, jette un coup d'œil par la porte. Assise à la table de la cuisine, elle textote sur son mobile avec, devant elle, une assiette de miettes du petit déjeuner éparpillées à la diable. Elle est en tenue de travail : ensemble net, boucles d'oreilles en or et bas gris. Elle a ses lunettes sur le nez.

Pas de gâteau. Pas de sbire. Rien d'anormal.

« On fait la grasse matinée ? » lui lance Jocelyn d'un ton aimable.

Faut-il qu'il lui dise : « Bonne Saint-Valentin », puis qu'il s'avance et l'embrasse sur le front pour prévenir toute vacherie ? Peut-être que non. Peut-être qu'elle a oublié quel jour c'était.

« Oui.

— Tu as fait des cauchemars ?

— Je ne rêve pas, répond-il en mentant.

— Tout le monde rêve, réplique-t-elle. Prends un œuf. Ou deux. Je les ai pochés pour toi. Ils sont peut-être un peu trop cuits. Le café est dans la Thermos. »

Elle produit les deux œufs sur un toast ; ils ont une forme de cœur. C'est ça, la surprise de la Saint-Valentin ? C'est tout ? Il éprouve un énorme soulagement. *Remets les pieds sur terre, Stan*, se dit-il. *Elle n'est pas si méchante. Tout ce qu'elle voulait, c'était un peu de fun et se venger de son coureur de mari.*

Elle surveille sa réaction.

« Merci, dit-il. C'est gentil. C'est une... c'est une gentille attention. »

Elle lui décoche un de ces sourires à pleines dents. Elle n'est pas dupe un seul instant, elle sait qu'il déteste ça.

« Je t'en prie. C'est un gage de ma gratitude. »

Un pourboire pour le boy. Humiliant. Il faut qu'il engloutisse son petit déjeuner, et qu'il se casse. Qu'il fonce au dépôt, débite quelques banalités, recâble quelques circuits, distribue quelques coups de marteau à droite et à gauche. Qu'il s'offre une pause.

« Je suis un peu en retard pour le boulot », marmonne-t-il pour la préparer à sa sortie précipitée.

Il enfourne un des œufs dans sa bouche, le fait glisser.

« Tu ne vas pas travailler aujourd'hui, lui annonce-t-elle d'un ton placide. Tu vas venir avec moi, dans la voiture. »

La pièce s'obscurcit.

« Pourquoi ? Qu'est-ce qui se passe ?

— Je te conseille de manger l'autre œuf, ajoute-t-elle en souriant. Tu auras besoin de forces. La journée sera longue.

— Pourquoi ?» bredouille-t-il le plus calmement possible.

Il essaie d'envisager son avenir au-delà de la prochaine demi-heure. Brouillard, à-pic vertigineux. Il est saisi de nausées.

Elle se sert un café, se penche par-dessus la table.

« Les caméras sont éteintes, mais pas pour longtemps, lui confie-t-elle. Je vais donc t'expliquer la situation très rapidement. »

Son comportement a totalement changé. Fini le badinage amoureux gênant, l'attitude dominatrice. Elle est pressée, va droit au but.

« Oublie tout ce que tu penses savoir sur moi ; et, à propos, tu as très bien gardé ton sang-froid durant tous ces moments qu'on a passés ensemble. Je sais que je ne suis pas ta poupée en caoutchouc préférée, mais la plupart des gens auraient pu s'y tromper. C'est pourquoi je vais te demander de faire quelque chose dont je te crois capable. »

Elle s'interrompt, l'observe. Stan déglutit.

« Faire quoi ? »

Mentir, voler, blesser quelqu'un ? Faire des trucs à la Conor ? Des trucs véreux, on dirait.

« Il faut qu'on fasse passer quelqu'un clandestinement de l'autre côté – de l'autre côté du mur de Consilience, lui explique-t-elle. J'ai déjà changé tes entrées sur la base de données. Ces derniers mois, tu étais Phil, mais maintenant tu vas redevenir Stan, juste pendant quelques heures. Après, on pourra te faire sortir. »

Stan a la tête qui tourne.

« Sortir ? répète-t-il. Comment ça ? »

Personne ne sort à moins d'appartenir à la Direction générale.

«Peu importe comment. Dis-toi que tu seras mon messager. J'ai besoin que tu transmettes des informations à l'extérieur.

— Attends une minute, s'écrie Stan. Qu'est-ce qui se passe ? C'est qui, "on" ?

— Ed a raison sur certains points, poursuit Jocelyn. Tu l'as entendu lors de la Rencontre citoyenne : il y a effectivement des gens qui veulent dénoncer le Projet. Mais ils ne sont pas tous dehors. Certains sont à l'intérieur. En fait, certains sont même dans cette pièce.»

Elle sourit, et son sourire reflète presque un petit quelque chose d'espiègle. En dépit du danger que présente cette conversation, elle y prend plaisir.

«Holà, attends une minute», répète Stan.

C'est trop d'informations dans une petite phrase.

«Comment ça ? Je croyais que tu faisais partie de la Direction générale. Tu es haut placée dans la Surveillance, non ?

— Oui. En réalité, je suis membre fondateur, comme Ed. J'ai soutenu le Projet dans sa première phase. J'y ai cru ; j'ai cru en Ed. J'ai bossé dur. Je pensais que tout se passerait bien, avoue Jocelyn. J'ai acheté la vision rose fluo. Elle n'était pas totalement fausse, si l'on prenait en compte le fait qu'un tas de gens menaient une vie épouvantable. Puis Ed a amené un nouveau groupe d'investisseurs, lesquels se sont montrés cupides.

— Pourquoi cupides ? On ne peut pas dire que cet endroit engendre des bénéfices ! Sur quoi le pourrait-il, sur ces putains de choux de Bruxelles ? sur les poulets ? Pour moi, il s'agissait plus d'économiser de l'argent, ou de gérer une boîte caritative, non ?»

Jocelyn soupire.

«Tu ne crois tout de même pas que cette opération vise juste à sauver la Rust Belt et à créer des emplois ?

C'était l'objectif de départ, mais dès l'instant où tu as une population sous contrôle avec un mur autour et pas de régulation, tu es libre de faire ce que bon te semble. Tu commences à saisir les possibilités que ça laisse entrevoir. Et certaines se sont rapidement révélées très rentables. »

Stan a du mal à suivre.

« J'imagine que les entrepreneurs en bâtiment doivent se faire...

— Laisse tomber le bâtiment, l'interrompt Jocelyn. C'est secondaire. Le plus important, c'est la prison. Dans le temps, la prison avait pour but de punir, d'amender et d'amener à la repentance, et enfin de maintenir les dangereux criminels derrière les barreaux. Après quoi, durant plusieurs décennies, elle a servi à contrôler les foules – on enfermait les jeunes marginaux agressifs pour éviter qu'ils traînent dans les rues. Ensuite, quand on a commencé à gérer les pénitenciers comme des entreprises privées, elle est devenue synonyme de marges bénéficiaires pour les fournisseurs de repas tout préparés, le recrutement des gardiens, etc. »

Stan acquiesce d'un signe de tête ; tout cela est clair pour lui.

« Mais quand on a signé pour entrer, dit-il, ce n'était pas comme ça. Ils n'ont pas menti sur ce que nous aurions à l'intérieur. On a eu la maison, on a eu... avant, on était fauchés, on était malheureux. Ici, on a été beaucoup plus heureux.

— Bien sûr. Au début. Moi aussi, au début. Mais on n'est plus au début.

— Où est le lézard alors ?

— Et si je te parlais de ce que rapporte le trafic de diverses parties du corps humain ? Organes, os, ADN, tout ce qui répond à la demande. C'est un des trucs qui rapportent le plus au Projet. Au départ, ça ne se passait qu'à l'étranger, ils faisaient un malheur avec ça ; cet aspect-là des choses a été trop tentant pour Ed. Parmi des millionnaires vieillissants, il y a forcément un énorme marché pour les greffes d'organes, n'est-ce pas ? Ed a racheté des parts dans une chaîne de maisons de retraite, et a ouvert des cliniques de transplantation dans chacune des branches. Les maisons de retraite médicalisées Les Souliers Rouges : il y en a un paquet. Le principal établissement, une boîte à l'avant-garde, est à Las Vegas. Ed présume qu'ils seront moins tatillons là-bas, parce que tout est permis. Rien ne lui échappe.

— Attends une minute, s'écrie Stan. Les organes de qui ? On a toujours le même nombre de gars à Positron, je les connais, on ne les découpe pas en tranches pour leur piquer leurs organes. Personne ne disparaît. En tout cas pas depuis qu'on s'est débarrassé des vrais criminels.

— Oui, Ed regrette qu'on n'en ait plus. Il projette d'en importer davantage, de les retirer du circuit public, si je puis dire. Tes gars, eux, sont les bons citoyens de Consilience, ils font tourner la ville au quotidien, ce sont les petites fourmis. Ils vont rester en place. La matière première vient de l'extérieur. »

Le camion. Les prisonniers encagoulés, traînant des pieds. *Génial*, se dit Stan. *Nous voilà coincés dans un vieux film à suspense en noir et blanc.*

« Selon toi, on rafle des gens pour les amener ici ? On les tue pour leurs organes et le reste ?

— Uniquement les indésirables », réplique Jocelyn en souriant de toutes ses grandes dents.

En tout cas, elle ne s'est pas défaite de ses sarcasmes teigneux.

« Mais c'est Ed qui désigne les indésirables. Il clame aussi que le prochain truc qui fera un tabac sera le sang de bébé. Il paraîtrait que c'est extrêmement régénérateur pour les vieux, et il y aura là-dessus une marge astronomique.

— C'est... »

Stan a envie de s'écrier que c'est *franchement dégueulasse*, mais on est loin du compte. Ou bien de dire : *tu te fous de moi !* Mais il se souvient du truc qu'il a entendu sur les expériences avec la souris ; en plus, Jocelyn a l'air tout ce qu'il y a de plus sérieux.

« Où est-ce qu'ils pensent dénicher ces bébés ?

— Ce n'est pas ça qui manque, réplique-t-elle avec son autre sourire, celui plein d'ironie. Les gens les laissent traîner à droite à gauche. Ils sont d'un négligent !

— Quelqu'un a entendu parler de ça ? Dehors ? Ils ont recoupé ces informations, est-ce qu'ils ne devraient pas... ?

— C'est bien ce qui inquiète Ed, reconnaît Jocelyn. D'où la stricte sécurité. Quelques rumeurs ont circulé, mais il a réussi à les étouffer. Aujourd'hui, il n'est pas question qu'une personne liée à un média s'approche à moins d'un mile de Consilience, d'où, tu le sais, aucune information ne peut sortir. C'est pour ça qu'il faut qu'on envoie quelqu'un, toi par exemple. Tu emporteras une énorme somme de documents numérisés, ainsi que quelques vidéos, sur une clé USB. Nous allons essayer de te mettre en contact avec un média important. Quelqu'un qui ne soit pas copain avec les amis politiciens de Ed et qui sera prêt à prendre le risque de balancer cette histoire.

— Et, moi, je suis censé être quoi ? Un messager ? »

Celui qui se fait flinguer, songe-t-il.

« Plus ou moins, admet Jocelyn.

— Pourquoi tu ne t'en charges pas toi-même ? de ces documents ? »

Jocelyn le considère avec pitié.

« Impossible. C'est vrai que j'ai un passe et que je peux sortir. Ça fait un moment que j'organise les opérations extérieures, que je règle les gens à qui on demande d'assumer les choses pas trop légales dans lesquelles Ed nous a impliqués. Mais je suis surveillée en permanence. Pour préserver ma sécurité, affirme Ed. Il n'a confiance en personne, pas plus en moi qu'en quelqu'un d'autre, et ça va de mal en pis. Il devient nerveux.

— Pourquoi tu ne t'es pas enfuie ? Juste pour rompre avec tout ça ? » s'enquiert Stan.

C'est très certainement ce que, pour sa part, il aurait fait.

« J'ai aidé à construire ce Projet, explique Jocelyn. Il faut que j'aide à arranger les choses. Maintenant, c'est l'heure. On doit y aller. »

MANDOLINE

Ils sont à présent dans la voiture ; c'est à peine si Stan se rappelle comment il a réussi à marcher jusque-là. Devant eux, il y a un chauffeur – un vrai, pas un robot. Il est assis bien raide, les épaules grises et droites, la nuque neutre. Les rues défilent.

« Où on va ?

— À Positron, répond Jocelyn. C'est le point de départ de notre stratégie pour te faire sortir. On t'y préparera, on sera avec toi toute la journée. Cette initiative ne va pas sans risques. Ce serait vraiment dommage que tu te fasses prendre. »

Le chauffeur, se dit Stan. *Dans les films, c'est toujours le chauffeur. Qui tend l'oreille. Qui espionne tout le monde.*

« Et lui ? Il a tout entendu.

— Oh, ce n'est que Phil. Ou Max. Tu le reconnaîtras d'après les vidéos. »

Phil se tourne, esquisse un petit sourire. C'est bien lui – le Max de Charmaine, avec son beau visage étroit et fourbe, ses yeux trop vifs.

« Il m'a énormément aidée à trouver une raison, reprend Jocelyn. On a choisi Charmaine parce qu'on a pensé qu'elle serait peut-être...

— Vulnérable, conclut Phil.

— Capable de se soutenir, quoique libre de tomber, ajoute Jocelyn.

— Quoi ? » s'écrie Stan.

C'est tellement insultant pour Charmaine. Il serre les poings. *Du calme*, se dit-il.

« Elle représentait un risque, poursuit Jocelyn.

— Oui, mais ça s'est révélé payant », déclare Phil.

Ce sale menteur, il n'était même pas sincère, pense Stan. Il a mené cette pauvre Charmaine en bateau tout du long. Il l'a roulée. Il l'a séduite pour des motifs qui n'ont rien à voir avec ceux qu'on est censé avoir quand on séduit quelqu'un. C'est comme si Charmaine n'avait pas été assez bien pour lui ; pas assez bien pour une authentique passion illicite. Ce qui, si on y réfléchit, atteint Stan autant qu'elle. Les mains le brûlent : il aimerait étrangler ce mec. Ou du moins lui coller un méchant pain dans les dents.

« Une raison pour quoi ? demande-t-il à la place.

— Ne fais pas la tête, lui lance Jocelyn. Pour t'éliminer. J'ai des supérieurs. Il faut que je justifie ma décision.

— M'éliminer ? Tu vas faire quoi exactement ? »

Stan hurle presque. Cette histoire devient de plus en plus débile. Derrière son discours héroïque, ne cache-t-elle pas une psychopathe en fin de compte ? Avec des vues sur son foie en prime ?

« Appelle ça comme tu veux, rétorque Jocelyn. Dans notre comité de direction, on préfère "réaffectation". Je dispose d'un pouvoir discrétionnaire à cet effet, et j'ai déjà pris ce genre de décision, quand les choses devenaient sérieusement... quand il fallait que je le fasse. Pour le scénario qui nous intéresse – celui visant à te faire franchir le mur en un seul morceau –, toute personne susceptible de me surveiller, Ed par exemple, sait, pour l'avoir vécu de près, que le pouvoir corrompt. Ils verront ainsi que j'ai cédé à la tentation d'utiliser mon pouvoir à des fins personnelles. Il se peut qu'ils ne soient pas d'accord avec mon attitude, mais ils y croiront. Toutes les preuves sont là, à supposer que je puisse en avoir besoin un jour, ce qui, j'espère, ne sera pas le cas.

— Comme quoi ? s'enquiert Stan. Quelles preuves ? »

Il est totalement glacé, la tête lui tourne un peu.

« Tout est enregistré, à la minute près – tout ce qui peut servir à justifier mon geste. Phil et Charmaine et leur liaison torride, dans laquelle Phil s'est jeté à corps perdu, je dois dire ; pour ça, c'est sûr, il est bon. Puis mes propres tentatives jalouses et dégradantes de rejouer cette liaison et punir Charmaine à travers toi. Pourquoi crois-tu qu'il nous ait fallu subir tout ce sexe théâtral devant la télé ? Tes réticences ont été totalement enregistrées, crois-moi – la lumière était bonne, j'ai vu les clips. »

Elle soupire.

« J'ai été un peu surprise que tu ne m'aies pas collé une méchante baffe. Beaucoup d'hommes n'auraient pas résisté et je sais que tu as failli craquer à deux ou trois reprises ; je m'inquiétais pour ta tension artérielle. Mais tu as fait montre d'une impressionnante retenue.

— Merci », grommelle Stan.

L'« impressionnante retenue » lui procure une brève satisfaction. *Bon sang*, se dit-il, *tu gobes tout ça ? Est-ce que tu crois une nanoseconde que cette garce au cœur de pierre ne prenait pas son pied en te traitant comme un foutu galérien ? Tu leur fais confiance à ces deux-là ? Non, mais ai-je le choix ? Si je me dérobe et dis que je ne suis pas partant, il est probable qu'ils m'élimineront.*

« Ça a été un bonus qu'il ait fallu que tu te forces, ajoute Jocelyn. Ta réticence passait bien, même si ce n'était guère flatteur. N'importe quel spectateur en conclura que c'était du sexe sous la contrainte.

— En réalité, elle n'est pas vraiment comme ça. Elle peut être très séduisante », déclare Phil galamment.

Peut-être même honnêtement, songe Stan. *Les goûts et les couleurs...*

« Je suis d'accord, bredouille-t-il, parce qu'il faut l'être. Ce n'était pas vraiment sous la contrainte, c'était... »

Jocelyn croise les jambes. Elle tapote la cuisse de Stan comme pour le calmer.

« En tout cas, ceux à qui il faudra peut-être montrer ces vidéos comprendront pourquoi je peux avoir envie de me débarrasser de toi. Et par le biais de Charmaine, car, après tout, elle m'a piqué mon mari, n'est-ce pas ? Double punition. Bref, ce numéro doit être totalement étanche et pouvoir duper Ed, à supposer qu'il le regarde. Venant de moi, il acceptera ce type de cruauté. Il pense déjà que je suis une peau de vache. C'est pour ça que je suis son bras droit. »

Est-ce que tout ça les mène là où Stan le craint ? Il a les mains moites.

« Quel numéro ?

— Celui où Charmaine déboule à l'administration des thérapeutiques – où elle administre en principe la dose de sortie à la personne destinée à la réaffectation – et découvre que tu es le sujet de sa prochaine Procédure. Et la mène à bien. Mais ne t'inquiète pas – contrairement aux autres, toi, tu te réveilleras. Et là on sera au milieu du gué, parce que tu ne seras plus dans la banque de données, sinon au passé. »

Stan commence à avoir mal à la tête. Il a des difficultés à suivre tout ça. C'est donc ça, le boulot ultraconfidentiel de Charmaine. Elle a... Il n'arrive pas à y croire. Charmaine, l'optimiste cucu ? Putain. C'est une criminelle.

« Attends. Tu ne l'as pas prévenue? s'écrie-t-il. Charmaine ? Elle va penser qu'elle m'a supprimé ?

— Il faut que ce soit réel pour elle, lui explique Jocelyn. On ne veut pas qu'elle joue la comédie, ils la démasqueraient : ils ont des analyseurs d'expressions faciales. Charmaine croira à notre mise en scène. Pour ce qui est de croire des trucs, elle est vraiment bonne.

— Elle se fait facilement prendre au piège des fantasmes », intervient Phil.

Est-ce un sourire ?

« Charmaine ne me tuera pas, décrète Stan avec fermeté. Même si... »

Même si tu lui as reformaté le ciboulot, espèce de menteur à la con, a-t-il envie de dire.

« Si elle pense que ça va me tuer, elle ne le fera pas.

— Eh bien, nous le saurons bientôt, n'est-ce pas ? » rétorque Jocelyn en souriant.

Stan a envie de riposter, *Charmaine m'aime*, mais il n'en est plus si sûr. *Et s'il y a une erreur ? Si je meurs vraiment ?* aimerait-il demander. Mais il a trop la trouille pour l'admettre, donc il se tait.

Phil démarre et ils s'engagent en silence dans la rue de Positron. Puis Phil allume la radio du tableau de bord : c'est la playlist de Doris Day. « You Made Me Love You ». Stan se détend. Cette belle voix est désormais un havre pour lui. Il ferme les yeux.

« Bonne Saint-Valentin », lui dit doucement Jocelyn.

Elle lui tapote de nouveau la cuisse.

C'est à peine s'il sent l'aiguille; ce n'est qu'une petite piqûre. Il bascule par-dessus le bord de la falaise enveloppée de brouillard. Et il tombe.

VII | PLAFOND BLANC

PLAFOND BLANC

Stan reprend conscience avec l'impression de remonter d'un puits rempli de mélasse brune. Non, un puits sans rien dedans, car il n'a pas rêvé. La dernière chose dont il se souvienne, c'est d'avoir été assis dans la voiture de la Surveillance, la noire aux vitres teintées, Jocelyn à côté de lui sur la banquette arrière, son mari, ce perfide crétin plein de suffisance, au volant.

Il revoit une image de la nuque de Phil – une nuque dans laquelle il ne détesterait pas planter une bouteille cassée –, puis une autre de Jocelyn qui, de sa main vigoureuse mais manucurée, lui tapote le genou à sa manière condescendante, comme s'il était un toutou à sa mémère. La manche noire de son tailleur. C'est son dernier instantané.

Puis la piqûre. Il n'a pas eu le temps de faire ouf qu'il était parti.

Mais, bon, elle ne l'a pas tué ! Il est toujours vivant, il entend les battements de son cœur. Quant à son cerveau, il est clair comme de l'eau glacée. Il n'a pas la sensation d'avoir été drogué ; il se sent revigoré et extrêmement alerte, comme s'il s'était tapé deux doubles expressos.

Il ouvre les yeux. Merde. Rien. Peut-être qu'on l'a envoyé dans la stratosphère après tout. Non, attends, c'est un plafond. Un plafond blanc avec des reflets de lumière.

Il tourne la tête pour voir d'où vient la lumière en question. Non, il ne tourne pas la tête, parce que quelque chose la bloque, bloque ses bras et, oui, ses jambes aussi. Trois fois merde. Il est attaché.

« Merde ! » dit-il d'une voix forte.

Non, ce n'est pas ce qu'il dit. Le seul son qui sort de sa bouche est un bruit de salive zombiesque. Et insistant, telles des roues de voiture patinant sur du verglas. « Unhuhuh. Unhuhuh. »

C'est horrible. Il arrive à penser, mais ne peut ni bouger ni parler. Merde.

Charmaine n'a pratiquement pas fermé l'œil de la nuit. Peut-être à cause des hurlements, qui étaient peut-être des rires – ce serait plus sympa ; cela dit, pour des rires, ils étaient bruyants, aigus et hystériques. Elle aimerait demander à certaines des autres femmes si elles ont entendu quelque chose elles aussi, mais ce n'est sans doute pas une bonne idée.

Ou bien son insomnie est-elle liée à sa surexcitation, parce qu'elle est vraiment superexcitée. Au point qu'elle ne peut que picorer son déjeuner : c'est cet après-midi qu'elle reprend son vrai boulot. Après sa corvée de pliage de serviettes ce matin, elle va pouvoir balancer le badge infamant de la laverie pour le remplacer par celui qui lui revient de droit : chef de l'administration des thérapeutiques. Ça lui paraît merveilleux, comme si elle le retrouvait après l'avoir perdu ; comme lorsqu'on égare ses clés de scooter ou son téléphone, puis qu'ils réapparaissent et qu'on a la sensation que la fortune nous sourit, que les étoiles, le destin ou va savoir nous a distingué et qu'on a gagné. Voilà le bonheur que lui procure ce badge qui lui revient de droit.

Les autres femmes de sa section ont remarqué son nouveau badge : elles la traitent avec un respect tout neuf. Elles la regardent droit dans les yeux au lieu de laisser leurs regards glisser sur elle, comme si elle était un meuble ; elles lui posent des questions amicales, comment a-t-elle dormi, n'est-ce pas un repas absolument délicieux ? Elles lui décernent de modestes louanges sur le mode de la conversation, du genre quel joli travail, ses nounours bleus, alors qu'elle est franchement nulle au tricot. Et elles lui sourient, pas des demi-sourires mais de grands sourires qui leur fendent la figure et ne sont qu'à moitié feints.

Elle n'a aucun mal à leur sourire en retour. Contrairement aux semaines passées, quand elle était exilée au pliage de serviettes, qu'elle se sentait tellement seule et isolée, qu'il lui semblait afficher un sourire crevassé, comme si elle avait la bouche ratatinée et bouchée et, derrière les dents, un trottoir en ciment cassé, et que les autres femmes lui adressaient des phrases de deux mots, car elles n'avaient pas idée de la disgrâce qui était la sienne.

Charmaine ne pouvait les blâmer, vu qu'elle-même n'en savait rien. Elle faisait de son mieux pour croire qu'il ne s'agissait que d'une erreur insignifiante ; il faut toujours essayer au maximum de penser positif, car à quoi servent les pensées négatives sinon à vous plonger dans la déprime ? Tandis que les pensées positives vous donnent la force de continuer.

Et elle avait continué.

Pourtant, ça avait été difficile, vu sa peur. Que lui réservaient-ils au juste, ces gens ? Parce qu'elle est sûre qu'ils sont plusieurs. Le seul qu'ils montrent souvent, c'est Ed, mais il doit y en avoir tout un bataillon en coulisse, qui discutent de tout et prennent d'importantes décisions.

Ont-ils parlé d'elle dans leur salle de conférences ? Savent-ils qu'elle a trompé Stan ? Ont-ils des photos d'elle, des enregistrements audio ou, pis, des vidéos ? Un jour, elle avait fait la remarque à Max : « Et s'il y a une caméra vidéo ? », mais il avait rigolé, pourquoi y aurait-il une caméra vidéo dans une maison abandonnée ? Il aimerait bien, cela dit, ça lui permettrait de revivre ce moment. Mais que va-t-il se passer si d'autres que lui l'ont revécu aussi ?

Elle rougit des pieds à la tête à l'idée qu'on les ait observés, Max et elle, dans ces logements vides. Elle n'était pas elle-même avec Max, elle était quelqu'un d'autre – une salope de blonde à qui elle n'aurait pas adressé la parole si elles avaient poireauté ensemble devant une caisse. Si cette autre Charmaine avait essayé d'engager la conversation, elle lui aurait tourné le dos en faisant celle qui n'a rien entendu, parce qu'on juge les gens à leurs fréquentations et que cette autre Charmaine en est une mauvaise. Mais elle a été chassée ; elle, la vraie Charmaine, a retrouvé sa bonne réputation, et elle doit la préserver à tout prix.

Elle porte son regard à l'autre bout de la table vers les rangées de femmes en combinaison orange. Elle ne les connaît pas très bien, car elles ne lui ont quasiment pas parlé, mais leurs visages lui sont familiers. Elle scrute leurs traits pendant qu'elles mastiquent leur repas : n'est-ce pas un vague et chaleureux sentiment de gratitude qu'elle éprouve, du fait que chacune d'elles est un être humain unique et irremplaçable ?

Non, ce n'est pas un vague et chaleureux sentiment de gratitude. Pour être honnête, elle n'aime pas beaucoup ces femmes. Mémé Win aurait dit qu'avec elles on ne savait pas si c'était du lard ou du cochon, et ce n'est pas faux, vu que la plupart d'entre elles sont obèses.

Elles devraient brûler davantage d'énergie, suivre des cours d'aérobic ou faire un peu d'exercice dans le gymnase de Positron ; à rester assises sur leurs grosses fesses en tricotant ces stupides nounours bleus et en se bourrant de desserts, elles accumulent les kilos et enflent comme des dirigeables. Et, au fond, Charmaine se contrefout que chacune d'elles soit un être humain unique et irremplaçable, parce qu'elles ne l'ont pas traitée comme telle. Elles l'ont traitée comme un truc qui se serait mis dans leur chaussure.

Mais c'est du passé, il ne faut pas qu'elle regarde en arrière avec colère, qu'elle se cramponne à des rancœurs, c'est toxique, ainsi que le répète la fille en justaucorps rose dans les émissions de yoga télévisées, donc, maintenant, elle se concentre sur les bonnes choses. Quelle chance ils ont eue, tous autant qu'ils sont, de se retrouver douillettement ici alors que tant de gens en bavent de l'autre côté du mur, où – d'après Ed – tout va à vau-l'eau. Plus encore que lorsqu'elle y vivait.

Au menu, il y a de la salade de poulet. Elle est préparée avec des poulets élevés ici, à la prison de Positron, dans un environnement sain et respectueux, dans l'aile des hommes ; la laitue, la roquette, la chicorée et le céleri poussent aussi ici. Pas le céleri, maintenant qu'elle y réfléchit – il vient de l'extérieur. En revanche, le persil est d'ici. De même que les oignons verts. Et les tomates cerises Tiny Tim. Malgré son manque d'appétit, elle mange la salade : elle n'a pas envie qu'on la prenne pour une ingrate. Ou, pis, pour une instable.

Voilà le dessert. On le pose sur la table à l'autre bout de la salle ; les femmes se lèvent docilement, rangée après rangée, et font la queue. C'est du crumble aux prunes, se confient-elles dans des chuchotis, avec des prunes rouges du verger de Positron. Cela dit, Charmaine n'a jamais travaillé dans ce verger, ni même parlé à quelqu'un qui y aurait travaillé, donc comment savoir s'il existe réellement ? Ils pourraient amener ces prunes dans des boîtes de conserve et personne, à part les gens chargés de les ouvrir, n'en saurait rien.

Ces soupçons sur Positron effleurent Charmaine de plus en plus souvent. *Ne sois pas si stupide, Charmaine*, se dit-elle. *Change de disque, pourquoi te préoccuper de la provenance de ces prunes ? Et s'ils ont envie de raconter des craques sur ces prunes pour qu'on se sente tous mieux, où est le mal ?*

Elle prend son dessert dans son solide ramequin en verre moulé. Il y a de la crème par-dessus, fournie par les vaches de Positron ; encore qu'elle n'ait jamais vu ces vaches non plus. Elle adresse de petits signes de tête et des sourires aux autres femmes en passant devant elles, retourne s'asseoir à sa place et fixe son crumble. Elle ne peut s'empêcher de penser qu'il ressemble à du sang caillé, mais elle biffe cette pensée d'un coup de marqueur noir. Elle devrait essayer d'en manger, ne serait-ce qu'un peu : ça la calmerait peut-être.

Il y a si longtemps qu'elle n'a pas pratiqué son job à l'administration des thérapeutiques. Peut-être a-t-elle perdu la main ? Et si elle sabote la prochaine Procédure spéciale ? qu'elle ait la frousse ? qu'elle rate le point idéal dans la veine ?

Quand on fait la Procédure, on ne se préoccupe pas d'autres choses, on vit dans l'instant, on ne veut que bien faire et accomplir son devoir. Mais elle est restée à distance au cours des deux derniers mois et, quand on est à distance, on ne voit pas toujours son activité à l'administration des thérapeutiques comme elle devrait la voir, en supposant qu'elle ne soit qu'une personne lambda.

Tu as des scrupules, Charmaine ? demande la petite voix dans sa tête.

Non, idiote, répond-elle. *Je mange mon dessert. Un crumble aux prunes.*

Les femmes à sa table font des *mmm mmm*. Des miettes rouges s'accrochent à leurs lèvres.

CAGOULE

Stan recommence. Il rassemble toutes ses forces afin de faire sauter les sangles – ce doit être des sangles, même s'il ne les voit pas – avec ses bras et ses cuisses. Pas moyen. C'est quoi, ce truc, une autre idée tordue de Jocelyn en matière de jeux coquins ?

« Charmaine ! » essaie-t-il de crier. Il a du mal à articuler, sa langue a tout d'un sandwich au bœuf froid. De toute façon, pourquoi appelle-t-il Charmaine, comme s'il ne trouvait pas ses chaussettes ou qu'il avait besoin de son aide pour fermer le premier bouton de sa chemise ? Qu'est-ce que c'est que ces gémissements à la guimauve ? Peut-être qu'une partie de son cerveau a grillé. *Imbécile*, se dit-il, *Charmaine ne peut pas t'entendre, elle n'est pas là*. Du moins à ce qu'il voit, ce qui se résume à pas grand-chose.

Oh, Charmaine. Je t'aime, chérie. Tire-moi de là !

Attends une minute : la mémoire lui revient. D'après Jocelyn, Charmaine est censée le supprimer.

Deux heures. La première Procédure de l'après-midi est prévue à trois heures. Après avoir quitté le réfectoire, Charmaine regagne sa cellule pour passer un peu de temps seule, au calme. Elle a besoin de se préparer physiquement et mentalement ; et spirituellement aussi, bien sûr. Respirer à fond, comme ils expliquent à la télé. Retoucher son maquillage, c'est énergisant. Calme et énergie positive : voilà ce dont elle a besoin.

Malheureusement, lorsqu'elle ouvre la porte de sa cellule, il y a quelqu'un dedans. C'est une femme, revêtue de la combinaison orange standard, le visage dissimulé derrière une cagoule. Elle est assise sur le lit. Ses poignets sont attachés devant elle par des menottes en plastique.

« Pardon ? » dit Charmaine.

S'il n'y avait pas eu la cagoule et les menottes, elle aurait pointé le fait qu'il s'agit de sa cellule et qu'il n'y a pas eu, à sa connaissance, de nouvelles attributions de logement. Ensuite de quoi elle aurait ajouté : *Maintenant, je vous prie de partir.*

« Ne... », lance la voix de la femme, assourdie par la cagoule.

Puis autre chose que Charmaine ne saisit pas. Elle s'approche – c'est risqué, va savoir si elle n'aura pas affaire à une folle susceptible de la mordre ou autre chose –, tire la cagoule et la repousse en arrière.

Quel choc. Quel choc incroyable. C'est Sandi. Non, impossible que ce soit Sandi. Pourquoi ce serait Sandi ? Celle-ci fixe Charmaine avec des yeux larmoyants et bat des paupières.

« Charmaine, merde, s'écrie-t-elle. Remets-moi la cagoule ! Ne me parle pas ! »

Charmaine est perplexe. Sandi n'a jamais rien fait de mal, à part le tapin, mais c'était en attendant d'avoir un emploi, alors pourquoi l'aurait-elle fait à Consilience ? Ses cheveux sont dans un état épouvantable. Ses pommettes sont plus proéminentes qu'avant : peut-être qu'elle a été liftée. Peut-être a-t-elle cherché à vendre de la drogue ? à parler à un journaliste ? Mais comment ?

« Sandi ! Qu'est-ce que tu fiches dans ma cellule ? »

Cette question ne paraît pas très aimable, mais elle ne l'a pas posée méchamment. La jeune femme a la jambe attachée au cadre du lit et des chaînes aux chevilles. C'est sérieux.

« Baisse la voix, chuchote Sandi. Ils ont dû se gourer et m'ont collée au mauvais endroit. Fais comme si tu ne me connaissais pas ! Sinon, tu pourrais t'attirer des ennuis.

— Est-ce que tu es un... tu sais, un élément criminel ? » demande Charmaine – elle ne peut s'empêcher de lui poser la question, même si elle sait qu'elle ferait mieux de s'abstenir.

Sandi est une chic fille au fond, ce ne peut pas être une criminelle et, de toute façon, les criminels que Charmaine croise à l'administration des thérapeutiques sont tous des hommes. Elle ne voit pas Sandi assassiner quelqu'un ou commettre un de ces gestes qui vous valent le brancard à cinq points.

« Qu'est-ce que tu as fait ? Pardon, tu as fait quelque chose ?

— J'ai essayé de sortir. J'ai essayé de franchir le mur en douce, cachée dans un sac d'ordures, via une descente par laquelle ils balancent tout dans un camion dehors. J'ai couché avec un des mecs des poubelles, les mecs en gilet vert, tu vois lesquels ? Et il m'a dénoncée, mais après qu'on avait couché, l'enfoiré.

— Enfin, chérie, pourquoi vouloir sortir ? » s'enquiert Charmaine dans un chuchotement.

Ça la dépasse.

« C'est tellement mieux...

— Oui, au début, c'était super, j'aidais au gymnase, et après ils m'ont choisie pour les vidéos de yoga, j'ai fait un peu de chirurgie esthétique, les pommettes surtout, eux, ils s'occupaient du maquillage et j'avais juste à enfiler la fameuse combinaison rose, lire le script et prendre quelques poses.

— Je pensais bien que c'était toi, s'écrie Charmaine, ce qui est faux. Tu étais formidable, on aurait cru une vraie pro ! »

Elle est un peu jalouse. Quel boulot facile, et avec un statut de star en plus. Pas comme son job. Cela dit, le sien est plus important.

« Bref, un jour, Veronica est revenue, poursuit Sandi en chuchotant. On partageait un condo, elle suivait une formation à l'hôpital de la prison et était survoltée, car ils lui avaient offert une promotion dans leur unité spéciale.

— C'était quoi ? »

Sans doute un truc ennuyeux, la pédiatrie, par exemple, se dit Charmaine.

« L'administration des thérapeutiques, explique Sandi. Le lendemain, elle a commencé sa formation. Mais elle est rentrée très perturbée. En temps normal, Veronica n'est jamais perturbée. »

Sandi s'interrompt.

« Ça t'ennuie de me gratter le dos ? »

Charmaine s'exécute.

« Un peu à gauche. Merci. Donc, elle m'a dit : "En gros, ils veulent que je supprime des gens. Derrière toutes les conneries, voilà ce qu'il y a."

— Ça alors ! Pas possible !

— Je déconne pas, insiste Sandi. Elle leur a dit que non, qu'elle ne pouvait pas. Et, le lendemain, elle avait disparu. Tout simplement disparu. Personne ne savait où elle était passée, ou bien les gens refusaient de parler. J'ai demandé à son boulot, ils m'ont regardée d'une drôle de façon et m'ont répondu que cette information n'était pas disponible. Ça m'a foutu une de ces trouilles ! Donc j'ai décidé de me tirer.

— Tu n'as pas le droit de partir ! réplique Charmaine dans un murmure. Rappelle-toi ce qu'on a signé ! Est-ce que tu ne pourrais pas juste leur expliquer... »

Elle sait que c'est inutile, le règlement c'est le règlement, mais elle veut garder espoir.

« Laisse tomber, lui répond Sandi. Je suis foutue. »

Elle claque des dents.

« J'aurais dû savoir que je n'ai jamais rien sans rien, moi. Maintenant, il faut que tu me remettes la cagoule, puis que tu appelles un gardien et que tu lui demandes pourquoi il y a quelqu'un dans ta cellule, et ils m'embarqueront.

— Mais je ne peux pas... ! s'exclame Charmaine. Que va-t-il t'arriver ? »

Elle va fondre en larmes. C'est injuste, c'est forcément injuste ! Les chaînes, les menottes... Peut-être vont-ils simplement affecter Sandi au pliage de serviettes ou autre chose. Pourtant elle n'arrive pas à s'en convaincre. Une lumière sombre ondoie comme de l'eau sale autour de Sandi. Charmaine passe les bras autour d'elle. Qu'est-ce qu'elle est gelée.

« Oh, Sandi ! Ça va aller !

— Allez, vas-y, riposte Sandi. Tu n'as pas le choix. »

CHOU À LA CRÈME

Le plafond blanc est encore plus rasoir que la télé de Consilience. Il ne s'y passe pratiquement rien, à part une mouche, qui l'a aidé à tuer le temps. *Fous le camp, la mouche*, avait pensé Stan en se concentrant, pour voir si ses ondes cérébrales allaient réussir à la contrôler. Ça n'a pas marché.

L'autre truc sur le plafond blanc, c'est un petit cercle argent. Soit un sprinkler, soit une caméra vidéo. Il ferme les yeux, les ouvre : si possible, il faudrait qu'il reste éveillé. Il se concentre sur la chaîne de causes et d'effets, de mensonges et d'impostures – dont, pour certains, il s'est rendu coupable – qui l'ont piégé dans cette impasse pénible et peut-être même terrifiante.

Autant de choses qui se termineront dans quelque cinq minutes avec l'arrivée de Charmaine en blouse de laboratoire ; il espère du moins qu'elle ne tardera plus, parce qu'il a vraiment envie de pisser. La pauvre chérie croira envoyer dans l'autre monde un tueur en série, un assassin de gamins, une brute malmenant de vieilles gens. Mais lorsqu'elle s'approchera du brancard sur lequel il est attaché, ce ne sera pas un criminel inconnu qui l'attendra : ce sera lui.

Que fera-t-elle alors ? Va-t-elle hurler et s'enfuir en courant ? se jeter sur lui ? prévenir Positron qu'ils commettent une erreur épouvantable ?

Elle appuiera peut-être sur un interrupteur caché pour éteindre la caméra vidéo, puis le détachera, ils s'enlaceront et elle murmurera : *Je suis profondément désolée, pourras-tu jamais me pardonner de t'avoir trompé, c'est toi que j'aime vraiment*, etc., encore qu'ils n'auront pas trop de temps pour les longues excuses et courbettes qu'il est en droit d'attendre. Pour la rassurer, il la serrera très fort dans ses bras, et elle lui indiquera alors – quoi donc ? Une trappe ? un tunnel secret ? des vêtements de rechange en guise de déguisement ?

Il a beaucoup trop regardé la télé ces dernières années. À la télé, il y a des évasions de dernière minute, des tunnels, des trappes. *Ici, on est dans la vraie vie, andouille*, se dit-il. En principe.

Néanmoins, il faut qu'il y ait un retournement de dernière minute dans ce genre, parce que Charmaine ne lui injecterait sans doute jamais un poison mortel ou va savoir. Jamais elle n'irait jusqu'au bout. Elle est trop sensible.

« Unhuhuh », lance-t-il à l'adresse du plafond, parce qu'il n'est plus aussi sûr de la sensibilité de Charmaine. Il n'est plus sûr de rien. Et si quelque chose foire, que les espions de Positron démasquent Jocelyn et son double jeu, l'arrêtent ou même l'abattent ?

Et si ce n'est pas Charmaine qui pousse la porte ?

Ils sont probablement en train de l'observer en ce moment même, derrière ce cercle argent. Ils ont probablement torturé Jocelyn pour l'obliger à cracher tous les détails de son projet subversif. Ils sont probablement convaincus qu'il est partie prenante.

Je ne savais pas! Ce n'était pas moi! Je n'ai rien fait! braille-t-il dans sa tête.

« Unhuhuhuh. »

Merde. Il s'est pissé dessus. Mais ça ne coule pas, ça ne dégouline pas. Est-ce qu'ils lui ont mis des couches ? Putain. C'est mauvais signe.

Il n'est donc pas le premier à être passé par ici et à avoir mouillé son froc. On peut dire qu'ils pensent à tout.

Il faut un petit moment pour que Charmaine recouvre son calme après que les deux gardiens ont embarqué Sandi. Par les dessous de bras, vu que, avec les chaînes, elle avait un peu de mal à marcher.

« Pas la peine de parler de ça », a conseillé le premier gardien à Charmaine.

Le second a juste émis un rire qui ressemblait à un aboiement. Charmaine ne les avait encore jamais vus. Ni l'un ni l'autre.

Elle fait quelques respirations yogiques, chasse les vibrations négatives de son esprit. Puis elle se lave les mains et après les dents : c'est une sorte de rituel de purification, parce qu'elle aime à se sentir pure quand elle entre en Procédure. Elle s'examine dans le miroir : c'est bien elle, avec ce visage poupon, rond et adorable, sur lequel elle a toujours compté, à la maison comme à l'école ; elle n'a pas tellement changé depuis l'adolescence, à part ses cernes sous les yeux. Elle ramène quelques mèches de ses cheveux blonds en avant afin qu'elles encadrent sa figure. Mais elle a minci. Elle a perdu du poids ces derniers temps, un peu trop, et elle est pâlotte. Elle a été tellement inquiète, et elle l'est toujours : en effet, même si elle a été lavée de tout soupçon et qu'elle a retrouvé son emploi, que lui réserve l'avenir ? Une fois qu'elle aura retrouvé sa maison.

Le pire du pire – enfin presque –, ce serait qu'ils aient parlé de Max à Stan. En ce cas, que se passera-t-il lorsqu'ils se reverront ? Il sera vraiment furieux contre elle. Même si elle pleure et lui dit qu'elle est désolée – comment pourra-t-il jamais lui pardonner ? c'est lui qu'elle aime vraiment –, il voudra peut-être divorcer. Rien qu'à cette éventualité, les larmes lui viennent aux yeux. Elle ne se sent pas en sécurité sans Stan, en plus les gens jaseraient et elle serait toute seule à Consilience, à jamais, puisqu'on ne peut pas en sortir. Néanmoins, peut-être ne se sentirait-elle pas en sécurité avec Stan non plus.

Quant à Max, elle se rappelle en effet avoir espéré qu'il quitte sa femme pour elle, qu'ils puissent être ensemble, qu'elle soit écrasée au creux de ses bras comme un muffin aux myrtilles foulé aux pieds chaque minute de chaque jour. Qu'il lui dise : *Il n'y a personne qui te ressemble, penche-toi en avant*, tout en lui mordillant l'oreille et qu'elle fonde comme un caramel au soleil.

Pourtant, à un certain niveau, elle a toujours su que ce serait impossible. Elle représentait un divertissement pour lui, pas une nécessité vitale. Elle était plus proche d'un bonbon à la menthe forte : intense tout le temps qu'il dure, mais vite avalé. Et, pour être honnête, il représentait la même chose pour elle. Si on le lui offrait sur un plateau d'argent en échange de Stan, elle dirait non merci, parce qu'elle ne pourrait jamais compter sur Max : il parle beaucoup trop, ressemble à une publicité télévisée cherchant à vous coller un truc délicieux, mais mauvais pour vous. À la place, elle dirait : « Je préfère Stan. » Elle est tout à fait convaincue que c'est le choix qu'elle ferait.

Mais si Stan la rejette en dépit de ses intentions nouvelles, vertueuses ? S'il la fiche dehors, balance ses vêtements sur la pelouse au vu et au su de tout le monde, puis ferme la porte de l'intérieur ? Peut-être que ça arrivera en pleine nuit et qu'elle se retrouvera sous la pluie, à gratter la fenêtre comme un chat, à supplier qu'il la reprenne. *Oh, j'ai tout gâché*, gémira-t-elle. Rien que d'imaginer ça, ses yeux se remplissent de larmes.

Elle s'interdit de penser à un truc pareil, car c'est notre attitude qui façonne notre réalité et, si elle pense que ça va se passer ainsi, ça arrivera. À la place, elle visualise les bras de Stan se refermant sur elle tandis qu'il lui dit combien il a été malheureux sans elle et combien il est heureux qu'ils se soient enfin retrouvés. Et elle le caressera, le câlinera, ce sera comme au bon vieux temps.

Les jours vont passer vite, encore deux semaines et ce sera la permutation, elle pourra enfin quitter Positron pour profiter de nouveau de son mois dans la vie civile. Elle reprendra son emploi à la boulangerie de Consilience et n'aura pas à penser aux hurlements ni aux femmes encagoulées attachées à leur lit, elle sentira la cannelle des brioches à la cannelle – quelle odeur alléchante ! – et non les senteurs florales de l'assouplissant du pliage de serviettes de Positron, qui, lorsqu'on le respire toute la sainte journée, est vraiment chimique et écœurant. Plus jamais elle n'utilisera cet assouplissant pour son propre linge. Elle rentrera dans sa maison, avec ses jolis draps et la cuisine lumineuse où elle prépare des petits déjeuners franchement délicieux, et elle sera avec Stan.

En effet, pourquoi, à supposer qu'ils soient au courant, lui parleraient-ils de Max ? Compte tenu que Consilience veut que les choses se déroulent harmonieusement et que les citoyens soient heureux – mais ce sont peut-être des détenus ? Les deux, pour être honnête. Les citoyens ont toujours été un peu comme des détenus et les détenus comme des citoyens, si bien que Consilience et Positron ont juste officialisé le concept. En tout cas, le but, c'est le bonheur de tous, et alerter Stan équivaudrait à moins de bonheur. En fait, ça équivaudrait à plus de malheur. Donc ils ne le feront pas.

Déjà, elle imagine, non, elle sent les bras de Stan autour d'elle ; il se niche contre son cou et lui murmure des choses du genre : *Miam. Cannelle. Comment va ma petite brioche ?* Enfin, avant, il disait des choses comme ça, dans le registre des petites gourmandises, car ces derniers temps il avait tendance à la négliger. En y réfléchissant, ça remonte presque au moment où elle s'est lancée dans cette histoire avec Max. Mais il recommencera à lui dire des trucs pareils, elle lui aura manqué, il se sera inquiété pour elle. *Comment va mon chou à la crème ?* Rien à voir avec les formules de Max, plus proches de : *Je vais te retourner comme une peau de lapin, et après, tu ne seras même pas fichue de ramper. À genoux.*

Stan n'est peut-être pas le plus... enfin, le plus. Le plus de ce qu'on pourrait dire pour qualifier Max. Mais Stan l'aime et elle aime Stan.

Elle l'aime vraiment. Cette histoire avec Max n'était qu'un bref égarement, c'était un épisode bestial. À l'avenir, il faudra qu'elle se tienne à distance de lui. Cela dit, ça risque d'être difficile, car Max la désire tellement ! Il essaiera de la reconquérir, c'est certain. Il faudra qu'elle se bouche les oreilles, qu'elle serre les dents et remonte ses manches pour résister à la tentation.

Mais pourquoi ne pas avoir les deux ? s'écrie la petite voix dans sa tête.

Hé, je fais un effort, là, répond-elle. *Alors, la ferme.*

Elle consulte sa montre : deux heures et demie. Encore une demi-heure. L'attente, c'est le pire. Jamais elle n'a eu pareille tremblote avant une Procédure.

Elle sourit de son sourire de gentille, celui de l'ange distrait, affecté d'un zozotement d'enfant. Ce sourire l'a accompagnée dans bien des situations difficiles, du moins depuis qu'elle est adulte. C'est un passeport pour sortir libre de prison, un bracelet d'accès à un concert, un mot de passe universel, comme être en fauteuil roulant. Qui douterait de son honnêteté ?

Pour reprendre un peu d'assurance, elle s'applique du blush car elle est blême, puis une fine couche de mascara sur les cils : rien d'exagéré. Positron accepte le maquillage en prison ; en réalité, il l'encourage, c'est bon pour le moral que d'être à son avantage. C'est même son devoir : elle va devenir l'ultime vision d'un malheureux jeune homme sur terre. C'est une grosse responsabilité. Elle ne la prend pas à la légère.

Charmaine, Charmaine, murmure la petite voix dans sa tête. *Quelle fumiste tu fais !*

Toi aussi, réplique-t-elle.

MANIPULATION

Stan a dû s'assoupir, il se réveille en sursaut. Cette putain de mouche lui cavale sur toute la figure et il ne risque pas de l'attraper.

« Putain de mouche », tente-t-il de grogner. « Puuuuuuh. Puuuuh. » Niet, toujours pas moyen de parler. Les médocs lui clouent le bec. Il espère que ce n'est pas définitif : il ne pourrait rien acheter, sauf avec de petits billets : *Hé, je m'appelle Stan et je ne peux pas parler. Donnez-moi quelques bouteilles d'alcool.* Quoi par exemple ? Il s'en fout, il serait prêt à boire de la pisse d'éléphant. Après tout ce qu'il a subi, il aurait plaisir à tomber ivre mort. Inconscient.

Notez, ça ferait une bonne histoire. Une fois dehors. Une fois qu'il aurait retrouvé son frérot, Conor, et ses acolytes, qu'il aurait disparu de tous les radars ayant un lien avec Positron ; y a-t-il une règle qui stipule qu'il doive être le larbin et la mule de Jocelyn une fois dehors ? Qu'elle se démerde avec ses conneries. Il faudra aussi qu'il fasse sortir Charmaine, bien entendu. Peut-être. Si c'est possible.

À présent, la mouche essaie de se poser sur son œil. Cligne, cligne la paupière, tourne la tête : elle n'a pas très peur des cils, mais elle se tire. Elle lui rentre dans le nez maintenant. Là, il a un certain contrôle sur ses narines : il souffle et ça la chasse. Son dos le démange à en crever, il a une crampe dans la jambe, sa couche est trempée. Il a surtout envie que ça se termine. Cette période, cette phase, cette impuissance, quoi que ce soit. *Allez, en piste*, hurlerait-il s'il en avait la force. Ce qui n'est pas le cas. Il espère que ça reviendra vite. Il a beaucoup de retard en matière de hurlements.

Charmaine parcourt le dédale bien connu menant à la réception de l'administration des thérapeutiques, où trois couloirs se rejoignent. Elle porte sa blouse verte par-dessus sa combinaison orange ; ses gants en latex sont dans sa poche, de même que le masque destiné à la protéger d'éventuels microbes. Elle le mettra avant d'entrer – c'est le règlement – mais, une fois dans la pièce, elle le retirera : pourquoi faudrait-il que la dernière vision qu'on ait d'un être humain soit tellement impersonnelle ? Elle veut que le sujet de la Procédure puisse profiter de son sourire rassurant.

Elle est un peu nerveuse ; ils doivent probablement la surveiller, cette nervosité. Et elle joue sans doute en sa faveur, parce que, durant la formation qu'elle a suivie, ils vous mettaient des électrodes, puis vous présentaient des photos de gens subissant la Procédure spéciale et mesuraient vos réactions. Ils vérifiaient votre stress, lequel devait atteindre un certain niveau sans néanmoins vous empêcher de vous dominer. Ils avaient écarté les stagiaires qui étaient restés totalement calmes et froids, de même que ceux qui avaient manifesté trop d'enthousiasme. Ils ne voulaient pas de gens qui tirent plaisir de leur acte – ils ne voulaient ni sadiques ni psychopathes. En fait, c'était les sadiques et les psychopathes qui avaient besoin d'être... – pas *euthanasiés*, pas *biffés*, ces mots sont trop directs – *transférés* vers une autre sphère, parce que non adaptés à la vie de Consilience.

Peut-être que c'est ce qui va arriver à Sandi, sous une forme plus agréable. Peut-être qu'ils vont juste l'emmener ailleurs, dans une île par exemple, avec des gens dans son style. Des gens qui ne rentrent pas dans le moule, sans être des criminels pour autant. C'est sûrement ce qu'ils vont faire.

À présent, elle est arrivée à la réception où se trouve la borne d'accueil avec son écran plat. La tête est déjà là : elle doit l'attendre. Aujourd'hui, c'est la brune, avec la frange. C'est celle qui accompagnait Ed l'autre nuit, quand il est venu au cercle de tricot, celle avec les créoles et les bas gris. Quelqu'un d'important. Charmaine éprouve un léger frisson. *Respiration yogique*, se dit-elle. *Une inspiration par le nez, une expiration par la bouche*.

La tête lui sourit. Cette fois-ci, est-ce juste une image enregistrée ou bien une personne réelle ?

« Pourrais-je avoir la clé, s'il vous plaît ? demande Charmaine ainsi qu'elle est censée le faire.

— Veuillez vous identifier », lui répond la tête.

Elle continue à sourire, mais semble la regarder avec plus d'attention que d'ordinaire. Charmaine presse le pouce sur le pavé tactile, puis fixe le scanner d'iris jusqu'à ce qu'il clignote.

« Merci », dit la tête.

La clé plastifiée glisse par la fente au bas de la borne d'accueil. Charmaine la range dans la poche de sa blouse et attend le document imprimé renfermant les détails de la Procédure : numéro de chambre, nom, âge, dernière dose de sédatifs et heure à laquelle ils ont été administrés. Il est nécessaire de connaître le degré de vitalité du sujet.

Rien ne se passe. La tête la dévisage avec un demi-sourire entendu. *Et maintenant quoi ?* se demande Charmaine. *Ne me dis pas que cette maudite banque de données a encore fait une boulette avec mes numéros d'identification.*

« Il me faut le papier pour la Procédure », explique-t-elle à la tête.

Même si ce n'est qu'une image enregistrée, elle va sûrement réagir à sa requête.

« Charmaine, lance la tête. Il faut que nous parlions. »

Charmaine sent ses cheveux se dresser sur sa nuque. La tête connaît son nom. Elle lui parle directement. C'est comme si le sofa lui avait adressé la parole.

« Quoi ? Qu'est-ce que j'ai fait de mal ?

— Vous n'avez rien fait de mal, pour le moment. Mais vous êtes en période de mise à l'épreuve. Vous devez subir un test.

— Une mise à l'épreuve, comment ça ? riposte Charmaine. J'ai toujours effectué mon travail consciencieusement, je n'ai jamais eu de plaintes, mon évaluation a été... »

Elle tortille le gant en latex dans sa poche droite ; elle s'exhorte à arrêter. Ce n'est pas bon de montrer son agitation, ça laisse entendre qu'on est coupable. Elle est prête à subir leur maudit test, quelle que soit la forme qu'il prenne : elle parierait volontiers qu'elle surpasse tous les autres de par sa technique et son exécution. Ils n'ont rien à reprocher à son travail, sinon qu'elle ne porte pas toujours son masque, mais quelle personne saine d'esprit attacherait de l'importance à ce détail ?

« Ce n'est pas votre compétence qui est en question, déclare la tête. Mais la direction a des doutes sur votre professionnalisme.

— J'ai toujours été extrêmement professionnelle ! »

Quelqu'un a dû cancaner, répandre des mensonges sur elle.

« Il faut être très professionnel pour ce travail ! Qui prétend que je ne le suis pas ? »

Ce doit être cette fourbe d'Aurora des Ressources humaines. Ou quelqu'un de son cercle de tricot, parce que ces maudits nounours bleus ne l'enthousiasment pas plus que ça.

« J'adore mon travail, je veux dire, je n'adore pas avoir à faire ce que je fais, mais je sais que c'est mon devoir, qu'il faut que quelqu'un s'en charge, j'ai toujours pris le plus grand soin, j'ai toujours été très méticuleuse et...

— Appelons ça de la loyauté », l'interrompt la tête.

Pourquoi la tête a-t-elle utilisé le terme de *loyauté ?* Cette *loyauté* les concerne-t-elle, Max et elle ?

« J'ai toujours été loyale », bredouille-t-elle.

Sa voix paraît faible.

« C'est une question de degré, poursuit la tête. Écoutez-moi bien. Vous devrez aujourd'hui exécuter la Procédure comme à l'accoutumée. Il est très important que vous acheviez la tâche qui vous a été assignée.

— Je l'achève toujours ! proteste Charmaine avec indignation.

— Aujourd'hui, vous serez peut-être confrontée à une situation qui vous paraîtra perturbante. Il faudra néanmoins que vous exécutiez la Procédure. Votre avenir ici en dépend. Êtes-vous prête ?

— Quel genre de situation ?

— Vous avez une autre option. Si vous avez le sentiment de ne pas être à la hauteur pour ce test, vous pouvez démissionner sur-le-champ de l'administration des thérapeutiques et retourner au pliage de serviettes ou à tout autre type de travail moins exigeant. »

La tête sourit en découvrant ses solides dents carrées. Charmaine aimerait demander si elle ne peut pas prendre le temps de la réflexion. Mais ce ne serait peut-être pas bien perçu : la tête pourrait y voir une faille dans sa loyauté.

« Vous devez décider maintenant, insiste la tête. Êtes-vous prête ?

— Oui. Je suis prête.

— Très bien. Vous avez donc choisi. Il n'y a que deux types de personnes à être admises dans l'aile de l'administration des thérapeutiques : celles qui exécutent et celles qui sont exécutées. Vous avez opté pour le premier rôle. Si vous échouez, vous en essuierez les conséquences. Vous vous retrouverez peut-être à interpréter l'autre rôle. Vous comprenez ?

— Oui », répond mollement Charmaine.

C'est une menace : si elle n'élimine pas, elle sera éliminée. C'est très clair. Elle a les mains froides.

« Très bien, conclut la tête. Voici les détails de votre Procédure d'aujourd'hui. »

Le papier sort de la fente et Charmaine s'en empare. Le numéro de chambre et les informations sur les sédatifs sont bien indiqués, en revanche il manque le nom.

« Il n'y a pas de nom », s'écrie Charmaine.

Mais la tête a disparu.

Stan laisse libre cours à ses pensées. Le temps passe ; ce qui doit lui arriver est imminent. Il ne peut rien y changer.

Est-ce que ce sont mes derniers instants ? se demande-t-il. Sûrement pas. En dépit de sa crise de panique un peu plus tôt, il est à présent étrangement calme. Mais pas résigné, pas apathique. Non, il est intensément, douloureusement vivant. Il perçoit les battements bruyants de son cœur, il entend le sang déferler dans ses veines, il sent chacun de ses muscles, chacun de ses tendons. Son corps est tout d'une pièce, un roc, un morceau de granit ; un rien mou au niveau du ventre peut-être.

J'aurais dû faire davantage de sport, songe-t-il. *J'aurais dû faire davantage de tout. J'aurais dû me libérer de...* de quoi ? Il repense à sa vie passée et se voit étendu à même le sol, tel un géant entravé par une multitude de minuscules fils le maintenant à terre. De minuscules fils de préoccupations mesquines, de petits soucis et de craintes qu'il prenait autrefois au sérieux. Dettes, manque d'argent, de temps, de confort ; et l'obsédante rengaine du sexe se répétant à l'envi telle une boucle de neurofeedback. Il a été le jouet de ses désirs limités.

Il n'aurait pas dû se laisser enfermer ici, derrière ce mur, coupé de la liberté. Mais que signifie encore la liberté ? Et qui l'a enfermé et coupé du monde, sinon lui ? Que de petits choix. Il s'est réduit à une série de chiffres, stockés par d'autres, contrôlés par d'autres. Il aurait dû quitter les villes en pleine désintégration, échapper à la vie étriquée, étouffée, au menu de ces métropoles. Fuir le réseau électronique, balancer tous les mots de passe, aller de l'avant et sillonner le pays, tel un loup efflanqué hurlant dans la nuit.

Mais il n'y a plus de pays à sillonner. Il n'y a plus aucun endroit sans clôtures, sans routes, sans réseaux. Non ? Et qui l'accompagnerait, qui serait avec lui ? Supposons, impensable, que Conor soit mort. Charmaine serait-elle prête à entreprendre de telles pérégrinations ? Accepterait-elle même qu'il la fasse sortir clandestinement ? Y verrait-elle un sauvetage ? Elle n'a jamais aimé le camping, elle ne voudrait pas se passer de ses beaux draps fleuris. Un instant pourtant, un bref désir le saisit : tous les deux, marchant main dans la main, dans le soleil levant, toute trahison oubliée, prêts à affronter une vie nouvelle où et comme ils pourraient. Avec peut-être quelques allumettes à friction universelle et... de quoi d'autres auraient-ils besoin ?

Il essaie de visualiser le monde au-delà du mur de Consilience. Mais il n'a plus d'image claire de ce monde-là. Tout ce qu'il voit, c'est du brouillard.

Charmaine entre dans la pharmacie, avise l'armoire aux médicaments et tape le code de la porte. Elle trouve le flacon et l'aiguille, les met dans sa poche, enfile ses gants dans des claquements de latex, puis s'engage dans le couloir de gauche.

Ces couloirs sont toujours vides quand elle va accomplir une Procédure. Est-ce voulu, pour que personne ne sache qui a achevé qui ? Personne, excepté la tête. Et celui ou celle qui est derrière la tête. Et celui ou celle qui l'observe en ce moment précis, depuis l'intérieur d'une source de lumière ou par le biais d'un objectif de la taille d'un rivet. Elle se redresse, adopte une expression qu'elle espère positive et déterminée.

Voici la pièce. Elle ouvre la porte, entre sans bruit. Ôte son masque.

L'homme est allongé sur le dos, attaché sur le brancard à cinq points, comme il se doit. Il tourne un peu la tête. Il est probable qu'il fixe le plafond, la partie qu'il peut en voir. Et il est probable que le plafond le fixe aussi.

« Bonjour, dit-elle en s'approchant. Quelle belle journée, n'est-ce pas ? Regardez ce beau soleil ! Moi, je trouve toujours qu'un temps ensoleillé, ça met de bonne humeur, pas vous ? »

La tête de l'homme se tourne vers Charmaine autant qu'elle le peut. Ses yeux croisent ceux de Charmaine. C'est Stan.

« Oh, mon Dieu ! »

Elle manque lâcher son aiguille. Elle bat des paupières dans l'espoir que ce visage cédera la place au visage de quelqu'un d'autre, d'un parfait inconnu, mais rien ne change.

« Stan, murmure-t-elle. Qu'est-ce qu'ils te font ? Oh, chéri. Qu'as-tu fait ? »

A-t-il commis un crime ? Quel genre de crime ? Ce doit être très grave. Mais peut-être qu'il n'y a pas eu de crime, seulement un acte sans importance – quel genre de crime Stan aurait-il pu commettre ? Il est parfois ronchon, il lui arrive de se mettre en colère, mais il n'est pas méchant. Il n'a rien d'un criminel.

« As-tu essayé de me retrouver ? poursuit-elle. Chéri ? Tu devais être fou d'inquiétude. Est-ce que tu as... ? »

Son amour pour elle lui a-t-il fait perdre la tête ? A-t-il tué Max après avoir appris la vérité ? Ce serait terrible. Une triade fatale, dans le style de ce qu'elle a pu voir aux informations à la télé, du temps où elle était à Dust. Les infos les plus sordides.

« Uhuhuhuh », bredouille Stan.

Un filet de bave s'écoule de la commissure de sa bouche. Elle l'essuie avec tendresse. Il a tué pour elle ! Il a dû faire ça ! Il écarquille les yeux : il la supplie, en silence.

C'est particulièrement horrible. Elle a envie de quitter la pièce en courant, de regagner précipitamment sa cellule, de fermer la porte, de se jeter sur son lit, de tirer les couvertures sur sa tête et de faire comme si rien de tout cela n'avait eu lieu. Mais ses pieds ne bougent pas. Tout le sang se retire de son cerveau. *Réfléchis, Charmaine*, se dit-elle. Elle n'y parvient pas.

« Il ne va rien t'arriver de mal », dit-elle comme d'habitude.

On croirait que sa bouche remue d'elle-même et qu'une voix éteinte en sort. Même si elle chevrote.

Stan ne la croit pas.

« Uhuhuhuh », dit-il.

Il lutte contre les sangles qui l'immobilisent.

« Tu vas vivre un moment formidable, lui promet-elle. On va faire ça en un rien de temps. »

Des larmes s'échappent de ses yeux ; elle les tamponne avec sa manche, parce que ça ne se fait pas, ces larmes, et elle espère bien que personne ne les a vues, pas même Stan. Surtout pas Stan.

« Tu seras à la maison très bientôt, ajoute-t-elle. Et puis on se fera un délicieux dîner et on regardera la télé. »

Elle se place derrière lui, hors de son champ de vision.

« Et puis on ira au lit ensemble, comme d'habitude. Ce sera chouette, hein ? »

Ses larmes redoublent. Elle n'y peut rien. Elle repense à eux deux aux premiers temps de leur mariage quand ils envisageaient – oh, tant de choses pour leur nouvelle vie ensemble. Une maison, des enfants, tout. Ils étaient tellement adorables à l'époque, tellement pleins d'espoir ; si jeunes, pas comme elle l'est à présent. Et puis ça ne s'est pas fait, vu les circonstances. Ça a plutôt été le stress, les tensions, avec la voiture et tout, mais ils étaient restés ensemble, car ils pouvaient compter l'un sur l'autre, ils s'aimaient. Puis ils étaient venus ici et, au début, ça avait été tellement merveilleux, tellement propre, chaque chose à sa place, la musique entraînante, les pop-corn devant la télé, mais ensuite...

Ensuite, il y avait eu ce rouge à lèvres. Le baiser qu'elle avait fait avec. Affamée. Sa faute.

Ressaisis-toi, Charmaine, se dit-elle. *Ne sois pas sentimentale. N'oublie pas que c'est un test.*

Ils l'observent. Ils ne sont pas sérieux, ce n'est pas possible. Ils ne pensent tout de même pas qu'elle – pas qu'elle va *tuer*, non, elle n'utilisera pas ce mot. Ils ne pensent tout de même pas qu'elle va transférer son mari.

Elle caresse le crâne de Stan.

« Chuuuuut, murmure-t-elle. Tout va bien. »

Elle leur caresse toujours la tête, mais cette fois-ci il ne s'agit pas de n'importe quelle tête, c'est celle de Stan, avec sa coupe en brosse. Elle en connaît si bien chaque particularité, ses yeux, ses oreilles, l'angle de sa mâchoire et la bouche avec les dents de Stan dedans, et le cou, le corps qui y est attaché. Il rayonne presque, ce corps : pour elle, il est clair comme tout, elle voit chaque tache de rousseur, chaque poil, comme si elle le regardait à travers une loupe. Elle a envie de nouer les bras autour de ce corps pour qu'il ne bouge pas, qu'il reste dans l'instant présent, parce qu'à moins qu'elle n'arrête le temps, ce corps n'a pas d'avenir.

Elle ne peut pas exécuter la Procédure. Elle ne la fera pas. Elle va sortir d'ici au pas de charge, retourner à la réception et demander à parler à la tête de la bonne femme de la borne d'accueil.

Je ne marche pas là-dedans, lui dira-t-elle. *Je ne ferai pas votre stupide test, donc allez vous faire voir, un point, c'est tout.*

Attends un peu. Que se passera-t-il alors ? Quelqu'un d'autre se chargera de transférer Stan. De toute façon, il n'y coupera pas et la personne qui le fera ne procédera pas avec prévenance et respect, pas comme elle.

Et qu'adviendra-t-il d'elle, Charmaine, si elle rate le test ? Ce ne sera pas un simple retour au pliage de serviettes, ce sera les menottes en plastique, la cagoule et les chaînes, comme Sandi ; et après le brancard à cinq points. Ce doit être pour ça qu'ils ont mis Sandi dans sa cellule : pour qu'elle comprenne l'avertissement. Elle frissonne à présent. Elle a du mal à respirer.

« Oh, Stan, murmure-t-elle à son oreille gauche. Je ne sais pas comment les choses ont pu prendre cette tournure. Je suis vraiment désolée. Pardonne-moi, je t'en prie.

— Uhuhuhuh », répond Stan.

On dirait le gémissement d'un chien. Mais il l'a entendue, il comprend. Est-ce que c'est une façon d'acquiescer ?

Elle l'embrasse sur le front. Puis elle prend un grand risque et l'embrasse sur la bouche, en un long baiser sincère. Il ne lui rend pas son baiser – sa bouche doit être paralysée –, mais il n'essaie pas de la mordre. C'est déjà ça.

Puis elle pique l'aiguille dans le flacon. Elle regarde ses mains qui se meuvent comme des algues dans leurs gants en latex ; elle a les bras lourds, l'impression de nager dans une glu liquide. Tout se déroule au ralenti.

Postée derrière Stan, elle cherche doucement la veine sur son cou, la trouve. Sous ses doigts, le cœur de Stan bat la chamade. Elle enfonce l'aiguille.

Puis un sursaut, un spasme. Pareils à une électrocution.

Puis elle heurte le sol.

Évanouie.

VIII | ME BIFFER

DANS LA CUVE

À son réveil, Stan n'est plus attaché. Il est couché en chien de fusil sur quelque chose de mou. Il a le tournis et un mal de tête du feu de Dieu, genre trois gueules de bois de première bourre compactées en une seule.

Il ouvre ses paupières collées : plusieurs paires de gros yeux blancs aux pupilles rondes et noires le dévisagent. Qu'est-ce que c'est que ces machins ? Il lutte pour se redresser, perd l'équilibre, s'empêtre dans un amas de petits corps flasques et pelucheux. Des araignées géantes ? Des chenilles ? Malgré lui, il hurle.

Reprends-toi, Stan, se dit-il. *Et plutôt deux fois qu'une, tant que tu y es.*

Ah. Il est couché dans une vaste cuve remplie de nounours en tricot bleus. D'où les yeux blancs aux pupilles rondes fixés sur lui.

« Merde », marmonne-t-il.

Puis il ajoute en prime :

« Putain de merde ! »

Au moins, il a retrouvé sa voix.

Il est dans un entrepôt avec au-dessus de lui un toit métallique et des tubes au néon dispensant une lumière chiche. En jetant un coup d'œil par-dessus le bord de la cuve, il évalue le sol : du ciment. Ce doit être pour ça qu'ils l'ont installé sur les nounours : il n'y a rien ici qui soit un tant soit peu confortable. Quelqu'un a eu des attentions pour lui.

Il se tâte : il est entier. Dieu merci, on l'a débarrassé de sa couche ou de ce qui en faisait office, c'est juste pas mal humiliant de visualiser l'opération en question. On lui a même mis des vêtements propres : une combinaison orange de Positron plus une veste polaire. Et de grosses chaussettes, parce qu'il fait un froid de gueux là-dedans. Logique : on est en février. Et pourquoi chauffer un entrepôt à nounours ?

Et après ? Où est tout le monde ? Ce n'est pas une bonne idée de crier. Peut-être faut-il qu'il se lève, qu'il cherche la sortie ? Mais attends : il a la jambe accrochée au bord de la cuve en métal par... oui, une menotte en nylon. Ce doit être pour l'empêcher de s'éloigner, de sortir de cet entrepôt, de tomber sur quelqu'un de l'autre côté de la porte. Il ne lui reste plus qu'à attendre que Jocelyn vienne lui dire ce qu'il est censé faire.

Il examine de nouveau l'entrepôt. Il y a plein d'autres cuves semblables à celles qu'il occupe, toutes déployées sur une rangée. Ça fait une sacrée quantité de nounours. Et puis, empilées les unes sur les autres – du côté de ce qu'il a maintenant identifié comme les portes, une petite pour les gens, une grande coulissante pour les camions –, il repère de longues caisses ressemblant beaucoup à des cercueils, mais plus étroites à une extrémité. Il espère sincèrement qu'on ne l'a pas enfermé avec un lot de cadavres en voie de décomposition.

C'est sans doute l'état dans lequel Charmaine l'imagine à présent, la pauvre poulette. Ils l'ont bien eue. Sa détresse n'était pas feinte : ces larmes étaient réelles. Elle tremblait quand elle lui a tâté le cou pour y enfoncer son aiguille, elle a vraiment dû croire qu'elle le supprimait. Elle a dû s'évanouir juste après car, dans la fraction de seconde qui a précédé le moment où la drogue a fait effet et où il est parti dans un bienheureux tourbillon de lumières colorées, il a entendu l'impact quand elle est tombée de tout son long par terre, face la première.

S'il avait parié sur le fait que Charmaine était incapable d'un tel geste, il aurait perdu. Dans son genre, elle est réellement stupéfiante, la Charmaine. Derrière toutes ces futilités, elle a du cran, il faut le lui reconnaître. Il croyait qu'elle laisserait l'amour interférer, qu'elle perdrait son sang-froid, gémirait et reculerait. Qu'elle se jetterait peut-être sur lui et réduirait leur plan à néant. Autant pour son aptitude à anticiper : Jocelyn a mieux évalué Charmaine que lui.

Pauvre Charmaine, songe-t-il. Elle doit vivre un enfer à l'heure qu'il est. Remords, culpabilité et ainsi de suite. Que ressent-il à ce sujet ? Un côté de lui, le côté vengeur, pense, c'est bien fait pour elle – elle et ses mensonges –, et il espère vraiment qu'elle se tord d'angoisse et chiale de ses yeux bleus angéliques. En revanche, l'autre côté se dit, pour être honnête, Stan, tu l'as trompée aussi, autant en pensées qu'en actes. Certes, tu croyais pourchasser une passion pourpre autre que celle que tu as décrochée, avec laquelle tu as fait l'amour en de multiples occasions. Mais, même si ton cœur n'était pas dedans, ton corps l'était. Du moins suffisamment. Donc oublions le passé et tournons la page.

Oui, reprend le côté vengeur, mais cette idiote de Charmaine ne sait rien de Jocelyn, donc, si jamais tu te remets avec elle, tu pourras utiliser son aventure avec Max/Phil jusqu'à la fin des temps. Lui dire que tu as vu les vidéos. Lui répéter les choses qu'elle a pu sortir. La transformer en un paquet de mouchoirs en papier détrempés. T'essuyer les pieds sur elle – ça te procurerait une certaine satisfaction. Et en plus elle t'a supprimé. Elle sera ton esclave, n'osera plus jamais te dire non et sera aux petits soins pour toi.

Soit ça, soit elle te flanquera de la mort-aux-rats dans ton café. Elle a un caractère bien trempé. Ne prends pas ça à la légère. Tu devrais probablement être le premier à agir, si tu en as l'occasion. La planter. Balancer ses fringues sur la pelouse. Fermer la porte. Lui coller un coup de brique sur le carafon. Est-ce que c'est ça que Conor ferait ?

Tu oublies, se dit-il, *que tu ne remettras probablement jamais les pieds dans cette baraque. À moins que quelque chose cafouille, une fois que tu seras de l'autre côté du mur, tu ne reviendras jamais à Consilience. Cette vie-là est terminée. Tu es censé être mort.*

Est-ce qu'il faudrait que ça lui colle la rage ? Peut-être que non : c'est pour son bien qu'il est mort. D'autre part, il n'a pas demandé à mourir, il ne l'a pas voulu. C'est un rôle qu'on lui a assigné, comme s'il appartenait à une armée dans laquelle il ne s'est jamais enrôlé. Il a été embarqué, contre sa volonté et, pendant qu'il est là enchaîné à une cuve de nounours en tricot et que cette garce sadique de Jocelyn semble l'avoir complètement oublié, il commence à avoir faim malgré son mal de crâne. En plus, il se gèle les couilles. Le froid est tel qu'il voit son haleine.

Il se recouche, s'enfouit sous les nounours bleus. Ça lui fera une sorte d'isolation. Pour le moment, il n'y a qu'une chose à faire, dormir.

THÉ

Quand elle reprend connaissance, Charmaine est seule. Et de nouveau dans sa maison. Dans leur maison, à elle et Stan ; ou plutôt à elle et Stan avant, mais aujourd'hui juste à elle, parce que Stan n'y reviendra plus jamais. Plus jamais, jamais, jamais, jamais, jamais. Elle fond en larmes.

Elle est allongée sur le sofa, le bleu roi avec les jolis lis blanc cassé ; cela dit, maintenant qu'elle a le nez sur le tissu, elle voit qu'il a besoin d'être nettoyé, parce que quelqu'un a renversé du café dessus, et d'autres choses aussi. Elle se rappelle avoir prétendu détester cet imprimé, vouloir le changer, regarder des échantillons afin de quitter la maison de bonne heure, les jours de permutation, et passer du temps avec Max. On pouvait compter que Stan ne s'intéresserait ni à des housses, ni à du papier peint, ni à quoi que ce soit s'en approchant. Son manque d'intérêt avait agacé Charmaine au début – n'étaient-ils pas censés construire leur nid ensemble ? –, mais, après, elle s'en était réjouie, car cette indifférence lui ménageait un peu de temps avec Max. Aujourd'hui, elle en pleure, parce que Stan est mort.

Voilà. Elle l'a dit. *Mort.* Ses pleurs redoublent. Elle sanglote, émet des bruits de respiration étranglés et saccadés. *Stan, qu'est-ce que je t'ai fait ?* songe-t-elle. *Où as-tu disparu ?*

Elle a beau pleurer aussi fort qu'elle le peut, elle note néanmoins un détail curieux : elle n'a plus sa combinaison orange. À la place, elle a un ensemble à carreaux pêche et gris en laine légère, avec une jupe évasée et une veste près du corps. En principe, il y a un chemisier qui va avec, en imitation soie pêche, orné de ruches dignes d'un danseur de flamenco, pêche aussi, sur le devant, or ce n'est pas celui qu'elle porte, lequel est un imprimé bleu fleuri qui jure horriblement avec l'ensemble. Elle avait sélectionné la tenue pêche et gris avec soin dans la section « Le style du bonheur » du catalogue numérique, juste après qu'ils avaient signé leur entrée à Consilience, Stan et elle. Elle avait eu le choix entre le pêche et gris et d'autres associations, bleu marine et blanc, un peu trop Chanel pour elle, et vert citron et orange – ça n'avait pas été un gros dilemme car elle ne met pas de vert citron, ça lui fait une mine de déterrée.

En plus, elle a plié et rangé cette tenue dans son casier rose, à la cave, juste avant son dernier séjour à Positron. Quelqu'un a donc le code de son casier et a fouillé dans ses affaires. Ce même quelqu'un a dû lui retirer la combinaison et la revêtir de l'ensemble à carreaux avec le mauvais chemisier.

« On se sent mieux maintenant ? » dit une voix.

Charmaine lève les yeux du sofa. Seigneur Dieu, c'est Aurora des Ressources humaines, au visage tellement tiré qu'elle a un faux air de gecko : muscles des joues figés, yeux exorbités. S'il y a quelqu'un qu'elle n'a pas envie de voir ici, maintenant et jamais, c'est bien Aurora.

Elle tient un plateau dans ses mains – celui de Charmaine, qu'elle a elle-même choisi parmi les modèles du catalogue –, avec une théière dessus. Encore la sienne, même si elle est comprise dans l'inventaire de la maison. Charmaine se sent envahie. Comment, alors qu'elle est évanouie sur le sofa, Aurora ose-t-elle faire irruption chez elle et prendre les rênes de la cuisine comme si elle en était propriétaire ?

« Je vous ai préparé un bon thé chaud, déclare Aurora avec un demi-sourire compatissant qui exaspère Charmaine. Je crois comprendre que vous avez subi un choc. Vous vous êtes cogné la tête lors de votre évanouissement, mais ils ne pensent pas que vous ayez une commotion cérébrale. Néanmoins, pour en être sûre, il faudrait que vous passiez un scanner. Je vous ai organisé ça, plus tard dans la journée. »

Charmaine ne peut prononcer un mot. Elle lutte pour maîtriser ses larmes. Elle a des hauts-le-cœur, elle suffoque ; son nez coule.

« Allez-y, pleurez un bon coup, lui conseille Aurora, comme si elle lui accordait une royale permission. Ça purifie l'air. Sans parler des sinus. »

C'est sa conception de la plaisanterie.

« Vous avez ouvert mon casier ? réussit à bredouiller Charmaine.

— Pourquoi aurais-je fait ça ?

— Quelqu'un l'a ouvert. Je ne porte pas les mêmes vêtements. »

À l'idée qu'Aurora ait pu la changer comme une Barbie pendant qu'elle était inconsciente, elle frissonne de la tête aux pieds.

« J'imagine que vous vous êtes changée toute seule et que vous ne nous en souvenez plus. Vous avez dû faire un épisode d'amnésie temporaire, déclare Aurore de son ton je-sais-tout. Un choc comme celui que vous avez subi déclenche parfois une fugue dissociative. À mon arrivée ici, il y a dix minutes, vous étiez sur le sofa. »

Elle pose le plateau sur la petite table.

« Le cerveau est extrêmement protecteur, il décide de ce que nous choisissons de nous souvenir. »

Charmaine sent la colère l'envahir et prendre le pas sur le chagrin. Si elle était descendue récupérer des affaires dans son casier, elle s'en souviendrait, d'autant qu'elle n'aurait jamais choisi ce chemisier-là. Pour qui la prennent-ils ? Pour quelqu'un qui s'habille comme l'as de pique ? Et, de toute façon, qui l'a ramenée de l'administration des thérapeutiques ?

Elle se redresse, balance les jambes pour les poser par terre. Elle ne veut absolument pas qu'Aurora la voie dans cet état, réduite à l'état de serpillière. Elle s'essuie le nez et les yeux sur sa manche, vu qu'elle n'a pas de mouchoirs en papier, repousse les cheveux humides qui lui tombent sur le front, donne à son visage un semblant de normalité.

« Merci, lâche-t-elle avec le plus de vivacité possible. À dire vrai, ça va. »

Aurora est-elle au courant de ce qu'elle a fait à Stan ? Peut-être pourrait-elle bluffer, cacher sa faiblesse. Dire qu'elle s'est évanouie parce qu'elle a ses règles, qu'elle a fait une crise d'hypoglycémie ou autre chose.

« Eh bien, vous êtes très forte, déclare Aurora. Franchement, peu de gens auraient un tel sens du devoir et de la loyauté. »

Elle s'assied sur le canapé à côté de Charmaine.

« Je dois dire que je vous admire, sincèrement. »

Elle verse le thé dans la tasse – celle de Charmaine avec les boutons de rose roses que Stan n'a jamais aimée. Mais, de toute façon, il n'a jamais aimé le thé, il était plutôt café avec du lait et deux sucres. Elle réprime un sanglot.

« Je devrais vraiment vous présenter des excuses au nom de la Direction, ajoute Aurora en posant la tasse sur la petite table devant Charmaine. Quel manque de tact de la part de la logistique ! »

Elle place une autre tasse à son intention sur le plateau et s'affaire pour la remplir. Charmaine prend une gorgée de thé. C'est vrai que ça fait du bien.

« Que voulez-vous dire ? » s'enquiert-elle alors qu'elle le sait pertinemment.

Aurora s'amuse. Cet échange l'enchante.

« Ils auraient dû vous assigner une autre Procédure, explique-t-elle. Et ne pas vous imposer une telle épreuve. »

Elle mesure la quantité de sucre qu'elle met dans sa tasse, remue.

« Quelle épreuve ? rétorque Charmaine. Je n'ai fait que mon travail. »

Effort inutile : elle le voit au non-sourire impeccable sur le visage trop lifté d'Aurora.

« Mais c'était votre mari, n'est-ce pas ? poursuit Aurora. Votre toute dernière Procédure. D'après les dossiers. Quelle qu'ait été votre vie privée ensemble, ce qui ne nous concerne en rien et je ne veux pas être indiscrète, enfin, quelle qu'ait été votre relation, cette Procédure a dû représenter... une décision vraiment difficile pour vous. »

Elle exagère son sourire, un sourire de compréhension obséquieux. Charmaine a envie de la claquer. *Qu'est-ce que tu en sais, espèce de sainte-nitouche parcheminée ?* aimerait-elle brailler.

« Je fais mon boulot, c'est tout, marmonne-t-elle sur la défensive. Je suis le règlement. Dans tous les cas.

— J'apprécie votre désir de, disons, brouiller l'événement dans ses grandes lignes. Mais il se trouve que nous avons enregistré tout le processus, comme nous le faisons inopinément, dans le cadre d'un contrôle de qualité. C'était très... C'était touchant. Vous voir ainsi lutter contre vos émotions. J'étais bouleversée, je l'étais vraiment, nous l'étions tous ! On vous a vue hésiter, ce qui est bien normal, je veux dire, qui ne l'aurait pas fait ? Il faudrait être inhumain. Mais vous les avez bien maîtrisées, ces émotions ! Ne croyez pas que nous ne l'ayons pas remarqué. Cette maîtrise. Des émotions. D'ailleurs, notre chef lui-même, Ed, aimerait vous remercier personnellement, et un petit oiseau m'a dit – ce n'est pas officiel – qu'il pourrait y avoir une promotion dans l'air, parce que si quelqu'un la mérite pour l'héroïsme...

— Je pense que vous devriez partir maintenant », l'interrompt Charmaine en reposant sa tasse.

Encore une minute, et elle va balancer sa tasse et tout son contenu. En plein dans la poire préfabriquée d'Aurora.

« Bien sûr, dit Aurora avec un demi-sourire ressemblant à une rondelle de citron parfaitement symétrique. Je ressens vraiment votre souffrance. Ce doit être tellement, eh bien, tellement douloureux. La souffrance que vous ressentez. Nous vous avons pris un rendez-vous avec un thérapeute spécialisé en traumatisme psychologique, parce que vous allez bien sûr éprouver la culpabilité du survivant. Enfin, plus que la simple culpabilité du survivant, parce que les survivants ne font jamais que survivre, alors que vous... »

Charmaine se lève brutalement en renversant sa tasse.

« Sortez, je vous prie, lâche-t-elle aussi fermement que possible. Immédiatement. »

Continue, lui souffle sa petite voix intérieure. *Flanque-lui la théière sur la tête. Égorge-la avec le couteau à pain. Puis traîne-la en bas et cache son corps dans ton casier rose.*

Mais Charmaine se contrôle. Il y aurait des taches de sang révélatrices sur la moquette. En plus, s'ils ont fait des vidéos d'elle avec Stan et l'aiguille, ils ont peut-être les moyens d'en faire une entre les quatre murs de la maison.

« Vous verrez les choses différemment demain, insiste Aurora, elle aussi debout et souriant toujours de son sourire figé, tiré. On s'ajuste tous avec le temps. Les funérailles auront lieu jeudi, c'est-à-dire dans deux jours. Un accident électrique au centre avicole, voilà notre explication ; ce sera annoncé aux informations de ce soir. Tous les gens qui seront là voudront vous présenter leurs condoléances, il faut donc que vous soyez prête. Je vais vous commander une voiture pour six heures et demie afin que vous alliez à votre scanner ; c'est après la fermeture, mais ils vous attendront spécialement. Dans votre état, il n'est pas souhaitable que vous conduisiez votre scooter. »

« Je vous déteste ! hurle Charmaine. Sale sorcière ! »

Mais, pour ça, elle attend que la porte se soit refermée.

CAFÉ

« Stan, dit une voix. C'est l'heure de bouger. »

Stan ouvre les yeux : c'est Jocelyn. Elle le secoue par le bras. Il la dévisage, groggy.

« C'est pas trop tôt, grommelle-t-il. Et merci de m'avoir laissé en chambre froide. Ça t'ennuierait de me détacher ? J'ai besoin de pisser. »

Il visualise le possible déroulement des cinq prochaines minutes dans un film d'espionnage. Il frapperait Jocelyn, la mettrait K-O, attraperait ses clés, la balancerait dans la cuve, lui piquerait son téléphone pour l'empêcher d'appeler à l'aide en reprenant connaissance – elle doit avoir un téléphone –, puis s'en irait sauver le monde à lui tout seul.

« Pas d'initiative intempestive, lui conseille Jocelyn. Je suis ton seul rempart contre la *rigor mortis*. Écoute-moi bien parce que, ces explications, je ne vais pouvoir te les fournir qu'une seule fois. Je dois assister à une réunion au plus haut niveau, nous avons donc très peu de temps. »

Elle est en tenue de travail – l'ensemble impeccable, les petites créoles, les bas gris. Curieux de penser à elle couchée sous lui ou nue sur lui, ce qui s'est souvent produit – jambes écartées, bouche ouverte, les cheveux en bataille, comme ébouriffés par une bourrasque. Une autre vie, lui semble-t-il.

Elle le détache, l'aide à descendre de la cuve aux nounours. Toujours groggy, il contourne la cuve en titubant, pisse – il ne voit pas d'autres endroits où se soulager –, puis revient tout aussi chancelant.

Elle a une petite Thermos de café avec elle, heureusement, bordel. Il se la siffle d'un trait, ce qui fait glisser les deux analgésiques qu'elle lui a remis.

« Pour le mal de tête, lui explique-t-elle. Désolée, c'était le seul produit qu'on pouvait t'injecter. Il imite les effets de l'injection létale, le final en moins.

— J'ai eu très chaud ?

— Il n'y a rien de pire qu'un lourd anesthésiant. Dis-toi que ton cerveau a eu un break.

— Je m'étais donc trompé sur Charmaine. Elle a choisi d'aller jusqu'au bout.

— Elle n'aurait pas pu être meilleure, dit Jocelyn avec un sourire irritant. Si elle avait joué cet épisode, la scène n'aurait pas été aussi criante de vérité. »

Espèce de sale connasse, songe-t-il.

« Tu es une merde de première, tu sais, lui lance-t-il. Lui faire vivre un truc pareil. Tu lui as bousillé la tête jusqu'à la fin de ses jours.

— Oui, elle est un peu secouée, répond calmement Jocelyn. Pour le moment. Mais on va s'occuper d'elle. »

Cette remarque ne rassure pas trop Stan : *on va s'occuper d'elle* pourrait faire référence à quelque chose de pas si gentil que ça.

« Bien, dit-il malgré tout.

— Mais j'imagine que tu as faim, ajoute Jocelyn.

— C'est un euphémisme », réplique Stan.

Maintenant qu'il y pense, il est affamé. De son sac, Jocelyn tire un sandwich au fromage qu'il engloutit en une bouchée. Il pourrait en avaler deux autres, plus un gâteau au chocolat et une bière.

« Où est-ce que je suis exactement, bordel ? marmonne-t-il une fois qu'il a tout lampé.

— Dans un entrepôt.

— Oui, j'ai noté. Mais est-ce que je suis toujours à l'intérieur de Positron ?

— Oui. Ça en fait partie.

— Et ça, ce sont des cercueils ? »

Stan désigne les caisses oblongues.

Jocelyn éclate de rire.

« Non. Ce sont des caisses d'expédition. »

Stan préfère ne pas poser de questions sur leur éventuel contenu.

« D'accord, bon... je vais où alors ? À moins que tu comptes me garder ici avec ces putains de nounours ?

— Je comprends ton irritation, lui répond Jocelyn. Mais, pardonne-moi le jeu de mots, il va falloir que tu encaisses. »

Elle lui décoche un sourire à pleines dents.

« Il y a deux choses que tu vas devoir garder présentes à l'esprit, pour ta propre sécurité durant ton séjour ici. Premièrement, tu t'appelles désormais Charlie.

— Charlie ? bredouille-t-il. Est-ce que je ne peux pas... merde ! »

Il ne se voit absolument pas comme un Charlie. Ce n'était pas une sorte de lapin de dessin animé pour enfants ? ou un poisson ? Non, ça, c'était Nemo. En tout cas, un truc de dessins animés. *Où est Charlie ?*

« Il y a eu un changement dans la banque de données, lui explique Jocelyn. Tu remplaces un ancien Charlie. Il a été victime d'un accident. Ne me regarde pas comme ça, un vrai accident, avec un fer à souder. Tu hérites de son code, de son identité. Je suis rentrée dans le système et j'y ai inséré tes éléments biométriques.

— D'accord. Donc, je suis ce putain de Charlie. Et c'est quoi, l'autre truc ?

— Tu vas intégrer une équipe de Possibilibots. Observe les autres, suis les ordres et c'est tout.

— Possibilibots ? » s'écrie Stan.

C'est un truc qu'il est censé connaître ? Il ne voit pas ce que ce terme signifie ; le tournis le reprend.

« Il reste du café ?

— Possibilibots, c'est une ligne de gadgets sexuels, de fidèles répliques de femmes conçus par un designer hollandais, poursuit Jocelyn. Pour le marché national et l'export. Je suis sûre que le boulot t'intéressera.

— Tu veux dire les prostibots ? Les robots sexuels ? Les gars en parlaient au dépôt de scooters.

— Oui, c'est leur nom officieux. Une fois assemblés et testés, ils sont emballés dans ces caisses – elle désigne l'amoncellement de conteneurs aux allures de cercueils – et expédiés vers des parcs d'attractions et autres centres franchisés à l'extérieur de Consilience. Les Belges en sont dingues, certains modèles en particulier. Et d'autres marchent très fort en Asie du Sud-Est. »

Stan réfléchit un instant.

« Et ce nouveau Charlie ? Celui que je suis censé être ? Ils vont le prendre pour qui ? Ils ne vont pas se demander où est passé l'autre Charlie ?

— Ils ne l'ont jamais connu. Ils ne savent même pas qu'il y en avait un. Il était affecté ailleurs. Et s'ils contrôlent la banque de données, tu seras bien Charlie. Ne t'inquiète pas, répète juste que tu t'appelles Charlie. Et n'oublie pas que c'est ce boulot qui permettra de te transférer sans problème vers le monde extérieur.

— Et ce sera pour quand ? »

Et comment, grâce à une formule du style *téléporte-moi, Scotty* ? un passage souterrain ? ou quoi ?

« Quelqu'un t'approchera. Le mot de passe, c'est « Tiptoe Through the Tulips ». Je ne peux pas t'en dire davantage, au cas où on te soupçonnerait et où on te questionnerait. Dans un monde parfait, je superviserais l'interrogatoire, mais ce n'est pas un monde parfait.

— Pourquoi on me questionnerait ? » demande Stan.

Tout ça ne lui dit rien qui vaille. Maintenant que l'échéance approche, il n'a plus envie d'être expédié vers le monde extérieur, où va savoir ce qui se passe comme cata de première ! Ce pourrait être l'anarchie totale à présent. S'il avait le choix, il déciderait de rester à Consilience avec Charmaine. Si seulement il pouvait revenir au premier jour, balayer toutes ces conneries de Jasmine et traiter Charmaine comme elle aurait aimé l'être, ce qui reste à déterminer, afin qu'elle n'aille jamais chercher ailleurs. À la simple évocation de

Charmaine et de la maison qu'il trouvait tellement inintéressante avant, il se sent des envies de pleurer.

Mais impossible de revenir en arrière, il est coincé dans le présent. Quelles options a-t-il ? Il se demande ce qui se passerait s'il dénonçait Jocelyn. Elle et sa raclure de mari cavaleur. Mais à qui irait-il la dénoncer ? Il faudrait que ce soit quelqu'un de la Surveillance, lequel irait probablement faire son rapport à Jocelyn illico, ce qui lui vaudrait de finir en chair à pâté.

Il va falloir qu'il prenne le risque, qu'il aille jusqu'au bout de la comédie Charlie, qu'il soit le messager de Jocelyn au nom de la liberté et de la démocratie, c'est certain. Alors qu'il se fout copieusement de la liberté et de la démocratie, vu que, pour sa part, elles ne lui ont rien apporté de bien satisfaisant.

« Tant que tu t'en tiendras à ta couverture de Charlie, il y a peu de chances qu'on t'interroge, poursuit Jocelyn. Mais il n'y a pas de vaisseau insubmersible. Je suis en retard à ma réunion. Voici ton badge Charlie. C'est clair ?

— Bien sûr, répond-il, alors que c'est à peu près aussi clair que du jus de chique. Où je vais maintenant ?

— Tu prends cette porte, lui lance Jocelyn. Bonne chance, Stan. Jusqu'à présent, tu te débrouilles très bien. Je compte sur toi. »

Elle l'embrasse sur la joue.

Il éprouve une envie irrésistible de nouer les bras autour de sa taille, de s'accrocher à elle comme à une planche de salut, mais résiste.

ENTROUVERT

Charmaine a un peu de temps devant elle avant que la voiture ne passe la prendre pour le scanner – ce n'est pas qu'elle pense en avoir besoin, mais mieux vaut se montrer conciliante. Elle erre dans la maison – sa maison – et range. Les torchons, les maniques. Elle a horreur de voir traîner les affaires de cuisine, le tire-bouchon par exemple. Ils s'en sont servi, de ce tire-bouchon, Max et sa femme, c'est sûr. Ces deux-là n'ont jamais été des maniaques de l'ordre.

Dans le salon, une lampe de table a été déplacée. Elle s'en occupera plus tard : elle n'est pas d'humeur à ramper pour localiser la prise murale. Et il y a quelque chose dans le lecteur DVD de la télé à écran plat : la petite lumière clignote. Que regardait donc Max ? Encore qu'il ne l'obsède pas, pas après le choc qu'elle vient d'encaisser. L'élimination de Stan l'a balayé de son esprit.

Elle appuie sur Play.

Oh. Oh *non*.

Le sang afflue à son visage, l'écran tourne devant ses yeux. C'est sombre, c'est flou, mais c'est elle. Elle et Max, dans une des maisons vides. Ils courent l'un vers l'autre, se percutent, s'effondrent par terre. Et ces bruits qui lui échappent, on dirait un animal pris au piège... c'est affreux. Elle appuie sur Eject, se saisit du disque argent. Qui a regardé ça ? Si ce n'est que Max, revivant leurs moments ensemble, elle est relativement tranquille.

Que va-t-elle en faire ? Le flanquer à la poubelle serait fatal : quelqu'un risquerait de le trouver. Et si elle le casse en petits morceaux, ça leur donnera d'autant plus de raisons de le reconstituer. Elle l'embarque à la cuisine, le glisse entre le réfrigérateur et le mur. Là. Ce n'est pas une planque terrible, mais elle en a improvisé quelques-unes par le passé et ça a bien marché, c'est donc mieux que rien.

Comporte-toi normalement, Charmaine, se dit-elle. *À supposer que tu te souviennes encore de ce qu'est la normalité.*

Elle chancelle, mais réussit à atteindre les toilettes pour invités à côté du vestibule de l'entrée. Là, elle s'asperge la figure, puis s'essuie et se penche vers le miroir. Ses cheveux ont un vague air de nid d'oiseau, elle a les yeux bouffis. Peut-être des sachets de thé froid ? Et elle pourrait se vaporiser un produit sur les cheveux, ça les tiendrait en place un petit moment.

Stan n'aimait pas l'odeur de ce spray, il lui rappelait le décapant pour peinture. Même ses humiliations pénibles lui manquent.

Ne pleure plus, se dit-elle. *Un truc à la fois et pas plus. Avance heure après heure, jour après jour, telle une grenouille qui saute sur des feuilles de nénuphars.* Cela dit, à part à la télé, elle n'a jamais vu une grenouille faire ça.

Son maquillage et ses affaires sont dans la chambre. Postée au pied de l'escalier, elle lève la tête. La montée lui paraît ardue. Peut-être commencer par la cave et jeter un coup d'œil dans son casier. Retirer ce stupide chemisier avec cet imprimé fleuri, remettre la main sur le bon haut, le pêche avec les ruches. Descendre est plus facile que monter. *Du moment que tu ne dégringoles pas dans l'escalier, Charmaine.*

Elle a les jambes en coton. S'accroche à la rampe. Bravo, aurait dit mémé Win. *Pose un pied sur la première marche, puis l'autre à côté du premier, comme quand tu avais trois ans. Si tu ne prends pas soin de toi, qui le fera ?*

Voilà. Elle est debout sur le sol solide de la cave et oscille comme une... comme une... Elle oscille.

À présent, elle est à deux pas des quatre casiers, lesquels sont placés côte à côte, à l'horizontale. Ils ont des couvercles qui se soulèvent, tels des congélateurs coffres. Son casier est le rose. Celui de Stan, le vert. Puis il y a les casiers des Alternants, pourpre et rouge.

Le rouge est celui de Max, tandis que le pourpre appartient à sa femme, que Charmaine déteste par principe. Si elle pouvait agiter une baguette magique et faire disparaître ces deux casiers, elle ne s'en priverait pas, parce qu'elle ferait alors aussi disparaître ce gros pan du passé. Rien de tout cela ne serait arrivé et Stan serait encore vivant.

Elle se penche pour taper le code de son casier. Il est entrouvert, sans doute par la personne qui est allée fouiller dans ses affaires. Tiens, le chemisier pêche. Elle ôte la veste de son ensemble et le chemisier imprimé bleu, puis bataille pour enfiler le pêche. Bataille parce qu'elle a mal à une épaule : elle a dû se cogner quand elle s'est évanouie. Elle a des difficultés à fermer les boutons parce qu'elle a les doigts qui tremblent, mais elle y parvient. Elle remet sa veste. Elle a maintenant le sentiment de moins détonner.

Et voilà tous ses habits civils, y compris ceux qu'elle avait la dernière fois qu'elle est allée à Positron. Le pull cerise, le soutien-gorge blanc. Quelqu'un a dû les rapporter ici et les ranger ; ils doivent connaître son code. Naturellement qu'ils le connaissent, ils connaissent les codes de tout le monde.

Dire qu'elle cachait des choses dans ce casier. Dire qu'elle les croyait vraiment cachées. Quelle bêtise ! Elle avait acheté ce rouge à lèvres fuchsia de mauvais goût à l'arôme de chewing-gum pour plaquer des baisers sur les billets destinés à Max. *Je suis affamée de toi* et autres idioties. Elle devrait s'en débarrasser. L'enterrer dans le jardin derrière.

Elle avait enveloppé ce rouge à lèvres dans un mouchoir et collé le tout au fond d'une de ses chaussures à talons.

Mais il a disparu. Il n'est pas là.

Elle le cherche à tâtons. Il faut qu'elle prenne une lampe : il a dû rouler quand on a fouillé dans ses affaires. Elle le retrouvera plus tard et le jettera loin, très loin. C'est un mémento, et un mémento c'est quelque chose qui vous aide à vous souvenir. Or elle préférerait un amnéso.

C'est une blague. Elle a fait une blague.

Tu es quelqu'un de superficiel, de frivole, lui lance la petite voix. *Peux-tu graver dans ta tête d'idiote que Stan est...*

Plus un mot, réplique-t-elle. Elle rabat le couvercle du casier, tape FERMÉ et se tourne pour repartir, quand elle remarque que le casier vert de Stan est entrouvert. Quelqu'un est allé fourrer son nez là-dedans aussi. Elle sait qu'elle ne devrait pas regarder. Ce sera trop dur de revoir les affaires de Stan, toutes bien pliées – les T-shirts d'été, la polaire qu'il enfilait pour tailler la haie. Elle se dira que ces vêtements ne l'habilleront plus jamais et se remettra à pleurer, elle aura alors les yeux bouffis, deux fois plus bouffis.

Mieux vaut biffer tout ça. Elle va appeler le service d'enlèvement de Consilience demain, leur demandera de venir les enlever. Elle pourra repartir de zéro, dans un endroit totalement différent ; ils l'installeront dans un des condos pour célibataires. Peut-être qu'il y a un bâtiment réservé aux veuves. Elle sera beaucoup plus jeune que la veuve moyenne, mais pourra quand même faire des trucs de veuve avec les autres veuves. Jouer aux cartes. Regarder à la fenêtre. Admirer les feuilles qui roussissent. En tout cas ce sera reposant.

Elle aurait donc intérêt à ne pas se rendre malade en tripotant le cercueil de Stan. Le casier de Stan. Pourtant, elle s'approche et soulève le couvercle.

Le casier est vide.

Elle est effondrée à même le sol de la cave. Depuis combien de temps ? Et pourquoi la découverte du casier vide de Stan lui a-t-il fait un tel choc ? Elle aurait dû s'y attendre. C'était évident qu'ils allaient venir débarrasser ses affaires. Pour lui épargner ce désarroi. Elle est très attentionnée, l'équipe de Consilience.

Peut-être que c'était cette méchante Aurora, avec sa malveillance triomphante, se dit-elle. *Toujours à fourrer son sale nez partout. À se vautrer dans mon chagrin comme un chien dans le caca.*

La sonnette retentit.

Et si elle restait là jusqu'à ce qu'ils repartent ? Elle n'est pas prête à subir son scanner de la tête, pas maintenant.

La sonnette retentit de nouveau, puis elle entend la porte s'ouvrir. Ils ont le code de la porte, bien entendu. Elle se relève, s'approche de l'escalier et monte.

Il y a une femme dans le salon. Elle se penche sur la télé et bidouille quelque chose, alors que l'appareil est éteint. Cheveux noirs, tailleur.

« Bonjour, dit Charmaine. Désolée d'avoir tardé à vous ouvrir. J'étais à la cave, j'étais... »

La femme se redresse, se tourne. Elle sourit.

« Je suis venue vous chercher pour votre scanner. »

Les petites créoles, la frange, les dents carrées. C'est la tête de la borne d'accueil de l'administration des thérapeutiques.

Le souffle coupé, Charmaine s'exclame :

« Oh, mon Dieu ! »

Elle se laisse choir comme une pierre sur le canapé.

« Vous êtes la tête !

— Excusez-moi ? s'écrie la femme.

— Vous êtes la tête qui parle ! À la réception. Dans la borne d'accueil. C'est vous qui m'avez dit de tuer Stan. Et maintenant il est mort ! »

Elle ne devrait pas prononcer des mots pareils, mais c'est plus fort qu'elle.

« Vous avez subi un choc », déclare la femme d'une voix compatissante dont Charmaine n'est pas dupe une seconde.

Ils prétendent être pleins de compassion, ils prétendent vouloir aider. Mais ils ont d'autres desseins.

« Vous avez dit que c'était un test, poursuit Charmaine. Vous avez dit qu'il fallait que j'exécute la Procédure, que je prouve ma loyauté. Alors, je l'ai exécutée, flûte de flûte, parce que je suis loyale, flûte de flûte, et maintenant Stan est mort ! À cause de vous ! »

Elle ne peut retenir ses larmes. Voilà qu'elles coulent de nouveau de ses yeux bouffis, mais elle s'en moque.

« Vous êtes perturbée, déclare la femme avec calme. C'est normal de blâmer les autres. Un esprit sous le choc en revient aux habitudes de l'enfance et fait porter le blâme sur un tiers ; nous avons du mal à saisir le caractère aléatoire de l'univers.

— C'est une totale foutaise et vous le savez, rétorque Charmaine. C'était vous. Vous étiez dans cette borne d'accueil. Ce que je veux savoir, c'est pourquoi ? Pourquoi avez-vous voulu tuer mon Stan ? C'était un homme bien ! Qu'est-ce qu'il vous a fait ?

— Il faut que vous voyiez un médecin. Ils vérifieront que vous n'avez pas de commotion cérébrale, puis vous donneront un sédatif pour vous aider à dormir. Je suis vraiment navrée pour votre mari et ce terrible accident au centre avicole de Positron. C'est un problème de câblage qui a déclenché l'incendie. Mais grâce à la réactivité de votre mari, la plupart des poulets ont été sauvés, ainsi qu'un grand nombre de ses collègues. Il a été héroïque. Vous devriez être fière de lui. »

Je n'ai jamais entendu pareil baratin de toute ma vie, se dit Charmaine. *Mais que faire ? Faut-il que je joue le jeu, que je fasse semblant de la croire ? Sinon, si je continue à clamer la vérité et à insister pour qu'elle abonde dans mon sens, elle dira que je suis un élément instable, perturbateur, que j'hallucine, que je suis hors normes. Elle appellera les gros bras de la Surveillance, qui m'embarqueront et me colleront en cellule, m'enchaîneront à un lit, comme Sandi, puis m'injecteront un truc quelconque ; et après, si je ne m'améliore pas, selon leurs critères, ça pourrait bien devenir définitif.*

Elle prend une grande respiration. Expire, inspire.

Ce qu'ils veulent, c'est qu'on soit docile. Le contraire de perturbateur.

« Oh, je suis fière de Stan », déclare-t-elle.

Seigneur, que sa voix sonne faux !

« Je suis très fière de lui, sincèrement. Je ne suis pas surprise qu'il se soit sacrifié pour sauver d'autres gens, et les poulets aussi. Il a toujours été extrêmement altruiste. Et si bon pour les animaux », ajoute-t-elle en prime.

La femme exhibe son sourire trompeur. *Sous son tailleur strict, elle est musclée*, songe Charmaine. *Elle serait capable de m'attraper à bras-le-corps et de me flanquer par terre en deux temps trois mouvements. Je ne suis pas de taille à l'affronter. Et elle n'a pas de badge. Comment savoir si elle est bien la personne qu'elle prétend être ?*

« Je suis heureuse que vous soyez d'accord, enchaîne la femme. Gardez bien cette version en tête. La direction de Consilience fera tout pour vous aider à faire votre deuil. Voyez-vous quelque chose dont vous pourriez avoir besoin ? Nous pourrions vous envoyer quelqu'un pour passer la nuit avec vous, par exemple. Vous tenir compagnie, vous préparer une tasse de thé. Aurora des Ressources humaines s'est gentiment proposée.

— Merci, répond sobrement Charmaine. C'est très gentil de sa part, mais je suis sûre que je peux me débrouiller.

— Nous verrons. À présent, il est temps de vous emmener à votre scanner. Ils vous attendent. La voiture est dehors. Vous avez un manteau ?

— Je crois qu'il est dans mon casier. »

Mais la femme ouvre le placard du vestibule, et il est là : accroché sur un cintre, prêt pour elle. On dirait un accessoire de théâtre.

Une tache rose pâle s'attarde à l'ouest, là où le soleil s'est couché ; il y a un léger saupoudrage de neige. La femme prend Charmaine par le bras pour descendre l'allée. On distingue une silhouette sombre à l'avant de la voiture : le chauffeur.

« On va s'asseoir à l'arrière », déclare la femme.

Elle ouvre la porte, s'efface pour laisser passer Charmaine. *Quand ils décident de s'occuper de vous, ils vous traitent vraiment comme des rois*, se dit Charmaine.

La lumière intérieure du véhicule s'allume. En montant dans l'habitacle, Charmaine aperçoit le profil du chauffeur. Elle pousse un petit cri.

« Max ! »

Son cœur s'ouvre, telle une rose brûlante. *Oh, sauve-moi !*

Le chauffeur tourne la tête, regarde la jeune femme. C'est bien Max. Comment pourrait-elle l'oublier ? Ses yeux, ses cheveux bruns. Cette bouche. Douce et dure, insistante, exigeante...

« Pardon ? fait l'homme, le visage impassible.

— Max, je sais que c'est toi ! »

Comment ose-t-il faire semblant de ne pas la reconnaître ?

« Vous vous trompez. Je m'appelle Phil. Je travaille pour la Surveillance.

— Max, que se passe-t-il ? Pourquoi tu mens ? »

Charmaine hurle presque.

L'homme retire son badge.

« Regardez, dit-il en le lui tendant. Phil. C'est marqué ici. Mon badge. C'est moi.

— Il y a un problème ? demande la femme en se glissant sur la banquette à côté de Charmaine.

— Elle prétend que je m'appelle Max », explique le chauffeur.

Il paraît sincèrement perplexe.

« Mais c'est vrai ! s'exclame Charmaine. Max ! C'est moi ! Tu ne vivais que pour notre prochaine rencontre ! Tu m'as répété ça une centaine de fois ! »

Elle tend le bras vers lui, par-dessus le siège de la voiture ; il se dérobe.

« Je suis désolé. Vous me confondez avec quelqu'un d'autre.

— Tu crois pouvoir te cacher derrière ce badge à la noix ?

— Je suis sûre qu'on peut régler ça », décrète la femme.

Charmaine l'ignore.

« Tu essaies de me biffer ! crie-t-elle. Mais tu ne changeras pas une seule minute de ce que nous avons vécu ! Tu adorais ça, tu ne vivais que pour ça, c'est ce que tu me disais ! »

Il faut qu'elle s'arrête, il faut qu'elle s'arrête de parler. Elle ne gagnera pas cette partie, quelles preuves a-t-elle ? À part la vidéo ; elle a la vidéo. Dans la cuisine.

« Je ne l'ai jamais vue de ma vie », affirme le chauffeur.

Il paraît chagriné, comme si Charmaine l'avait blessé. C'est cruel. Pourquoi fait-il cela ? À moins – *Charmaine, ne sois pas si sotte !* –, à moins que cette femme ne soit sa femme ou va savoir. Ça, ce serait logique. Si seulement elle pouvait être seule avec lui !

« Je vous présente mes excuses, dit la femme au chauffeur. J'aurais dû vous prévenir. Elle a subi un choc, elle délire un peu. »

Elle baisse la voix.

« Aujourd'hui, dans l'incendie du centre avicole, c'était son mari. Quel dommage ! Il a été tellement courageux. Maintenant, à l'hôpital, s'il vous plaît.

— Pas de problème », répond le chauffeur.

Il passe en marche avant. Charmaine entend le cliquetis du verrouillage des portes. *Zut alors*, songe-t-elle. *Je ne délire pas, c'est sûr. Comment se tromper sur un homme qui vous a fait des trucs pareils ; qui les a faits avec vous ? Et si cette bonne femme était au courant ? S'ils avaient manigancé tout ça ensemble ? Est-ce parce que Max veut se débarrasser de moi ? me planter, comme on plante un inconnu avec qui on a eu un rendez-vous foireux ? Quel lâche !*

Ne pleure pas, se dit-elle. *Ce n'est pas le moment. Tu n'as personne de ton côté.*

Elle va devoir garder la tête sur les épaules si elle tient à mener une vie semi-décente à Consilience. Une vie de veuve respectée, la bouche cousue et un sourire sous le coude. Plutôt que de terminer dans une cellule capitonnée ; ou pis, sous forme de ligne vierge dans la banque de données.

Autant que faire se peut, il faudra qu'elle cache la vérité sur Stan, sur Max aussi, au plus profond de sa tête. Qu'elle veille à ne pas lâcher certaines choses inopinément, à ne pas poser les mauvaises questions, comme Sandi. Ni sortir les mauvaises réponses, comme Veronica. Quand bien même elle pourrait en parler à quelqu'un, quand bien même on la croirait, ils feraient semblant que non, parce que, pour eux, la vérité, c'est du botulisme. Ils auraient peur de la contamination.

Elle est seule.

IX | POSSIBILIBOTS

DÉJEUNER

Stan est dans la cafétéria des Possibilibots avec les gars de son équipe – sa nouvelle équipe, celle qu'il vient d'intégrer. Il est en train de se prendre une bière, cette bière très légère et couleur de pisse qu'ils brassent désormais à Consilience; plus une assiette d'oignons frits et des frites à partager, ainsi qu'un plat d'ailes de poulet à la mode de Buffalo. Tout en léchant une aile pleine de gras, il se fait la réflexion qu'il s'est peut-être personnellement occupé du propriétaire de ladite aile, du temps où elle était couverte de plumes et attachée à un poulet.

Les mecs de son équipe ont l'air relativement normaux, ce sont juste des mecs banals qui déjeunent à la cafétéria, comme lui. Ni jeunes ni vieux; relativement en forme, même si certains d'entre eux s'empâtent au niveau de la taille. Tous ont un badge. Sur le sien, il est écrit Charlie, et il faut vraiment qu'il fasse un effort pour se rappeler qu'il s'appelle Charlie et pas Stan. Tout ce qu'il a à faire, c'est continuer à être Charlie jusqu'à ce que quelqu'un lui remettre la clé USB, cette méchante patate chaude qu'il est censé sortir en douce, et lui explique comment franchir le mur. À moins qu'il ne trouve lui-même le moyen de fuir.

Le signal, la poignée de main secrète, devrait être «Tiptoe Through the Tulips». Son contact inconnu va-t-il le lui dire ou le lui chanter ? Il espère bien que ce ne sera pas la chansonnette. Qui a choisi cet air agaçant ? Jocelyn, naturellement : en plus de ses traits de caractère complexes, elle a un sens de l'humour tordu. Elle doit adorer l'idée d'obliger un pauvre bougre à sortir cette fadaise de neuneu. Aucun des mecs présents à ce déjeuner ne ressemble au genre «Tiptoe Through the Tulips» ; de même qu'aucun d'entre eux ne ressemble à un infiltré. Cela dit, c'est logique.

Charlie, Charlie, se répète-t-il. *Tu es Charlie maintenant*. C'est un prénom faiblard, qu'on trouve dans des bouquins sur les chats à l'adresse des enfants. Les autres prénoms autour de la table sont plus robustes : Derek, Kevin, Gary, Tyler, Budge. Il vient juste de les rencontrer et ne sait rien d'eux, il a donc intérêt à se la fermer et à ouvrir les oreilles. Et eux ne savent rien de lui, sinon qu'il est là parce qu'il y avait un poste vacant dans leur équipe.

Il y a eu beaucoup de beurk à la table du déjeuner, beaucoup de blagues perso que Stan n'a pas saisies. Il essaie de lire les expressions faciales de ses compagnons : au-delà des sourires cordiaux, il y a une barrière, derrière laquelle se parle une langue qui lui est étrangère, une langue bourrée d'obscures références. Dans la salle, autour d'autres tables de la cafétéria, il y a d'autres petits groupes de mecs. D'autres équipes de Possibilibots, à ce qu'il suppose. Il donne beaucoup dans les suppositions.

La cafétéria est une salle tout en longueur aux murs vert pâle. Des vitres en verre dépoli sur un côté : impossible de voir à l'extérieur. Du côté aveugle, il y a deux posters de style rétro. L'un d'eux montre une petite fille de six ou sept ans vêtue d'une chemise de nuit blanche chiffonnée, qui, du poing, se frotte un œil lourd de sommeil tandis qu'elle serre un nounours bleu au creux de son autre bras. Au premier plan, une tasse fumante. DORS BIEN, proclame le slogan. On dirait une publicité du siècle précédent pour une boisson maltée.

L'autre affiche présente une jolie blonde vêtue d'un bikini rouge à pois blancs dans une pose de pin-up, mains jointes autour d'un genou relevé, pied chaussé d'un escarpin rouge à bride sur l'arrière ; l'autre jambe dépliée, chaussure pendouillant au bout de l'orteil. Lèvres rouges et boudeuses, clin d'œil. Quelque chose d'écrit, en néerlandais sans doute.

« On dirait une vraie nana, pas vrai ? lance Derek en désignant la pin-up d'un signe de tête. Eh bien, non.

— Moi aussi, je me suis fait avoir, avoue Tyler. Ils ont réalisé ce poster dans le style des années cinquante. Ces Hollandais sont sacrément en avance sur nous.

— Ouais, ils ont voté la loi et tout le tremblement, intervient Gary. Ils ont su anticiper.

— Et ça dit quoi ? » s'enquiert Stan.

Il sait ce qui se fabrique à Possibilibots. Des facsimilés de femmes ; des machines à coups, selon certains. Les gars de l'atelier de réparation des scooters avaient des discussions animées là-dessus : les souffrances qu'elles pouvaient éviter aux uns et aux autres dans la vraie vie, l'argent qu'elles pouvaient rapporter. *Peut-être que toutes les femmes devraient être des robots*, songe-t-il avec une pointe d'acidité : *les créatures en chair et en os sont incontrôlables.*

« C'est du néerlandais, alors va savoir ce que ça raconte, grommelle Kevin. Mais quelque chose du genre *encore mieux qu'au naturel.*

— Et ? lance Stan. Elles sont encore mieux qu'au naturel ? »

Il se sent plus détendu – personne ne le soupçonne de ne pas être Charlie –, il peut donc se risquer à poser quelques questions au débotté.

« Pas vraiment. Mais la palette des voix est formidable, lui répond Derek. Tu peux avoir le silence ou, par exemple, des gémissements, des cris et même quelques paroles : “encore”, “plus fort”, des trucs comme ça.

— Pour moi, elles ne sont pas pareilles, déclare Gary, la tête de côté, comme s'il testait une nouvelle spécialité au menu. Personnellement, je n'ai pas trop apprécié. C'était trop... mécanique, tu vois. Mais il y a des gars qui préfèrent. Pas de problèmes de bites molles, si tu fais une couille.

— C'est le cas de le dire, lâche Tyler, et ils se marrent tous.

— Il faut jouer avec les réglages, conseille Kevin en s'emparant du dernier oignon frit. C'est comme un siège de bicyclette. Il faut l'ajuster. Hé, les gars, vous voulez une autre tournée de bières ? Je vais les chercher.

— Je vote oui, répond Tyler. Et rajoute quelques ailes de poulet.

— Peut-être que t'avais pris le mauvais modèle, suggère Budge à Gary.

— Moi, je pense pas qu'elles remplacent jamais les nanas en chair et en os.

— C'est ce qu'on disait avant à propos des e-books, riposte Kevin. On n'arrête pas le progrès.

— Dans la catégorie Platinum, elles respirent, précise Derek. Inspirent, expirent. Moi, je préfère. Avec celles qui ne respirent pas, on sent qu'il manque quelque chose.

— Certaines ont aussi le cœur qui bat, ajoute Kevin. Si on veut du grand luxe. Ça, c'est le Platinum Plus.

— En tout cas, ils devraient fournir des genouillères avec le kit, déclare Gary. La mienne s'est bloquée à plein régime, j'ai eu les genoux écorchés et je me suis retrouvé presque estropié sans pouvoir stopper cette saloperie.

— C'est une option que tu apprécierais peut-être sur les vraies, suggère Kevin, revenu avec les bières et les ailes de poulet. Pas de bouton Off.

— Le problème, c'est que, pour certaines femmes, les vraies, il n'y a pas de bouton On », soupire Tyler.

Cette fois-ci, ce sont des rires à la ronde. Stan se joint à ses compagnons : le sujet lui parle.

« En tout cas, dans la qualité supérieure, elles sont tellement bien qu'on doit faire un effort pour se rappeler qu'elles ne sont pas vivantes », confie Derek à Stan.

De tous les mecs présents, on dirait que c'est lui le plus fan.

« On devrait donner à notre Charlie la possibilité d'essayer, propose Tyler. Nous, on l'a tous fait dès qu'on en a eu l'occasion. Laissons-le se taper un coup d'essai. Hein, Charlie ?

— Ce n'est pas encore officiellement autorisé, s'insurge Gary. Il faut déjà qu'on lui ai confié cette tâche.

— Mais ils ferment les yeux », réplique Tyler.

Stan affiche un sourire qu'il espère lascif.

« Moi, je suis partant, déclare-t-il.

— Vilain garçon, s'exclame Tyler d'un ton badin.

— Donc ça ne te gêne pas d'enfreindre le règlement, dit Budge. De tester les limites. »

Il décoche à Stan un sourire cordial, le sourire d'un oncle bienveillant.

« Ça dépend, je suppose », répond Stan.

A-t-il commis une erreur, s'est-il trop exposé ?

« Il y a limites et limites. »

Ça devrait permettre de garder le cap un moment.

« Si c'est ça, d'accord, décrète Budge. D'abord, le tour du propriétaire, et après tu essaies. Par ici. »

COQUETIER

Charmaine a mal dormi, pourtant elle était dans son lit. Bien sûr, ce n'est pas vraiment le sien, il appartient à Consilience, mais c'est quand même un lit auquel elle est habituée. Auquel elle *était* habituée quand Stan le partageait avec elle. À présent, elle a l'impression de ne pas le connaître, d'avoir perdu ses repères, comme dans un de ces films d'épouvante où on se réveille et on s'aperçoit qu'on est dans un vaisseau spatial, qu'on a été kidnappé, que le cerveau de gens qu'on prenait pour des amis est désormais sous contrôle et que lesdits amis cherchent à nous soumettre à de bizarres investigations ; c'est parce que Stan n'est plus dans ce lit avec elle, il n'y sera plus jamais.

Elle se dit : *Regarde les choses en face, tu lui as donné un baiser d'adieu, puis tu as enfoncé l'aiguille dans son cou et il est mort. C'est ça, la réalité, et tu peux pleurer autant que tu veux, ça n'y changera rien, parce qu'il est mort, qu'il le restera et que tu ne le feras pas revenir.*

Et aussi : *Pense à des fleurs.* C'est ce que mémé Win lui dirait. Mais pas moyen. Les fleurs, c'est pour les enterrements, c'est tout ce qu'elle voit. Des fleurs blanches ; comme la salle blanche, le plafond blanc.

Elle ne voulait pas le tuer. Elle ne voulait pas le tuer, lui. Mais qu'aurait-elle pu faire d'autre ? Ils voulaient qu'elle se serve de sa tête et fasse abstraction de son cœur ; or ce n'est pas si simple, car c'est le cœur qui lâche en dernier, et le sien était toujours bien accroché en elle pendant qu'elle préparait l'aiguille, c'est d'ailleurs pour ça qu'elle a pleuré tout du long. Ensuite, elle s'est retrouvée allongée sur son canapé avec un bon mal de tête.

Elle n'a pas eu de commotion cérébrale, c'est toujours ça. Ils le lui ont annoncé après le scanner, à la clinique de Consilience. Ils l'ont renvoyée chez elle avec trois sortes de pilules – des roses, des vertes et des jaunes – pour l'aider à se détendre, lui ont-ils dit. Mais elle ne les a pas prises : va savoir ce qu'il y a dedans.

Filer une pilule aux gens qu'on veut mettre K-O, c'est un truc que font les extraterrestres pour vous embarquer dans leur vaisseau spatial, après quoi vous vous réveillez avec des tubes partout, en plein milieu d'une sorte d'examen médical. D'accord, là, il n'y a pas d'extraterrestres, n'empêche qu'elle ne sait quand même pas ce qui risque de lui arriver pendant qu'elle dormira comme un bébé.

« Vous dormirez comme un bébé », lui avait dit Aurora à propos de ces fameuses pilules.

Elle attendait Charmaine à la clinique. Ils étaient tous dans le coup : Aurora, Max et la bonne femme qui l'avait emmenée à la clinique, la bonne femme aux cheveux noirs et aux créoles.

En repensant à ce qui s'est passé, Charmaine se dit qu'elle n'aurait peut-être pas dû s'écrier : « Vous êtes la tête de la borne d'accueil ! » Traiter quelqu'un de tête de borne d'accueil, c'est trop direct.

Elle avait également cafouillé sur le sujet de Max. Elle n'aurait pas dû laisser voir qu'elle le connaissait, ni – encore moins – formuler ces demandes pathétiques. Mais quelle sottise que de prétendre s'appeler Phil. Phil ! Jamais elle n'aurait pu se jeter dans les bras d'un Phil. Les Phil sont pharmaciens, on ne les voit jamais dans les téléfilms de l'après-midi, ils n'ont ni ombres intérieures ni flammes de désir à revendre. Alors que Max, oui, même avec son vilain uniforme de chauffeur. Elle savait qu'il la désirait ; elle est sensible, son instinct lui permet de deviner ce genre de choses.

Après, elle avait compris : il fallait qu'elle fasse l'idiote, parce qu'ils l'embrouillaient. Elle avait vu des films comme ça, où des gens se font passer pour d'autres et font semblant de ne pas vous connaître ; puis, quand vous les accusez, ils vous traitent de folle. Il est donc plus prudent d'accepter la version d'eux-mêmes qu'ils veulent mettre en avant.

Cela dit, si elle pouvait coincer Max seul, l'obliger à l'embrasser et agripper fermement sa boucle de ceinture – une boucle qu'elle connaît bien et qu'elle est capable de défaire les yeux fermés –, alors son scénario partirait en fumée, serait réduit en cendres, vu qu'il s'enflamme facilement.

Après, ils l'avaient ramenée de la clinique, et Charmaine s'était mise au lit en évitant de faire le moindre bruit. Impossible de gémir ou de faire les cent pas dans sa chambre, car Aurora avait tenu à dormir dans la chambre d'amis. Il fallait que quelqu'un reste avec Charmaine, avait-elle décrété. Compte tenu du choc que lui avait causé la tragédie du centre avicole, Charmaine risquait de commettre quelques imprudences, qu'Aurora avait clairement très envie de détailler.

« Nous ne voudrions pas vous perdre, vous aussi », avait-elle déclaré de son ton faussement bienveillant, celui qu'elle utilise pour rabaisser les gens. La femme brune, qui avait dit appartenir à la Surveillance, avait soutenu Aurora. « C'est vivement conseillé », avait-elle déclaré à propos de cette initiative. Néanmoins, avait-elle ajouté, Charmaine était libre de ses décisions.

Tu parles, s'était dit Charmaine. *Fichez-moi la paix !* avait-elle eu envie de hurler. Mais on ne discute pas avec la Surveillance. « Inutile de t'énerver pour rien », lui répétait mémé Win, et à quoi bon lutter ? Pour éviter que l'envahissante Aurora, avec son lifting raté, ne salisse les draps fleuris et joliment repassés de Charmaine ?

Et les serviettes propres. Et qu'elle ne gâche un de ces petits savons parfumés à la rose que Charmaine réserve aux invités ; même si Stan et elle n'en avaient jamais eu, parce que aucune des personnes qu'ils avaient connues avant n'aurait pu venir les voir à Consilience, vu qu'on ne peut ni appeler ni envoyer de mail. Mais le simple fait de penser qu'on pourrait un jour avoir un vrai invité, un vieux camarade d'école, des gens dont on espère qu'ils ne resteront pas longtemps et qui, selon toute vraisemblance, l'espèrent aussi, bien que ce soit quand même chouette de se retrouver – le simple fait de penser à ça vous procure du réconfort. Elle avait essayé de voir en Aurora ce type d'invités plutôt qu'un cerbère ; là, elle avait fini par trouver le sommeil.

« Debout là-dedans », dit la voix d'Aurora. Zut alors, mais c'est qu'elle déboule dans la pièce, chargée du plateau de Charmaine, sur lequel est posée la tasse de Charmaine !

« Je vous ai fait du thé pour vous réveiller. Seigneur, vous aviez vraiment besoin de dormir !

— Pourquoi, quelle heure est-il ? » demande Charmaine d'une voix pâteuse.

Elle fait mine d'être groggy pour qu'Aurora croie qu'elle a bien pris les fameuses pilules. Comme elle n'aurait pas été étonnée qu'Aurora les compte, elle en a collé quelques-unes dans les toilettes.

« Il est midi », lance Aurora en posant la tasse sur la table de chevet.

Hormis le réveil et la boîte de mouchoirs en papier, il n'y a rien sur ce chevet, rien du bazar habituel – lime à ongles, crème pour les mains, sachet/pique-aiguilles rempli de lavande thérapeutique. Rien non plus sur la table de chevet de Stan. Où ont-ils mis toutes ces affaires ? Peut-être vaut-il mieux ne pas faire un foin à ce sujet.

« Maintenant, prenez votre temps, pas de précipitation. Je nous ai préparé un brunch. »

Elle sourit de son sourire crispé et dénué de rides.

Et si ce n'était pas sa vraie tête ? se dit Charmaine. *Et si c'était juste un machin collé par-dessus et qu'il y ait derrière un cafard géant ou autre chose ? Et si je l'attrapais par les oreilles et que je tire, est-ce que je lui retirerais son visage ?*

« Oh, merci beaucoup », marmonne-t-elle.

Le brunch est disposé sur la table de cuisine dans son joli recoin ensoleillé : les œufs dans les petits coquetiers en forme de poule que Charmaine a commandés via le catalogue afin de rendre hommage au travail de Stan au centre avicole, le café dans des tasses à l'effigie des sept nains, un Grincheux pour Stan et un Joyeux pour Charmaine, encore qu'il lui arrivait de changer pour le fun. Stan avait besoin de plus de fun dans sa vie, comme elle le lui répétait. Pourtant, ce qu'elle voulait dire au fond, c'était qu'elle-même avait besoin de plus de fun dans sa propre vie. Eh bien, elle en avait eu un peu. Elle avait eu Max. Du fun à revendre, pendant un moment.

« Un toast ? Un autre œuf ? » lui propose Aurora, qui a pris pleine possession de la cuisinière, des casseroles, du grille-pain.

Comment a-t-elle su trouver tout ça dans la cuisine de Charmaine ? Apparemment, une horde de gens n'a cessé d'entrer et de sortir de chez elle. C'est comme si cette maison était en cellophane.

« Un peu plus de café ? » insiste Aurora.

Charmaine baisse les yeux vers sa tasse : Aurora lui a donné le nain Joyeux. La jeune femme sent les larmes rouler sur ses joues. Oh non, plus de pleurs ; elle n'en a pas la force. Pourquoi ont-ils voulu tuer Stan ?

Ce n'était pas un élément subversif ; à moins qu'il lui ait caché quelque chose. Impossible, il était tellement facile de lire en lui. Cela dit, c'est ce qu'il pensait d'elle, et que de choses ne lui a-t-elle pas cachées !

Peut-être qu'il a découvert quelque chose sur Positron, quelque chose de franchement mauvais. De dangereux produits chimiques dans les poulets que tout le monde boulotte ? Sûrement pas, ce sont des poulets bio. À moins que ces poulets ne fassent partie d'une expérience épouvantable, que Stan s'en soit aperçu et qu'il ait cherché à donner l'alerte. Se pourrait-il que ce soit la raison qui les ait poussés à l'éliminer ? Si c'est le cas, il s'est vraiment comporté en héros, elle est fière de lui.

Et les corps, que deviennent-ils ? Après les Procédures. Elle n'a jamais posé la question ; elle devait se douter que ce serait passer les bornes. Y a-t-il même un cimetière à Consilience ? ou à Positron ? Elle n'en a jamais vu.

Elle se mouche avec la serviette, une serviette en tissu brodée d'un merlebleu à tout petits points. Aurora tend le bras par-dessus la table ensoleillée, lui tapote la main.

« Ne vous inquiétez pas, lui dit-elle. Tout ira bien. Faites-moi confiance. Maintenant, terminez votre petit déjeuner et puis nous irons faire des courses.

— Des courses ? manque crier Charmaine. Pourquoi donc ?

— Pour les funérailles, lui répond Aurora de la voix apaisante d'un adulte s'adressant à un enfant buté. C'est demain. Vous n'avez pas un fil de noir dans toute votre garde-robe. »

Elle ouvre la porte du placard : tous les ensembles et robes de Charmaine sont là, soigneusement accrochés sur des cintres rembourrés. Qui les a sortis de son casier ?

« Vous avez fouillé dans mes affaires ! s'exclame Charmaine d'un ton accusateur. Vous n'avez pas le droit, ce placard est...

— C'est mon travail, l'interrompt Aurora avec une fermeté accrue. Pour vous aider à traverser ces moments. Vous allez être la vedette, tout le monde vous regardera. Ce serait un manque de respect que de porter... eh bien, des fleurs pastel. »

Elle n'a pas tort.

« Entendu. Je suis désolée. Je suis sur les nerfs.

— C'est compréhensible. Tout le monde le serait, à votre place. »

Il n'y a jamais eu personne à ma place, songe encore Charmaine. *C'est bien trop bizarre. Quant à vous, ma bonne dame, ne me dites pas que c'est compréhensible, parce que vous ne comprenez rien.* Elle garde néanmoins cette observation pour elle.

TOURNÉE

Le déjeuner terminé, Stan a droit à sa tournée d'inspection. Ou plutôt Charlie a droit à sa tournée d'inspection. *Charlie, Charlie, enfonce-toi bien ça dans le crâne*, se répète-t-il. Il espère fichtrement qu'il n'y aura pas un autre Stan dans cette équipe, parce que, là, il risquerait de s'emmêler les crayons. Si quelqu'un venait à crier son vrai prénom, il tournerait brusquement la tête, sans pouvoir se dominer.

Budge entraîne Stan et le reste de l'équipe dans un long couloir de couleur fade, au carrelage fade. Sur les murs sont accrochées des photographies de fruits sur papier glacé : un citron, une poire, une pomme. Il y a aussi des appliques rondes en verre blanc. Le couloir décrit un angle, puis un autre. Si on téléportait des gens ici, aucun d'entre eux ne saurait où il est – dans quelle ville, dans quel pays même. Ils sauraient juste qu'ils sont quelque part au XXIe siècle, vu qu'il n'y a que des matériaux génériques.

« Pour les modèles économiques standard, on a donc grosso modo six divisions, lui explique Budge : réception, montage, customisation, contrôle de qualité, garde-robe et accessoires, et expédition. Au-delà de cette porte, tu as la réception, mais on ne va pas s'embêter à y aller, il n'y a rien à y voir, à part des gars qui déchargent des camions de transport.

— Comment ils rentrent, ces camions ? demande Stan en conservant un ton neutre. Je n'ai jamais vu de gros culs dans les rues de Consilience. »

C'est une ville de scooters ; même les voitures sont rares, elles sont réservées à la Surveillance et aux big boss.

« Ils ne traversent pas la ville, réplique Budge avec décontraction. Ce site est une extension, construite à l'arrière de Positron. Le portique derrière la réception des marchandises ouvre sur l'extérieur. Naturellement, aucun camionneur n'a le droit d'entrer. Zéro échange d'informations, c'est notre politique – pas de questions, pas d'indiscrétions. Et eux, ils croient nous livrer des accessoires de plomberie. »

Alors, ça, c'est intéressant, songe Stan. Un portail sur l'extérieur. Comment peut-il décrocher un boulot à la réception sans manifester un enthousiasme trop voyant ?

« Des accessoires de plomberie, répète-t-il avec un petit rire. Pas mal. »

Budge affiche un grand sourire ravi.

« Les caisses déchargées ne renferment que des pièces détachées, poursuit Kevin. Fabriquées en Chine comme tout le reste, mais ce n'est pas rentable de les assembler là-bas, puis de nous expédier les bots ici. Le contrôle de qualité n'est pas satisfaisant.

— Il y aurait de la casse, ajoute Gary. Trop de casse.

— Donc, on les reçoit en pièces détachées, reprend Budge. Bras, jambes, torses, l'exosquelette en quelque sorte. Des têtes, standard, ensuite c'est nous qui nous chargeons de la customisation et de la peau. Il y a beaucoup de commandes particulières. Certains utilisateurs ont des exigences bien spécifiques.

— Des fétichistes, lâche Kevin.

— Des malades qui harcèlent les nanas, ajoute Tyler. Ils commandent des modèles ayant le visage d'une personne qui les attire mais qu'ils ne peuvent pas se taper, une star du rock par exemple, une majorette, ou même leur prof d'anglais du lycée.

— Des fois, c'est sordide, insiste Budge. On a des demandes pour des parentes. Un jour, on a même eu une grand-tante.

— C'était dégueulasse, s'exclame Kevin.

— Hé ! tout le monde est différent, proteste Derek.

— Il y en a qui sont plus différents que d'autres, intervient Budge, et ils éclatent tous de rire.

— Les puces informatiques sont déjà installées, ainsi que les bases vocales, mais il faut qu'on lance les impressions 3D des connexions neuronales, explique Gary. Sur les pièces à customiser.

— On place la peau en dernier, dit Tyler. C'est une opération délicate. La peau possède des capteurs, elle te *sent* réellement. Dans la gamme la plus coûteuse, elle a même la chair de poule. Lors d'un rapport intime, on a vraiment du mal à faire la différence.

— Mais quand tu as assisté à un montage, tu n'oublies pas ce que tu as vu, déclare Budge. Tu sais que ce n'est qu'un objet.

— Pourtant, ils ont fait des tests en double aveugle, intervient Gary. Entre les vraies et celles-ci. Le taux de réussite a été de soixante-dix-sept pour cent.

— Ils visent le cent pour cent, dit Kévin, mais ils n'y arriveront jamais, impossible.

— Impossible, confirme Budge. On ne peut pas programmer les petites choses. Les imprévus.

— Cela dit, elles sont paramétrées, modère Kevin. Tu peux appuyer sur *Random* et avoir une surprise.

— Ouais, grommelle Tyler. Elle te dit : "Pas ce soir, j'ai mal à la tête."

— Ça, ce n'est pas une surprise », s'écrie Kevin.

Et ils rigolent de plus belle.

Il faut que je balance quelques blagues, se dit Stan. *Mais pas encore : ils ne m'ont pas totalement accepté. Ils réservent encore leur jugement.*

« Là, devant, on arrive au montage, déclare Budge. Regarde, mais on n'a pas besoin d'entrer. Tu te rappelles les usines automobiles ?

— Qui s'en rappelle ? fait Tyler.

— D'accord, celles qu'on a vues au cinéma. Tel gars fait ci, tel gars fait ça. Travail à la chaîne. Rasoir au possible. Aucun droit à l'erreur.

— Trompe-toi et elles risquent de spasmer, reprend Kevin. De s'agiter dans tous les sens. C'est pas joli joli.

— Il y a des bouts qui peuvent partir en vrille, dit Gary. Des bouts de toi, par exemple.

— Un mec s'est fait prendre comme dans un étau. Il a été piégé comme un rat pendant un quart d'heure, sauf que cette affaire ressemblait davantage à un gyroscope qu'à autre chose. Il a fallu un électricien et trois techniciens numériques pour le dégager, et il s'est retrouvé avec une bite en tire-bouchon pour le restant de ses jours », précise Derek.

Ils rigolent de plus belle et observent Stan pour voir s'il les croit.

« T'es un taré, dit affectueusement Tyler à Derek.

— Pense aux bons côtés, reprend Kevin. Pas de capotes. Pas d'angoisses de grossesse.

— Aucun animal n'a été maltraité au cours des essais sur le produit, ajoute Derek.

— À part Gary », conclut Kevin.

Rericanements.

« Voilà, par ici, dit Budge. Le montage. »

Avec sa carte magnétique, il ouvre une porte à deux battants sur laquelle est placardé un message recommandant la vigilance aux visiteurs tant pour la poussière que pour les appareils numériques, qui doivent être éteints : comme le spécifie le panneau, c'est là que sont activés de complexes circuits électroniques.

Stan s'attendait à voir des chaînes de montage et c'est en effet ce qu'il voit. Si la majeure partie du travail est effectuée par des robots – des robots fabriquant d'autres robots, fixant une chose à une autre, exactement comme au montage de Robotique Exquise –, il remarque néanmoins une poignée de contremaîtres humains. Il y a des tapis roulants transportant cuisses, articulations de la hanche, torses ; il y a des plateaux remplis de mains droites et gauches. Ces éléments anatomiques sont fabriqués par des hommes, ce ne sont pas des morceaux de cadavre, pourtant l'effet est macabre. *Plisse les yeux et tu es à la morgue*, songe-t-il ; *ou dans un abattoir. Sauf qu'il n'y a pas de sang.*

« Ils prennent feu facilement ? demande-t-il à Budge. Les corps. »

Apparemment, c'est Budge, le responsable. Il détient la carte magnétique pour les portes : il faut que Stan note dans quelle poche il la garde. Quelles autres portes cette clé peut-elle encore ouvrir ?

« S'ils prennent feu facilement ? répète Budge.

— En supposant qu'un mec fume, dit Stan. Un client, par exemple.

— Ça m'étonnerait qu'ils fument avec elles, s'écrie Tyler d'un ton dédaigneux.

— On ne peut pas être au four et au moulin, déclare Derek.

— Mais il y a des mecs qui aiment bien se taper une clope, insiste Stan. Après. Et peut-être échanger un peu, juste quelques mots, du style : *C'était génial.*

— Dans la gamme Platinum, c'est une option, répond Tyler. Les modèles d'entrée de gamme ne peuvent pas faire la conversation.

— Les belles paroles, ça coûte encore plus cher, constate Gary.

— Note, il y a un plus, elles ne peuvent pas te harceler, genre : *Tu as fermé la porte, tu as sorti les ordures*, et tout et tout », déclare Budge.

C'est donc un homme marié, pense Stan. Une vague de nostalgie le terrasse : elle a des odeurs de jus d'orange, de feu de cheminée, de chaussons en cuir. Avant, Charmaine lui disait des choses comme ça, au lit : *Tu as fermé la porte, chéri ?* Il se prend de sympathie pour Budge : lui aussi a dû mener une vie normale, avant.

TAILLEUR NOIR

Le noir me flatte, songe Charmaine en se regardant dans le miroir des toilettes. Aurora a su où l'emmener faire des courses et, même si le noir n'a jamais été sa couleur, Charmaine ne déteste pas le résultat. Le tailleur noir, le chapeau noir, les cheveux blonds – on dirait une truffe au chocolat blanc avec des truffes au chocolat noir tout autour; c'était qui déjà ? Marilyn Monroe dans *Niagara*, la scène juste avant qu'elle se fasse étrangler avec le foulard blanc qu'elle n'aurait jamais dû mettre, parce que les femmes qui courent le risque d'être étranglées devraient éviter les accessoires de mode qui se nouent autour du cou. Ils ont passé ce film des tas de fois à la télé de Positron et Charmaine ne l'a jamais raté. Le sexe dans les films était tellement plus sexy avant qu'il ne devienne tellement explicite au cinéma. C'était langoureux, à vous fendre le cœur, avec des soupirs, des abandons et des paupières mi-closes. Pas seulement des acrobaties athlétiques.

Bien entendu, se dit-elle, *la bouche de Marilyn était plus pleine que la mienne et, à l'époque, on pouvait mettre un rouge à lèvres très voyant. Est-ce que j'ai cette innocence, ce regard étonné ? Oh ! Seigneur ! Ces grands yeux de poupée. Encore que l'innocence de Marilyn ne se voit pas trop dans* Niagara. *Mais après, oui.*

Elle écarquille les yeux face au miroir, fait un O avec sa bouche. Malgré les sachets de thé froid, elle a les yeux encore un peu bouffis et de légers cernes. Séduisants ou pas ? Ça dépend des goûts, si un homme est excité ou pas par la fragilité, avec un soupçon de braise par en dessous ou peut-être un soupçon d'œil au beurre noir. Stan n'aurait pas apprécié le look œil bouffi. Stan lui aurait dit : *Qu'est-ce qui ne va pas ? Tu es tombée du lit ?* Ou sinon : *Oh, chérie, ce qu'il te faut, c'est un gros câlin.* Selon la phase de Stan qui lui revient à l'esprit. *Oh, Stan...*

Arrête ça, se dit-elle. *Stan est parti.*

Est-ce que je suis superficielle ? demande-t-elle au miroir. *Oui, je suis superficielle.* C'est sur les ondulations de l'eau aux endroits peu profonds que le soleil brille. Les profondeurs sont sombres.

Elle étudie le chapeau noir, un petit chapeau rond au bord modeste – il ressemble un peu à un bibi d'écolière –, dont Aurora a dit qu'il était parfait pour des funérailles. Mais est-elle obligée de porter un chapeau ? Autrefois, tout le monde en portait ; puis ils ont disparu. Aujourd'hui, dans l'enceinte de Consilience, ils réapparaissent. Tout dans cette ville est rétro, ce qui explique le vaste stock d'accessoires vintage noirs. Le passé est beaucoup plus sûr : tout ce qu'il englobe a déjà eu lieu. On ne peut rien y changer, donc, d'une certaine façon, il n'y a rien à redouter.

Avant, elle se sentait tellement en sécurité dans cette maison. Leur maison, à Stan et elle, leur cocon chaud, leur abri où, nichés à l'intérieur d'un cocon plus grand, ils se protégeaient des dangers du monde extérieur. D'abord, le mur de la ville, pareil à une coque externe ; puis Consilience, tel le blanc d'un œuf. Et, à l'intérieur de Consilience, la prison Positron : le noyau, le cœur, le sens de tout ça.

En cet instant précis, quelque part à l'intérieur de Positron, il y a Stan. Ou bien ce qui a été Stan. Si seulement elle n'avait pas... et si à la place... peut-être qu'elle est elle-même une sorte de femme fatale, comme Marilyn dans *Niagara*, qui déploie d'invisibles toiles d'araignées pour prendre les hommes au piège, eux qui n'y peuvent rien, pas plus que l'araignée : c'est sa nature. Peut-être est-elle condamnée à être collante, comme du chewing-gum, du gel pour les cheveux ou...

Parce que regarde ce qu'elle a fait sans l'avoir voulu. C'est elle qui est à l'origine des funérailles de Stan et, maintenant, elle est obligée d'y aller sans pouvoir révéler sa culpabilité, ni pleurer et dire : *C'est entièrement de ma faute*. Il va falloir qu'elle se comporte avec dignité, car ses funérailles seront très solennelles, pieuses et révérencieuses, ce seront les funérailles d'un héros. Ce que toute la ville croit, vu que c'est passé à la télé, c'est qu'il y a eu un incendie électrique dans le centre avicole et que Stan est mort pour sauver ses compagnons de travail.

Et les poulets, bien sûr. Il les a vraiment sauvés : pas un seul poulet n'est mort. Aux informations, ils ont insisté là-dessus, ça rend Stan encore plus héroïque que s'il avait juste sauvé des gens. Peut-être pas plus héroïque, mais plus humain en tout cas. Un peu comme s'il avait sauvé des bébés : les poulets aussi étaient petits et sans défense, mais moins mignons quand même. Pour Charmaine, les trucs avec un bec, ce n'est pas vraiment mignon. Mais pourquoi est-ce qu'elle pense que Stan a sauvé des poulets ? Cet incendie est une invention, il n'a jamais eu lieu.

Arrête de vasouiller, Charmaine, se dit-elle. *Reviens à la réalité, quelle qu'elle soit.*

La sonnette retentit. Elle parcourt le couloir en chancelant sur ses hauts talons noirs : c'est Aurora, qui, partie un peu plus tôt, revient dans une tenue de circonstance. Derrière elle, le long du trottoir, il y a une longue voiture noire.

Aurora porte un tailleur de style Chanel, noir avec passepoil blanc : beaucoup trop lourd pour sa silhouette, laquelle est lourde de toute façon. *Oublie les épaulettes*, se prend à penser Charmaine. Quant au chapeau, une sorte de pelle revisitée, il ne l'arrange pas, mais, bon, aucun chapeau n'y parviendrait. Son visage est aussi tendu qu'un bonnet de bain sur une grosse tête chauve. Ses yeux sont beaucoup trop tirés sur les côtés.

Lorsque Charmaine était petite et que *récession* était un mot honteux et non une réalité, mémé Win lui avait expliqué qu'il ne fallait pas dire de quelqu'un qu'il était laid mais qu'il n'avait pas de chance. C'était de la simple politesse. En revanche, des années plus tard, quand Charmaine a été plus grande, mémé Win lui a raconté que la politesse était pour ceux qui en avaient les moyens et que, s'il fallait flanquer un coup de coude dans les côtes d'une personne qui essayait de vous bousculer pour passer avant vous, il n'y avait pas à hésiter.

Aurora sourit de son sourire dérangeant.

« Comment vous sentez-vous à présent ? »

Et, sans attendre la réponse :

« Vous tenez le coup, j'espère ! Cet ensemble est parfait. »

Encore une fois, elle n'attend pas que Charmaine lui réponde. Elle avance et Charmaine recule d'un pas. Pourquoi Aurora veut-elle entrer ? Ne vont-elles pas aux funérailles ?

« On ne va pas aux funérailles ? demande Charmaine d'une voix qui lui semble – c'est l'impression qu'elle en a – plaintive et déçue, à l'instar d'un enfant à qui l'on annonce que finalement il n'ira pas au cirque.

— Bien sûr que si. Mais il faut qu'on attende un invité bien spécial. Il souhaitait être ici en personne pour vous soutenir dans votre deuil. »

Elle a son portable à la main, Charmaine le remarque ; sans doute vient-elle de passer un coup de fil.

« Oh, regardez, le voici ! Pile-poil à l'heure. »

Une seconde voiture noire avance lentement dans la rue et se gare derrière la première. Donc, Aurora s'est débrouillée pour arriver tôt et s'assurer que Charmaine tenait toujours bon, qu'elle ne titubait pas, qu'elle ne délirait pas ; ensuite de quoi elle a envoyé un signal pour dire que tout roulait, et voici que déboule l'homme mystérieux.

C'est Max. Elle le sait. Il a échappé à cette femme froide et tyrannique, la tête de la borne d'accueil. Il a filé à l'anglaise, comme à son habitude, et très bientôt elle se lovera au creux de ses bras qu'elle connaît si bien. Rien ne les sépare plus, sinon Aurora – comment se débarrasser d'elle ? – et les funérailles, auxquelles elle est obligée d'assister. Elle entend déjà le crissement du tissu noir déchiré quand Max lui arrachera ses épaisseurs de vêtements, qu'il abîmera ses dentelles, la jettera à terre sur... mais à quoi pense-t-elle donc ? Il faut qu'elle assiste à la cérémonie.

Attends : Aurora peut y aller dans sa propre voiture, Charmaine et Max prendront l'autre et s'enfonceront dans le revêtement luxueux et, là, sa main virile sur sa bouche, une cascade de boutons, ses dents sur sa gorge... de toute façon, ce ne sont pas de vraies funérailles, Stan n'est pas dans un cercueil là-bas. N'empêche qu'il est bien mort, ça ne comptera donc pas pour une infidélité.

Non, Charmaine, se dit-elle. *On ne peut pas faire confiance à Max, il l'a déjà prouvé. Tu ne peux pas te laisser emporter par un raz-de-marée d'hormones traîtresses. Oh, s'il te plaît! Laisse-toi aller!* dit son autre voix.

Or l'homme qui descend de l'autre voiture n'est pas Max. Il faut à Charmaine un moment pour l'identifier : c'est Ed. Ed en personne, seul, venu rien que pour la voir. Alors ça, c'est une surprise ! Aurora décoche un sourire radieux à Charmaine, comme si elle avait gagné à la loterie.

« Il voulait faire cet effort, explique Aurora. C'est un hommage qu'il vous rend. Et à votre mari aussi, bien sûr. »

Charmaine se sent-elle flattée ? Oui. Moralement, ce sentiment n'est pas une bonne chose, elle le sait. Elle devrait être trop affligée par la mort de Stan pour se sentir flattée par quoi que ce soit. N'empêche.

Elle sourit timidement. Ce peut être très attirant, la timidité – un regard vaguement hésitant mais coupable, surtout si ce sourire n'est pas feint. Et le sien ne l'est pas, puisqu'elle est en train de penser, alors même qu'elle sourit : *Que veut-il ?*

TIPTOE THROUGH THE TULIPS

La réception et le montage sont relativement simples : rien qu'on n'aurait pu faire chez Robotique Exquise.

« C'est ici que la fée bleue fait ses miracles, annonce Budge. Et que Pinocchio devient vivant. »

Ils sont à la customisation. Ici, il n'y a pas un seul robot parmi les ouvriers : trop de détails personnalisés, explique Tyler, surtout pour finir les têtes. Stan a très envie de les voir travailler les traits du visage, en particulier les sourires. Après son passage chez Robotique Exquise, il est animé d'un intérêt tout professionnel. Le modèle Empathie sur lequel il avait bossé souriait, mais c'était toujours le même sourire. Cela dit, de quoi d'autre a-t-on besoin quand on passe en caisse ? Colle deux yeux sur le premier machin venu et ça ressemblera grosso modo à une tête.

« Là-bas, ils s'occupent de ce qui est coiffure, poursuit Tyler. Tout ce qui touche aux poils, barbes et moustaches par exemple. Le lumbersexual, c'est tendance.

— Le quoi ? s'écrie Stan d'une voix un peu trop forte. Il y a des mecs prostibots ? Depuis quand ? »

Kevin lui lance un regard désapprobateur.

« Les Possibilibots, c'est pour tout le monde », dit-il.

Bien sûr, songe Stan. *C'est l'ère de la tolérance. Foutu con que je suis !* Dans le monde prétendument réel, tout est permis ; en revanche, pas au sein de Consilience, où prévaut en apparence une ambiance sainement et implacablement hétéro. Ont-ils éliminé les gays tout du long ou leur ont-ils simplement refusé l'entrée ?

« D'accord, la plupart des commandes concernent des femmes, poursuit Tyler. Cela dit, ça pourrait changer. Mais il n'y a pas encore assez de potentiel, sauf au niveau Platinum.

— C'est parce que ces bots bon marché ne sont même pas fichus de mettre un pied devant l'autre, dit Kevin. Mobilité limitée. Pas de locomotion. Bref, en gros, il n'y a que la position du missionnaire. Ils font ce qu'on attend d'eux et c'est à peu près tout, tandis qu'un mec avec un autre mec...

— J'ai pigé», l'interrompt Stan.

Il n'a pas besoin de détails.

«En tout cas, une partie des articles masculins sont destinés à des clientes plus âgées, continue Derek. Elles disent se sentir plus à l'aise avec un bot. Pas la peine d'éteindre les lumières.»

Rires partagés.

«Tu peux avoir toutes les classes d'âge, tous les types de morphologie, poursuit Budge. Gros, mince, n'importe. Cheveux gris, on a quelques demandes pour ça.

— Par ici, le service des expressions, reprend Gary. On a une carte proposant les différentes options de base. En plus, les gars du service peuvent effectuer quelques modifications. Le seul hic, c'est qu'une fois qu'on s'est arrêté à une expression donnée, on ne peut plus revenir en arrière. Le visage humain compte trente-trois jeux de muscles, mais ce serait beaucoup trop coûteux, voire impossible, de les reproduire en totalité.»

Stan observe avec intérêt un technicien qui fait défiler tout le répertoire de sourires d'un des visages dont il s'occupe.

«Ça, c'est vraiment poussé! s'exclame-t-il. Franchement. C'est assez incroyable.

— Et ce n'est que le bas de gamme, lui répond Budge modestement. Mais la plupart des utilisateurs sont des clients de passage, qui fréquentent des parcs d'attractions fermés, des casinos, de grandes salles de spectacles, des centres commerciaux; ou des quartiers réservés aux bots bon marché, aux Pays-Bas par exemple et, de plus en plus souvent, ici, chez nous. Il paraît que quelques villes de la Rust Belt ont déjà repris un coup de jeune après avoir ouvert une boutique de bots bon marché.

— Les professionnelles ont les boules, lance Derek. Ça casse leurs prix. Elles ont manifesté, essayé de briser des vitrines, arraché la tête de certains bots et ont été arrêtées pour destruction du bien d'autrui. Ce n'est pas un mince investissement que de lancer un établissement.

— N'empêche que ces boîtes se font un paquet de fric, ajoute Gary. À ce qui se raconte, Vegas gagne plus avec ça qu'avec les machines à sous. Note, c'est logique, une fois que t'as avancé le capital de départ, tu n'as pratiquement que du bénef. Pas de bouffe à acheter, pas de décès à proprement parler et usages multiples. Il y a les lubrifiants, ça, c'est lourd. Mais elles sont robustes, ces nanas ! Une vraie ne pourrait faire que, disons, cinquante passes par jour, maximum, après elle s'effondre, alors qu'avec les autres il n'y a pas de limites.

— À moins d'un dysfonctionnement des mécanismes sanitaires », dit Derek.

Stan ramasse un bon de commande qui traîne sur l'une des tables de travail. C'est une liste codée, avec des lettres et des cases.

« Ça, c'est pour les expressions standard, explique Budge.

— C'est quoi C ? demande Stan.

— C'est pour Chaleureuse, lui répond Budge. Mais plutôt neutre, style hôtesse de l'air. T + H correspond à Timide et Hésitante, L et I à Lubrique et Impudique. R + B, Révoltée et Belliqueuse ; on pourrait croire qu'il n'y a pas trop de demandes pour ça, mais au contraire. Le V est pour Vierge, soit T + H avec quelques autres ajustements.

— Maintenant, ici, c'est le Customisation Plus, dit Tyler. C'est là que le client envoie sa photo et le type de morphologie choisie, puis le visage est sculpté pour ressembler à la photo. Ou le plus possible. Ce sont des commandes privées. Bien entendu, les célébrités décédées s'adressent aux lieux plus spécialement destinés aux loisirs. Il y en a des kyrielles à Vegas.

— C'est comme si tu avais la possibilité de te déchaîner chez Madame Tussauds, lâche Kevin. On a une grosse demande. »

Stan regarde avec curiosité les travaux personnalisés en cours. Des petites brunes sur une table, des rousses sur une autre. Là-bas, les blondes.

Et voilà la tête désincarnée de Charmaine, qui lève ses yeux bleus vers lui. Une photo d'elle est fixée à un support sur la table : il la reconnaît, elle a été prise à la plage pendant leur lune de miel, longtemps avant que rien de tout cela n'ait eu lieu. Il l'avait rangée dans son casier.

Mais lui n'est plus sur la photo. Il a été coupé. Et à l'endroit où il souriait et posait, torse en avant, biceps gonflés, il n'y a plus rien.

Un frisson lui parcourt l'échine. Qui est allé fouiller dans ses affaires ? Serait-il possible que Charmaine ait commandé une réplique de sa propre tête et l'ait éliminé de sa vie d'un coup de ciseaux ?

À qui demander ? Il jette un regard rapide autour de lui. L'ouvrier qui s'occupe de la tête de Charmaine est en pause-café. De toute façon, que saurait-il ? Les mecs ne font que suivre les instructions. Le bon de commande est scotché sur la table de travail ; l'expression cochée dans la case est T + H, avec un V en plus. En revanche, le nom du client est masqué à l'encre noire.

Du calme, se dit-il.

« Qui a commandé cette tête ? » demande-t-il d'un ton trop décontracté.

Budge le regarde droit dans les yeux. Est-ce une mise en garde ?

« Commande de prestige, explique-t-il. Ultraspéciale. On nous a recommandé d'être très méticuleux.

— C'est destiné au plus haut niveau, ajoute Kevin. Personnellement, ce n'est pas mon type – trop conventionnelle –, mais quelqu'un au sommet doit apprécier ce style.

— Les instructions réclament d'être super fidèle, dit Gary.

— On ne peut pas se permettre de foirer, renchérit Tyler.

— Ouais, pour celle-là, il va vraiment falloir traverser les tulipes sur la pointe des pieds, commente Budge en chantonnant "Tiptoe Through the Tulips". »

Tulipes. Sur la pointe des pieds. Budge le bienveillant avec sa bedaine serait son contact subversif ? Budge, qui ressemble au Joyeux de la tasse à café de Charmaine ? Ce n'est pas possible !

« Sur la pointe des pieds au milieu de quoi ? dit-il.

— Des tulipes, insiste Budge. C'est une vieille chanson. Tu n'étais pas né. »

Putain de merde. L'espion Budge, confirmé. *Il me faut vraiment un verre*, se dit Stan. *Et tout de suite, bordel !*

X | THÉRAPIE DE DEUIL

MAIN BALADEUSE

Charmaine s'assied sur la banquette arrière de la longue voiture confortable et silencieuse. À son côté, Ed, qui vient de l'aider à s'installer, a la main posée sur son coude habillé de noir.

« C'est tellement gentil d'être venu me chercher, lui dit-elle d'une voix chevrotante. En personne. »

Sa lèvre inférieure tremble vraiment, une larme roule vraiment de son œil. Elle la tamponne du bout de son gant en coton noir. Le contact de ce bout de gant a la douceur d'une patte de lapin.

Avant, Stan et elle ont eu une patte de lapin. Quand ils ont acheté leur voiture, ils l'ont trouvée dedans avec tout un paquet de vieux trucs. Stan voulait la jeter, mais Charmaine avait dit qu'ils feraient mieux de la garder parce qu'un lapin avait sacrifié sa vie pour leur porter bonheur. Quelle tristesse. *Le mascara*, se dit-elle : *est-ce qu'il coule ?* Mais, en un moment pareil, ce serait vulgaire de sortir son poudrier de sa pochette noire pour s'en assurer.

« C'est bien le moins que je pouvais faire », répond Ed.

À l'entendre, on le croirait presque timide. Il lui tapote le bras, d'un geste hésitant qui n'est pas loin de friser la familiarité. Sa voix est plus éteinte et nasillarde que lorsqu'on l'entend à la télé et lui-même est plus petit. Elle était assise la fois où il a délivré ce speech effrayant à Positron et où après il l'a complimentée sur le nounours bleu qu'elle était en train de tricoter ; il lui avait paru plus grand cette fois-là, mais il faut dire qu'elle levait les yeux. Il doit monter sur une petite caisse quand il vient à la télé leur parler de leurs progrès fantastiques et de la nécessité de vaincre tous ensemble les éléments subversifs. Mais, pour le moment, si quelqu'un regardait à travers la vitre, encore que ce ne serait pas possible vu que le verre est teinté, il ne pourrait jamais deviner qu'Ed est le big boss, le gros fromage, comme on dit, de Consilience. Le plus gros fromage.

Pourquoi appelle-t-on gros fromages les hommes influents ? se demande Charmaine ; elle a besoin de se changer les idées, n'a pas envie d'affronter le fait qu'il lui a de nouveau tapoté le bras et que, cette fois, sa main a plané avant de redescendre se poser juste en dessous de son coude. Jamais on ne dirait d'une femme, même très haut placée dans la hiérarchie, qu'elle est un gros fromage. Avec son côté doucereux, Ed ressemble à une sorte de fromage ; au fromage rond avec de la cire tout autour que les gamins adoraient avant. Ils faisaient du troc pour la cire. Elle était rouge et on pouvait l'enlever pour en faire de petites formes avec les mains, des chiens ou des canards. C'est la cire qui comptait ; le fromage venait en plus. Il n'était pas goûteux, mais au moins il n'était pas mauvais.

Peut-être qu'Ed serait comme ça au lit, songe-t-elle. Pas goûteux, mais pas mauvais non plus. Un truc dont on ne veut pas et qu'il faut accepter parce qu'il y a un truc qu'on veut vraiment. Il faudrait l'encourager, il faudrait l'aiguillonner. Respiration rapide, crescendos feints. Puis il y aurait sa gratitude, elle serait obligée de s'en débrouiller. Elle préférerait être celle qui éprouverait de la gratitude. Rien que de penser à tout ça la fatigue.

Jusqu'où pourrait-elle s'obliger à aller, en supposant qu'on en arrive là ? Parce que c'est ce qui se produira, si elle laisse faire. Elle en a bien conscience, vu le regard qu'Ed lui coule à présent, sorte de regard moite, écœurant, pieux. Vénération tissée de luxure secrète où se profile la ferme volonté d'arriver à ses fins. C'est un regard dangereux déguisé en gentillesse. Ils commencent par les cajoleries, mais si on ne fait pas ce qu'ils veulent, ils virent méchants.

Peu importe, se dit-elle. *Pense aux fleurs, tu es en sécurité à présent.* Sauf qu'elle n'est pas en sécurité. Peut-être personne ne l'est-il jamais. Tu cours à ta chambre, tu claques la porte, sauf qu'il n'y a pas de verrou.

« C'est vraiment le moins que nous puissions faire, répète Ed. Nous tenons à être là pour vous, dans ce grand deuil.

— Merci », murmure Charmaine.

Que faire de la main ? Elle ne peut pas la repousser ; ce serait grossier, en plus elle y perdrait l'avantage qu'elle lui donne. Non pas qu'elle en ait vraiment un, mais si, un peu, tant qu'elle ne l'offense pas, ni ne l'encourage. Et si elle prenait cette main entre les siennes et se mettait à pleurer ? Non, ça risquerait de l'exciter encore plus. Il serait peut-être capable de se jeter maladroitement sur elle. Impossible de subir ça avant les funérailles.

« Vous avez été courageuse, poursuit Ed. Vous avez été... loyale. Vous devez vous sentir très seule à présent, comme si vous n'aviez personne à qui vous confier.

— Oh, oui, reconnaît Charmaine. Je me sens très seule. »

Ce n'est pas un mensonge.

« Stan était tellement... »

Mais Ed n'a pas envie d'entendre parler de Stan.

« Nous voulons vous assurer que vous pouvez compter sur nous, sur nous tous à la Direction de Consilience. Si vous avez le moindre souci, le moindre problème, la moindre peur ou inquiétude que vous souhaitiez partager...

— Oh, oui. Merci. Ça me donne le sentiment d'être extrêmement... protégée », dit-elle en prenant une petite inspiration.

Tu parles qu'elle va partager ses peurs, surtout celles qu'elle éprouve en ce moment. Elle est en terrain miné. Les hommes puissants n'acceptent pas trop d'être rejetés. Ça peut déclencher de la fureur.

Pause.

« Vous pouvez compter sur... moi », continue Ed.

Pression de la main.

Quel culot, songe Charmaine, indignée. Faire des avances à une veuve – à une femme dont le mari vient de mourir héroïquement dans un tragique accident de poulet. Même si ce n'est pas le cas et même si Ed le sait. Il le sait et s'en servira comme d'une arme. Il lui soufflera à l'oreille la culpabilité qui la ronge pour avoir tué son mari, puis la prendra dans ses bras fromageux et plaquera sa bouche fromageuse sur la sienne, parce qu'elle a commis un crime abominable et que c'est ainsi qu'il compte la faire payer.

S'il essaie, je hurle, se dit Charmaine. Non, elle ne hurlera pas, car personne ne l'entendrait à part le chauffeur, qui a sûrement été dressé à ignorer tous les bruits venant de l'arrière. En plus, un hurlement laminerait totalement son avantage.

Que faire, comment agir? Elle ne peut lui donner l'impression qu'elle lui est acquise. S'il faut subir Ed, elle veillera à ce qu'il fasse un peu le beau. Ne serait-ce que pour la forme. Il faudrait qu'il y ait une négociation, comme lorsqu'on demande une augmentation de salaire, même si elle n'a jamais fait ça du temps où elle avait un vrai emploi, à la clinique des Souliers Rouges. Mais en supposant qu'il soit ouvert à la négociation, que pourrait-elle obtenir de lui en retour ?

Par chance, la voiture s'arrête le long du trottoir : ils sont à la chapelle funéraire. Ed retire sa main et quelqu'un, pas le chauffeur mais un homme en costume noir, ouvre la portière de son côté. Puis la portière de Charmaine s'ouvre et Ed l'aide à descendre. Il y a un rassemblement, la foule affiche cette expression morne, de poupées en tissu, qu'avaient les gens autrefois, à l'époque où on célébrait encore décemment les funérailles. À l'époque où les gens avaient encore de l'argent pour ça. Avant qu'on abandonne simplement les morts à leur sort.

Ed offre son bras à Charmaine dans son tailleur noir ajusté et la guide sur ses hauts talons instables au milieu de l'attroupement. Les gens se reculent pour la laisser passer : elle est sanctifiée par le deuil. Elle garde les yeux baissés, ne jette pas un seul coup d'œil alentour ni ne sourit, comme si elle était en proie à une profonde douleur.

Et elle *est* en proie à une profonde douleur. Vraiment.

CONTRÔLE DE QUALITÉ

« Au bout du couloir, dit Budge. Prochain arrêt, contrôle de qualité. Tiens bon, on a presque terminé. »

Il tapote l'épaule de Stan.

Ce doit être un signal. Stan réprime une violente envie de rire. Tout ce truc est dingue. La tête de

Charmaine ? Budge l'espion ? Ça ne s'invente pas. Il a du mal à prendre ça au sérieux. Mais ça l'est.

Le contrôle de qualité, explique Kevin, est l'endroit où on vérifie les aptitudes des corps avant de fixer les têtes. Il s'agit de tester les fonctions mécanique et numérique, ajoute Gary, surtout les torsions et la fluidité des mouvements du pelvis. Partout, ce ne sont que cuisses et abdomens en action, on croirait une installation d'art contemporain ; il y a des bruits de frottements réguliers et une odeur de plastique.

« Charlie, tu veux faire un tour de manège ? » propose Derek.

Stan se fait la réflexion que rien, au fond, ne l'excite moins que la vue d'une douzaine de corps en plastique, nus et désincarnés, mimant l'acte de copulation. Ça lui rappelle un peu les insectes.

« Une autre fois », répond-il.

Ils éclatent tous de rire.

« Ouais, c'est vrai, nous non plus ça ne nous branchait pas, avoue Tyler.

— Ils vont arranger l'odeur un peu plus tard, reprend Gary. Ils ajoutent des phéromones synthétiques et, après, on a le choix entre fleur d'oranger, rose, ylang-ylang, pudding au chocolat ou Old Spice.

— Moi, je dirais qu'au minimum on a besoin de la tête, déclare Budge. Ils les installent après que les corps ont été validés. C'est délicat, beaucoup de connexions neuronales ; si le corps est défectueux, tout ce boulot serait perdu. »

Stan regarde l'extrémité de la chaîne, à l'autre bout de la pièce : on jurerait une salle d'opération. Vifs éclairages de plafond, purificateurs d'air. Les gars portent même des cagoules et des masques de chirurgien.

« Pas question que des cheveux ou de la poussière s'infiltrent dans ces têtes, explique Derek. Ça pourrait perturber le temps de réponse. »

Ils se dirigent maintenant vers la garde-robe et les accessoires. Portants garnis – tenues de ville lambda, tailleurs stricts, cuirs, plumes, sequins et déguisements voyants ; et des étagères sur roulettes avec des tas de perruques différentes. Du temps des comédies musicales en Technicolor, c'est à cela que devaient ressembler les plateaux de tournage.

« Ici, nous avons les Rihanna et Oprah, dit Kevin. Et les princesses Diana. Là, il y a les James Dean, les Marlon Brando, les Denzel Washington et les Bill Clinton. Là-bas, c'est le rayon des Elvis. En général, les clients choisissent le modèle à la combinaison blanche, avec clous et paillettes, mais il y a d'autres options. La tenue noire aux broderies dorées, ça, c'est populaire. Mais pas avec les vieilles dames, elles, c'est la blanche qu'elles veulent.

— Et voici la section Marilyn, intervient Budge. Tu peux avoir cinq coiffures différentes et, pour l'habillement, tu as le choix aussi, selon le film. Là, c'est la robe rose de *Les hommes préfèrent les blondes* ; il y a le tailleur noir de *Niagara* et, là, le costume du groupe de jazz féminin de *Certains l'aiment chaud*...

— Où vont-ils, ceux-là ? s'enquiert Stan. Les Oprah. Ils sont tellement fanas d'Oprah aux Pays-Bas ?

— Tu l'as dit, il doit y avoir un fétichiste, réplique Derek.

— Nos plus gros clients sont les casinos, intervient Gary. Ceux d'Oklahoma, sauf qu'ils sont assez puritains là-bas. Alors que ce ne sont pas de vraies femmes et ainsi de suite. À Vegas, en revanche, c'est ce que tu veux, quand tu veux et ils sont pleins aux as. Eux, ils n'ont jamais connu les problèmes de la Rust Belt.

— En tout cas, pas les endroits haut de gamme, ajoute Budge. Ils ont des cargaisons de touristes étrangers, qui dépensent sans compter. Tu as les Russes, les millionnaires indiens, les Chinois, les Brésiliens.

— Pas de régulations, enchaîne Tyler. Tout est possible.

— Quoi que tu imagines, soit ça marche déjà, soit ça ne va pas tarder, poursuit Derek.

— De toute façon, il y a des tas d'Elvis et de Marilyn sur place. En chair et en os. Donc, les copies conformes se fondent parfaitement dans le décor.

— Et là-bas qu'est-ce qu'il y a ? » demande Stan.

Il a repéré une pleine cuve de nounours en tricot bleus.

« C'est pour les petits bots, dit Kevin. Ils ont soit la chemise de nuit blanche, soit le pyjama en flanelle. Ils sont présentés dans des draps en pilou et chacun d'eux est livré avec un nounours pour faire plus réaliste.

— C'est à gerber, proteste Stan.

— Je te comprends, admet Derek. Ouais, c'est à gerber. On est d'accord, on a eu la même réaction quand on est tombés sur cette gamme de produits. Mais ce ne sont pas des vrais.

— Va savoir ! Peut-être que ces bots protègent les vrais gamins d'un paquet de douleurs et de souffrances, suggère Kevin. Que ça tient les pervers à distance de la rue.

— Moi, j'achète pas ! proteste Stan. Ils s'en servent pour un galop d'essai, ils s'entraînent, puis ils... »

Ferme-la, se dit-il. *Te mêle pas de ça.*

« Mais des flopées de clients les achètent, si tu vois ce que je veux dire, renchérit Gary. Ça part comme des petits pains. Ce marché vertical rapporte énormément aux Possibilibots. Difficile de lutter contre les résultats financiers.

— Il y a des boulots en jeu, Charlie, ajoute Derek. Un paquet de boulots. Les mecs là-bas ont des factures à payer.

— C'est pas une raison », s'exclame Stan.

Tous le regardent avec attention maintenant, mais il s'entête.

« Comment pouvez-vous accepter ça ? Ce n'est pas bien !

— C'est l'heure de ton essai », lui lance Budge.

Il pousse Stan d'un petit coup sur l'épaule en direction de la sortie.

« Excusez-nous, les gars. J'ai tout préparé dans une des chambres d'essai. Il y a des choses qu'un homme a besoin de faire tout seul. »

Éclats de rire.

« Bon tour de manège », lui lance Derek.

Et Gary d'ajouter :

« Mégote pas sur le lubrifiant. »

« Par ici, dit Budge. Il ne reste plus grand-chose de la visite à proprement parler, sinon le transport. Il s'agit principalement de déplacer des caisses d'un endroit à l'autre ; elles sont déjà emballées et fermées quand elles arrivent au transport. Le transport, c'est mon département. Tu veux une bière ?

— Bien sûr », répond Stan.

Il a failli tout foirer avec les petits bots. Et les putains de nounours bleus. Quel est le pervers qui a eu une idée pareille ?

« Et le fameux essai ? demande-t-il.

— Laisse tomber. On a d'autres choses à faire. Les tulipes, par exemple.

— D'accord », dit Stan.

Est-il censé savoir ce que cela veut dire ?

« Par ici... c'est mon bureau. »

Ils entrent ; cubicule standard, bureau, deux chaises. Minibar : Budge en sort deux bières, les décapsule.

« Prends un siège. »

Il se penche par-dessus le bureau.

« Mon boulot, c'est de t'expédier. Toi et ta marchandise. Je ne connais ni le pourquoi ni le quoi-t-est-ce, donc pas la peine de demander.

— Merci, répond Stan, mais... »

Il a envie de l'interroger sur Charmaine, sur sa tête. Est-elle sous la menace d'un obsédé tordu ? Si c'est ça, il ne peut pas quitter Positron. Il ne va pas l'abandonner.

« Inutile de me remercier. Je ne suis qu'un mercenaire, je fais ce qu'on me dit de faire. Les transferts de personnes, c'est une de nos spécialités. »

Il n'a plus du tout l'air d'un tonton bienveillant : il a l'air efficace.

« Moi, par exemple. Pour me faire rentrer ici, ils m'ont collé dans une caisse remplie de torses, avec la pièce d'identité idoine. Ça a bien marché. Mais, dans ton cas, c'est la première fois qu'on essaie de faire sortir quelqu'un.

— C'est qui ce "on" ? demande Stan. Tu parles de Jocelyn ?

— Premièrement, de ton frère Conor. On se connaît depuis des lustres. On a fait un peu de taule ensemble quand on était gamins.

— Conor ! Comment il s'est débrouillé pour se retrouver mêlé à ce truc-là ? »

Putain ! On peut faire confiance à Conor. Ce qu'il ne fait pas. Il repense à l'élégante voiture noire devant le parking des camping-cars, la fois où il était allé le voir. C'est qui le PayPal, le tiroir-caisse ?

« C'est comme pour tout, réplique Budge. Nous, on reçoit un appel, on passe un deal. On a la réputation de respecter nos engagements. De faire ce pour quoi on nous paye.

— Ça t'ennuie si je te demande qui t'a payé ?

— Secret, répond Budge en souriant. Donc, voici le plan. On te met dans une tenue Elvis, puis dans une caisse d'expédition pour bot. Elvis, c'est ce qui se rapproche le plus de ta taille.

— Une minute ! Tu veux que je sois un sexbot ? Tu joues au maquereau avec moi ? Bordel, pas question...

— Ce n'est que pour la partie expédition. Il n'y a pas tellement d'options. Tu ne peux pas sortir d'ici à pied. Et ils vérifient tous les véhicules de la Direction et comparent les données biométriques. N'oublie pas que ton pedigree traîne encore dans les fichiers, même s'ils te croient mort. Mais, dans la caisse d'expédition et devant un regard négligent...

— Je ne ressemble pas à Elvis !

— Attends qu'on ajoute la tenue et les dernières touches ! En plus, ce n'est pas au vrai Elvis qu'il faut que tu ressembles, mais aux sosies d'Elvis. Ce n'est pas la mer à boire.

— Qu'est-ce que je fais quand j'arrive à destination ?

— Tu auras un guide pour t'accompagner, lui explique Budge. Elle t'aidera.

— Elle ? Les seules femmes que j'ai vues ici étaient en plastique.

— Les prostibots ne sont qu'une des solutions commercialisées par Possibilibots. Il y a quelque chose de bien plus avancé. »

Budge consulte sa montre.

« Allons-y. »

Ils sortent dans le couloir qui décrit un coude, puis un autre. Autres peintures de fruits encadrés : une mangue, un kumquat. Les fruits, à ce qu'il remarque, deviennent de plus en plus exotiques.

« Les bots ne peuvent pas soutenir une vraie conversation, reprend Budge. Même les plus performants. On n'a pas encore la technique aujourd'hui. En revanche, plus haut dans l'échelle des revenus, le client veut quelque chose qu'il pourra exhiber devant ses amis ; quelque chose qui ait moins l'air, qui ait moins...

— Le look d'une escort zombie ? » suggère Stan.

Où Budge veut-il en venir ?

« Attends que je t'explique, enchaîne Budge. Imagine que tu puisses customiser un être humain par le biais d'une intervention cérébrale.

— Comment ça ?

— Ils utilisent des lasers. Et ils sont capables d'effacer tous les liens que tu as pu avoir avant. À son réveil, le sujet fixe dans son esprit l'empreinte de la première personne qu'il voit. Le syndrome du caneton.

— Putain !

— Donc, en synthèse : tu te choisis une poulette, tu la soumets à cette opération, tu te plantes devant son lit quand elle ouvre les yeux et elle est à toi *ad vitam aeternam*, toujours docile, toujours prête, quoi que tu fasses. Comme ça, personne ne se sent exploité.

— Attends une minute, proteste Stan. Personne n'est exploité ?

— J'ai dit, personne ne se sent exploité. Il y a une nuance.

— Les femmes marchent là-dedans ? dans cette opération cérébrale ?

— Elles ne marchent pas, pas exactement. Disons qu'elles s'adaptent, une fois réveillées. Comme ça, il y a plus de liberté de choix. Les clients ne voudraient sans doute pas de quelqu'un qui s'engagerait délibérément là-dedans sous le coup du désespoir.

— Donc, ils kidnappent des gens ? insiste Stan.

— Je n'ai pas dit que je validais, réplique Budge.

— C'est... »

Stan ne sait pas s'il doit dire *infect* ou *génial*.

« Ces femmes, elles ne... elles ne se posent pas de questions sur leur vie d'avant ? Est-ce qu'elles n'en veulent pas...

— Non, si le job au laser a été fait par un professionnel. Mais on en est encore au stade expérimental.

La technique n'est pas encore totalement au point. Certains clients sont quand même prêts à courir le risque, mais il y a eu quelques bavures.

— Par exemple ?

— Tu verras lorsque tu rencontreras ton guide. Elle n'a pas tourné comme prévu. Du coup, ils ont hérité d'un client super fumasse. Mais il avait accepté les conditions générales, il connaissait les risques.

— Qu'est-ce qui a cloché ? » demande Stan.

Déjà, il imagine. Elle veut baiser avec des macchabées, ou des clébards ou quoi ?

« Un mauvais timing, explique Budge. Mais, du coup, on a une opératrice idéale, parce que jamais un homme ne la distraira.

— Et c'est quoi qui peut la distraire alors ? »

Budge s'arrête devant une porte, toque, puis l'ouvre avec sa carte magnétique.

« Après toi. »

SACRIFICE

La chapelle funéraire vise l'universel. Pas de croix ou autres, mais deux gigantesques mains jointes et la photo d'un lever de soleil. Les couleurs dominantes sont le bleu pastel et le blanc, dans le style Wedgwood des tasses de thé de mémé Win. Il y a d'énormes amoncellements de fleurs blanches : ils n'ont pas lésiné.

La chapelle est pleine à craquer. Les femmes de la boulangerie où Charmaine travaille quand elle n'est pas en prison sont là, de même que les groupes de tricot – son groupe de départ et l'autre qu'elle connaît à peine. Ils ont dû leur accorder des laissez-passer pour sortir de Positron et assister aux funérailles. Un bon nombre d'entre elles portent des chapeaux noirs – bérets, grosses crêpes, cloches revues et corrigées –, donc, côté chapeau, elle a fait le bon choix.

Il y a pas mal de collègues de Stan du dépôt de scooters. Ils la saluent d'un hochement de tête plein de respect parce qu'elle est la veuve, mais s'y ajoute une autre strate. Ce doit être la présence d'Ed, qui a glissé le bras sous le sien et lui fait prudemment, respectueusement remonter la travée. Il l'installe sur le premier banc, puis s'assied à côté d'elle. Sa cuisse ne touche pas la sienne, Dieu merci, mais elle est quand même trop proche.

Aurora est assise à sa gauche, tandis que la femme de la Surveillance, coiffée d'un bibi, est à la droite d'Ed. Elle ressemble un peu à Jackie Kennedy.

Et, à la droite de celle-ci, il y a Max. Charmaine sent un mince filament d'air surchauffé entre eux, incandescent comme à l'intérieur des ampoules d'avant. Il le sent aussi. Il doit le sentir.

Ne pense pas à ça, se dit-elle. *C'est une illusion. Tu es en deuil.*

La chapelle possède des bancs avec agenouilloir pliable au cas où le défunt aurait une famille qui s'agenouille. Charmaine n'a pas été élevée dans cette tradition, mais là elle aimerait bien pouvoir s'agenouiller – poser les mains sur le dossier du banc devant elle, puis appuyer son front sur ses mains, comme sous l'effet du désespoir. Ainsi pourrait-elle juste zapper, ce qui l'aiderait à supporter jusqu'au bout ces funérailles bidons. Ou bien elle pourrait en profiter pour réfléchir à ce qu'elle va faire si Ed se met à la draguer ouvertement et à poser la main sur sa cuisse, par exemple. Malheureusement, elle ne peut pas s'agenouiller parce qu'elle est au premier rang. Il faut qu'elle reste assise, bien droite, et qu'elle se comporte dignement. Elle redresse les épaules.

À présent, l'orgue résonne, c'est une sorte d'hymne. S'ils passent « You'll Never Walk Alone », *Jamais tu ne marcheras seule*, comme dans certaines des funérailles qu'on voit à la télé de Consilience, elle ne sait pas si elle le supportera. Elle marche seule, le restera. Une larme lui vient.

Serre les dents. Fais comme si tu étais chez le coiffeur, lui souffle la petite voix.

Le cercueil est fermé, à cause des brûlures atroces que Stan est censé avoir subies en se jetant sur l'interrupteur principal défectueux, puis quand le courant lui est passé à travers le corps. C'est ce qu'ils ont raconté aux informations, mais en réalité le cercueil est fermé parce que Stan n'est pas dedans. Elle se demande ce qu'ils ont fait de lui et ce qu'ils ont mis à la place. Sans doute de vieux choux ou des sacs de tonte de gazon : des trucs ayant le poids et le côté flasque qu'il faut. Mais pourquoi devrait-il y avoir quoi que ce soit dedans ? Personne n'ira regarder à l'intérieur.

Et si elle les provoquait ? Si elle disait : *Je veux revoir mon Stan chéri une dernière fois* ? Si elle faisait une scène, qu'elle se jette sur le cercueil, qu'elle exige qu'ils retirent le couvercle ? Puis, devant leur refus, elle pourrait se tourner vers la congrégation et expliquer ce qui se passe vraiment : *Des innocents sont tués ! Comme Sandi ! Comme Stan ! Et il doit y en avoir des dizaines d'autres...* mais ils la neutraliseraient en un rien de temps et l'éloigneraient afin qu'elle se calme, après tout le chagrin lui aura fait perdre la tête. Et après, ils la bifferaient, exactement comme Stan. *Oh, Stan...*

Zut, encore des larmes. Aurora lui presse la main afin de lui exprimer son soutien. Ed la tapote ; encore une minute et il va glisser le bras autour d'elle. Du noir tache son mouchoir blanc : le mascara.

« Ça va », parvient-elle à articuler dans un demi-chuchotement pantelant.

Voici maintenant qu'intervient une soliste, une femme du groupe de tricot de Charmaine, le second. Le visage empreint d'une solennité de soprano, elle gonfle les poumons, pointe ses loches bâchées de fanfreluches noires et ouvre le bec. Ça va être affreux, car Charmaine reconnaît la mélodie de l'organiste : « Cry Me a River ». La bonne femme chante rudement faux. Charmaine enfouit son visage dans ses mains gantées pour ne pas éclater de rire. *On ne craque pas*, se dit-elle résolument.

La soprano a terminé, Dieu merci. Une fois que s'estompent bruissements et petites toux, un des collègues de scooter de Stan délivre un discours de la part de ce qu'il appelle l'équipe de Stan. Tête baissée, raclant des pieds. *Un mec formidable, Stan ; ne s'est pas défilé, fier de lui, s'est sacrifié pour nous tous, il nous manque*. Charmaine plaint le malheureux qui a pris la parole, parce qu'on le trompe. Comme tout le monde.

Puis Ed se décolle de son bras, rajuste sa cravate et se dirige vers l'estrade. Il s'éclaircit la gorge et déverse sa voix de télé, chaude, rassurante, forte et crédible. Charmaine la reçoit par phases sonores, à la façon d'un CD rayé. *Rassemblés dysfonctionnement regrettable sacré déplorable admirable courageux impérissable héroïque éternel*. Puis, *associé deuil épouse assistance espoir communauté*.

Si elle ne connaissait pas la vérité, Charmaine n'éprouverait pas l'ombre d'un doute. Plus que persuadée, elle serait subjuguée. *Dépêche-toi donc de finir, espèce de brasseur de vent*, lance-t-elle à Ed par la pensée.

Maintenant, six gars de l'équipe de Stan s'avancent. Ils descendent l'allée centrale avec le cercueil. Et la musique entonne : « Side by Side ».

C'est insupportable, songe Charmaine. Pour ce voyage, on aurait dû être tous les deux, Stan et moi, comme on faisait par n'importe quel temps, même dans notre vieille bagnole puante, du moment qu'on était ensemble. Relarmes.

« Levez-vous, lui souffle Aurora. Il faut que vous suiviez le cercueil.

— Je ne peux pas, je n'y vois rien, répond Charmaine, pantelante.

— Je vous aiderai. Debout ! Les gens vont vouloir vous présenter leurs respects à la réception. »

Réception. Sandwiches aux œufs et à la salade, sans croûtes. Roulés aux asperges. Carrés au citron.

« À moi ? Leurs respects ? »

Charmaine refoule un sanglot. Il ne manquerait plus que ça, une crise d'hystérie.

« Je ne pourrai pas, je ne pourrai rien manger ! »

Pourquoi la mort ouvre-t-elle tellement l'appétit aux gens ?

« Inspirez profondément, lui conseille Aurora. C'est mieux. Vous leur serrerez la main et vous sourirez, ils n'attendent pas autre chose. Puis je vous raccompagnerai à la maison et nous discuterons de votre thérapie. Consilience en offre toujours une après un deuil.

— Je n'ai pas besoin de thérapie ! »

Charmaine crie presque.

« Oh, mais si, répond Aurora avec sa compassion feinte. Moi, je pense que vous en avez vraiment besoin. »

Nous verrons, se dit Charmaine. Elle commence à descendre l'allée, la main d'Aurora sur son coude afin de préserver son équilibre. Ed a réapparu et l'escorte de l'autre côté, son bras collé sur son dos, une vraie pieuvre.

SOMPTUEUSE

Budge ouvre la porte et s'efface devant Stan. La pièce dans laquelle ils pénètrent rappelle étonnamment des décors d'antan, tels que Stan n'en a pas vu depuis bien longtemps. Le club de golf de Robotique Exquise possédait un bar dans cet esprit. Murs lambrissés, rideaux tombant jusqu'à terre, tapis orientaux. Un feu brûle dans la cheminée, ou un quasi-feu : au gaz, peut-être. Devant trône un canapé en similicuir.

Assise sur le canapé se trouve l'une des femmes les plus somptueuses que Stan ait jamais vues. Longues jambes déployées, cheveux noir de jais lui arrivant aux épaules ; loches parfaites, dont on aperçoit juste le haut. Elle porte un simple fourreau noir, un rang de perles. *Quelle nana bandante et classieuse*, se dit Stan.

Elle lui sourit, d'un sourire neutre qu'elle pourrait adresser à un chiot ou à une très vieille tata. On ne perçoit chez elle aucune charge émotionnelle, aucune sensualité.

« Stan, j'aimerais te présenter Veronica, dit Budge. Veronica, je te présente Stan.

— Veronica », répète Stan.

Est-ce la même Veronica ? La pute de chez PixelDust, dont Charmaine lui disait que ce n'était pas vraiment son amie ? Si c'est ça, elle a eu un sacré relooking. Elle était jolie avant, mais aujourd'hui elle est à tomber.

« On se connaît ? demande-t-il, puis il se fait l'effet d'être stupide, vu que tous les mecs qu'elle rencontre doivent lui poser la même question.

— C'est possible, répond Veronica, mais le passé n'est plus valable. »

Elle lui tend la main. Ongles manucurés, bordeaux. Montre de prix, Rolex. Paume fraîche. Elle lui décoche un sourire LED : lumineux, mais chaleur zéro.

« À ce que je comprends, je t'emmène de l'autre côté. »

Stan hoche la tête. *Emmène-moi où tu veux*, songe-t-il. C'est comme ça qu'il imaginait Jasmine avant – Jasmine, le fantasme mortel. Là, il faut qu'il fasse gaffe, qu'il ne se laisse pas embarquer par ses gonades. *Toi, écoute*, ordonne-t-il en silence à sa bite. *Bronche pas.*

« Assieds-toi, bois quelque chose, lui propose Veronica.

— Tu vis ici ? demande Stan.

— Vivre ? »

Elle hausse un sourcil parfait en arc de cercle.

« C'est la suite Lune de miel, explique Budge. Ou disons l'une d'entre elles. C'est là que les individus customisés rencontrent pour la première fois leur... leur...

— Leur propriétaire, achève Veronica dans un rire de métal précieux. En principe, ce doit être le désir au premier regard pour les gens, les gens comme moi, mais, dans mon cas, ils se sont ramassés. Le bonhomme a débarqué pour récolter les fruits de son investissement et il n'y avait rien.

— Rien ? » répète Stan.

Pourquoi n'est-elle pas fâchée ? Mais Budge a dit qu'elles ne l'étaient pas, du moins pas au point que ça se remarque. Apparemment, elles ne regrettent pas ce qu'elles ont perdu.

« Aucune étincelle entre nous. Rien de rien. Il était furieux, mais je n'y pouvais rien. Consilience lui a offert de choisir entre un remboursement et une seconde option. Il est toujours en train d'y réfléchir.

— Impossible de réintervenir sur Veronica, explique Budge. Trop dangereux. Elle risquerait d'en ressortir en bavant.

— Il ne voulait que moi, poursuit Veronica en haussant les épaules. Mais je ne peux pas. Ce n'était pas de ma faute.

— C'est à cause d'une infirmière idiote et bien intentionnée, continue Budge. La photo du mec était là, comme prévu, au cas où il aurait été retenu dans un meeting. Mais l'infirmière a filé un nounours à Veronica. Comme si c'était une gamine.

— Ma tête était tournée vers lui, c'est donc lui que j'ai vu en premier. Ses deux yeux splendides étaient plongés dans les miens. »

Cet accident ne semble pas l'ennuyer.

« Par chance, je peux emmener mon amour partout où je vais. Je le range dans ce cabas, juste là. Je te le montrerais volontiers, mais je risque de ne plus me dominer. Le simple fait de parler de lui m'excite à un point inimaginable.

— Mais, bredouille Stan. Tu es si belle ! »

Est-ce que c'est une blague ? Est-ce que ces deux-là lui racontent des craques ou quoi ? Sinon, quel gâchis !

« As-tu essayé... ?

— Un autre homme ? Malheureusement, c'est inutile, répond Veronica. Quand il s'agit de vrais hommes en chair et en os, je suis carrément frigide. Rien que de penser à eux de cette façon me déclenche de vagues nausées. C'était programmé comme ça quand ils m'ont opérée.

— Mais c'est une maligne, déclare Budge. Efficace en cas d'urgence et le coup de pied super rapide. En plus, elle respecte les ordres, tant qu'il n'est pas question de sexe. Tu seras donc en de bonnes mains.

— Et je ne te violerai pas », ajoute Veronica avec un doux sourire.

Quel dommage !

« Ça te dérange si je regarde ? » demande-t-il poliment en désignant le cabas noir.

Il a une terrible envie de voir ce qu'il considère déjà comme son rival.

« Pas de souci, lui répond Veronica. Je t'en prie. Tu vas rire. Je sais que tu ne me crois pas, mais cette histoire est vraie. Alors, je te le répète : pas la peine de nourrir le moindre espoir à mon sujet. Je n'ai pas du tout envie de te les briser menu menu. »

Le relooking n'est pas si complet que ça, se dit Stan. *Elle a toujours la gouaille de la rue.*

Le cabas a une fermeture Éclair. Stan l'ouvre. À l'intérieur, un nounours en tricot bleu le fixe de ses yeux ronds et vides.

THÉRAPIE DE DEUIL

Charmaine traverse tant bien que mal l'épreuve de la réception et des condoléances. Elle réchappe à la foule des gens, aux poignées de main, aux regards entendus, aux caresses sur le bras et même aux embrassades de ses deux groupes de tricot de nounours. Le second groupe lui parlait du bout des lèvres, comme si elle avait fait quelque chose de mal ; mais maintenant qu'elle a *fait* quelque chose de mal, elles sont toutes gnangnan et bisous bisous, avec une haleine de sandwich aux œufs et à la salade. Ce qui prouve bien..., comme aurait dit mémé Win. Mais qu'est-ce que ça prouve ? Que les gens se racontent des histoires ?

On est tellement désolées pour toi. Cassez-vous ! a envie de beugler Charmaine. Mais elle sourit faiblement et dit à chacune : *Oh, merci. Merci pour tout votre soutien.* Y compris quand j'en avais vraiment besoin et que vous m'avez traitée comme de la crotte.

À présent, elles sont dans la voiture d'Aurora, où celle-ci est installée à l'avant, tandis que Charmaine mange le roulé aux asperges qu'elle a enveloppé dans une serviette en papier et fourré dans sa pochette quand personne ne regardait, parce qu'il faut qu'elle garde des forces malgré tout. Puis, elles sont chez Charmaine, Aurora retire son chapeau noir peu flatteur devant le miroir du hall. Et elle dit : « Mettons-nous à l'aise et débarrassons-nous de nos chaussures. Je vais préparer du thé et ensuite nous pourrons commencer votre thérapie. » Elle sourit avec son visage tiré. L'espace d'un fugace moment, elle paraît effrayée ; mais de quoi faudrait-il qu'elle soit effrayée ? De rien. Contrairement à Charmaine.

« Je n'ai pas besoin de thérapie », marmonne Charmaine d'un ton maussade. Elle a l'impression de ne pas avoir de corps et d'être déséquilibrée en prime, comme si le sol penchait. Elle s'avance jusqu'au canapé en chancelant sur ces hauts talons et se laisse choir. Plutôt crever que de permettre à ces méchants faux-jetons de piloter sa thérapie de deuil. Sur quoi voudraient-ils thérapiser ? Sur la manière dont Stan est censé être mort ou sur la manière dont il est vraiment mort ? Dans un cas comme dans l'autre, ce serait une sacrée prise de tête.

« Croyez-moi, ça vous fera du bien », déclare Aurora en disparaissant dans la cuisine.

Elle va glisser une pilule dans mon thé, songe Charmaine. *Elle va effacer mes souvenirs, c'est sûrement leur conception de la thérapie en question.* Dans la cuisine, la radio s'allume : « Happy Days Are Here Again », Les jours heureux sont de retour. Charmaine sent sa nuque la picoter : ils passent ça délibérément ? Savent-ils qu'elle fredonne toujours ses mélodies préférées, celles qu'elle trouve entraînantes, quand elle se prépare à accomplir une Procédure ?

Aurora fait son entrée en chaussettes et chargée d'un plateau sur lequel sont posées une assiette de biscuits à l'avoine et trois tasses. Pas deux, trois. Charmaine se sent glacée de la tête aux pieds : qui est dans la cuisine ?

« Voilà, déclare Aurora. Un thé entre filles ! »

La femme de la Surveillance sort de la cuisine d'un pas nonchalant. Elle tient un nounours en tricot bleu à la main. Elle a une expression... comment ? Sarcastique, aurait dit Charmaine avant. En fait, c'est plutôt inquisitrice. Mais elle le cache.

« Que faites-vous dans ma cuisine ? » s'écrie Charmaine.

Elle est tellement outrée que sa voix grimpe dans les aigus. Franchement, c'est trop ! Une invasion de sa vie privée ! *Calme-toi*, se dit-elle : *cette femme pourrait t'oblitérer d'un seul mot.*

« À dire vrai, un mois sur deux, c'est ma cuisine, réplique la femme. Je m'appelle Jocelyn. Et lorsque je ne travaille pas à Positron, c'est ici que je vis.

— Jocelyn ? Vous êtes mon Alternante ? Donc, vous êtes... »

Oh non.

« La femme de Max ! Ou de Phil ou quel que soit...

— Peut-être serait-il préférable que nous commencions par prendre notre thé, suggère Aurora, avant d'en venir au...

— Peu importe qui est la femme de qui, rétorque Jocelyn. On n'a pas de temps à perdre avec des embrouilles de radada. J'ai besoin que vous écoutiez très attentivement ce que je m'apprête à vous dire. De nombreuses vies en dépendent. »

Elle lance à Charmaine un regard sévère de prof de gym.

Seigneur, songe Charmaine. *Qu'est-ce que j'ai encore fait ?*

« Tout d'abord, Stan n'est pas mort, lui annonce Jocelyn.

— Mais si ! proteste Charmaine. C'est un mensonge ! Je le sais ! Il est forcément mort !

— Vous croyez l'avoir tué, réplique Jocelyn.

— Vous me l'avez demandé.

— Je vous ai demandé d'exécuter la Procédure spéciale, insiste Jocelyn, et vous avez obéi. Merci pour votre geste et votre surréaction ; ça a été très utile.

Mais la formule que vous lui avez administrée n'a provoqué qu'une perte de conscience temporaire. Stan est à présent en sécurité dans un bâtiment adjacent à la prison Positron, en attendant des instructions supplémentaires.

— Vous mentez encore une fois ! s'exclame Charmaine. S'il est vivant, pourquoi m'avoir obligée à subir tout le cirque des funérailles ?

— Il fallait que votre chagrin soit authentique. À l'heure actuelle, les techniques de reconnaissance des expressions faciales sont extrêmement précises. Nous avions besoin que les gens qui vous observaient ne puissent pas douter une seconde de la mort de Stan. Il n'y a que comme ça qu'il peut être efficace. »

Comment ça, efficace ? s'interroge Charmaine.

« Je ne vous crois pas et c'est tout ! » décrète-t-elle.

Est-ce un papillon d'espoir qui frémit quelque part en elle ?

« Écoutez une minute. Il vous a envoyé un message », poursuit Jocelyn.

Elle tripote le nounours bleu et la voix de Stan s'élève alors : *Salut, chérie, c'est Stan. Ça va, je suis vivant. Ils vont te faire sortir, on pourra se retrouver, mais il faut que tu aies confiance en eux, il faut que tu fasses ce qu'ils disent. Je t'aime.* La voix nasille un peu et paraît très lointaine. Un cliquetis s'ensuit.

Charmaine est stupéfaite. C'est forcément un montage ! Mais si c'est vraiment Stan, comment croire qu'on l'ait autorisé à parler en son nom propre ? Elle l'imagine, contraint d'enregistrer ce message, le canon d'une arme braqué sur sa tête.

« Repassez-le, demande-t-elle.

— Il s'est effacé automatiquement », lui répond Jocelyn.

Elle a sorti un petit truc carré du nounours et l'écrase sous son talon.

« Question de sécurité. On ne voudrait pas se faire prendre avec un nounours qui pourrait nous attirer des ennuis. Alors, allez-vous aider Stan ?

— Aider Stan à quoi faire ? s'enquiert Charmaine.

— Vous n'avez pas besoin de le savoir pour le moment, riposte Jocelyn. Stan vous le dira quand nous vous aurons fait sortir. En tout cas quand vous serez suffisamment loin.

— Mais il sait que je l'ai tué », gémit Charmaine qui recommence à renifler.

Même s'ils se retrouvent en dehors de Positron, comment pourra-t-il jamais lui pardonner ?

« Je lui dirai que vous saviez que ce n'était pas une drogue mortelle, déclare Jocelyn. Mais bon, je peux toujours me dédire, après quoi il vous haïra et vous risquez de rester enfermée ici jusqu'à la fin des temps. Ed, le grand manitou, bande pour vous et ne se contentera pas longtemps de vos petits rires. Il est en train de se faire faire un sexbot à votre image.

— De se faire faire quoi ?

— Un sexbot. Un robot sexuel. Ils ont déjà sculpté votre visage ; après, ils ajouteront le corps.

— Ils ne peuvent pas faire ça ! s'insurge Charmaine. Sans même me demander mon avis !

— En fait, si, rétorque Jocelyn. Mais une fois qu'il se sera entraîné dessus, il voudra du vrai de vrai. Finalement, si tant est que l'on puisse tirer un enseignement de l'histoire des gros bonnets – pensez à Henri VIII –, il se lassera de vous et, alors, où finirez-vous ? Du mauvais côté de la Procédure, à mon avis.

— C'est tellement mesquin, se lamente Charmaine. Que suis-je censée décider ?

— Vous pouvez rester ici à la merci d'Ed ou bien tenter votre chance avec nous et ensuite avec Stan. L'un ou l'autre. »

Jocelyn prend une bouchée de son biscuit tout en observant Charmaine.

C'est épouvantable, songe cette dernière. Un sexbot à son image ! Que c'est répugnant. Ed doit être cinglé ; et, malgré son message, Stan doit être absolument furieux contre elle. Pourquoi faut-il qu'elle choisisse entre deux trucs aussi flippants l'un que l'autre ?

« Qu'est-ce que vous voulez que je fasse ? » demande-t-elle.

Ce qu'elles veulent d'elle est simple. Elles veulent qu'elle fasse des mamours à Ed, qu'elle se rapproche de lui mais pas trop – pas question d'oublier qu'elle est une veuve de fraîche date –, puis qu'elle rapporte tout ce qu'il dit et signale tout ce sur quoi elle peut tomber, dans les tiroirs de son bureau par exemple, dans sa sacoche ou peut-être sur son portable, s'il se montre négligent ; et cette partie-là – la partie négligente –, ce sera à elle de s'en occuper. À elle de l'encourager à penser avec sa queue, appendice pas notoirement connu pour ses capacités intellectuelles. Ça, c'est pour le court terme, et le court terme, c'est tout ce qu'on lui demande, pour le moment. Enfin, d'après Jocelyn.

« Est-ce qu'il faut que je..., vous voyez, bredouille Charmaine. Que j'aille jusqu'au bout ? »

Qu'Ed puisse ramper sur son corps nu lui provoque une vague nausée.

« Absolument pas. C'est d'ailleurs crucial. Il faut que vous retardiez les choses, lui conseille Jocelyn. S'il se montre trop insistant, dites-lui que vous n'êtes pas encore prête. Vous pouvez plaider le chagrin pendant un petit moment encore. Il est entré en scène au moment de la mort de Stan, donc il comprendra. Il approuvera même. Il n'a jamais vu les vidéos de Phil – j'y ai veillé –, il vous prend donc pour quelqu'un d'honnête. Ça explique en partie son obsession à votre sujet :

c'est tellement dur de trouver une femme honnête de nos jours. »

Est-ce un tic, un quasi-sourire ?

« Si vous refusez de nous aider, nous pourrions lui montrer les vidéos. Il aurait une réaction diamétralement opposée. Au mieux, il se sentirait trahi. »

Charmaine rougit. Elle *est* honnête, c'est juste que... avec Max, ce n'était pas son vrai moi, impossible. Peut-être pratiquait-il une forme d'hypnose sur elle. Les choses qu'il lui faisait dire... tout a été enregistré. C'est du chantage !

« D'accord, marmonne-t-elle à contrecœur. J'essaierai.

— Sage décision, déclare Aurora. Je suis sûre que vous vous en apercevrez avec le temps. Vous allez m'aider – vous allez nous aider – plus que vous ne le pensez. Tenez, prenez un petit biscuit. »

COSTUMES

Dans la pièce de Possibilibots où Budge l'a caché, Stan somnole par intermittence. Il rêve de nounours bleus : ils sont de l'autre côté de la fenêtre et le regardent. Ils grimpent sur le rebord, s'agitent de manière suggestive, le fixent de leurs yeux ronds inexpressifs. À présent, ils se moquent de lui et découvrent des rangées de dents pointues. Par la fenêtre à moitié ouverte, ils se faufilent dans la pièce et sautent sur son lit...

Il se réveille en sursaut et étouffe un cri, mais ce n'est que Veronica qui le secoue par le bras.

« Dépêche-toi. »

Elle a de mauvaises nouvelles : dans le bureau d'Ed, les services informatiques ont découvert qu'on a copié des fichiers extrêmement importants. Ce doit être les documents que Stan va emporter sur la clé USB. Il va forcément y avoir une méchante fouille dans la matinée. Par chance, Possibilibots vient de recevoir une commande urgente : à trois heures du matin, cinq Elvis partent pour Vegas et il sera du lot. Budge et elle ont tout préparé dans le département du transport, il faut qu'il rapplique au trot.

Il enfile ses vêtements et la suit. Elle porte un jean et un T-shirt, vêtements assez banals, pourtant, sur elle, on dirait de la soie. *La vie est injuste*, songe-t-il en la regardant onduler dans les couloirs.

Elle est munie des bonnes cartes d'accès et lui fait franchir une succession de portes menant au transport.

« Tu trouveras tout ce qu'il te faut dans les toilettes pour hommes, lui explique-t-elle. Moi, je serai chez les femmes, pour mettre ma tenue.

— Tu m'accompagnes à Vegas ? demande-t-il sottement.

— Bien sûr. Je suis ton gorille, tu te rappelles ? »

Ils n'ont pas beaucoup de temps. Le costume d'Elvis est accroché dans un des cabinets. Stan l'enfile comme avec un chausse-pied : il est trop petit d'une demi-taille. Se pourrait-il qu'il ait pris tant de poids avec la bière Positron, ou bien est-ce un fétichiste de bondage qui a choisi cette fichue tenue pour lui ? Les jambes de la combinaison blanche à pattes d'éph le boudinent, les chaussures à semelles compensées lui serrent les orteils et c'est à peine si la ceinture avec la grosse boucle argent et turquoise fait le tour de sa taille. Il portait une gaine, Elvis, ou quoi ? Il devait souffrir en permanence d'un problème de bite comprimée. Quant à la veste, agrémentée d'une petite cape, elle est constellée de clous et de paillettes ; le col pointe comme sur la cape de Dracula, les rembourrages des épaules sont grotesques.

La perruque noire glisse – une sorte de synthétique –, mais il réussit à la poser sur ses cheveux. Son crâne va cuire là-dessous. Les sourcils adhèrent assez facilement, les favoris moins ; il doit s'y reprendre à deux fois. Il se poudre avec le pinceau qu'on lui a fourni : bronzage instantané. On dirait Halloween, quand il était gamin. C'est sans doute un boulot merdique, mais qui va le voir ? Avec un peu de chance, personne.

Ne reste plus que les grosses bagues – il les garde pour la fin – ainsi que les fausses lèvres, celle du haut et celle du bas, accompagnées de leur propre Instaglue. Ce n'est pas un total succès ; les lèvres n'ont pas l'air très fiables, mais, bon, elles collent.

Il pose devant le miroir, affiche un sourire en coin ; pourtant, il n'a pas tellement besoin de sourire, les lèvres s'en chargent d'elles-mêmes. En dessous, les siennes sont à moitié paralysées. Il remue ses nouveaux sourcils noirs, rejette la tête en arrière, se lisse les cheveux.

« Alors, beau gosse, murmure-t-il. On est ressuscité d'entre les morts ? »

Les fausses lèvres sont difficiles à manœuvrer, mais il va prendre le coup. Curieusement, il ressemble en effet un peu à Elvis. *Est-ce tout ce à quoi on se résume ?* se dit-il. *Une tenue facilement reconnaissable, une coiffure, quelques traits appuyés, une gestuelle ?*

On frappe discrètement à la porte : c'est Veronica dans son costume de Marilyn, les cheveux cachés sous une courte perruque blonde. Elle a choisi le tailleur noir de *Niagara*, avec la jupe serrée et le foulard blanc. Sa bouche brille comme un plastique rouge luisant. Il doit admettre qu'elle est super ; elle ressemble même à la vraie Marilyn. Elle trimbale un grand cabas noir, qui renferme sans aucun doute son fétiche bleu en tricot.

« Prêt ? lui lance-t-elle. Je vais t'installer dans ta caisse, puis Budge fera pareil pour moi. Ta marchandise est planquée dans ta boucle de ceinture, ne la perds pas !

Il faut qu'on se dépêche. Attends, laisse-moi unifier un peu ton teint. »

Elle s'empare du pinceau et le repoudre. Elle est beaucoup trop proche de lui ; c'est une torture, mais elle n'a pas l'air de s'en rendre compte. Aussi inutile que cela puisse être, il meurt d'envie de l'écraser contre lui, d'enfouir son nez dans ses cheveux de Marilyn, de claquer sa bouche caoutchouteuse sur ses lèvres rouge vif.

« Voilà, marmonne-t-elle. Maintenant, tu es parfait. Tu ressembles en tout point à un bot Elvis. Grimpe là-dedans. »

Sur la caisse d'expédition, il est marqué ELVIS/UR-ELF en majuscules type stencil ; elle fait partie d'un groupe de cinq caisses empilées sur le quai de chargement, prêtes à être expédiées. À côté, cinq caisses plus petites portant l'indication MARILYN/UR-MLF et dont l'une est ouverte. Elle est tapissée de satin rose et garnie d'éléments d'emballage en Styrofoam pour prévenir la casse. Sa caisse à lui est tapissée de bleu.

« C'est sûr, ce truc ? demande-t-il en montant dedans. Comment je vais respirer ?

— Il y a des trous d'aération, lui répond-elle. On ne les remarque pas trop parce qu'un vrai bot n'en aurait pas besoin. Je te passe cette Thermos, vide. Regarde, elle est juste à côté de ton coude. Tu devrais pouvoir bouger les bras suffisamment pour pisser dedans, si nécessaire. Voici quelques pilules au cas où tu paniquerais, elles te feront dormir direct, n'en prends pas plus de deux à la fois. Oh, tes bouteilles d'eau, je t'en donne trois, on n'aimerait pas que tu te dessèches et que tu te ratatines, plus deux petits chauffe-mains Little Hotties qui s'ouvrent sans ciseaux, au cas où il ferait froid dans l'avion. Et une barre énergétique si tu as faim. Je vais m'assurer qu'ils te font sortir dès notre arrivée ! »

Et sinon ? manque crier Stan.

« D'accord, grommelle-t-il en essayant de se montrer décontracté.

— S'il y a un hic et que la mauvaise personne te trouve, dis juste que tu as été drogué et que tu n'as pas la moindre idée de la manière dont tu as atterri dans cette caisse d'expédition, lui conseille Veronica. À Vegas, ça leur paraîtra crédible. Maintenant, dors bien ! Voici Budge, c'est mon tour. »

Elle abaisse le couvercle et Stan entend le cliquetis des loquets. Il est dans le noir à présent. *Merde*, se dit-il. *Pourvu que ça marche.* Dans le meilleur des cas, il arrivera à Vegas, puis faussera compagnie à Veronica, se débarrassera de sa tenue et s'en ira – comment ? – rejoindre Conor : une vie de hors-la-loi lui plaît plus que tout ce qui se passe ici. Cela dit, ça ne marchera pas, vu que Conor, via Budge, a un contrat pour le livrer à on ne sait qui, et c'est ce qu'il fera.

Dans le pire des cas... il se voit dans la caisse d'expédition, abandonné dans un aéroport de nuit au fin fond du Kansas, par exemple, glapissant dans le vide : *À l'aide ! Laissez-moi sortir !*

Ou, pis encore, un chien de détection, complètement azimuté, le repérera et la Sécurité nationale le fera exploser pour parer à une menace terroriste. Rouflaquettes et argent répandus un peu partout. *Hé ! On dirait qu'Elvis s'est volatilisé !*

Il se tortille à l'intérieur du cocon de satin glissant afin de se ménager un peu de confort. Il n'a pas envie d'avaler une pilule, il s'est tapé suffisamment de médocs ces derniers temps. Il est dans le noir le plus complet ; quelques heures là-dedans et il commencera à avoir des visions. L'air est déjà étouffant ; ça pue la glu, c'est ses lèvres. Peut-être que ça va le faire planer et qu'il sera moins angoissé. Quand s'est-il lancé sur ce chemin menant à ce sinistre cul-de-sac ? Comment a-t-il pu accepter cette aventure insensée ? Qu'est-il advenu de sa soi-disant vie ? Réussira-t-il à revoir Charmaine un jour ? Quel dommage qu'il n'ait pas volé sa tête sculptée ! il lui resterait au moins quelque chose de tangible.

L'image de son ravissant visage blême marqué de traînées de larmes flotte devant lui. Elle n'avait guère de vrai choix ; elle était aussi peu préparée que lui pour affronter toutes ces conneries. Allongé dans ce vide tapissé de satin où le col d'Elvis lui irrite le cou, où la perruque d'Elvis lui cuit le crâne, il lui pardonne tout : son intermède crasse avec Phil/Max, le moment où elle a cru le tuer, et même son obsession pour les housses et ces putains de tasses à café avec les nains dessus. Il aurait dû la chérir davantage, il aurait dû mieux prendre soin d'elle.

Juste à côté de son oreille, il entend la voix de Veronica. Elle murmure : *Salut, Stan. Il y a un micro dans le rembourrage de ton épaule et un dans mon nounours. C'est notre talkie-walkie à nous, super sûr. Rien que toi et moi. C'est pour que tu saches que ça va, je suis dans ma caisse, on part. On décroche maintenant. Détends-toi et c'est tout.*

Pas de souci, se dit Stan, comme il sent l'extrémité de sa caisse se soulever. *Putain de merde.*

XI | LES SOULIERS ROUGES

FLIRT

Charmaine et Ed dînent au restaurant Ensemble, celui-là même où Charmaine avait dîné avec Stan lors de leur première nuit à Consilience, avant qu'ils aient signé pour de bon. Quel moment magique ça avait été. Les nappes blanches, les bougies, les fleurs. Un rêve. Et voici qu'elle s'y retrouve, et qu'il lui faut essayer de ne pas repenser à cette première fois, quand tout était encore simple avec Stan, qu'elle-même était encore simple. Quand elle pouvait exprimer ce qu'elle ressentait vraiment.

Aujourd'hui, rien n'est simple. Aujourd'hui, elle est veuve. Aujourd'hui, elle est espionne.

Ce rendez-vous avec Ed lui semble un peu difficile. Plus qu'un peu : elle ne sait pas comment jouer ça, parce qu'elle ne voit pas trop ce qu'il veut, ou plutôt quand il le veut. Pourquoi est-ce qu'il ne le dit pas, tout simplement ?

« Vous allez bien ? demande Ed, soucieux.

— Ça va aller, c'est juste que... », bredouille-t-elle.

Puis elle le prie de l'excuser et s'éclipse vers les toilettes. Sans doute les gens s'attendent-ils à ce que le chagrin la submerge de temps à autre, d'ailleurs c'est le cas, mais pas là. Néanmoins, le petit coin représente un endroit sûr, un endroit où une femme peut se retirer en pareils moments. Le dîner n'a pas même commencé et déjà elle a besoin de souffler.

C'est apaisant à l'intérieur ; luxueux, on dirait un spa. Il y a des surfaces en marbre, un long lavabo en acier inoxydable équipé d'une rangée de minuscules robinets qui déversent sans discontinuer de fins jets d'eau argentée. Les serviettes ne sont pas en papier, mais en coton blanc molletonné et, par bonheur, il n'y a pas de séchoir électrique dont l'air chaud vous retrousse la peau jusqu'aux poignets ; elle déteste ces appareils qui vous donnent l'impression qu'on pourrait vous peler la peau comme une orange. Quand il n'y a pas de serviettes, elle préfère prendre le risque d'attraper des microbes et s'essuyer les mains sur sa jupe.

La crème prétend être à base de véritables amandes : Charmaine s'en passe sur l'intérieur des bras, en hume l'odeur. Si seulement elle pouvait rester ici éternellement. Dans ce lieu de femmes, qui ressemble un peu à un couvent. Non, à un lieu de jeunes filles, immaculé, telles les chemises de nuit en coton blanc qu'elle portait chez mémé Win, du temps où elle avait la possibilité d'être propre sans être ni blessée ni effrayée. C'est un lieu où elle se sent en sécurité.

Une musiquette démarre dès qu'on agite la main devant le distributeur de papier toilette. C'est la mélodie de chez Ensemble ; elle est tirée d'une vieille chanson où on n'a pas des tonnes d'argent, où on se promène avec des vêtements de pauvres et où on voyage côte à côte, ce qui a été plus ou moins leur lot quand Stan et elle vivaient dans la voiture ; mais, dans cette chanson, rien de tout cela n'a d'importance, parce que les deux interprètes sont ensemble et chantent. Une chanson sur la joie d'être ensemble, pour le restaurant appelé Ensemble.

Elle ment, cette chanson. Ne pas avoir d'argent a une grande importance, de même qu'être obligé de porter des vêtements usés. C'est parce que tout ça est important qu'ils ont intégré le Projet.

Elle se regarde dans le miroir, se remet du rouge à lèvres. Pourquoi trouve-t-elle si difficile d'être avec Ed ? C'est parce qu'il ressemble à ce crack bizarre et psychotique qui l'admirait tant au lycée, comment il s'appelait...

Arrête ton film, Charmaine, lui dit son reflet. *Il ne se contentait pas de t'admirer. Son obsession pour toi était écœurante, il n'arrêtait pas de fourrer des billets anonymes dans ton casier, dont il avait apparemment la combinaison, bien que tu aies changé le verrouillage deux fois. Ces billets – ils étaient tapés à la machine, ce n'était pas des mails ni des textos, il était plus malin que ça –, ces billets énuméraient les différentes parties de ton corps en insistant sur celles où il avait le plus envie de glisser ou d'enfoncer les mains. Jusqu'au jour du mouchoir mouillé puant le sperme à l'intérieur de ta poche de veste ; ça, c'était vraiment dégueulasse.*

Pourquoi avait-il pensé qu'elle trouverait ce geste un tant soit peu attirant ?

Note, peut-être que le but n'était pas de l'attirer. Peut-être que le but était de la repousser pour ensuite l'écraser malgré l'aversion qu'elle éprouvait. L'éjaculation nocturne d'un gamin qui espérait être un roi lion, mais n'était qu'un raté visqueux.

Elle retourne à la salle de restaurant. Ed se lève pour lui tenir la chaise. L'avocat à la crevette en hors-d'œuvre est déjà là, accompagné d'une bouteille de vin blanc dans un seau en argent. Ed brandit son verre et déclare : « À un avenir meilleur », ce qui signifie en réalité : « À nous » ; que peut-elle donc faire sinon lever son propre verre en retour ? Elle s'exécute pudiquement. Timidement. Puis soupire. Elle n'a pas à feindre ce soupir. Soupirer, c'est bien ce qu'elle ressent.

Elle se tamponne le coin de l'œil, replie sa serviette pour dissimuler la trace de mascara noir qu'elle y a laissée. Les hommes n'aiment pas penser au maquillage, ils aiment penser que tout chez vous est authentique. À moins bien entendu qu'ils n'aient envie de se dire que vous êtes une pouffe et que tout chez vous est du toc.

« Je sais que vous devez avoir du mal à imaginer un avenir meilleur si peu de temps après...

— Oh oui, répond-elle. C'est dur. C'est tellement dur. Stan me manque tellement ! »

C'est vrai, mais en même temps elle est en train de réfléchir au mot *pouffe*. Il n'y a qu'une lettre de différence avec *touffe*. C'est Max qui avait pointé ça pendant qu'il la clouait au sol, *dis-le, dis-le*... Elle serre les jambes. Et si elle pouvait encore... ? Non, Jocelyn s'interpose entre eux avec son regard sarcastique et ces vidéos compromettantes. Plus jamais elle ne permettra à Charmaine de se retrouver seule avec Max.

C'est fini, Charmaine, se dit-elle. *Terminé*.

« Il est mort en héros, déclare Ed pieusement. Comme nous le savons tous. »

Charmaine baisse les yeux vers son avocat à demi mangé.

« Oui. C'est un tel réconfort.

— Cela dit, pour être juste, lui lance Ed, je dois vous confier qu'il y a quelques doutes.

— Oh, vraiment ? Quel genre de doutes ? »

Une vague glacée lui remonte de l'estomac. Elle bat des cils. Est-ce qu'elle rougit ?

« Rien qui mérite de vous tracasser en ce moment, lui répond-il. Une rumeur irresponsable. Stan ne serait pas mort dans cet incendie, mais autrement. Les gens sont capables d'inventer des choses terriblement malveillantes ! Quoi qu'il en soit, il arrive vraiment qu'il y ait des accidents et qu'on mélange des données. Mais je peux m'occuper de cette rumeur pour vous. L'étouffer dans l'œuf. »

Espèce de pauvre type, songe-t-elle. *Tu es en train de m'acheter ! Tu sais que c'est moi qui ai tué Stan, tu sais que je suis obligée de faire comme s'il était mort en sauvant des poulets et maintenant tu me forces la main. Mais, malheureusement pour toi, je sais un truc que tu ignores. Stan n'est pas mort et, d'ici peu, nous serons de nouveau réunis.*

À moins que Jocelyn ne mente.

« Vous êtes toujours en train de travailler là-dessus ? » lui demande le serveur, un jeune Noir en smoking blanc.

Chez Ensemble, ils veulent que tout suggère un décor de vieux film. Mais, dans un vieux film, personne n'aurait jamais dit : *Vous êtes toujours en train de travailler là-dessus ?* comme si manger était une sorte de corvée. Et il a oublié d'ajouter, *madame*.

« Non, merci », répond-elle avec un petit sourire tremblant.

Trop triste, trop raffinée, trop malmenée par le sort pour se livrer à une activité aussi roborative, aussi gloutonne, aussi grossière que de mâcher : voilà ce qu'elle proclame.

Elle pourra se goinfrer une fois rentrée. Il y a un sachet de chips dans le placard, à moins que Jocelyn et Aurora aient mis leur nez dedans, comme dans tout le reste de sa vie.

Le serveur escamote son assiette. Ed se penche en avant. Charmaine se penche en arrière, mais pas trop. Peut-être n'aurait-elle pas dû mettre le pull noir à col en V. Personnellement, elle ne l'aurait pas mis, mais c'est Jocelyn qui l'a choisi. Ça et le soutien-gorge pigeonnant dessous.

« Il faut lui laisser supposer qu'il a peut-être des chances de plonger les yeux jusqu'en bas, lui avait-elle dit. Cependant, ne le laissez pas faire. N'oubliez pas que vous êtes en deuil. Vulnérable, mais inaccessible. Voilà votre rôle. »

Travailler en douce avec Jocelyn – c'est excitant, en un sens. Elle est bien obligée de le reconnaître. Elle s'est maquillée soigneusement, avec un tout petit peu trop de poudre pour accentuer sa pâleur.

« Je respecte vos sentiments, déclare Ed. Mais vous êtes jeune, vous avez la vie devant vous. Vous devriez en profiter. »

Voici qu'arrive sa main, qui plane lentement au-dessus de la table blanche, à la façon d'une raie manta dans un documentaire sur les profondeurs marines. Elle s'abat sur la main que Charmaine n'aurait pas dû laisser traîner aussi négligemment sur la table.

« Je n'ai pas l'impression que ça me serait possible, lui confie Charmaine. Que je pourrais en profiter. J'ai l'impression que ma vie est terminée. »

Ce serait d'une grossièreté choquante que de retirer sa main. Ça s'apparenterait à une gifle. La main d'Ed couvre la sienne : elle est moite. Tape, tape, tape, pression. Puis, heureusement, retrait.

« Il faut que nous vous remettions du rose sur les joues », poursuit-il.

Maintenant, il se montre paternel.

« Et, pour ça, j'ai commandé un steak. Ça remontera votre fer. »

Et voici le steak devant elle, saisi à la poêle, doré, frappé d'un croisillon noir, emperlé de sang brûlant. Sur le côté, trois mini-brocolis et deux pommes de terre nouvelles. Que ça sent bon. Elle est morte de faim, mais ce serait de la folie de le montrer. De minuscules bouchées de dame, le cas échéant. Peut-être devrait-elle le laisser le lui couper pour elle.

« Oh, c'est trop, lâche-t-elle dans un souffle. Je ne pourrai sûrement pas...

— Il faut que vous fassiez un effort », insiste Ed.

Ira-t-il jusqu'à lui fourrer un morceau dans la bouche ? Dira-t-il : *Ouvrez ?* Pour le stopper tout net, Charmaine grignote une petite tige de brocoli.

« Vous avez été si bienveillant, lui dit-elle. Vous m'avez tellement soutenue. »

Ed sourit, ses lèvres luisent de gras.

« J'aimerais vous aider, déclare-t-il. Vous ne devriez pas reprendre votre travail à l'hôpital, ce serait trop de pression. Trop de souvenirs. Je crois avoir un emploi qui pourrait vous plaire. Rien de trop exigeant. Vous pourrez vous y mettre doucement.

— Oh », fait Charmaine.

Elle ne doit pas donner l'impression d'être enthousiaste.

« Quelle sorte d'emploi ?

— Un travail auprès de moi. Vous seriez mon assistante personnelle. De cette façon, je pourrais garder un œil sur vous. M'assurer que vous n'êtes pas surmenée. »

Ne me prends pas pour une idiote, songe Charmaine.

« Oh, eh bien, je ne suis pas sûre... ça paraît..., balbutie-t-elle avec une sorte d'hésitation.

— Inutile d'en discuter maintenant. Nous aurons beaucoup d'occasions d'y revenir. À présent, finissez votre assiette, soyez gentille. »

Tel est le rôle qu'il lui a choisi : la gentille. Elle éprouve une brusque vague de désir pour Max. La vilaine, voilà ce qu'elle était pour lui. Vilaine, et méritant une punition. Elle se penche en avant pour couper une pomme de terre et Ed se penche en avant aussi. Elle sait exactement quelle est la vue que lui offre sa position privilégiée : elle a travaillé les angles dans le miroir. La courbe d'un sein, bordé de dentelle noire.

Est-ce qu'il transpire ? Oui, absolument. Est-ce son genou qui pousse doucement le sien sous la table ? Oui. Charmaine est capable de reconnaître un genou sous la table quand elle en croise un. Elle écarte le sien.

« Voilà, dit-elle. Je mange. Je suis gentille. »

Elle regarde par-dessus le bord de son verre de vin : son regard aux yeux bleus, son regard d'enfant. Puis elle prend une gorgée de vin, retrousse les lèvres en une moue. Peut-être va-t-elle laisser un baiser de rouge à lèvres sur le verre, à son intention, comme par hasard. Un baiser pâle, l'ombre d'un baiser, une sorte de murmure. Rien de trop flagrant.

EXPÉDIÉ

Stan se réveille, se rendort, se réveille, se rendort, se réveille. Il a pris une des pilules que Veronica lui a données, ce qui l'a assommé, mais pas assez longtemps, et à présent il pète le feu. Il ne veut pas en reprendre d'autres au cas où l'avion atterrirait bientôt. Il ne peut se permettre d'être endormi à ce moment-là : il aura peut-être besoin de passer à l'action plein pot, même s'il n'a pas idée du type d'action dont il pourrait s'agir. Sauver le monde en cape bleue et perruque ducktail à la Elvis ne le convainc pas, même sous la forme d'un fantasme. Ce serait cependant un élément de surprise, si l'ennemi le prend pour un robot.

Quel ennemi ? À Positron, l'ennemi, c'est Ed – control freak, vendeur d'organes, vampire potentiel amateur de sang de bébé –, mais qui sera l'ennemi une fois qu'il sera à Las Vegas ? Dans l'obscurité totale, un panel d'ennemis putatifs défile devant ses pupilles. Il y a les individus qui ont perverti Charmaine, ceux qui ont kidnappé Veronica, légion d'hommes baveux autrement plus vicelards qu'il ne l'est, dotés de peau écailleuse, d'ongles griffus et d'yeux à la pupille fendue de lézards. En plus, ils possèdent une force surhumaine et peuvent escalader les façades des gratte-ciel, tels des poissons d'argent humains.

En voici un à présent, qui saute de toit en toit, Charmaine sous un bras, Veronica sous l'autre. Mais Stan arrive à la rescousse. Par chance, sa cape bleue d'Elvis et sa boucle de ceinture argent ont des pouvoirs magiques.

« Lâche ces femmes ou bien je chante "Heartbreak Hotel". Ce ne sera pas beau à voir. »

Le monstre frémit et se bouche furieusement les oreilles, ses oreilles pointues ; profitant de sa distraction, Stan presse sa boucle de ceinture argent qui émet un rayon létal. Le monstre hurle et se désintègre. Les deux belles court-vêtues dégringolent, leurs vêtements diaphanes voltigent au vent. Stan se précipite, fend les airs et attrape les mignonnes inertes dans ses bras tendus. Elles sont trop lourdes, il perd de l'altitude, il va s'écraser ! Quelle mignonne inerte faut-il qu'il sauve ? Et, par suite, quelle est celle qui fera ploc ? Il ne peut les sauver toutes les deux. Vu que Veronica ne baisera jamais qu'un nounours, peut-être vaudrait-il mieux qu'il s'en tienne à Charmaine.

Autant pour cette fichue rêverie, qui le ramène tout droit au coin-repas où Charmaine et lui se disputent pour savoir qui de lui ou d'elle a le plus triché et si oui ou non elle a vraiment voulu le supprimer ; s'ensuivent des larmes. « Comment as-tu pu croire ça de moi ! Est-ce qu'on ne s'aime pas ? » Oui ou non ? Peut-être n'a pas droit de cité. Peu importe la manière dont il joue cette partie, il en ressortira paré de l'habit du connard. Ou du dégonflé. N'a-t-il donc pas d'autres choix ?

Il mange la barre énergétique, qui a un goût de sciure parfumée à la noix de coco. Il fait un froid du diable là-dedans. Combien de temps ce vol à la con va-t-il encore durer ? Pourquoi n'a-t-il pas de montre à cadran lumineux ? Il fait totalement noir, et ne parlons pas du bruit. Il sait – il le sait avec la partie rationnelle de son esprit – qu'il est allongé dans une caisse d'expédition tapissée de satin, laquelle est attachée, de concert avec quatre autres Elvis, à l'intérieur d'un dispositif de charge unitaire, un ULD en aluminium, placé dans la soute aux marchandises d'un transcontinental ; mais, avec l'autre partie de son esprit – la plus importante, et de loin présentement –, il se sent enterré vivant. *Sortez-moi de là ! Sortez-moi de là !* hurle-t-il en silence. En guise de réponse lui parvient l'aboiement étouffé d'un chien. Animal de compagnie malheureux, esclave et joujou d'une concubine ruisselante de bijoux, elle-même animal de compagnie malheureux d'un ploutocrate aimablement sadique. Il compatit.

Comme un idiot, il a bu deux des bouteilles d'eau que Veronica lui a remises et à présent, bien sûr, bien sûr ! il a envie de pisser. D'après les instructions de Veronica, il n'a qu'à pisser dans la Thermos vide, mais elle est où, bordel ? Il cherche à tâtons, la localise roulée dans sa cape, dévisse le couvercle. Pourquoi ne lui ont-ils pas donné de torche ? Parce qu'il risquerait d'oublier de l'éteindre, que les rayons lumineux émanant des trous d'aération le trahiraient et que les autres ouvriraient sa cachette, prêts à faire feu. *Salut, mon pote ! C'est pas un robot, cet Elvis, il est vivant, cet Elvis ! C'est un Elvis revenu d'entre les morts ! Va chercher l'ail et le pieu !*

Calme-toi, Stan, s'ordonne-t-il. Défi suivant : ouvrir la braguette d'Elvis. Il essaie tant bien que mal. La fermeture Éclair se coince. Bien sûr ! Bien sûr !

« Putain de merde », dit-il tout fort.

Un murmure résonne à son oreille :

« Stan, c'est toi ? »

Veronica, via leur réseau privé virtuel ; sa voix, même ce simple murmure, lui envoie une décharge d'électricité sexuelle qui se propage tout le long de sa colonne vertébrale.

« Ne parle pas fort, il y a peut-être des micros dans la soute. Tout va bien ?

— Oui, ça va », murmure-t-il aussi.

Il n'est pas près de lui dire qu'il n'a pas pu sortir sa queue de son patte d'eph blanc et que, résultat, il vient de se pisser dessus.

« Pourquoi tu ne dors pas ? Tu es inquiet ?

— Pas vraiment, mais...

— Tout est réglé. On ne te demandera rien. Respecte le plan et c'est tout. »

Quel plan ? a envie de demander Stan, mais il s'abstient.

« OK, cool, répond-il.

— Tu as pris une pilule ?

— Oui, tout à l'heure. Mais je ne veux pas en prendre une autre, il faut que je reste réveillé.

— Pas de souci, prends-en une, si ça te chante. Prends-en deux, ça ira très bien. As-tu les mains froides ? N'oublie pas que tu as les Little Hotties. Tu ouvres le petit paquet, tu l'agites un bon coup et ça chauffe.

— Merci », murmure-t-il.

Même maintenant, alors que les choses ne se passent pas très bien, qu'elles vont vraiment mal à l'intérieur de ce machin, étant donné qu'il marine au milieu de son satin chaud, humide et parfumé qui ne va pas tarder à se muer en un satin froid, humide et puant, il ne peut s'empêcher d'imaginer Veronica dans son ULD voisin du sien. Perfection sculptée, si lisse, si voluptueuse, si invitante. Little Hotties. Qu'est-ce qu'il aimerait te lui ouvrir son petit paquet, l'agiter un bon coup et la sentir chauffer.

Stan, Stan, se dit-il. *Tu es en mission. Peux-tu cesser, ne serait-ce qu'une minute, de gamberger en proto-babouin obsédé du cul ?* Ce sont les hormones, ce doit être ses hormones. Est-il responsable de ses hormones ?

« Encore combien de temps ? murmure-t-il.

— Oh, peut-être une heure. Rendors-toi, d'accord ?

— D'accord. »

Il glisse dans un demi-sommeil, mais voici qu'il entend de nouveau, juste à son oreille, Veronica qui murmure :

« Oh, chéri. Oh oui. Que tu es doux ! Que tu es fort ! »

L'espace d'un instant, il croit qu'elle s'adresse à lui. Ç'aurait été trop beau : elle est en train de fricoter avec le nounours bleu. Elle a dû oublier d'arrêter son micro, à moins qu'elle ne le torture pour quelque obscure raison. Parce que c'est de la torture ! Quel est le pire ? Écouter ou ne pas écouter ? *Attends, attends*, a-t-il envie de hurler. *Je peux faire mieux que ça !*

« Oui, oui... Oh, plus fort... »

C'est obscène ! Désespéré, il avale trois des pilules bien pratiques et sombre dans l'inconscience.

FÉTICHE

Le matin d'après le dîner de Charmaine et Ed, Jocelyn arrive à la maison dans son élégante voiture noire. Pas de chauffeur cette fois-ci, pas de Max/Phil : elle a dû prendre le volant elle-même. Aurora l'accompagne.

De la fenêtre de devant, Charmaine les regarde remonter l'allée, toutes deux dans un tailleur strict et impeccable. Pas maquillée, les cheveux en bataille et vêtue de sa robe d'intérieur, elle n'est pas à son avantage. Elle a l'impression d'avoir la gueule de bois, alors qu'elle n'a pratiquement rien bu : c'est l'effet toxique d'Ed.

Jocelyn a la courtoisie de sonner, bien qu'elle possède une clé, et Charmaine lui dit «entrez», alors que, de toute façon, elles seraient entrées.

«Je vais préparer du café, annonce Aurora de sa voix la plus efficace.

— Merci, vous savez où tout se trouve», réplique Charmaine.

Cette remarque est censée être une pique à l'adresse d'Aurora qui l'espionne, mais soit Aurora ne relève pas, soit elle n'y prête pas attention.

«Alors? Il a mordu à l'hameçon? demande Jocelyn en suivant Charmaine au salon. Encore qu'il était déjà bien appâté.»

Charmaine lui décrit sa soirée, y compris le menu et tout ce qu'Ed a dit, ainsi que tout ce qu'elle a répondu. Elle mentionne la proposition de travail, mais Jocelyn est déjà au courant, parce que Ed l'a consultée à ce propos. Elle est davantage intéressée par le langage corporel. Ed lui a-t-il pris le bras quand ils ont quitté le restaurant? Oui. A-t-il glissé le bras autour de sa taille à un moment ou un autre? Non. A-t-il essayé de l'embrasser pour lui souhaiter bonne nuit?

«Une fois, il s'est penché en avant, comme ils font tous, explique Charmaine. Mais je me suis reculée, je l'ai remercié pour cette délicieuse soirée et pour s'être montré aussi compréhensif, puis je me suis faufilée par la porte.

— Excellent, s'exclame Jocelyn. Compréhensif, super choix. Ça tombe pile dans le registre “vous êtes un vrai ami”. Il faut que vous le teniez à distance sans néanmoins le décourager. Vous pouvez faire ça?

— Je vais essayer.»

Puis elle ne peut s'empêcher de demander, car sinon pourquoi ferait-elle tout ça :

« Où est Stan ? Quand pourrai-je le voir ?

— Pas tout de suite, répond Jocelyn. Avant, vous avez quelques cartes à jouer pour nous. Mais il est en sécurité, suffisamment en tout cas, ne vous inquiétez pas. »

Aurora apparaît avec le plateau et trois tasses de café.

« Maintenant, pour votre nouvel emploi, poursuit-elle, voici ce que je veux que vous portiez. »

Elles ont encore farfouillé dans ses vêtements et y ont ajouté deux tenues supplémentaires ; elles ont tout planifié.

Aurora la rend nerveuse. Pourquoi est-elle de mèche avec Jocelyn ? Pourquoi risque-t-elle son emploi ? A-t-elle commis un acte criminel dont Jocelyn serait au courant ? Charmaine n'arrive pas à l'imaginer.

Pour son premier jour en tant qu'assistante personnelle d'Ed, Charmaine porte son tailleur noir à haut col et galonné de blanc. Elle a mis un chemisier blanc en dessous ; il a un nœud blanc vaporeux au cou, hybride de plumes d'ange et de sous-vêtements. Assise à une table de travail à la porte du bureau d'Ed, elle ne fait pas grand-chose. Elle dispose d'un ordinateur sur lequel elle est censée suivre les rendez-vous d'Ed, mais le calendrier virtuel de ce dernier semble se gérer de lui-même, et en plus Ed y note des rendez-vous sans la consulter. Cependant, la plupart du temps, elle a une bonne idée de ses allées et venues, pour ce que ça vaut. Il lui demande d'envoyer des mails à quelques personnes afin de leur expliquer qu'il ne peut les voir, qu'il a déjà d'autres engagements ; il la prie de consulter son fichier d'adresses pour y relever les coordonnées de certains contacts à Las Vegas. Il y en a un dans un casino, un autre semble appartenir à un cabinet médical, mais un troisième se trouve au nouveau siège des Souliers Rouges, qu'ils ont ouvert après avoir racheté la chaîne. Ça la rend toute nostalgique. Si seulement elle avait encore son job dans la branche locale des Souliers Rouges, où elle était si contente !

Ou du moins assez contente. Se montrer gentille envers les pensionnaires et prévoir des divertissements spéciaux à leur intention n'était pas ce que, dans l'ensemble, on qualifierait de stimulant, mais c'était gratifiant que de pouvoir apporter un rayon de bonheur dans la vie d'autrui, elle avait un don pour ça et se sentait appréciée.

Ed passe devant sa table, lui lance : « Comment ça va ? », entre dans son bureau et referme la porte. *Un chien dressé pourrait faire ce boulot*, se dit-elle. *Ce n'est pas un vrai boulot, c'est un prétexte. Il veut pouvoir mettre la main sur moi.*

Pourtant, il ne met pas la main sur elle. Il ne l'emmène pas déjeuner, il ne la drague absolument pas, à part quelques sourires anodins et l'assurance qu'elle va vite s'habituer à tout. Il ne lui demande même pas de venir dans son bureau, sinon pour lui apporter un café. De son côté, elle nourrit une petite rêverie – ou plutôt un cauchemar – dans laquelle Ed la coince dans sa pièce, referme la porte et marche sur elle avec un rictus concupiscent. Mais ça n'arrive pas.

Qu'y a-t-il dans les tiroirs de sa table de travail ? Uniquement des stylos et des trombones, ce genre de trucs. Rien à signaler.

« Autre chose, confie-t-elle à Jocelyn venue la débriefer dans la soirée. Sur le mur derrière le bureau d'Ed, il y a une carte hérissée de punaises. » Les punaises orange correspondent aux prisons Positron en construction. Ed lui a dit que c'était désormais une franchise : il y a un projet de base, il y a des instructions ; c'est comme les chaînes de hamburgers, mais avec des prisons. Les punaises rouges correspondent aux antennes des Souliers Rouges. Il y en a davantage, car la boîte tourne depuis plus longtemps.

Ed semble très fier de sa carte. Lorsqu'il a planté une nouvelle punaise dedans, à côté d'Orlando, il a fait en sorte qu'elle n'en perde pas une miette.

Le cinquième jour après qu'elle a commencé son travail, trois gouverneurs d'État sont passés et Ed s'est montré extrêmement enthousiaste.

« Ils en veulent une dans leur État, a-t-il dit au téléphone. Le modèle a démontré sa valeur ! Ça marche du feu de Dieu ! »

À la fin de la semaine, il est allé à Washington pour y rencontrer des sénateurs – c'est Charmaine qui a pris les billets et réservé l'hôtel –, mais, bien qu'apparemment heureux à son retour, il ne lui a rien raconté.

« Êtes-vous entrée dans son bureau pendant son absence ? demande Aurora.

— Il y a des micros, répond Charmaine. Il me l'a dit.

— C'est moi qui suis en charge des micros, vous vous rappelez ? intervient Jocelyn. C'est pour ça que je sais qu'il n'y a rien chez vous. La prochaine fois, entrez. Jetez un coup d'œil. En revanche, évitez son ordinateur. Il le saurait. »

Dans le milieu de la deuxième semaine, Charmaine remarque :

« Je ne comprends pas. D'après vous deux, il est fou de moi...

— Oh, oui, réplique Aurora. Il en est au stade où il se morfond.

— Mais il me regarde à peine et il ne m'a pas réinvitée. Quant au job, il n'y a rien à faire. Pourquoi veut-il que je sois là ?

— Comme ça, personne d'autre ne peut vous avoir, lui explique Jocelyn. Il m'a demandé de vous filer quand vous allez et revenez du bureau et de lui signaler toute personne – tout homme – qui viendrait vous voir chez vous. Inutile de dire que je ne parle pas de mes visites. Aurora, oui. Elle est censée piloter votre thérapie.

— Mais qu'est-ce... ? Je ne vois pas où on va, avoue Charmaine.

— Moi non plus, je ne le vois pas clairement, admet Jocelyn. Mais votre sosie est presque terminé. Regardez donc. »

Elle ouvre une fenêtre sur son PosiPad : sur une image pleine de grains, Ed avance dans un couloir. Il franchit une porte.

« Images de la Surveillance, explique-t-elle. Désolée pour la qualité. Ça, c'est à Possibilibots, le service où ils fabriquent les robots sexuels. »

Charmaine se rappelle que Stan avait mentionné quelque chose à ce sujet, mais, trop préoccupée par Max, elle n'y avait pas prêté grande attention. Le vrai sexe avec lui était tellement, tellement... divin n'est pas le mot. Mais si on peut avoir ça, pourquoi s'embêter avec un robot ?

À l'intérieur de la pièce, vive lumière. Deux hommes, l'un avec des lunettes, l'autre sans. Ils portent des blouses vertes. Il y a une foule de câbles et de gadgets.

« Où en êtes-vous avec elle ? demande Ed aux deux hommes.

— Quasiment prête pour un essai, répond le binoclard. Pour le moment, c'est le prosticorps standard, avec le mouvement classique. On ne peut pas faire un corps sur mesure sans les mensurations et quelques photos pour les détails.

— Ça viendra plus tard, déclare Ed. Voyons voir. »

Enchaînement sur une table, à moins que ce ne soit un lit ? Un drap fleuri recouvre ce qui ressemble à un corps. Pâquerettes et œillets. Ed rabat le coin du drap.

C'est la tête de Charmaine, sa propre tête, avec ses propres cheveux dessus, un peu ébouriffés. Elle dort.

Elle paraît si ressemblante, si vivante : Charmaine serait prête à jurer qu'elle voit la partie supérieure de son torse se soulever et s'abaisser.

« Oh, mon Dieu ! s'exclame-t-elle. C'est moi ! C'est tellement... »

Un frisson de terreur la saisit. D'un autre côté, c'est étrangement excitant. Une autre elle ! Que va-t-il lui arriver ?

Ed se penche, lui caresse doucement la joue. Inquiets, les yeux s'ouvrent, s'écarquillent.

« Parfait, déclare Ed. Avez-vous déjà programmé la voix ?

— Mettez vos mains autour de son cou, propose l'un des hommes, le binoclard. Pressez gentiment. »

Ed obtempère.

« Non ! Ne me touchez pas ! » s'écrie la tête de Charmaine.

Les yeux fermés, la tête se rejette en arrière dans une attitude d'abandon.

« Maintenant, embrassez-la dans le cou, propose l'homme sans lunettes. Une petite morsure, ça va, mais ne mordez pas trop fort.

— Vous ne voudriez pas entamer la peau, ajoute l'autre. Vous risqueriez de vous taper un court-jus.

— Ça, des fois, c'est pas beau à voir, renchérit celui qui n'a pas de lunettes.

— Entendu, on y va », dit Ed comme s'il s'apprêtait à sauter dans une piscine.

Il baisse la tête. La caméra s'arrête sur deux bras blancs qui se lèvent et l'enserrent. En dessous d'Ed monte un gémissement.

« Vous avez fait un carton, déclare le binoclard.

— Le gémissement prouve que vous avez atteint l'objectif prévu, dit l'autre. Attendez d'entrer au cœur de l'action.

— Génial, s'écrie Ed. Ça correspond parfaitement aux spécifications. Les gars, vous méritez une médaille. Quand puis-je prendre livraison ?

— Demain, répond le binoclard. Si vous acceptez cette itération. Il ne nous reste que deux ajustements supplémentaires.

— Vous ne voulez pas attendre le corps customisé ? s'enquiert l'autre.

— Celui-ci fera l'affaire pour le moment, affirme Ed. Quand j'aurai les dimensions du châssis et les photos, je vous les renverrai pour le remplacement. »

Il se penche vers la tête, qui s'est rendormie.

« Bonne nuit, mon amour, murmure-t-il. Je te vois très bientôt. »

Le film s'achève. Charmaine a le tournis.

« Il va faire l'amour avec elle ? »

Elle se sent étrangement protectrice de son moi factice.

« C'est le but, lâche Jocelyn.

— Pourquoi ne se contente-t-il pas... je veux dire, il pourrait me demander à la place. Il pourrait pratiquement me forcer à le faire.

— Il a peur du rejet, explique Aurora. Beaucoup de gens sont pareils. Comme ça, vous ne le rejetterez jamais.

— À propos, que je vous prévienne, intervient Jocelyn. Il m'a demandé d'installer une caméra dans votre salle de bains afin d'avoir des photos pour le corps customisé.

— Mais vous ne ferez pas ça, proteste Charmaine. Non ? »

S'exhiber devant une caméra invisible, faire semblant de ne pas savoir qu'elle est là... c'est le genre de choses que Max aurait pu lui demander. Qu'il lui a demandées. *Tourne-toi de ce côté. Lève les bras. Penche-toi.* Le pire, c'est qu'il y avait vraiment des caméras.

« C'est mon boulot, riposte Jocelyn. Si je ne le fais pas, il comprendra qu'il y a un hic.

— Très bien. Je ne prendrai plus de bains. Ni de douches.

— À votre place, je ne réagirais pas comme ça, remarque Aurora. C'est contre-productif. Dites-vous que c'est du théâtre. Nous, on veut qu'il mette son plan à exécution.

— C'est en partie du business, dit Jocelyn. Vous êtes un modèle de démonstration en quelque sorte. Vous imaginez la demande qu'il y aura pour ces robots customisés, le jour où ils auront réglé tous les problèmes ?

— En plus, nous pensons qu'il travaille sur une sorte d'hybride, ajoute Aurora, mais nous n'avons aucune certitude.

— Un hybride de quoi ? s'enquiert Charmaine.

— Seigneur, regardez l'heure ! s'exclame Aurora. Moi, il faut que j'aille me reposer !

— Je pense que je vais aller faire un tour à Possibilibots, déclare Jocelyn. Juste pour m'assurer que le Projet spécial d'Ed est sous haute surveillance. On ne voudrait pas d'un sabotage quand il s'offrira son premier tour de manège.

— Son quoi ? s'écrie Charmaine. Il y a une fête foraine ? »

Jocelyn éclate de rire. Vraiment. En général, elle ne rit guère.

« Vous êtes fantastique, dit-elle à Charmaine. Il n'est pas question de fête foraine.

— Oh, bredouille Charmaine au bout d'une minute. Maintenant, je comprends. »

Le lendemain, Ed n'est pas dans son bureau. Rien dans son planning ne laisse deviner où il peut être. Charmaine prend la liberté – ou saisit l'occasion – de frapper à sa porte. N'obtenant aucune réponse, elle entre. Pas le moindre signe de lui. Le bureau est nickel. Elle jette un rapide coup d'œil dans deux des tiroirs de bureau : les quelques chemises rangées là ne renferment que des projets d'expansion des Souliers Rouges. Pas de reçus de billets d'avion, rien. Où peut-il être passé ?

Elle n'est pas censée contacter Jocelyn dans la journée, ni par texto, ni par téléphone, ni par mail : pas de traces poisseuses, telle est la devise de Jocelyn. Faute d'ordres à suivre, Charmaine s'occupe l'esprit en se faisant les ongles, un truc très apaisant quand on est anxieux et sur des épines. Il y a des gens qui aiment balancer des objets, des verres d'eau ou des cailloux, par exemple, mais se vernir les ongles est plus positif. Si davantage de dirigeants mondiaux s'y mettaient, il y aurait globalement moins de souffrance. À son avis.

Après son prétendu travail, elle rentre tout droit chez elle. Jocelyn l'attend dans le salon. Installée sur le sofa, elle a retiré ses chaussures et a les pieds posés sur l'accoudoir. La vue de ces pieds suscite le chagrin de Charmaine. Tant que Jocelyn est totalement habillée, il semble improbable que Max/Phil ait jamais pu lui faire l'amour, mais, sans ses chaussures, elle a des pieds avec de vrais orteils... et des jambes fantastiques, Charmaine est bien forcée de le reconnaître. Des jambes que Max/Phil a dû caresser de nombreuses fois en remontant.

Charmaine n'arrive pas à imaginer Jocelyn sous l'emprise de la passion, elle n'arrive pas à l'imaginer prononçant le genre de mots que Max aime entendre. Elle se contrôle toujours tellement bien. Seules des poucettes la feraient craquer.

« Je prends un scotch, annonce Jocelyn. Vous en voulez un ?

— Pourquoi, qu'est-ce qui s'est passé ? »

Y a-t-il une mauvaise surprise en vue ?

« Qu'est-ce qui est arrivé à Stan ?

— Stan va bien. Il se relaxe.

— Très bien alors », grommelle Charmaine.

Elle se laisse choir dans le fauteuil ; son soulagement est tel qu'elle a les jambes en coton. Jocelyn balance les pieds sur le côté, les pose par terre et traverse la pièce pour aller préparer le scotch de Charmaine.

« De l'eau, je crois, marmonne-t-elle, mais pas de glaçons. »

Ce n'est même pas une question. *Mince*, se dit Charmaine, *quand va-t-elle arrêter de me mener à la baguette ?*

« Merci, fait-elle en retirant ses chaussures d'un mouvement brusque. Il s'est passé un truc bizarre aujourd'hui. Ed n'était pas là. À son bureau. Et il n'y a rien sur son calendrier, pas de rendez-vous. Il a tout simplement disparu.

— Je sais. Mais il n'a pas disparu. Il est à l'infirmerie de Positron. Il a eu un accident.

— Quel genre d'accident ? C'est grave ? »

Il s'agit peut-être d'un accident de voiture. Il va peut-être mourir et, en ce cas, elle n'aura plus à s'inquiéter pour la suite. Mais si Ed meurt, elle perdra le peu de pouvoir dont elle dispose. Elle ne présentera aucun intérêt pour Jocelyn, qui pourra se débarrasser d'elle.

Une pensée lui traverse aussitôt l'esprit : pourquoi ne pas céder aux désirs d'Ed ? Devenir... allez savoir. Sa maîtresse. Comme ça, elle serait en sécurité. Non ?

« Un douloureux accident, je présume, explique Jocelyn. À en juger par les enregistrements vidéo de la Surveillance. Mais c'est temporaire. Il se rétablira assez vite.

— Oh non, il s'est cassé quelque chose ?

— Pas cassé. Il a un peu les glandes. »

Jocelyn sourit, d'un sourire amical cette fois-ci.

« Il s'est retrouvé coincé avec vous, en fait.

— Avec moi ? Ce n'est pas possible. Jamais je...

— D'accord, avec votre double maléfique. La prostibot avec votre tête. Ed a perdu les pédales. Il a pressé votre cou trop fort et puis il vous a mordue.

— Pas moi. »

Jocelyn la taquine.

« Ce n'est pas *moi* !

— Ed y a cru. Ces trucs peuvent être convaincants, combinés à un fantasme personnel : c'est l'ingrédient magique, vous n'êtes pas d'accord ? »

Charmaine rougit, elle ne peut se maîtriser. Donc Jocelyn ne lui a pas pardonné : elle n'a pas oublié les moments qu'elle a passés avec Max. Avec Phil. Et lui en veut encore.

« Qu'est-ce que j'ai... qu'est-ce qu'elle a fait ? À Ed ?

— Une sorte de court-jus. Ces circuits sont très sensibles, la moindre chose peut les dérégler – un corps étranger, une épingle, par exemple. Peut-être inséré délibérément. Un fonctionnaire rancunier. Qui sait comment ça a pu se produire ?

— C'est affreux, s'écrie Charmaine.

— Oui, c'est terrible », renchérit Jocelyn.

Serait-ce un sourire ? Ce n'est pas un doux sourire à proprement parler, mais Jocelyn n'est pas coutumière de ce genre de choses.

« Quoi qu'il en soit, l'appareil s'est tétanisé, a piégé Ed à l'intérieur, puis s'est agité en tous sens.

— Oh, mon Dieu ! Il aurait pu mourir !

— Ce qui aurait été une catastrophe pour les affaires de Possibilibots, si la nouvelle s'était répandue, ajoute Jocelyn. Par chance, je l'avais à l'œil, de sorte que j'ai envoyé les auxiliaires médicaux avant qu'il n'y ait trop de dégâts. Ils lui ont fait des applications de glace et lui ont donné des anti-inflammatoires. Il ne devrait pas avoir trop de contusions. Mais ne soyez pas surprise de le voir marcher en canard.

— Oh, mon Dieu », répète Charmaine.

Elle a les mains plaquées sur la bouche. Quoi qu'elle pense d'Ed, ce ne serait pas gentil de rigoler. Un homme est un homme, même si c'est vraiment un drôle de zèbre. Et quand on a mal, on a mal. Le simple fait d'y penser lui provoque un picotement tout le long du dos.

« N'empêche, poursuit Jocelyn de son ton détaché, il était rudement furieux contre vous. Il vous a renvoyée à l'atelier et a donné l'ordre de vous détruire.

— Pas moi ! proteste Charmaine. Pas moi en vrai !

— Non, bien sûr. Vous voyez ce que je veux dire. Les gars de l'atelier ont dit qu'ils étaient désolés, qu'ils l'avaient préalablement testé, mais, comme ils l'avaient prévenu, c'était un bêta, ce sont des choses qui arrivent. Ils ont ajouté qu'ils pouvaient le déboguer, ce à quoi il leur a répondu de ne pas s'embêter, qu'il en avait fini avec les substituts.

— Oh, bredouille Charmaine, saisie d'angoisse. Est-ce que ça signifie que... ? Vous m'avez dit de ne pas le laisser...

— C'est toujours valable, répond Jocelyn. Il ne tardera pas à être de nouveau sur pied et, là, il faudra que vous restiez dans sa ligne de mire, mais inaccessible. C'est capital ; je dois insister sur l'importance de cette stratégie ainsi que sur votre importance. Nous dépendons totalement de vous. Jouez le bout de fromage face à Ed le rat. Vous êtes intelligente, vous pouvez faire ça. »

Ce n'est pas très sympa de s'entendre comparer à un bout de fromage, mais Charmaine est contente que Jocelyn ait ajouté qu'elle était importante. Et intelligente aussi. Jusqu'à présent, elle a toujours eu l'impression que Jocelyn la prenait pour une idiote.

DÉBALLÉ

Stan se réveille en sursaut. Il fait toujours noir, mais voilà qu'il fend les airs, les pieds devant. Puis, un choc. Des voix étouffées. Clac, clac, clac, clac : les fermetures de son cercueil. Le couvercle se relève, la lumière entre à flots. Il cille, aveuglé. Des bras vêtus de blanc l'attrapent, le mettent en position assise.

« Hop là !

— Ouah, qu'est-ce qui pue comme ça ?

— Trouve-lui un autre pantalon. Ça changera tout.

— Sois pas vache, il ne l'a pas fait exprès.

— Allez, tous ensemble ! Ho ! hisse ! »

Stan est extirpé de son cercueil de satin, remis sur pied. Combien de temps a-t-il dormi ? Des semaines, on dirait. Il remue la tête, essaie de se décoller les paupières. La pièce est éclairée par une batterie de plafonniers LED – hyperlumineux, mais c'est parce qu'il est resté très longtemps dans le noir. Apparemment, il est dans un bureau ; il y a des meubles de rangement, deux tables de travail. Un terminal informatique.

Deux Elvis, en blanc et argent avec cape bleue, le tiennent par les bras ; trois autres l'examinent. Chacun a la coiffure, la boucle de ceinture, les épaulettes, les lèvres. Le bronzage artificiel. Il y en a encore sept ou huit autres, en appui contre les murs, mais ceux-là n'ont pas l'air réel.

« Ne le lâchez pas, il va dégringoler !

— Oh, merde, il a perdu sa bouche.

— On dirait un revenant.

— Rends-toi utile pour une fois, va lui chercher un café.

— Moi, j'aurais plutôt pensé à une boisson énergétique.

— Pourquoi pas les deux ? »

Un autre Elvis, très affairé, entre, chargé d'un nouveau costume d'Elvis. Stan bat des cils. Mince alors, combien d'Elvis y a-t-il ?

« Allons-y, déclare le plus grand, qui semble être le chef. On va te filer quelque chose de plus confortable. Ne sois pas gêné, ici, on s'est tous pissé dessus un jour ou l'autre.

— Et, en général, on n'était pas enfermés dans une caisse d'expédition, précise un autre. Il y a des toilettes par là.

— On ne regardera pas !

— Peut-être que si ! »

Rires.

Merde. Ils sont tous gay, songe Stan. Une pièce remplie d'Elvis gay. Est-ce qu'il y a maldonne, qu'il n'est pas au bon endroit ? Il espère qu'ils ne comptent pas... comment leur expliquer qu'il n'y a pas plus hétéro que lui sans paraître grossier ?

« Merci », marmonne-t-il.

Il a les lèvres engourdies. Il se dirige vers les toilettes, les jambes flageolantes ; il s'arrête, s'appuie contre un bureau.

« Où est Veron... où est la Marilyn qui est venue avec moi ? »

Mieux vaut ne pas mentionner le nom de Veronica tant qu'il n'a pas compris ce qui se passe. Ces Elvis gay s'inscrivent-ils dans le plan de Jocelyn ? Ou bien ne constituent-ils qu'une étape ? Peut-être que Veronica devait le récupérer et n'a pas pu, et qu'il a été livré là par erreur.

Et si Jocelyn ne sait pas où il est ? Il pourrait faire profil bas un moment avec les Elvis, puis mettre le cap sur la côte et se fondre dans la population locale. Dire qu'il lance une start-up en nouvelles technologies. Se dégoter un boulot de serveur. Après, il réfléchirait aux moyens de reprendre contact avec Charmaine, en supposant que ce soit possible. Mais comment ? Primo, il n'a pas un sou.

« Cette Marilyn ? Elle est avec les Marilyn, s'exclame le chef Elvis. Elles ne logent pas ici. Ce n'est pas du tout la même clientèle. Pour les Marilyn, il n'y a que des hommes. Tiens, prends de la poudre de soleil et retouche-toi. Remets ta bouche en place. Oh, et voici une boîte de favoris. »

Stan a envie de poser des questions sur la clientèle des Elvis, mais ça peut attendre. Il entre en chancelant dans les toilettes, referme la porte. Il retire son pantalon blanc humide et puant, le jette dans ce qui lui paraît être un panier à linge sale, mouille une serviette et se nettoie tant bien que mal. Il change également de veste et de cape, mais garde la ceinture avec laquelle il est venu, de même que sa boucle. Il passe les doigts dessus, d'avant en arrière – si elle renferme une clé USB avec un paquet de documents, il doit bien y avoir un moyen de l'ouvrir –, mais ne trouve ni bouton ni loquet.

Il attache sa ceinture – après tout ce temps passé en transport, il est plus mince, c'est déjà ça –, puis examine son visage dans le miroir. Quelle épave ! Ses favoris pendouillent, son bronzage part en capilotade et ses sourcils sont en vadrouille. Il répare sa bouche du mieux qu'il peut – il y a un peu de glu avec les favoris de rechange – et se remet de la poudre de soleil. Il retrousse sa lèvre supérieure pour essayer un sourire méprisant bien représentatif. Grotesque.

De l'autre côté de la porte, ils parlent de lui.

« Que ce que vous en pensez ? Il est à la hauteur de l'UR-ELF ?

— Il sait chanter ?

— On va voir. Il faut qu'il nous donne le déhanchement lascif total, sinon ça ne marchera pas.

— Et c'est toi qui dis ça ?

— Oh, arrête ça, essaie de te rendre utile pour une fois. »

Stan sort des toilettes. Les Elvis se montrent constructifs.

« Bien mieux !

— Un homme nouveau !

— J'adore les mecs nouveaux !

— Tiens, prends un café. Du sucre ? »

Les Elvis installent Stan dans un fauteuil, le regardent prendre quelques gorgées de café. Il bave : la manipulation des fausses lèvres est délicate.

« Il faut que tu fasses comme ça, déclare un des Elvis en projetant sa bouche en avant à la manière d'un groin. Au bout d'un moment, tu vas t'y habituer.

— Merci, dit Stan.

— Reprends ça dans un registre plus grave. *Merr-ci.* Tu envoies à partir du plexus solaire. On est plus proche du grognement... Elvis avait une tessiture stupéfiante.

— Maintenant, poursuit le chef Elvis, dans quelle position te vois-tu ? Ici, à UR-ELF, on a un large choix. On a Elvis le chanteur – danses, soirées, tout ce qui suppose de se mettre en scène ; c'est pour lui qu'on réclame les cachets les plus élevés. L'Elvis des mariages, il faut avoir les certifications pour que ce soit légal, mais par ici ce n'est pas difficile. Il y a aussi Elvis l'escort – pour assister à des événements, accompagner des gens à des dîners et peut-être à un spectacle.

— Et Elvis le chauffeur, s'ils le veulent, ajoute un des autres. Visite de la ville et ainsi de suite ; ils peuvent avoir envie que tu les emmènes en courses. Moi, c'est ce que je préfère. Et Elvis le garde du corps, pour les gros joueurs, comme ça personne n'essaie de piquer leur sac. Oh, et l'Elvis des maisons de retraite ; on fait les hôpitaux aussi, les soins palliatifs. Note, ça peut-être déprimant, je te préviens.

— L'Elvis chanteur, c'est le plus marrant, affirme un troisième Elvis. Là, on peut vraiment s'exprimer !

— Je ne sais pas chanter, rétorque Stan. Donc c'est hors de question. »

S'exprimer, c'est la dernière chose dont il ait envie à présent. Il ne pourrait que hurler.

« C'est lequel, le moins exigeant ? Pour commencer.

— Je pense que c'est peut-être les maisons de retraite, répond le chef Elvis. Les gens là-dedans ne feront pas la différence.

— Chéri, tu vas leur en mettre plein la vue. »

Est-ce qu'ils croient que je suis gay, moi aussi ? se demande Stan. *Merde.* Où est Veronica, bordel, et pourquoi Budge ne l'a-t-il pas préparé à cet épisode ? Personne ne lui a jamais dit qu'il lui faudrait jouer un rôle dans ce racket des Elvis. Est-ce qu'ils se moquent de lui ? Apparemment, sa présence dans une caisse d'expédition n'a pas l'air de les préoccuper plus que ça, c'est déjà une bonne chose.

LES SOULIERS ROUGES

Les Elvis lui ont préparé une place au Elvisorium, ainsi qu'ils appellent le bungalow des années cinquante, construction sur trois niveaux qu'ils partagent à plusieurs. Il dort dans la lingerie, sur un lit de camp, façon tacite de reconnaître qu'il ne va pas rester éternellement.

« Jusqu'à ce que ton protecteur se pointe, déclare le chef Elvis. Ta Marilyn ne devrait pas tarder.

— Entre-temps, nous, on a l'occasion de prendre soin de toi, intervient un deuxième Elvis. On en a, de la chance !

— On fait ça pour Budge, précise le chef Elvis. D'autant qu'il nous paye rudement bien. En pension complète. »

Stan demande combien de temps il est censé attendre, mais les Elvis ne semblent pas le savoir.

« Nous, on est juste ta couverture, Charlie, dit le chef Elvis. On te nourrit et on se débrouille pour que tu aies quelques contrats et que tu te remplumes. Bref, on fait les sept nains et, toi, Blanche-Neige ! »

Ils trouvent ça drôle.

Ils lui octroient quelques jours de loisir pendant qu'ils réfléchissent à la manière de l'intégrer. Ils lui conseillent de s'intéresser à la vie des rues, d'aller voir le Strip, ça en vaut vraiment la peine ! Néanmoins, ils insistent pour qu'il porte son costume complet chaque fois qu'il sort. C'est ainsi qu'on le remarquera le moins : dans cette ville, il y a des Elvis à la pelle. Si quelqu'un l'approche et souhaite prendre une photo avec lui, il n'a qu'une chose à faire, c'est poser et sourire, puis accepter le billet chiffonné qu'on pourrait lui proposer. Il doit résister à toute invitation de chanter. Il faut qu'il salue d'un signe de tête tous les autres Elvis qu'il pourrait croiser – pure courtoisie –, mais évite les conversations : tous les Elvis n'appartiennent pas à leur agence, UR-ElvisLiveForever, et ce ne serait pas bien si ces Elvis inférieurs se mettaient à lui poser des questions.

Ces Elvis – les siens – savent qu'il se cache, ou que quelqu'un le recherche peut-être ; qu'il y a en tout cas un truc louche. Mais ils sont discrets et ne lui demandent rien. Même pas d'où il vient. Même pas son patronyme.

Il arpente les rues, une heure chaque fois, regarde les sites à voir, pose pour une photo à l'occasion. Il ne peut pas rester longtemps dehors : tout est trop chaud, trop brillant, trop voyant, trop saturé. Un grand nombre de touristes épanouis circulent à droite et à gauche, ils profitent un maximum de cette parenthèse loin de la réalité, font des courses et passent de bar en bar en prenant des selfies avec des gens déguisés. Sur la rue principale, il y en a au moins un par carrefour : souris en gants blancs, Mickey ou Minnie ; Donald Duck ; Godzilla ; pirates ; Dark Vador ; gladiateurs. Il y a un faux forum romain, une tour Eiffel miniature, un canal vénitien avec ses gondoles. Il y a d'autres répliques, sauf que Stan n'arrive pas à deviner ce qu'elles représentent. L'endroit grouille de vendeurs : ballons en forme d'animaux, nourriture de rue, masques de carnaval, souvenirs de toutes sortes. Plusieurs vieilles femmes habillées en gitane lui fourrent sous le nez des cartes postales de jeunes filles court-vêtues avec leur numéro de téléphone.

De retour à l'Elvisorium, il prend de fréquentes douches et somnole beaucoup. Au début, il a eu du mal à dormir dans la journée parce que les Elvis chanteurs aiment à répéter leur numéro, accompagnés par des bandes instrumentales dont le volume sonore est bien trop fort. Il s'est vite acclimaté.

Personne ne vient récupérer sa boucle de ceinture et ses précieuses et scandaleuses données. Il la glisse sous son oreiller pour dormir.

Il est dehors, dans la rue, en train de manger un hot dog dans un café, en se protégeant du soleil du mieux qu'il peut, quand une Marilyn se glisse sur le siège à côté de lui.

« C'est Veronica, murmure-t-elle. Tout va bien ? Les gars te traitent correctement ? Tu as toujours la boucle de ceinture ?

— Oui, mais il faut que tu me dises...

— Nom de Dieu, regardez, les deux ensemble ! C'est fabuleux ! On peut prendre une photo ? »

Un mec au visage rougeaud et vêtu d'un T-shirt *I ♥ Vegas*, sa femme au sourire éclatant et deux ados à l'air ennuyé.

« D'accord, juste une », répond Veronica.

Elle rejette la tête en arrière, prend le sourire Marilyn, glisse son bras sous celui de Stan ; ils posent. Mais plusieurs autres couples armés d'appareils photo s'approchent et les cernent. Gare à l'émeute.

« On se reparle plus tard, lâche-t-elle en souriant. Faut que je file ! »

Elle embrasse Stan sur le front, en lui laissant – à ce qu'il présume – la marque d'une grosse bouche rouge. Elle s'éloigne sans oublier de rouler du cul à la Marilyn, quasiment en boitant. Elle a un nouveau cabas rouge ; Stan ne peut que supposer que son gigolo de nounours est dedans.

Pour sa première affectation, il est envoyé dans l'aile des soins palliatifs des Souliers Rouges ; c'est la chaîne où Charmaine travaillait avant qu'ils ne perdent tous les deux leur emploi, si bien que le décor a quelque chose de familier. Il ne s'autorise pas à trop réfléchir aux raisons pour lesquelles ça a capoté entre eux deux, ni à l'endroit où Charmaine peut se trouver maintenant. Il se refuse à broyer du noir. Il faut qu'il prenne les choses au jour le jour.

Le boulot n'est pas compliqué. Une fois qu'il a été retenu par un ami ou un proche, tout ce qu'il a à faire, c'est de se couler dans le costume et dans le rôle. Ensuite, il livre des bouquets de fleurs à des patients âgés – des patientes âgées, car ce sont les Marilyn qui s'occupent des hommes. Les infirmières des soins palliatifs lui font bon accueil, elles affirment qu'il est un rayon de soleil : grâce à lui, les patientes retrouvent un regain d'intérêt pour la vie.

« Nous, on ne considère pas les clients ici comme des mourants, lui confie l'une d'elles lors de sa première visite. Après tout, on est tous mourant, à part que certains d'entre nous meurent plus lentement. »

Il y a des jours où il y croit ; et d'autres où il se fait l'effet d'être la Faucheuse. L'Ange de la mort sous les traits d'Elvis. Ça colle, grosso modo.

À chaque livraison, il présente sa carte d'identité avec le logo UR-ELF à la réception, franchit la sécurité et se voit escorter jusqu'à la porte de la patiente. Là, il fait une entrée fracassante, mais pas trop : une bruyante surprise risquerait d'être fatale. Ensuite, il offre les fleurs avec une révérence, un tournoiement de cape et une suggestion de mouvement pelvien.

Après quoi, il s'assied à côté du lit d'hôpital, prend la main frêle et tremblante et dit à la patiente qu'il l'aime. Elles adorent recevoir ce message sous la forme des tubes d'Elvis – « I Want You, I Need You, I Love You », ou « I'm All Shook up » ou « Let Me Be Your Teddy Bear » –, cependant il n'est pas obligé de chanter ces chansons, il suffit qu'il murmure les titres. Certaines patientes ont à peine conscience de sa présence, mais d'autres, moins faibles, se régalent de le voir et le trouvent bien charmant.

Pourtant, d'autres croient avoir affaire au vrai Elvis.

« Oh, Elvis, enfin, tu es là ! Je savais que tu viendrais, s'exclame une vieille dame en nouant des bras aussi fins que des allumettes autour de son cou. Je t'aime ! Je t'aime depuis toujours ! Embrasse-moi !

— Moi aussi, je t'aime, chérie, grommelle-t-il en retour, en posant ses lèvres caoutchouteuses sur sa joue fripée. *I love you tender.*

— Oh, Elvis ! »

Quand il a commencé, il se faisait l'effet d'être un vilain connard, à batifoler comme ça dans cet accoutrement bidon en se faisant passer pour quelqu'un qu'il n'est pas ; mais plus il pratique, plus ça devient facile. Après la cinquième ou sixième fois, il aime vraiment ces vieilles biques, l'espace d'un moment du moins. Il leur apporte tellement de joie. À quand remonte la dernière fois où quelqu'un a été aussi heureux de le voir ?

XII | ESCORT

ELVISORIUM

Stan est à l'Elvisorium, il joue au poker Texas hold'em en buvant de la bière avec trois autres Elvis. Ils ne jouent pas de l'argent, pas fous ; ils ont vu trop de joueurs y laisser leur chemise. Ils jouent des pancakes – ceux du Baby Stacks Café, qu'ils peuvent échanger contre du bacon ou des sandwiches au beurre de cacahuète ; par ailleurs, il n'est dit nulle part qu'on est obligé de tout manger ; s'ils abusent des pancakes, leur ceinture à boucle argent ne fera plus le tour de leur taille ballonnée. Le concept, c'est d'avoir l'Elvis à la taille fine des jours de gloire, pas l'Elvis bouffi de la décrépitude.

Stan connaît désormais les vrais noms des membres de l'équipe Elvis UR-ELF. Rob, le plus grand, en est le fondateur et directeur général. Il gère les réservations, les relations presse, dont le site web, et c'est aussi lui qui veille sur les performances globales. Pete, le second en charge, s'occupe des finances. Ted – un poil rondouillard pour un Elvis – a la responsabilité de la bonne marche de l'Elvisorium au quotidien : nettoyage à sec des costumes, draps et serviettes, courses de base. D'après Pete, si UR-ELF est profitable, c'est seulement parce qu'ils réduisent les frais généraux au maximum.

La boîte est sur la corde ; le champagne ne coule pas à flot, le caviar reste au placard. Ils sont toujours à l'affût d'une petite astuce pour mettre du beurre dans les épinards, hélas ! des fois, ça coince. Ils ont bien essayé l'Elvis jongleur, mais sans succès. Même chose pour l'Elvis funambule. Les fans ne veulent pas que les Elvis fassent des trucs que l'Elvis historique n'aurait jamais faits. Ça ressemblerait trop à un manque de respect du King, et ils n'apprécient pas.

Ce jour-là, les affaires marchent mal, alors les joueurs de poker ne se sont pas mis « dans la peau de leur personnage », selon le raccourci de Rob quand il parle de leurs costumes. Ils sont en shorts, T-shirts et tongs. Dehors, il fait 40 degrés et la clim est en panne. Par chance, Vegas est en plein désert, il n'y a donc pas d'humidité, c'est déjà ça.

Maintenant, Stan sait que tous les Elvis ne sont pas gays. Certains le sont, et il y a deux bi et un asexué, mais qui sait faire la différence à l'heure actuelle ?

« Disons que c'est un continuum, explique Rob à Stan le deuxième jour. Au fond, on marche tous à l'huile et au vinaigre. Moi, je navigue entre deux femmes. Rien que de très ordinaire et barbant. »

Stan n'est pas convaincu par la théorie du continuum. Mais pourquoi devrait-il se soucier de ce que les autres mecs font de leur temps libre ?

« Avec votre façon de parler, j'ai failli vous prendre pour des homos quand je suis arrivé.

— On t'a eu, oui ! riposte Pete. Mais ce n'est que de la comédie. UR-ELF a été créé par des acteurs pour les jours de vache maigre.

— Pour la plupart, on est ici uniquement pour décrocher un rôle dans un des spectacles, ajoute Rob.

— À propos, on coache les gens désireux d'apprendre

à jouer gay, précise Ted. Pour nos nouveaux Elvis. Dix astuces pour jouer gay, ce genre de choses. Stan, on va peut-être devoir te filer des tuyaux.

— Un hétéro jouant un homo jouant un hétéro, mais de façon à ce que tout le monde le prenne pour un vrai homo... ça demande du talent. Imagine la complexité. Il y a des mecs qui forcent le trait. Ça tient à un fil», renchérit Rob.

Tout à coup, Stan a repensé aux nuits où il était obligé de jouer n'importe quel fantasme que Jocelyn lui avait assigné.

«OK, lâche-t-il, pour ce qui est de jouer la comédie, je pige, mais pourquoi faire gay? Je suis peut-être bouché, mais Elvis n'était absolument pas gay, alors...

— C'est les clients, rétorque Rob. Et leurs proches. Ceux qui nous retiennent pour une petite surprise. Ils préfèrent un Elvis gay.

— Je ne comprends pas.

— Ils ne veulent pas être surpris par des dérives olé olé, explique Rob. Surtout dans les hôpitaux. Avec les patientes, celles dans les chambres individuelles. Il y a eu des incidents dans le passé.»

Stan éclate de rire.

«Non! Tu déconnes! Qui voudrait...»

Qui pourrait vouloir sauter une centenaire avec des tubes partout et des fuites tous azimuts ? songe-t-il.

«C'est Vegas. Tu serais surpris», dit Rob.

«Une bière?» demande Pete qui pose son jeu et se lève.

Stan acquiesce et rumine devant ses cartes. Il est en veine, tout près de remporter une autre pile de pancakes.

«Il paraît qu'il y a de nouvelles productions, lance Ted. Les spectacles explosent, c'est bien mieux qu'à Broadway.

— Dan a touché le gros lot, dit Rob. Ils cherchaient quelqu'un pour un *Songe d'une nuit fêlée* cent pour cent masculin, et il a décroché le rôle de Tit Anus. C'est pour ça qu'on ne le voit plus.

— Espérons que sa voix tiendra le coup. C'est pas ce qu'on appelle du chant, remarque Pete avec une pointe de rancœur. Personnellement, j'aimerais pas faire partie de ce cirque. »

Stan a perdu pied – qui est Tit Anus ? –, mais quand ils se mettent à parler boutique, il vaut mieux ne pas demander.

« Il a déjà eu la chance de ne pas se taper Toile d'Araignée, remarque Ted. Avec les ailes de fée.

— Ni Puck, bordel. T'imagines les jeux de mots. J'ai entendu dire qu'ils allaient faire un *Annie* cent pour cent masculin, l'année prochaine, dit Pete. Je vais postuler pour la peau de vache qui tient l'orphelinat, c'est quoi son nom déjà ? Je l'ai déjà fait une fois, à Philadelphie. Je pourrais être épatant dans ce rôle.

— Cinq pancakes, dit Rob en abattant ses cartes. Vous pouvez payer dimanche.

— On rejoue ? propose Ted. Je vais te les reprendre, tes pancakes. On m'en doit six de toute façon, de la dernière fois.

— Dans ce cas-là, c'est quelqu'un d'autre qui donne, déclare Rob.

— On le fait à pile ou face.

— Vu que Dan n'est pas là, il nous manque un escort. Il va bientôt y avoir une conférence importante, l'ANM. Il va y avoir de la demande, dit Rob.

— L'ANM ? » s'enquiert Stan.

Ils sont toujours à lancer des abréviations de ce genre, acronymes d'organisations dont il n'a jamais entendu parler.

« L'Association nationale des médias. Télé, radio, tout le tintouin. Ils vont voir des expos, écoutent des exposés toute la journée, boivent du café infâme, la routine. Et, le soir, ils vont au spectacle. Beaucoup de femmes célibataires, pas toujours jeunes. Ça te tente, Stan ?

— Quoi donc ? fait Stan avec prudence.

— Escort Elvis. Tu es super dans les hôpitaux, tu ne récoltes que des étoiles et des félicitations dans les commentaires du site web, tu devrais donc bien t'en tirer. Tu vas au spectacle, tu manges un morceau, tu bois un coup. Là, elles vont peut-être te draguer, te proposer un extra pour monter dans leur chambre. Et c'est là qu'être gay peut se révéler utile.

— En effet, répond Stan. Je vais peut-être avoir besoin de leçons en homosexualité.

— Mais nous, on veut que le client soit cent pour cent satisfait. On est pour l'égalité des sexes. Si la dame est prête à payer pour avoir du sexe, on lui en procure.

— Non mais attends..., s'exclame Stan.

— Pas toi, le rassure Rob. Tu nous appelles sur le portable, sur la ligne de nuit de l'UR-ELF, et on t'envoie un Elvis-bot. On se fait un sacré beurre là-dessus ! C'est comme un supergode, avec un corps au bout. Et, en option, un vibro inclus.

— J'aimerais pouvoir en dire autant, soupire Pete.

— Ensuite, tu causes avec elles, tu leur sers un verre et tu leur dis que tu es vraiment désolé de ne pas être hétéro. Quand le Elvis arrive, tu l'allumes et il fredonne pendant que tu parcours les instructions avec ta cliente : il répond aux commandes vocales simples, du style *Love Me Tonight*, *Wooden Heart* et *Jingle Bell Rock*. Pour celle-ci, le rythme est un peu soutenu, mais il y en a qui aiment. Ensuite, tu attends à la réception. Tu auras une oreillette, donc tu sauras si tout se passe comme prévu. »

Génial, songe Stan. *Se garer dans un lobby pour écouter discretos les ébats d'une poule moisie.* Lui, perso, les femmes insatiables, il a eu sa dose. Il repense à la réserve quasi virginale de Charmaine juste après leur mariage. Il n'a pas su l'apprécier à sa juste valeur.

« Pourquoi il faut que j'attende à la réception ?

— Pour superviser le retour de la marchandise et réagir également en cas de dysfonctionnement, explique Rob.

— D'accord, dit Stan. Et je m'en aperçois comment ?

— Si ça crie trop, tu interviens. Tu montes en vitesse et tu arrêtes la machine.

— Ça ne fait pas le même bruit, dit Rob. Les cris. Ils sont plus terrifiés.

— Personne ne veut se faire baiser à mort », conclut Pete.

POURQUOI SOUFFRIR ?

Ed n'est toujours pas revenu au bureau. Le seul événement notable, c'est l'arrivée de trois hommes à la poche de veste frappée du logo de Positron. Ils apportent une grande caisse : un bureau debout, expliquent-ils, qu'ils ont ordre d'installer dans la pièce du big boss. Une fois qu'ils ont déposé leur marchandise, ils s'en vont et Charmaine se retrouve seule avec ses occupations qui, en l'occurrence, consistent à retirer collants et chaussures et à se vernir les ongles des orteils. Le tout sans quitter sa table de travail, au cas où quelqu'un entrerait.

La couleur à laquelle elle a droit est Blush Pink. Rien de flamboyant, ni de tape-à-l'œil ni de fuchsia. C'est Aurora qui le lui a acheté et le lui a remis en lâchant avec sa suffisance habituelle : « Tenez, il paraît qu'il est très populaire auprès des gamines de douze ans, je suis sûre que ça fera passer le bon message. » Aurora attache une grande importance à ce genre de détails, ce qui est utile, mais Charmaine sent approcher le moment où elle va hurler : « Flûte ! Fichez-moi la paix ! Arrêtez de me parler comme si je n'avais pas mon mot à dire ! » Ou un truc de cette farine.

Se vernir les ongles lui remonte le moral. La plupart des hommes ne comprennent pas combien changer la couleur de ses ongles de pied peut vous requinquer. Un jour, ils vivaient dans la voiture à l'époque, Stan s'était énervé, parce qu'elle avait dépensé – il n'avait pas dit « dépensé » mais « foutu en l'air ! » – une partie de son pourboire de chez PixelDust pour un flacon de vernis corail nacré ravissant. Ils s'étaient disputés, elle avait dit que c'était son argent, qu'elle l'avait gagné toute seule et que ce n'était pas comme si le vernis coûtait une fortune, et alors lui l'avait accusée de lui reprocher de ne pas avoir de boulot. Elle avait répondu qu'elle ne lui reprochait rien du tout, mais voulait juste avoir de jolis ongles pour lui. Il lui avait balancé qu'il n'en avait foutrement rien à foutre de sa foutue couleur de vernis, ce qui avait fait pleurer Charmaine.

Elle pleure un peu en évoquant ces souvenirs. Faut-il que les choses aillent mal pour qu'elle en vienne à regretter le temps où ils vivaient dans la bagnole ! Mais ce n'est pas la bagnole qui la rend triste, c'est l'absence de Stan. Et le fait de ne pas savoir s'il est fâché contre elle. Vraiment fâché, et non foutrement furieux contre la foutue couleur de ses doigts de pied. Ce n'est pas du tout pareil.

Elle essaie de ne plus penser à l'absence de Stan. « Les choses sont comme elles sont, disait mémé Win, et ce qui ne nous tue pas nous rend plus fort », ou encore : « Ris et le monde rira avec toi, mais pleure, et tu resteras seule. » Peut-être qu'elle est punie pour avoir répondu à Stan dans la voiture à l'époque.

(*Je t'apprendrai à me répondre, tiens !* Qui est-ce qui avait dit ça ? Et en quoi avait-elle répondu ? Pleurer, c'est pareil que répondre ? Oui, parce qu'après quelque chose de moche s'était passé. *Que ça te serve de leçon.* Mais quelle leçon ?)

Elle fait le vide dans sa tête. Puis, après avoir passé un moment à fixer la carte couverte de punaises orange et rouges, façon éruption de rougeole, elle se dit qu'Ed aura besoin d'une lampe pour son bureau debout, ce qui lui fournit un bon prétexte pour consulter le catalogue en ligne de Consilience. Elle navigue de site en site pour trouver la bonne section et s'attarde peut-être un peu trop longtemps sur les onglets « Magie Cosmétique » et « Mode pour femmes » avant de commander le luminaire qu'il faut.

Puis il est temps de rentrer chez elle. Donc, elle rentre chez elle. Non pas que ce soit vraiment son chez-elle. C'est plutôt juste un logement, parce que, comme disait mémé Win : « C'est l'amour qui transforme un logement en un chez-soi. »

Parfois, elle aimerait que mémé Win arrête de lui phagocyter la tête.

Confortablement lovée sur le canapé du salon, Aurora déguste une tasse de thé avec un carré aux dattes. Est-ce que Charmaine voudrait l'accompagner ? lui propose-t-elle avec son large sourire figé. *Non mais ! On croirait que c'est elle l'hôtesse, et moi qui lui rends visite*, pense Charmaine. N'empêche, elle passe là-dessus, parce qu'elle n'a pas d'autre choix que de s'entendre avec cette bonne femme. Elle prend sur elle.

« Non, merci, pas de thé. Maintenant, un petit verre me ferait le plus grand bien. Je parie qu'il y a des olives ou autre chose dans le frigo. »

La dernière fois qu'elle a jeté un coup d'œil dedans, il y avait des olives, mais la nourriture ne cesse d'apparaître et de disparaître, comme si des hordes de gremlins squattaient la maison.

« Certainement », dit Aurora tandis que Charmaine s'enfonce dans le fauteuil en retirant ses chaussures d'un mouvement brusque.

Un silence s'abat, chacune d'elles attend de voir si l'autre va se lever. *Flûte*, songe Charmaine, *pourquoi est-ce que je devrais être sa bonne à tout faire ? Si elle veut jouer les hôtesses, libre à elle !*

Au bout d'un moment, Aurora pose sa tasse et s'extrait du sofa. Elle sort les olives, les dispose dans un bol, puis fourrage dans les bouteilles d'alcool. Il y en a plus qu'avant : Jocelyn bénéficie d'un quota spécial, elle n'est pas limitée comme tout le monde et c'est elle qui rapporte l'alcool. Consilience voit d'un mauvais œil les alcooliques, des improductifs enclins à avoir des problèmes de santé, et pourquoi la communauté devrait-elle payer parce qu'un individu est intempérant ? Ils en ont beaucoup parlé à la télé récemment. *Il n'y aurait pas un peu de contrebande ?* se demande Charmaine. Et les gens, est-ce qu'ils distillent des épluchures de pommes de terre ou autre ? Boivent-ils plus pour tromper leur ennui ?

« Campari soda ? » suggère Aurora.

Qu'est-ce que c'est que ça ? se dit Charmaine. *Sans doute une boisson de snobinards que nous, les ploucs, on ne connaît pas !*

« Peu importe, du moment que ça me donne un coup de fouet. »

La boisson est rougeâtre et amère, mais après quelques gorgées, Charmaine se sent déjà mieux.

Aurora attend que Charmaine ait vidé la moitié de son verre pour lui annoncer :

« Je vais rester ici ce week-end. Jocelyn a jugé que ce serait mieux que je garde un œil sur vous, en cas d'imprévu. »

Et flûte. Et Charmaine qui attendait ce moment de tranquillité avec impatience ! Elle aimerait se prélasser dans son bain, derrière le rideau de douche la protégeant de la caméra, sans avoir à craindre que quelqu'un vienne se curer les dents à côté d'elle.

« Oh, je ne veux pas vous déranger, s'écrie-t-elle. Je ne crois pas qu'un imprévu... je vais bien, je vous assure. Je n'ai pas besoin...

— Oui, je n'en doute pas, réplique Aurora du ton qu'elle adopte pour signifier qu'elle pense le contraire. Mais voyez les choses sous cet angle : et s'il décidait de vous rendre visite ?

Et si, tu parles, songe Charmaine. Elle n'a pas besoin de demander de qui « il » s'agit. Mais elle doute beaucoup de sa venue, puisque, d'après Jocelyn, il a encore la bite dans le plâtre.

« Je ne pense pas qu'il viendra. Pas ce week-end. »

— On ne sait jamais, insiste Aurora. Je me suis laissé dire qu'il pouvait se montrer impétueux. De toute façon, il sera ravi de savoir que vous avez un chaperon. Je me suis aussi laissé dire qu'il pouvait être très jaloux. Et nous ne voudrions pas éveiller d'inutiles soupçons, n'est-ce pas ? »

Le week-end avec Aurora se révèle plus agréable que prévu. Il ne faut jamais rater une occasion d'apprendre quelque chose, et Charmaine apprend plusieurs choses. Premièrement, elle apprend qu'Aurora sait faire de délicieux œufs brouillés.

Deuxièmement, qu'Ed compte partir en voyage, et qu'elle sera invitée, mais ce n'est qu'une info en passant, car Aurora ne peut pas dire ni où ni quand ce sera.

Et troisièmement, elle apprend que le visage d'Aurora n'est pas son visage d'origine. Il a toujours été évident qu'elle avait été retouchée, Charmaine s'en est aperçue dès le début, mais la vérité dépasse une simple histoire de chirurgie esthétique.

« Tu t'es peut-être interrogée sur mon visage », lance Aurora en guise d'entrée en matière.

C'est le dimanche, et elles viennent de regarder *Certains l'aiment chaud* en mangeant du pop-corn et en buvant de la bière. Ce n'est pas que Charmaine aime la bière tant que ça, mais il lui a semblé que c'était ce qu'il fallait faire. Puis elles se sont lancées dans les cocktails, qui à ce stade du week-end s'avèrent assez originaux, les ingrédients commençant à manquer.

À présent, elles ont l'impression d'être deux grandes grandes amies, du temps du lycée. Charmaine, du moins. Pourtant, elle n'a jamais eu de grandes grandes amies au lycée. Petite, elle n'a pas eu le droit d'en avoir, et plus tard elle n'en a pas ressenti le besoin parce qu'elles lui auraient posé trop de questions personnelles. Peut-être qu'elle a enfin, certes un peu tardivement, une grande amie. Ou bien, c'est juste l'effet de son quatrième campari – encore que c'était peut-être un gin-tonic (ou bien un truc avec de la vodka) ?

« Ton visage ? Qu'est-ce que tu veux dire ? fait Charmaine, du ton de celle qui n'a jamais rien remarqué d'anormal.

— Tu n'as pas à faire semblant. Je sais à quoi je ressemble. Je sais que c'est trop.... tiré. Mais j'étais totalement différente avant. Et puis, pendant un moment, j'ai été... je n'ai plus eu de visage du tout.

— Plus de visage ? Mais tout le monde a un visage !

— Le mien a été raclé.

— Tu rigoles. »

Charmaine ne peut s'empêcher de rire, c'est vraiment trop ridicule de parler d'un visage raclé, comme on parlerait de racler le glaçage d'un gâteau, et Aurora se met à rire aussi, autant qu'elle le peut, compte tenu de...

« J'ai eu un accident de roller derby, explique Aurora quand elles ont fini de rire. La boîte de conseils en communication où je travaillais à l'époque a organisé un truc caritatif afin de lever des fonds pour la lutte contre le cancer du poumon. J'imagine que je n'aurais pas dû me porter volontaire, mais je tenais vraiment à contribuer à cette initiative, tu vois.

— Oh ! oui. Je comprends. Mais le roller derby, c'est dangereux », déclare Charmaine.

Elle n'aurait jamais deviné qu'Aurora pouvait être aussi sportive. Le visage raclé ! Ça lui fait mal rien que d'y penser. Aurora lui paraît floue et Charmaine réussit presque à voir sous sa peau. De la douleur, voilà ce qu'il y a dessous. Tellement de douleur.

« Oui, j'étais jeune à l'époque, je me croyais solide. Je ne devrais même pas parler d'accident, c'est Maria, de la comptabilité, qui m'a fait un croche-pied délibérément. Elle avait une dent contre moi à cause d'un mec, Chet, alors qu'il n'y avait rien entre nous. Et j'ai atterri en plein sur la figure, à toute vitesse. En me relevant, j'avais une tête de hamburger.

— Oh, bredouille Charmaine, un peu dégrisée. Oh, c'est horrible.

— Je n'ai pas pu la poursuivre, le cas n'était même pas prévu.

— Bien sûr que non, renchérit Charmaine, compatissante. Ces sales compagnies d'assurances.

— Ils m'ont offert une greffe totale du visage, si je signais à Positron.

— Vraiment ? On peut faire ça avec des visages ? » s'enquiert Charmaine.

Hop, tu enlèves ton visage, et hop on t'en recolle un autre à la place. On peut donc devenir quelqu'un de totalement différent, non seulement à l'intérieur mais aussi à l'extérieur.

« Oui, ils en étaient au stade des expérimentations et voilà que je déboule. Pour eux, j'étais du sur-mesure. Ils voulaient voir s'ils pouvaient réaliser une transplantation totale sur moi. Pourquoi souffrir ? C'est comme ça qu'ils m'ont présenté les choses.

— Quel visage as-tu reçu ? »

Quel manque de tact ! Charmaine n'aurait pas dû poser cette question. Le visage d'une Procédure, bien sûr. Le visage de quelqu'un qui n'a plus besoin de son visage. Qu'ils aient été déjà morts ou en train de planer quand on les a prélevés, ils ne s'en seraient pas aperçus. C'était super, mieux, bien. La tête renversée en arrière, elle vide son verre.

« Ils en étaient au tout début. Ils font les choses autrement maintenant, dit Aurora.

— Autrement ? répète Charmaine. Les choses... Ils les tuent autrement ? Les prisonniers ? Ils ne subissent pas la Procédure ? »

Elle n'aurait pas dû sortir ça, elle sait qu'il ne faut jamais utiliser le mot en T. Elle a trop bu. Heureusement qu'elle n'a pas dit *assassiner*.

« Tuer, c'est dur, lance Aurora. On y a recouru pour soulager une douleur excessive. Et heureusement, il y a aujourd'hui beaucoup d'autres façons de procéder. Pour soulager la douleur excessive. Des méthodes moins dures.

— Tu veux dire qu'ils ne les tuent pas ? »

Charmaine s'entend parler comme une enfant de cinq ans. Elle force sur le côté idiote.

« Quasiment plus. Ce qu'il y a, c'est que les gens se sentent seuls, ils veulent que quelqu'un les aime. Et maintenant c'est possible pour tout le monde, même si on ne ressemble plus à rien. Pourquoi subir ce traumatisme émotionnel ? Moi, en tout cas, j'approuve la solution globale ! Vu ma... cette tête, tu peux bien imaginer que je n'ai pas eu trop de vie amoureuse depuis mon accident.

— Ma pauvre. C'est sûr que ça peut avoir un côté négatif.

— Comment ça ? demande Aurora un peu froidement.

— Bah, tu sais. Pour la vie amoureuse, tout ça. »

Charmaine pourrait aussi lister à Aurora de nombreux côtés négatifs chez elle, mais pourquoi s'attarder sur ce genre de choses ?

« Pas si la personne est folle de toi, poursuit Aurora. Pas si cette personne est totalement focalisée sur toi, et sur personne d'autre. Ça peut se faire en modifiant le cerveau, c'est comme un philtre d'amour.

— Oh, ce serait... »

Quel est le terme pour ça déjà ? Incroyable ? Impossible ? Charmaine a l'impression qu'elle n'a jamais eu beaucoup le choix en amour, surtout pour ce qui était des histoires désespérées. Du genre où il y avait surtout du sexe. Quand on aime quelqu'un comme ça, pan ! On ne répond plus de rien. C'est comme glisser sur un toboggan : impossible de s'arrêter. Du moins, c'était comme ça avec Max. Peut-être qu'elle ne pourra jamais plus ressentir un truc pareil.

« Jocelyn m'a promis, poursuit Aurora. Si je l'aidais. Elle dit qu'elle pourra m'arranger ça, bientôt, dès qu'elle aura identifié le bon partenaire. J'attends depuis si longtemps ! Mais maintenant, je peux entamer une vie nouvelle. »

Ses yeux se remplissent de larmes.

Charmaine se sent presque envieuse. Une vie nouvelle. Comment en avoir une elle aussi ?

ESCORT

« Tu as décroché ton premier job d'Escort Elvis », annonce Rob à Stan au petit déjeuner.

Au petit déjeuner de Stan, car, pour Rob, c'est déjà le déjeuner, mais Stan a fait la grasse matinée. De toute façon, tous deux mangent à peu près la même chose : une bouffe indifférenciée. Des choses déjà tranchées, enveloppées dans de l'aluminium ou en bocal. L'Elvisorium n'est pas un établissement gastronomique.

Stan, qui boulotte des Pringles, s'interrompt d'un coup. Il faut qu'il arrête de s'empiffrer de ces machins-là, ils font grossir.

« Avec qui ?

— Une femme qui participe à la conférence des médias. L'ANM. D'après ce que j'ai pu saisir, elle bosse, ou bossait, pour la télé. Selon elle, j'aurais dû la reconnaître. Elle veut que quelqu'un l'accompagne à un spectacle. Ça a l'air inoffensif. »

Stan éprouve une certaine nervosité. *Le trac de l'artiste avant d'entrer en scène*, se dit-il. Pourquoi s'inquiéter ? Ce n'est pas son vrai job, et ce n'est pas pour le reste de sa putain de vie.

« Alors, je dois faire quoi au juste ?

— Ce qu'elle a demandé dans sa réservation, répond Rob. Tu n'es même pas obligé de dîner, ce n'est que pour le spectacle. Pour le sexe, tu ne sauras que plus tard dans la soirée ; des fois, c'est un achat impulsif. Mais n'oublie jamais de les complimenter sur leur tenue. Regarde-les dans les yeux, et tout le tralala. Chez UR-ELF, on est réputés pour l'attention discrète qu'on porte au moindre détail.

— OK, pigé », dit Stan.

Pour calmer ses nerfs, il s'offre sa balade habituelle sur le Strip, pose pour quelques photos, ramasse quelques dollars, et même un billet de cinq de la part d'un type d'Illinois qui ne regarde pas à la dépense. Quand il revient à l'Elvisorium, Rob est toujours dans la cuisine.

« Il y a des mecs qui sont passés, ils te cherchaient, dit-il. Ils avaient ta photo.

— Quel genre de mecs ?

— Quatre mecs. Chauves. Avec des lunettes de soleil.

— Tu leur as dit quoi ? »

Quatre mecs chauves avec des lunettes de soleil – ça ne présage rien de bon. Jocelyn n'a jamais évoqué un développement pareil, Budge et Veronica non plus. A priori, son contact, c'est une personne et une seule. Ed est-il remonté à la source de la fuite de données, a-t-il arraché ses ongles à Jocelyn pour lui soutirer l'adresse de Stan ? Ces mecs seraient-ils ses hommes de main ? Il se voit poussé dans une voiture, puis attaché à une chaise dans un garage vide où ils lui arrangent le portrait jusqu'à ce qu'il crie : *C'est dans la boucle de ceinture !* Il transpire déjà sous sa carapace d'Elvis. Ou du moins plus qu'il y a dix minutes.

« Qu'ils n'étaient pas à la bonne adresse. Ils ne m'ont pas fait super impression.

— Quel genre de photo ? demande Stan qui va se chercher une bière et en descend la moitié d'un trait. De moi ? Tu crois qu'elle a été prise ici ? »

Si c'est le cas, il est dans le pétrin.

« Nan, une vieille photo. Tu es sur une plage en compagnie d'une jolie blonde, et tu portes une chemise avec des pingouins. »

Stan sent son estomac se nouer. C'est la photo de sa lune de miel, forcément. La dernière fois qu'il en a vu une copie, c'était à Possibilibots. À côté de la tête de Charmaine, et lui avait été coupé. Aucun doute, c'est Ed et le Projet qui mènent la danse. Ils l'ont retrouvé.

Putain, pense-t-il, *je suis cuit.*

Il présume qu'il a intérêt à rester au milieu de la foule – les brutes chauves n'auront pas envie d'attirer l'attention sur eux en l'enlevant –, c'est donc une bonne chose qu'il ait une cliente le soir même. Elle s'appelle Lucinda Quant, ce qui lui dit vaguement quelque chose.

À l'époque où ils vivaient dans la voiture, est-ce que Charmaine ne regardait pas un programme télé dont la fameuse Lucinda était l'animatrice ? La première fois qu'il a entendu ce nom, il a pensé à toutes les blagues qu'il avait dû susciter dans les vestiaires à l'époque où Lucinda était adolescente.

Comme convenu, il la rencontre à l'hôtel – le Vénitien. Le lobby grouille de gens participant à la conférence ANM, ils ont toujours leur badge. Certains d'entre eux ont l'air d'être connus, ou de l'avoir été. Les autres, plus dépenaillés, font sans doute de la radio.

Lucinda Quant le repère avant qu'il ne la voie.

« C'est toi, mon Elvis de location ? »

Il baisse les yeux sur le badge de son interlocutrice et lâche d'une voix rauque :

« Oui, ma petite dame.

— Pas mal », répond Lucinda.

Elle a dans les cinquante ou peut-être même soixante ans, Stan ne saurait le dire car elle est très bronzée et très ridée. Elle attrape le bras de son escort, fait un signe d'au revoir à un groupe animé de collègues journalistes et s'écrie : « Quittons ce cirque. »

Stan l'aide à s'installer dans le taxi, fait le tour du véhicule et s'assied à ses côtés. Il lui adresse son sourire le plus caoutchouteux, qu'elle ne lui rend pas. Elle a des bras fins, des dents blanchies et des kyrielles de bijoux en argent et turquoise. Ses cheveux sont teints en noir, ses sourcils tracés au crayon et elle a sur la tête deux petites cornes de chevreau, mais orange.

« Bonsoir, m'daaaame, lui sort-il dans son répertoire Elvis. J'admire énormément ces belles cornes que vous avez là. »

C'est une façon comme une autre d'entamer la conversation.

Elle s'esclaffe. Elle a le rire rauque de la fumeuse de longue date.

« Je les ai achetées ici, à un vendeur de rue. Il paraît que ce sont les cornes de Turlutin.

— Turlutin ?

— C'est un petit lutin nymphomaniaque, explique Lucinda Quant. Un truc de manga. Mes petits-enfants connaissent, pour eux, c'est hyperbranché.

— Ils ont quel âge ? demande Stan poliment.

— Huit et dix ans. Ils savent même ce que turlutte veut dire. Moi, à leur âge, je ne savais pas par quel bout me fourrer la sucette dans la bouche. »

Est-ce un sous-entendu ? Stan espère que non. *Serre les dents, Stan. Sois un homme. Mieux encore, sois un autre homme.* Lucinda empeste Blue Suede, parfum créé en hommage à Elvis et que Stan a beaucoup respiré ces derniers temps. Beaucoup de vieilles bonnes femmes le portent, ce doit être un peu comme les chats qui se roulent sur les T-shirts de leur maître décédé. C'est bizarre de porter un parfum ayant un nom de chaussures, mais, bon, il n'y connaît pas grand-chose ! L'arôme – proche de la cannelle, avec une note de fond de crème pour cuir – émane d'entre les seins de Lucinda, sur lesquels le décolleté plongeant de sa robe écarlate aux motifs d'hibiscus offre un beau point de vue.

« Au début, j'ai donc pensé que ces cornes étaient destinées à des enfants, continue Lucinda. Mais, après, je me suis dit, pourquoi pas ? Vas-y, ma fille ! Profites-en tant que tu peux, voilà ma devise. Je vous préviens d'entrée, ce ne sont pas mes vrais cheveux. C'est une perruque. J'ai survécu au cancer, du moins jusqu'à maintenant, touchons du bois, et maintenant je veux juste m'éclater.

— Pas de problème. Ce ne sont pas mes vraies lèvres non plus », rétorque Stan.

Lucinda éclate de rire.

« Tu es fabuleux », dit-elle.

Elle se glisse vers lui et cale une de ses fesses osseuses contre sa cuisse. Faut-il qu'il lui dise, de sa voix profonde d'Elvis : *Whoa, chérie ! On a toute la nuit devant nous ?* Non. Ce serait lui donner de faux espoirs. À la place, il lui lance :

« Bon, puisque vous êtes franche avec moi, je dois vous avouer que je suis gay. »

Elle part de son rire rauque de fumeuse.

« Non, tu n'es pas gay, dit-elle en lui tapotant son genou vêtu de blanc. Mais il y a de l'idée. On pourra en reparler plus tard. »

Ils arrivent au spectacle, juste à temps. Le casino, neuf, décline le thème Empire russe : déjà, il s'appelle Le Kremlin. Dômes à bulbe doré à l'extérieur et, pour les accueillir, serviteurs à bottes rouges, cracheurs de feu en rang d'oignons habillés à la cosaque. L'un d'eux aide Lucinda à descendre de voiture sans lâcher la torche qu'il brandit de l'autre main.

Les bars servent des cocktails White Russians et, sur de nombreuses tables de jeu, des danseuses dotées de cache-tétons en fausse fourrure se déhanchent sur du rock slave. Il y a quatre théâtres à l'intérieur. D'après Rob, les spectacles rapportent désormais plus que les jeux, mais tu traverses quand même les salles de jeu, car, sait-on jamais, peut-être céderas-tu à ce démon-là.

« Par ici, dit Lucinda. Je suis déjà venue. »

Elle l'entraîne vers le théâtre où leur spectacle va bientôt commencer.

Stan surveille les lieux du coin de l'œil au cas où il repérerait des chauves à lunettes de soleil. Jusqu'à présent, rien à signaler. Ils dépassent sans encombre les machines à sous, les tables de blackjack et les danseuses avant d'arriver à la salle. Il fait asseoir Lucinda, qui chausse ses lunettes ornées de strass pour se pencher sur le programme-souvenir.

Stan regarde autour de lui et note les sorties dans l'hypothèse où il devrait déguerpir. Il y a au moins une douzaine d'autres Elvis dans la salle et ils ont tous une vieille rombière sous leur aile. Quelques Marilyn à robe rouge et perruque blonde sont là aussi, dispersées à droite et à gauche. La tête rejetée en arrière, elles rient à gorge déployée de ce rire iconique qui découvre leurs dents de Marilyn. Il doit admettre que c'est un rire sexy, même s'il sait combien il est faux.

« Maintenant, on va papoter, déclare Lucinda Quant. Comment es-tu entré dans ce métier ? »

Sa voix a la neutralité et le tranchant d'une journaliste professionnelle, ce qu'elle prétend être.

Attention, Stan. N'oublie pas les quatre chauves. Trop de questions égale danger.

« C'est une longue histoire, dit-il. Je fais ça entre deux contrats. En fait, je suis acteur. Dans des comédies musicales. »

Voilà qui va la barber à coup sûr. Ici, tout le monde est acteur.

Heureusement pour lui, le spectacle commence.

RÉQUISITION

Le lundi de bon matin, Jocelyn se présente à la maison. Charmaine a pris sa douche et mis un chemisier blanc à fanfreluches et tout le tralala pour aller travailler. Pourtant, elle ne se sent pas au top – ce doit être une gueule de bois, mais ça lui est arrivé si peu souvent qu'elle n'est pas trop sûre. Aurora est en train de préparer des œufs brouillés et du café, alors que Charmaine lui a dit qu'elle ne pensait pas pouvoir soutenir la vue d'un œuf. Elle n'a qu'un vague souvenir de leur conversation de la veille et le regrette.

« Il y a du nouveau, annonce Jocelyn.

— Café ? lui propose Aurora.

— Merci, répond Jocelyn en examinant Charmaine. Qu'est-ce qu'il s'est passé ? Pardon de vous dire ça, mais vous avez une mine affreuse.

— C'est le chagrin », intervient Aurora.

Ce qui la fait glousser, de même que Charmaine. Jocelyn comprend la situation.

« OK, bonne excuse. Accrochez-vous à ce prétexte s'il vous pose des questions, enchaîne-t-elle. Je vois que vous avez bien joué avec le bar toutes les deux. Je vais vous débarrasser des preuves, c'est mon truc, les cadavres. Maintenant, écoutez-moi bien. »

Elles s'asseyent à la table de la cuisine. Charmaine s'efforce de boire une gorgée de café, elle n'est pas encore prête à affronter les œufs.

« Voici son plan, reprend Jocelyn. Charmaine, il va vous annoncer qu'il part en voyage d'affaires à Las Vegas. Il vous demandera de réserver des billets pour lui, et pour vous aussi. Il vous expliquera qu'il aura besoin de vos services sur place.

— Quel genre de services ? s'écrie Charmaine nerveusement. Il va me coincer dans une chambre d'hôtel et ensuite...

— Rien d'aussi simple, l'interrompt Jocelyn. Comme vous le savez, il en a terminé avec les sexbots pour son usage personnel. Maintenant, il veut explorer de nouveaux territoires.

— C'est ce dont je te parlais. Hier soir », remarque Aurora.

Les souvenirs que Charmaine garde de la soirée sont un peu confus. Non, rectification : très confus. Qu'est-ce qu'elles ont bu ? Peut-être y avait-il une drogue dedans. Il y avait aussi un truc à propos du visage d'Aurora qu'on lui aurait retiré, mais elle doit se tromper.

« De nouveaux territoires ? »

Ça ne lui évoque pas grand-chose, si ce n'est un western.

Jocelyn sort son PosiPad, l'allume et sélectionne une vidéo.

« Désolée pour la qualité, dit-elle, mais on entend bien. »

Ed, pixélisé de pied en cap, se tient devant un gigantesque écran tactile de salle de conférences, sur lequel le terme Possibilibots se déploie en grand un instant, puis les lettres explosent en un véritable feu d'artifice et de nouveau Possibilibots réapparaît. Ed s'adresse à un petit groupe d'hommes en costume, dont on ne voit que l'arrière de la tête.

« Je tiens de source sûre, commence-t-il de son ton le plus convaincant, que l'expérience d'interface, même avec nos modèles les plus performants, est et ne sera jamais qu'un maigre substitut de la réalité. C'est un recours pour les cas désespérés peut-être – les têtes laissent échapper quelques rires –, mais nous pouvons faire mieux que ça, je vous le garantis. »

Ça murmure ; les coupes de cheveux acquiescent.

« Le corps humain est complexe, mes amis, continue Ed, plus complexe que ce qu'on peut espérer remplacer par ce qui est et ne sera jamais qu'une machine. Et c'est le cerveau humain, la construction la plus sophistiquée et la plus complexe de l'univers, qui gouverne le corps humain. On se tue depuis longtemps à essayer de reproduire au mieux cette combinaison corps-cerveau... Mais on a peut-être pris le problème par le mauvais bout.

— Qu'est-ce que tu veux dire ? demande l'une des têtes.

— Ce que je veux dire, c'est pourquoi créer une entité autonome quand elle existe déjà ? Pourquoi réinventer la roue ? Pourquoi ne pas se borner à pousser ces roues dans la direction qu'on souhaite leur faire prendre ? Ça profiterait à tout le monde. Rendre le maximum de gens le plus heureux possible, c'est le principe de Possibilibots, non ?

— Va à l'essentiel, proteste l'une des coupes de cheveux. T'es pas à la télé, on n'a pas besoin du sermon.

— Qu'est-ce qui cloche dans notre organisation actuelle ? Je croyais que ça nous rapportait un paquet, ajoute une autre.

— Oui, ça rapporte, dit Ed. Mais ça pourrait nous rapporter encore plus. OK, je la fais courte : pourquoi ne pas partir d'un corps et d'un cerveau existants et faire en sorte, grâce à une intervention indolore, que cette entité – cette personne, cette bombe sexuelle qui, soyons francs, ne vous approchera jamais –, flashe sur vous et vous seul, comme si vous étiez le mec le plus sexy qu'elle ait jamais vu ?

— C'est une sorte de parfum ? demande une autre voix. Avec des phéromones, comme pour les papillons ? J'ai déjà essayé, c'est de la merde. J'ai levé un raton laveur.

— Tu déconnes ! Un vrai raton laveur ? ou juste une dame avec... ?

— Si c'est une nouvelle forme d'ocytocine, genre Viagra, ça ne dure pas. Le lendemain matin, elle se barrera, persuadée que t'es un gros con.

— Qu'est-ce qui s'est passé avec le raton laveur ? Ça, ce serait une nouveauté ! »

Rires.

« Non, non, proteste Ed. On se calme. Ce n'est pas une pilule, et croyez-le ou non, ce n'est pas non plus de la science-fiction. La technique que notre clinique de Las Vegas est en train de mettre au point se base sur le travail réalisé pour effacer les souvenirs douloureux chez les anciens combattants, les enfants victimes d'abus sexuels, etc. Ils ont découvert qu'ils étaient capables non seulement de localiser, puis d'éliminer différentes peurs et associations négatives de notre cerveau, mais aussi d'éradiquer l'objet de notre affection et de nous en attribuer un autre. »

La caméra se déplace vers une très jolie femme sur un lit d'hôpital. Elle est endormie. Puis elle ouvre les yeux, tourne la tête.

« Oh, s'exclame-t-elle, souriant avec joie. Tu es là ! Enfin ! Je t'aime !

— Whoa, elle ne joue pas la comédie ? demande une coupe de cheveux.

— Non, répond Ed. Pour celle-là, ça n'a pas bien marché. On a essayé ici, mais c'était prématuré, la technique n'était pas encore tout à fait au point. Notre équipe de Vegas met les bouchées doubles en ce moment. Mais vous avez une bonne illustration du principe. »

Enchaînement fondu sur la gauche : la femme presse les lèvres sur un ours en tricot bleu et l'embrasse avec passion.

« C'est Veronica ! lâche Charmaine qui hurle presque. Oh mon Dieu ! Elle est tombée amoureuse de ce machin !

— Attendez, intervient Jocelyn. Ce n'est pas tout.

— J'ignore quel saboteur lui a donné ce nounours, reprend Ed. Le problème, c'est qu'il suffit d'une paire d'yeux pour que ça marche. Quand il s'est présenté, le type derrière ce contrat... ce travail... cette opération a été extrêmement mécontent, mais c'était trop tard. L'empreinte était déjà fixée. Le timing est crucial.

— C'est de la dynamite, ce truc, affirme une des têtes. Tu pourrais avoir un harem, un...

— Donc, tu sélectionnes la cible...

— Tu la réquisitionnes...

— Dans le van, puis l'avion, poursuit Ed, et direction la clinique de Vegas. Une petite piqûre et ensuite, on repart de zéro !

— Putain, c'est énorme ! »

Jocelyn éteint le PosiPad.

« Voilà le plan, en résumé, dit-elle.

— Ils les enlèvent alors ? Ces femmes. Ils les arrachent à leur vie ?

— C'est une façon brutale de présenter les choses, lui répond Jocelyn. Et il n'y a pas que des femmes, c'est un programme unisexe. Mais oui, c'est ça l'idée. Le sujet ne proteste pas car ses attachements amoureux précédents ont été totalement annihilés.

— C'est donc pour ça qu'Ed veut l'emmener en voyage d'affaires à Vegas ? s'enquiert Aurora.

— Il n'a pas été aussi explicite, dit Jocelyn, mais ce serait une conclusion logique.

— Il veut faire en sorte que je n'aime plus Stan, c'est ça ? » résume Charmaine.

Elle entend sa voix, tellement triste. Si ça arrivait, Stan lui deviendrait totalement indifférent. Tout leur passé, leur mariage, leur vie dans la voiture, ce qu'ils ont traversé ensemble... Peut-être s'en souviendrait-elle, mais ça n'aurait plus aucun sens. Ce serait comme écouter quelqu'un d'autre, quelqu'un qu'elle ne connaît même pas, quelqu'un d'ennuyeux.

« Oui. Vous n'aimeriez plus Stan. À la place, vous aimeriez Ed, dit Jocelyn. Vous en seriez folle. »

Ça rappelle à Charmaine ces philtres d'amour des vieux contes de fées de mémé Win. Ceux où un prince crapaud vous emprisonne. Dans ces histoires, on finit toujours par retrouver l'amour véritable, pourvu qu'on ait une robe argentée ou un autre truc magique. Mais dans la vraie vie – celle qu'Ed est en train de lui mitonner –, elle sera sous le charme d'un affreux prince crapaud jusqu'à la fin de ses jours.

« C'est horrible ! s'écrie Charmaine. Je me suiciderai avant !

— Peut-être, fait Jocelyn. En tout cas, pas après. Une fois l'opération terminée, vous vous réveillerez et découvrirez Ed qui vous tiendra la main, les yeux plongés dans les vôtres. Un regard vers lui et vous nouerez les bras autour de son cou en lui jurant un amour éternel. Ensuite, vous le supplierez de faire de vous tout ce qu'il veut au lit. Et vous penserez chaque mot qui sortira de votre bouche. Vous ne serez jamais lasse de lui. C'est ainsi que ce truc est censé tourner.

— Oh, mon Dieu. Mais vous ne pouvez pas le laisser me faire ça ! Malgré ce que j'ai... vous ne pouvez pas le laisser faire ça à *Stan* !

— Vous avez encore des sentiments pour Stan ? demande Jocelyn avec intérêt. Après tout ce qui s'est passé ? »

Subitement, Charmaine revoit Stan. Qu'il était gentil, la plupart du temps ; qu'il avait l'air innocent dans son sommeil, un vrai petit garçon ; quel ne serait son accablement si elle lui tournait le dos, comme s'il n'avait jamais existé, et s'éloignait en glissant son bras sous celui d'Ed. Il ne s'en remettrait jamais.

Elle ne peut se maîtriser et se met à pleurer. De grosses larmes roulent sur ses joues, elle suffoque. Aurora lui apporte un mouchoir en papier, mais ne va pas jusqu'à lui tapoter l'épaule.

« Au moins, c'est toi qu'il veut, balbutie-t-elle. Pas seulement ton robot.

— Ça va, intervient Jocelyn. Calmez-vous. Ed m'a confié que j'irai avec vous. Je suis votre garde du corps. Je suis censée vous protéger. »

Elle s'interrompt, le temps que Charmaine assimile ses paroles.

« Et je vous protégerai. Je vous couvrirai. »

XIII | GREEN MAN

GREEN MAN

C'est pour le spectacle du Green Man Group que Lucinda a acheté des places. C'est un spin-off du Blue Man Group, qui s'est produit à Vegas pendant des dizaines d'années. Stan en a vu une parodie sur YouTube quand il travaillait encore chez Robotique Exquise. Il existe aussi le Red Man Group, l'Orange Man Group et le Pink Man Group, chacun avec son truc à lui. D'après le programme, avec le Green Man Group, on a le thème écolo.

Sans surprise, les spots et les projecteurs s'allument sur une fausse végétation peuplée de faux oiseaux et le premier groupe d'hommes verts qui bondit sur la scène est non seulement peinturluré de vert brillant mais aussi habillé de feuillages. À l'exception des feuilles, c'est la même comédie scénarisée au cordeau, spectacle mêlant musique et technologie, que celle que Stan se souvient d'avoir regardée en ligne, du moins en partie : des numéros où des ballons se transforment en fleurs, où les types mâchent du chou kale, recrachent une substance verte visqueuse, jonglent avec des oignons. Il y a aussi beaucoup de percussions, plus un mec qui utilise son gong en guise de ponctuation. Pas un mot – aucun des gars ne dit jamais rien, puisque tous sont censés être muets. De temps en temps, il y a un bout de message : chant d'oiseau, lever de soleil sur les écrans géants de la scène, lâcher de ballons à l'hélium avec bébés arbres attachés au bout de la ficelle, et là-dessus les percussions reprennent.

Puis voici que démarre un numéro de tulipes, au son de la musique « Tiptoe Through the Tulips ». Au début, Stan se redresse : c'est son mot de passe de Possibilibots, ça ne peut pas être une coïncidence, bordel ! Mais à mesure que le numéro se déroule, il se dit : *Attends un peu, Stan.* Si, ça peut être une coïncidence, il y en a plein, et vu la stupidité éhontée de la prestation des Green Men sur scène, ce doit en être une. Si c'était un signal, que pensent-ils bien qu'il ferait ? Qu'il se mettrait à courir de droite et de gauche en braillant : *Prenez ma boucle de ceinture ! Et voici la clé USB* ? Une coïncidence donc, il n'y a pas de doute à avoir.

Il se renfonce dans son siège et suit le spectacle. Il y a des effets pyrotechniques sur le thème des tulipes, des manipulations de tulipes, des transformations de tulipes : tulipes qui prennent feu, explosent, poussent dans les oreilles d'un Green Man. Stan doit reconnaître que l'ensemble est exécuté avec talent, et aussi que le résultat est drôle. C'est relaxant de regarder d'autres gars se ridiculiser. Mais s'ils le font exprès, peut-être que ça ne compte pas.

Puis vient un numéro de gong. Celui qui joue est une sorte de clown. Il déclenche beaucoup de rires. Mais n'y a-t-il qu'un seul gong ? Les Green Men sont comme les Elvis : habillés à l'identique, ils sont difficiles à différencier. Stan essaie de suivre les permutations, malheureusement, c'est comme surveiller un tricheur professionnel aux cartes : il triche, on le sait, sans toutefois parvenir à le prendre en flagrant délit.

L'avant-dernier numéro fait appel à la participation du public. Trois innocents sont amenés sur la scène où ils enfilent des tenues imperméables. Après qu'on leur a demandé d'absorber des substances bizarres, ils sont aspergés de bave verte. Puis vient le grand final, avec davantage de percussions, de gongs et des trucs qui s'allument. Après, ce sont les rappels. Les hommes verts chauves transpirent.

« Alors, Elvis de location, qu'en penses-tu ? lance Lucinda tandis que les lumières se rallument.

— Bon timing.

— C'est tout ? Bon timing ? Des hommes consacrent leur vie à s'entraîner et c'est tout ce que tu trouves à dire ? Je parie qu'au plumard tu es un champion, toi. »

Va te faire foutre, songe Stan. *En tout cas, pas par moi.*

« M'dame, dit-il en la guidant dans l'allée avec des effets de cape bleue. Après vous. »

Les cornes orange de Lucinda sont de traviole et lui donnent un air canaille de démon en vacances.

Lucinda décrète qu'elle va faire un tour aux toilettes et espère ensuite qu'il l'accompagnera à l'un des bars de l'établissement pour y partager un White Russian ou deux et lui raconter sa vie. La nuit ne fait que commencer et, après tout ça, ils pourront faire autre chose. « Je compte bien en avoir pour mon argent », lui confie-t-elle avec un sourire. Elle a cependant la voix sévère, vaguement accusatrice, d'une maîtresse d'école.

Une chose à la fois, songe-t-il. Il l'escorte jusqu'aux toilettes. Il l'attend et, pendant qu'il scanne du regard une foule de plus en plus clairsemée au cas où il repérerait un voyou un peu trop intéressé par sa personne, une Marilyn s'approche de lui.

« Stan, chuchote-t-elle. C'est moi, Veronica.

— Pourquoi il t'a fallu si longtemps, bordel ? grogne-t-il. À l'endroit où je vis, il y a des mecs de Positron en lunettes de soleil qui ont cherché à se renseigner sur moi. Il faut que tu me déplaces ! Où est Budge ? Et Conor ? Je compte pour du beurre ou quoi ? Si cette merde que je trimbale a tellement d'importance, pourquoi personne ne vient la récupérer ?

— Baisse d'un ton, réplique-t-elle. Pendant les conférences de l'ANM, il y a toujours des tas d'oreilles qui traînent. Ces types des médias adorent piquer des scoops et se débiner les uns les autres. Ça pourrait être mauvais pour toi.

— Je croyais que Jocelyn voulait diffuser l'info !

— C'est le positionnement. Elle doit attendre le moment propice. Allez, suis-moi, dépêche. On va en coulisses.

— Et mon rencard ? » demande Stan.

Lucinda va faire une scène, s'il disparaît ; elle est bien du genre à faire des scènes.

« Ne t'inquiète pas pour ça. On a un autre Elvis pour prendre ta place, elle n'y verra que du feu. »

Stan en doute – Lucinda n'est pas stupide –, mais il suit Veronica qui descend une contre-allée, puis franchit la porte de sortie en face du premier rang du théâtre. Il y a un couloir, un tournant, quelques marches. Puis la porte donnant sur la scène. Elle toque. Un type chauve peint en vert, vêtu d'un costume vert sombre et équipé d'une oreillette, leur ouvre.

« Par là », dit-il.

Ils ont pensé à tout, même les videurs sont dans le thème.

Veronica parcourt un couloir étroit à grands pas, Stan à sa remorque. Elle maîtrise à la perfection le roulement de cul de Marilyn : ils donnent des cours pour ça ? Il faut se fouler la cheville, puis se hisser sur des talons hauts ? *Veronica et ce nounours*, songe-t-il avec tristesse, *quel gâchis !*

Ils s'arrêtent devant la porte d'une loge ornée d'une étoile verte. THE GREEN MAN GROUP.

« Attends là dedans, lui ordonne Veronica. Si quelqu'un se pointe, dis que tu passes une audition.

— J'attends qui ?

— Le contact. Le relais. Celui qui va transmettre tes infos à la presse. Si on a de la chance. Tu as toujours la boucle de ceinture ?

— Et ça, c'est quoi ? s'exclame Stan en désignant le large ornement sur son abdomen. Plutôt dur de la louper.

— Personne ne t'en aurait refilé une autre à ton insu ?

— Et pourquoi on aurait fait ça ? C'est du toc, pas de l'argent. De toute façon, pour dormir, je la cache sous mon oreiller. »

Veronica hausse ses adorables épaules de Marilyn.

« J'espère que tu ne te trompes pas, dit-elle. S'ils l'ouvrent et qu'ils ne trouvent pas leur clé USB, ce ne sera pas bon. Ils penseront que tu l'as refourguée à quelqu'un d'autre.

— Et à qui je l'aurais refourguée, bordel ? »

Il a déjà envisagé cette possibilité un petit moment, mais que faire ? Le mec qui veut mettre la main sur la clé USB, dès qu'il sait où elle est, il la lui pique et le balance dans un fossé. Point à la ligne.

« Oh, il y en a qui paieraient. D'une façon ou d'une autre. Maintenant, vas-y, entre. Il faut que je file. Bonne chance ! »

Elle retrousse ses lèvres de Marilyn et lui envoie un baiser avant de refermer la porte sans bruit derrière elle.

Personne dans la loge. Il y a un grand miroir lumineux, une coiffeuse en dessous, une batterie de pots de maquillage, remplis de peinture verte. Des pinceaux.

Une chaise pour s'asseoir le temps de se peinturlurer. Une paire de costumes de Green Man sur des cintres accrochés à une patère derrière la porte. Des vêtements de tous les jours : jeans, veste, T-shirt noir. Une paire de Nike, d'une sacrée pointure. L'utilisateur de cette loge a de plus grands pieds que Stan.

Cette pièce n'a qu'une issue, et Stan n'aime pas ça. Il fait le tour de la chaise et s'assied sur la coiffeuse, contre le miroir, en veillant à ne pas tourner le dos à la porte.

GONG À LOUER

On toque. Que doit-il faire ? Il n'a nulle part où se cacher. N'empêche, il n'est pas prêt à tomber sans se battre.

« Entrez », lance-t-il de sa voix d'Elvis.

La porte s'ouvre. C'est Lucinda Quant. Merde, comment est-elle remontée jusqu'à lui ? Pourtant, elle ne lui dit pas : *Où étais-tu passé ?* ni rien de tel. À la place, elle bondit à l'intérieur, referme et se précipite sur lui :

« Enlève ta ceinture, siffle-t-elle tout en le tripotant de ses doigts vernis de rouge.

— Holà ! Une minute, m'dame ! Si c'est ce que vous voulez, retournez d'abord à votre hôtel et, moi, je passerai un coup de fil, nous avons ce genre de service, vous adorerez... »

Imaginer Lucinda Quant au lit avec un Elvisbot lui arrache un frisson. Même dans son état diminué, elle aurait toutes les chances de l'emporter.

« Ne panique pas, ce n'est pas ton corps que je veux, grommelle-t-elle avec un rire moqueur. C'est ta boucle de ceinture. Et tout de suite.

— Attendez.

Ça ne peut pas être elle ! Elle ne correspond pas du tout à ce qu'il attendait, elle n'est ni un affable agent double vêtu de noir, ni un gros dur de la Surveillance travaillant pour Jocelyn, ni – pire scénario ! – un assassin dépêché par Positron. Comment savoir si cette rombière improbable est le vrai relais ?

« Une minute. Qui vous envoie ?

— Arrête tes sottises. Tu le sais très bien, dit-elle en remuant sa perruque brune et ses cornes orange de Turlutin avec un soupçon de coquetterie qui, quarante ans plus tôt, la rangeait sûrement parmi les femmes fatales. Cette histoire, ça va être mon come-back, bordel, alors, ne va pas tout foutre en l'air. »

Attends, attends, se dit Stan. *Je ne peux pas capituler comme ça.*

« Il y a un mot de passe, fait-il aussi gravement que possible.

— Tiptoe Through the foutues Tulips. Bon, il faut que je te baisse le froc ou quoi ? »

Stan défait sa boucle. Lucinda la pose sur la coiffeuse, chausse ses lunettes de vue, puis la porte à la lumière. Elle tient un tout petit outil, comme un tournevis miniature, qu'elle insère sur le dessus de la boucle, tourne, et le truc s'ouvre d'un coup sec. À l'intérieur, il y a une mini-clé USB noire.

Elle la fourre dans une petite enveloppe, scelle le rabat d'un coup de langue, retire carrément sa perruque et ses cornes, puis fixe le tout sur son scalp clairsemé – il n'est pas complètement chauve, mais pas loin – avec du ruban adhésif. Ensuite de quoi, elle remet en place perruque et cornes.

« Merci, dit-elle. Je m'en vais. J'espère sincèrement que cette clé renferme un scandale de grande envergure. Ça ne me gêne pas de risquer ma peau, ou ce qu'il en reste, du moment que ça en vaut le coup. Surveille les infos ! »

Elle s'éclipse dans un tourbillon d'imprimés à fleurs d'hibiscus et de parfum Blue Suede. *Et maintenant ?* se demande Stan. *J'attends que les quatre types aux lunettes de soleil débarquent et me tirent mes molaires ?* Il criera : *Je ne l'ai pas ! C'est la momie à cornes qui a survécu au cancer ! Elle l'a scotchée sur son crâne !* La vie ne pourrait-elle pas lui fournir une histoire plausible pour une fois ?

La porte s'ouvre de nouveau : quatre chauves entrent à la queue leu leu, mais ils n'ont pas de lunettes de soleil et ils sont verts. La loge est pleine.

« Stan ! s'écrie le premier qui s'avance, prêt à lui coller une tape dans le dos. Bienvenue à Vegas, frérot !

— Conor ! C'est quoi ce bordel ? »

Ils se tapent dans le dos ; un truc humide roule sur la joue de Stan.

« Bon, reprend Conor avec un sourire vert. Tu te souviens de Rikki et Jerold ? C'est Jerold qui t'a fait entrer dans les coulisses. »

Poignées de main, sourires, ramponneaux sur l'épaule.

« Bien joué, Stan », grommelle le quatrième type.

Est-ce que ça pourrait être Budge ? Chauve et vert ? Oui, ça se pourrait.

« Vous m'avez foutu la trouille, les gars, avoue Stan. En vous pointant chez les Elvis, avec ma photo et tout. »

La photo de sa lune de miel à la plage, celle qu'il avait envoyée à Conor. Voilà comment ils l'ont eue.

« Désolé, déclare Conor. On croyait qu'on pourrait brûler les étapes, te contacter plus tôt, mais on t'a raté.

— Tout s'est bien terminé, ajoute Budge.

— Comment tu as pu sortir de Possibilibots ? lui demande Stan.

— Dans une caisse d'expédition, comme toi. J'ai eu du mal à dégoter un costume d'Elvis à ma taille, mais on a fait comme les croque-morts, on a coupé dans le dos. J'étais un peu à l'étroit dans la caisse, mais sinon tout a marché sans accroc. Notre amie commune a fermé le couvercle avant mon départ.

— Viens qu'on te sorte de ces stupides fringues d'Elvis. T'as l'air d'un con, décrète Conor. Qui a le rasoir ? »

Vêtu d'un costume de Green Man qui lui va mal, le visage rasé de frais, la peau vert d'algue, Stan se boit une eau de coco dans la loge de Conor. Son frère affirme que c'est revigorant, sauf que Stan n'a pas besoin de plus d'énergie pour le moment : il crépite comme un fusible défectueux.

Le petit écran flou de la loge propose le second spectacle de Green Man de la soirée. Ça marche par équipes, explique Conor, parce que chaque spectacle te pompe une énergie folle. On ne dira pas ça de ses comparses, qui ont le costume mais ne sont pas vraiment dans le truc. Eux vont et viennent en coulisses, vu que tout le monde dans l'équipe une pense qu'ils appartiennent à la deux, et vice versa. Conor en revanche, qui a toujours rêvé de se retrouver sous les projecteurs, s'est fait recruter comme joueur de gong.

« Oui, je sais, c'est idiot, mais tu dois bien admettre que c'est la meilleure couverture possible en attendant qu'on termine le boulot.

— Quel boulot ?

— Ah, elle t'a pas dit ? Elle était formelle à ton sujet. D'après elle, il fallait à tout prix que tu sois des nôtres pour qu'on réussisse, elle a dit que tu étais la cheville ouvrière.

— Qui ça ? Tu veux dire... »

Stan s'arrête avant de prononcer le nom de Jocelyn. Il jette un coup d'œil autour de lui, puis au plafond : l'endroit est-il sûr ?

« Je veux dire, elle ! Le Grand Wazooka ! Elle m'a dit que vous étiez comme cul et chemise tous les deux. »

Le Grand Wazooka. Ce n'est pas en ses termes que Stan aurait pensé à Jocelyn, mais, grosso modo, ça colle. *Bazooka*.

« Alors, je suis la cheville ouvrière. Je peux savoir pourquoi ?

— J'en sais foutre rien, réplique Conor avec bonne humeur. Je fais des tas de petits boulots pour elle depuis Mathusalem. Dès l'instant où elle t'a vu dans le terrain de caravaning, avant que tu intègres ce corral spécialisé dans la vente en gros de bouts humains, elle a compris que tu étais mon grand frère. Moi, je ne lui demande jamais pourquoi elle veut tel ou tel truc, c'est son affaire. Le deal, c'est que je dois faire le boulot sans rien laisser en rade. Après, je récupère mon blé et ciao. Mais j'imagine qu'on saura demain pourquoi tu es tellement important, c'est là que ça va swinguer. »

Stan essaie de prendre un air malin. Mais peut-on avoir l'air malin avec la tronche peinte en vert ? Il en doute.

« Et mon rôle, c'est quoi ? demande-t-il en espérant qu'ils ne vont pas braquer une banque ni flinguer quelqu'un. Par rapport à ce boulot ? Quand est-ce que ça va swinguer ?

— Je pense qu'on va te mettre au gong. Pas difficile de s'y coller, il faut juste que tu connaisses les moments où tu dois intervenir, puis tu frappes le gong avec le marteau et tu fais l'abruti. Ça ne devrait pas être trop dur pour toi.

— Donc je serai sur scène ? »

Ce n'est pas prudent, tout le monde aura les yeux sur lui. Et alors ? Il n'a plus le bidule dans la boucle de ceinture, et il n'a même plus de ceinture, puisque Rikki lui a piqué son costume d'Elvis et l'a balancé dans une benne à ordures.

« Pas ici. Dans un endroit qui s'appelle Les Souliers Rouges. C'est une sorte de maison de retraite médicalisée, qui entrepose un tas de vieux schnocks pleins aux as, ou qui les charcute, puis te les recoud. Nous, on est le divertissement.

— C'est tout ? Je n'aurai qu'à taper sur le gong ? »

En tant qu'Elvis, il s'est déjà souvent rendu dans cette branche des Souliers Rouges pour conter fleurette à des mémés, mais personne ne le reconnaîtra, pas avec ce déguisement de pois vert géant.

« Joue pas au con, dit Conor. Ça, c'est la couverture ! Le vrai job, c'est une rafle.

— Il y a une sécurité de malade là-dedans.

— Hé ! Tu parles à ton frère, là, proteste Conor en se frottant deux doigts l'un contre l'autre. Ils s'achètent, ces mecs ! Nous on y va, on démarre notre numéro vert, on casse la gueule à la sécurité pour la forme, puis on s'occupe de la rafle... »

Merde, songe Stan. *Ils vont kidnapper quelqu'un.* Ils pourraient bien se faire tirer dessus, et lui pareil.

« Donc, je frappe le gong...

— T'as pigé, dit Conor. Et ensuite, au trot !

— Au trot ?

— Le super raflorama ! Un coup de génie ! »

EN VOL

Ed est à l'avant, en classe affaires. Ça paraîtrait bizarre que Charmaine y soit aussi – après tout, elle n'est que son assistante, officiellement. Selon Jocelyn, c'est ainsi que raisonne Ed : il ne souhaite pas attirer inutilement l'attention. *Dieu merci*, songe Charmaine, car il lui serait très, très difficile de se montrer sympathique, même cordiale, avec lui, maintenant qu'elle sait ce qu'il compte lui faire subir. Si elle était en classe affaires avec lui, il lui presserait sans doute le bras jusqu'à leur arrivée à Las Vegas, en plus, il lui ferait boire du gin-tonic et essaierait de coller ses doigts sur ses genoux ou de regarder dans son décolleté, même s'il n'a aucune chance de ce côté-là, vu qu'elle porte le chemisier boutonné jusqu'au menton qu'Aurora lui a choisi.

Et tout du long il lui demanderait si elle éprouve toujours autant de chagrin à propos de Stan. Non pas qu'il se soucie de Stan, ni de quoi que ce soit qu'elle apprécie ou aime ou pas, parce qu'il ne s'intéresse absolument pas à la personne qu'elle est réellement. Pour lui, elle n'est quasiment qu'un corps, et il veut maintenant la réduire à un corps, et rien de plus. Si elle n'avait pas de tête du tout, ce serait pareil.

Après l'énorme tristesse qui l'a habitée pendant des semaines, elle ressent à présent une formidable colère qui ne la lâche pas. Si elle devait s'asseoir à côté d'Ed, c'est sûr qu'elle lui parlerait très sèchement, et il devinerait peut-être qu'elle est au courant de son grand projet. Du coup, il risquerait de paniquer, d'avoir une réaction bizarre, là, dans l'avion. Il la jetterait par terre et lui arracherait ses boutons, comme Max, sauf qu'avec Max elle le voulait, tandis qu'avec Ed ce serait totalement différent, ce serait gênant, et même carrément glauque. *Enlevez vos sales pattes de mes boutons !* Voilà ce qu'elle lui dirait.

Bon, il ne pourrait pas vraiment faire ça – le truc par terre avec les boutons – parce que le personnel navigant le stopperait. Mais... et s'ils détournaient les yeux, et si c'étaient tous ses employés, et si tout le monde à bord était pour lui ?

Calme-toi, Charmaine, se dit-elle. C'est idiot. Ce genre de choses n'existent pas dans la vraie vie. Tout va bien, tout ira bien, parce que Jocelyn est assise à côté d'elle, qu'Aurora est installée dans la rangée derrière et qu'il y a une autre personne de la Surveillance dans l'avion, Jocelyn a été affirmative – un homme, à l'arrière, près de la sortie de secours. Avec cet homme, en plus de Jocelyn et Aurora, ils seront bien assez nombreux pour contrer Ed. Elle ignore ce qu'ils feraient, mais il pourrait bien y avoir un kick de judo ou autre chose dans cet esprit. Et, eux, ils ont l'avantage de connaître les intentions d'Ed, alors qu'il n'a pas la moindre idée des leurs.

Ou disons plutôt que Jocelyn a l'avantage de connaître les intentions d'Ed. Jusqu'à présent, elle ne les a pas beaucoup partagées avec Charmaine. Elle lit sur son PosiPad et prend des notes. Charmaine a essayé de regarder un film – que ce serait merveilleux de regarder un film ne datant pas des années cinquante, elle n'a pas pu voir la moindre projection récente depuis une éternité, ça lui changerait les idées –, mais son écran ne marche pas. Pas plus que le bouton pour incliner son siège. Et quelqu'un a déchiré la plupart des pages du magazine de bord. D'après elle, les compagnies aériennes le font exprès, histoire de bien vous rappeler que vous n'êtes pas en classe affaires. Elles disposent sûrement d'une équipe spéciale qui passe dans les avions la nuit pour déchirer les pages et bousiller les écrans.

Charmaine regarde par le hublot : des nuages, rien que des nuages. Des nuages plats, même pas cotonneux. Au début, c'était excitant d'être dans l'avion – elle n'a volé qu'une fois avant, avec Stan, pour leur voyage de noces. Elle lit le seul article restant dans le magazine. Quelle coïncidence : « Lune de miel à la plage ». Stan avait pris un sacré coup de soleil le premier jour, mais au moins ils avaient fait un truc auquel il tenait vraiment, à savoir l'amour sous l'eau, ou disons que la partie inférieure de leurs corps était sous l'eau. Il y avait d'autres gens sur la plage. Est-ce qu'ils s'étaient rendu compte de quelque chose ? Elle se rappelle avoir espéré que oui. Ensuite, ils avaient dû remettre leur maillot de bain, mais Charmaine n'avait plus pu retrouver son bas de bikini qu'elle avait lâché dans le feu de l'action, et Stan avait dû plonger pour le récupérer, ce qui les avait fait rire, et rire encore. Ils étaient si heureux à l'époque. On se serait cru dans une pub.

Derrière les hublots, toujours des nuages. Elle se lève et va aux toilettes afin de s'occuper. Quel manque de délicatesse ! L'usager précédent n'a pas nettoyé le lavabo. Vraiment, ces gens-là n'apprécient pas leurs privilèges.

Il est préférable de rabattre la lunette avant de tirer la chasse : mémé Win lui a expliqué ça. Autrement, les germes se propagent dans l'air et vous rentrent dans le nez.

En remontant l'allée, Charmaine se demande quel peut bien être le gars de la sécurité. « Juste à côté de la sortie de secours », a dit Jocelyn. Elle regarde alentour, mais ne parvient pas à distinguer la tête des passagers assis là-bas. Elle regagne son siège, passe tant bien que mal devant Jocelyn, qui lui sourit sans toutefois lui dire un mot. Charmaine s'agite encore un peu ; elle ne peut s'empêcher de poser la question :

« Que comptait-il *faire* ? »

Jocelyn se tourne vers elle.

« Qui ? s'écrie-t-elle, comme si elle ne savait pas.

— Lui. Ed, murmure Charmaine. Comment allait-il... ?

— Vous avez faim ? Moi, oui. Réclamons des cacahuètes. Vous voulez un soda, un café ? poursuit Jocelyn en consultant sa montre. On a le temps.

— Juste de l'eau. S'il vous plaît. »

Jocelyn appelle l'hôtesse, commande des cacahuètes et deux sandwiches au fromage, ainsi qu'une bouteille d'eau pour Charmaine avec un verre de glaçons, et un café pour elle-même. Charmaine est surprise d'avoir si faim ; elle engloutit le sandwich en un rien de temps et avale un verre d'eau.

« Il a tout prévu, dit Jocelyn. Je suis censée vous assommer dans l'avion, juste avant l'atterrissage. Grâce à un petit quelque chose dans votre verre : du Zolpidem, du GBH ou l'équivalent.

— Oh. Les drogues des violeurs.

— Exact. Pour que vous vous endormiez. Puis je dois dire que vous avez eu un malaise, ils appelleront une ambulance qui viendra vous chercher au pied de l'avion et vous serez emmenée sur une civière. Ensuite, vous serez conduite à la clinique Les Souliers Rouges à Las Vegas et, quand vous vous réveillerez après cette opération du cerveau, Ed sera à vos côtés et vous tiendra la main. Alors, vous vous focaliserez sur lui et lui sourirez comme s'il était Dieu en personne. Vous vous jetterez à son cou en lui disant que vous lui appartenez, corps et âme, et lui demanderez ce que vous pouvez faire pour lui, une pipe peut-être, là tout de suite, dans la clinique ?

— C'est tellement horrible ! s'exclame Charmaine en plissant le nez.

— Et après, vous serez heureuse jusqu'à la fin des temps, continue Jocelyn sur un ton neutre. Comme dans les contes de fées. Et Ed aussi sera heureux. C'est sans doute ce qu'il croit.

— Comment ça, il *sera* ? La première partie de cette histoire ne va pas se produire ! Non ! Vous n'allez pas laisser faire. Vous l'avez dit.

— Correct. C'est ce que j'ai dit. Donc, maintenant, vous pouvez vous détendre. »

Et en effet Charmaine se sent détendue ; ses paupières tombent. Elle s'assoupit, se réveille. Enfin, plus ou moins.

« En fin de compte, je vais peut-être le prendre, ce café, déclare-t-elle. J'ai besoin de me retaper.

— Trop tard. On va atterrir. Et regardez, je crois que je vois une ambulance, pile au bon moment. Je leur ai envoyé un e-mail avant le décollage. Vous avez sommeil ? Inclinez-vous en arrière.

— L'ambulance ? Quelle ambulance ? » bredouille Charmaine.

Ce n'est pas seulement une envie de dormir, il y a un truc qui cloche. Elle regarde Jocelyn et en voit deux, qui lui sourient. Elles lui tapotent le bras.

« L'ambulance qui vous emmènera à la clinique Les Souliers Rouges où vous retrouverez Ed. »

Vous aviez promis, vous aviez promis, a envie de dire Charmaine. Ça devait être l'eau, un truc que Jocelyn a mis dedans. *Oh zut ! Espèce de sale menteuse ! Sorcière !* Mais les mots ne sortent pas. Sa langue s'épaissit, ses paupières se ferment. Tout son corps penche de côté.

Pof pof pof pof, ils doivent être sur la piste. Que la tête lui tourne ! Des voix, au loin. *Elle s'est évanouie. Je ne sais pas ce qui... elle allait bien il y a encore cinq minutes. Attendez, laissez-moi...* C'est Aurora. Elle essaie de l'appeler, mais aucun mot ne lui vient, elle n'émet qu'une espèce de gémissement. « Uhuhuhuhu... » *Attention à ce que sa tête ne heurte pas le mur.* Jocelyn.

Elle est dans les bras de quelqu'un, un homme ; elle oscille dans les airs. C'est délicieux, comme si elle flottait. *Là, doucement.* Il la pose, la recouvre d'un linge. Est-ce Max ? Est-ce la voix de Max, si proche de son oreille ? *Bien bordée.*

Elle tombe, tombe. Inconsciente.

XIV | RAFLE

RAFLE

Il vaut mieux ne pas retourner à l'Elvisorium, conseille Conor à Stan. D'accord, les types aux lunettes de soleil, qui le cherchaient, ce n'était que lui et ses trois potes, mais on ne sait jamais. La prochaine fois, ses visiteurs pourraient être nettement plus sinistres, et ils ont intérêt à ne pas laisser de traces. Après le grand raflorama, il y a des chances que ce soit une très mauvaise idée. Si tout se passe comme prévu, il n'y aura aucun problème, personne ne viendra fureter ni poser de questions ; mais si ça tourne mal et s'ils n'ont pas été fichus d'effacer leur localisation GPS au grand trot, alors ils pourraient bien finir tous les cinq sur un barbecue chauffé à blanc. C'est un sacré putain de risque, ce qu'ils s'apprêtent à faire.

De l'avis de Stan, ce sacré putain de risque n'a pas l'air de beaucoup tracasser Conor. Il est même plutôt excité. Casser la fenêtre d'un mobile home, convaincre Stan de se faufiler avec lui à l'intérieur, puis s'enfuir à toute berzingue dès que quelqu'un arrive en laissant Stan expliquer ce qu'il fait avec une culotte de femme et deux des steaks du congélateur. Voilà la conception d'une bonne soirée selon Conor.

Conor et les autres ont une suite Empereur au Caesars Palace, une suite à deux chambres. Quelle que soit la personne qui a recruté Conor, elle n'est pas dans la misère. Conor décrète qu'ils ne peuvent pas sortir, ni pour un spectacle, ni pour un club de strip-tease, ni pour un casino, pas question de risquer une foirade si près du but. Budge n'y voit pas d'inconvénient – peut-être qu'ils pourraient regarder un match ? –, mais Rikki et Jerold râlent. Conor les fait taire, c'est qui qui tient la baraque ? Et s'ils veulent en discuter, il sera heureux de régler le problème. Donc, les cinq finissent par jouer au Texas hold'em en pariant des grains de raisin et des morceaux de fromage du plateau que Conor a fait monter dans la chambre, et ils se boivent des Singapore Slings parce que Conor n'en a jamais bu et veut essayer, mais ils ne peuvent s'en taper que trois chacun, il faut qu'ils aient les idées claires le lendemain.

Stan gagne quelques cubes de fromage, qu'il boulotte mais, après trois Singapore Slings, il est K-O et s'endort sur le sofa. C'est aussi bien : il n'y a que quatre lits et ça ne le botte pas du tout de partager avec un de ses compagnons.

Le lendemain matin, tous les cinq dorment tard, prennent leur douche, se plaignent d'avoir mal aux cheveux – tous, sauf Budge, qui a fait preuve de modération la veille – et commandent le petit déjeuner. Rikki se planque derrière la porte quand le chariot arrive, son Glock prêt à l'usage comme dans une série policière, au cas où ce serait un piège. Mais non, ce ne sont que des œufs brouillés, du jambon, des toasts et du café, qu'une charmante jeune personne leur apporte sur une table roulante. Jusqu'à présent, ils sont saufs.

Ils enfilent ensuite leur costume et se peignent la tête en vert. Conor a loué un van ; il est garé sur le parking avec déjà tout l'équipement de Green Man dedans. Avant de démarrer, Conor revient sur les moments où

Stan va devoir taper sur le gong. Chaque fois qu'il pointera le doigt vers son oreille – celle qui a une oreillette –, Stan devra entrer en action. Pas la peine qu'il sache pourquoi, il faut juste qu'il frappe. Ça ne devrait pas être trop dur. Si Conor se ruait sur... – c'est un exemple – une ambulance, qui viendrait... – c'est un exemple – se garer devant le bâtiment, et si les autres faux Green Men se ruaient à sa suite, il faudrait que Stan frappe le gong trois fois de plus, afin que les gens croient que tout ça participe du spectacle. Ensuite, il faudra qu'il attende de nouveaux signaux. Et là, il pourra suivre le mouvement.

Une fois qu'ils sont tous dans le van, Stan sent son estomac se nouer. Quel mouvement ? Est-ce encore un coup à la Conor où l'autre va disparaître derrière la clôture pendant que lui, Stan, se retrouvera dans le pétrin ?

« T'as oublié de te mettre du vert derrière, lui dit Jerold. Je m'en occupe.

— Merci », répond Stan.

À force de se tenir bien droit pour que le vert sur son cou ne frotte pas contre le revêtement de l'habitacle, il se fait un torticolis.

Conor a un laissez-passer qui permet au van de franchir le portail de la clinique des Souliers Rouges, avec sa devise : *Rien ne vaut son chez-soi.*

À l'intérieur, la route se divise : entrée principale et réception à gauche, clinique à droite et au coin. Ils se garent devant la clinique sur la partie réservée aux handicapés et entrent comme un seul homme dans le bâtiment. Conor brandit un bref instant son laissez-passer sous le nez de la réceptionniste assise à son bureau.

« Oh, l'événement spécial, dit-elle. Vous êtes dans l'Atrium. »

Elle est manifestement habituée à voir défiler des hommes verts ou équivalents. Clowns, jongleurs, chanteurs avec guitare, danseurs zombies, pirates, Batman, tout ce qu'on veut. Acteurs.

Dans l'Atrium, un événement spécial fait déjà un maximum de raffut, c'est un Elvis en costume blanc et doré, qui achève une interprétation gargarisée de « Love Me Tender » et fusille du regard la troupe de Green Men débarquant au milieu des applaudissements clairsemés de son public de vieilles gens.

« Merci, merci beaucoup. Voulez-vous une autre chanson ? » propose Elvis.

Mais Conor souffle dans la trompette verte de nouvel an qu'il a apportée, ce qui met le holà à ces velléités.

« Faudrait pas que ce minable nous éclipse, dit-il. En avant la musique ! »

Elle émane d'un téléphone portable connecté à une petite enceinte Bluetooth. Conor caracole en rythme dans la pièce, en agitant deux maracas vertes et en souriant comme un malade. Jerold gonfle des ballons verts avec un cylindre à hydrogène, Rikki les tend à Budge qui les distribue à son tour aux membres du public. Ceux-ci saisissent la ficelle, certains avec gêne, d'autres avec méfiance et d'autres encore avec plaisir, mais c'est difficile à dire. Plusieurs assistants préposés aux événements des Souliers Rouges sont là pour aider, ils arborent un chapeau vert en l'honneur des Green Men et les chaussures rouges de la boîte.

« C'est super, hein ? » gazouillent-ils pour prévenir des doutes éventuels, ce qui est d'ailleurs le cas.

Mais personne n'a encore protesté, c'est sans doute que le spectacle se passe bien, du moins suffisamment bien pour convaincre. Conor pointe son oreille et donc Stan cogne le gong bruyamment.

Conor regarde sa montre.

« Putain ! Qu'est-ce qu'ils foutent ? Fais le lama cracheur, ordonne-t-il à Rikki. C'est tellement nase qu'ils se tordent toujours de rire. »

À présent, une sirène se rapproche en hurlant. Une ambulance franchit le portail principal et prend la direction de l'entrée latérale. De sa veste, Conor sort une tulipe géante en caoutchouc et la brandit. Elle explose, pas trop fort. C'est le signal : Jerold, Rikki et Budge lâchent une poignée de ballons gonflés à l'hélium, sortent de l'Atrium en quatrième vitesse et disparaissent au coin.

« Ils vont revenir ? » demande une voix plaintive dans l'audience.

Stan hoche vigoureusement la tête et continue de frapper le gong. Peut-être qu'ils ont fait un tabac après tout.

Maintenant, Conor le tire par la manche, s'incline, de sorte que Stan l'imite. Conor glisse le bras sous le sien et l'entraîne vers la porte.

« On l'a eu », murmure-t-il.

Qui ça ? se demande Stan.

Ils tournent le coin d'un pas décontracté.

« Parfait », marmonne Conor.

L'ambulance est là, portes arrière ouvertes. Il y a Jocelyn, ainsi qu'une autre femme. Le con de mari de Jocelyn aide Budge qui s'affaire sur un troisième mec, lequel est à terre. C'est Ed, le gros bonnet de Positron, impossible de se tromper sur le costard et la coupe de cheveux. Deux gardiens des Souliers Rouges et trois autres types en costume noir jonchent l'asphalte. *Rapide comme boulot*, se dit Stan.

« On avance, cheville ouvrière, lui ordonne Conor. Entre là-dedans. »

Il pousse Stan vers l'ambulance. À l'intérieur, couverte jusqu'au menton d'une couverture rouge et blanche, une personne est allongée sur un brancard.

Une femme. Charmaine. C'est la tête de robot ? Elle a l'air incroyablement réelle. Stan touche sa joue.

« Oh, merde ! Elle est morte ?

— Elle n'est pas morte, le rassure Jocelyn, qui l'a rejoint. Tout va bien, mais on n'a pas beaucoup de temps. L'équipe neuro se tient prête.

— Amenons ces deux-là à l'intérieur de la clinique, dit Conor. Vite. »

INJURIÉS

Lucinda Quant révèle les dessous de la mégafuite au journal de six heures. Elle est directe, crédible et possède, pour couronner le tout, de nombreux documents et enregistrements vidéo étayant l'affaire. Elle raconte comment elle s'est procuré cette mine d'informations compromettantes, mais sans jamais nommer personne – elle évoque « un employé courageux » –, et comment elle a fait passer la clé USB renfermant ces documents au nez et à la barbe des journalistes curieux et des agents de sécurité en civil présents à la conférence ANM, en la scotchant sur son crâne dégarni, sous sa perruque de survivante du cancer – là-dessus, elle retire ladite perruque en guise de démonstration.

Elle termine en disant qu'elle est formidablement heureuse que le destin lui ait offert cette opportunité à un moment qui pourrait bien marquer la fin de sa vie, car sa devise a toujours été : « Profitez à fond de chaque minute qu'il vous est donné de vivre. » Elle reste humble devant le petit rôle qu'elle a joué dans une situation, somme toute, de grande envergure et elle a couru ce risque – vu que le grand capital a beaucoup investi dans Positron, on aurait pu en effet la retrouver écrasée par une voiture qui aurait pris la fuite ou, morte, allez savoir comment, sous une table de blackjack ou autre –, car le public a le droit de savoir.

Le présentateur la remercie chaleureusement et ajoute que l'Amérique se porterait bien mieux s'il y avait davantage de gens comme elle. Échanges de grands sourires.

Aussitôt, les réseaux sociaux indignés s'embrasent. Maltraitance en prison ! Collectes d'organes ! Neurochirurgie sur de futures esclaves sexuelles ! Projets de prélèvements sanguins sur des bébés ! Corruption, cupidité, encore que ces deux choses ne constituent pas une grande surprise en soi. Mais l'appropriation abusive des corps des citoyens, l'atteinte à la confiance publique, l'anéantissement des droits de l'homme – comment a-t-on pu laisser de telles choses se produire ? Où était le contrôle ? Quels sont les politiciens qui ont adhéré à ce projet tordu sous le prétexte fallacieux de créer des emplois et d'économiser l'argent du contribuable ? Les talk-shows se déchaînent jusque tard dans la nuit – il y a des années qu'ils ne se sont pas autant amusés – et les blogueurs se répandent en injures.

Parce qu'il y a toujours deux camps, au moins. Pour certains, ceux dont les organes ont été prélevés et qui ont peut-être fini en aliment pour volaille, de toute façon, c'étaient des criminels, ils auraient dû être gazés et ça a été un bon moyen de leur faire payer leur dette envers la société et réparer le mal qu'ils avaient causé, et ça aurait été un plus grand gâchis si on les avait juste balancés dehors après leur mort. D'autres soutiennent qu'aux débuts de Positron, tout allait très bien, mais qu'après que la Direction générale a eu épuisé son stock de criminels et réalisé le prix qu'allaient chercher les foies et les reins, ils s'étaient tournés vers des voleurs à la tire, des fumeurs d'herbe, puis s'étaient mis à kidnapper des gens en pleine rue. Parce que l'argent fait la loi, et une fois qu'il a eu commencé à faire la loi à Positron, il n'a plus voulu faire marche arrière.

Pourtant, d'autres affirment que les villes jumelles représentaient une bonne idée au départ ; qui cracherait sur un emploi et une maison pour tous ? S'il n'y avait pas eu quelques brebis galeuses, ça aurait marché. En réponse, d'autres déclarent que, la nature humaine étant ce qu'elle est, ces projets utopiques capotent toujours et se transforment en dictatures. Quant à l'opération cérébrale visant à vous attribuer un objet d'amour – si ce n'était pas votre choix personnel, c'était celui de quelqu'un d'autre –, où était le mal puisqu'en fin de compte les deux parties étaient satisfaites ?

Certains blogueurs s'insurgent, d'autres approuvent et, en un rien de temps, les termes « communiste », « fasciste », « psychopathie », « crimino-laxiste » et un nouveau, « neuromac », fusent de partout comme du gros plomb.

Stan regarde un talk-show sur l'écran plat de la chambre de réveil où Charmaine dort encore sous l'effet de l'anesthésie. Elle a un petit bandage à la tête, pas de sang. Par bonheur, ils ne lui ont pas rasé le crâne ; cela aurait été disgracieux. Il se peut qu'elle s'effraie à la vue du nouveau Stan chauve, mais ça ne durera pas, lui assure Jocelyn. Après, elle sera toute à lui.

« Mais ne tire pas sur la corde, l'a-t-elle prévenu. Sois gentil avec elle. Pas de rancœurs. N'oublie pas qu'elle n'a pas plus couché avec Max, ou Phil, que toi avec moi – moins en réalité –, et j'ai l'intention de tout lui révéler de notre petit intermède. Cette seconde chance qui t'est offerte, c'est ta récompense pour toute l'aide que tu nous as apportée, ne la gâche pas. Ah, au fait, retire ton maquillage vert, sous peine d'être obligé de te déguiser en courgette chaque fois que tu voudras faire l'amour. »

Stan suit ce conseil dont il reconnaît la sagesse et salope au passage quelques serviettes de la clinique. Ensuite, il s'installe dans l'attente du moment magique où sa Belle au bois dormant se réveillera et où il pourra dire adieu à son état de crapaud pour devenir prince. Il écoute la télé sur des écouteurs afin de ne pas déranger prématurément Charmaine. Jocelyn s'est montrée très ferme – il ne doit pas quitter son chevet, même pour pisser, sinon elle risquerait de se fixer sur le mauvais objet d'amour, une infirmière par exemple, d'où le bassin à portée de main.

Combien de temps cela va-t-il durer ? Il se ferait bien un burger.

Fort à propos, Aurora surgit avec un plateau dans les mains.

« J'ai pensé que vous auriez peut-être envie de grignoter, lui dit-elle.

— Merci », répond Stan.

Il n'y a que du thé et des gâteaux secs, mais ça lui permettra de tenir jusqu'à ce que se présente quelque chose de plus adapté à un carnivore.

Aurora se perche au pied du lit de Charmaine.

« Vous serez épaté par les résultats, continue-t-elle. Moi, je le suis, c'est certain ! Dès que Max s'est réveillé et a planté ses yeux dans les miens, il m'a juré un amour éternel et, cinq minutes après, il me demandait en mariage ! N'est-ce pas un miracle ? »

Stan répond que c'en est un, c'est certain.

« Il est si beau », remarque Aurora d'un ton rêveur.

Stan fait ouep ouep poliment.

« D'accord, il est déjà marié, ajoute-t-elle, mais le divorce est en cours. Jocelyn avait déjà entamé les démarches, et UR-ELF s'en occupe pour eux. Ça s'appelle le Special Lonely Street, et ils traitent le dossier rapidement.

— Félicitations », dit Stan.

Il est sincère. La perspective de voir ce coureur de Phil ou de Max solidement attaché à Aurora – à un pitbull ou à un réverbère, éventuellement – n'est pas pour lui déplaire, tant que cet enfoiré est hors service.

« Jocelyn s'en fiche ? s'enquiert-il.

— C'est elle qui y a pensé. Elle affirme que ce n'est même pas de la générosité de sa part. Elle a autre chose sur le feu et, comme ça, le pauvre Phil sera guéri de son addiction au sexe. Vous voulez un autre gâteau sec ? Prenez-en deux !

— Merci. »

Elle a l'air si heureuse qu'elle en est presque jolie. Et pour Max, elle sera sublime. *Bonne chance à eux*, songe Stan.

Plus appétissante que jamais, Veronica apparaît maintenant à l'écran. Elle explique qu'elle est le produit d'une expérimentation de Positron qui a mal tourné et condamnée à être amoureuse d'un nounours bleu pour toujours. Gros plan sur le nounours, qui a l'air un peu usé. La présentatrice, qui interviewe Veronica, lui demande s'il est possible d'envisager une seconde opération pour annuler cette obsession, mais Veronica répond :

« Non, ce serait trop dangereux. De toute façon, pourquoi le ferais-je ? Je l'aime ! »

La présentatrice regarde le public de l'émission et dit :

« Et ce n'est là qu'un autre aspect de cette histoire que nous découvrons où la réalité dépasse la fiction ! Certains responsables de niveau intermédiaire ont été arrêtés et d'autres mandats lancés. Nous espérions pouvoir nous entretenir avec le président-directeur général du Projet Positron, qui n'a pas encore été inculpé même si son arrestation est censée être imminente. Cependant, nous apprenons à l'instant qu'il a été victime d'un AVC et qu'on est en train de l'opérer de toute urgence. Nous vous retrouvons plus tard pour de plus amples développements ! »

« Alors, où est parti Ed ? demande Stan à Aurora. Il rôtit en enfer ?

— Il est au bout du couloir. L'opération est terminée, mais il n'a pas encore repris connaissance. Maintenant, il faut que je file. Max dit qu'il ne peut pas se passer de moi ! À plus tard ! »

Ed a subi l'opération, lui aussi ? Stan affiche un large sourire. À quoi vont-ils l'attacher ? De délicieuses possibilités lui passent par la tête : une ventouse, un aspirateur pour voiture, un mixeur ? Non, le mixeur serait trop dur, même pour Ed. Peut-être un sexbot Elvis : ce serait vachement mignon. Ça doit être Jocelyn qui s'est occupée de ça ; elle a un méchant sens de l'humour que, pour une fois, Stan apprécie.

Charmaine s'agite, s'étire et ouvre ses yeux bleus, si bleus. Stan plante sa tête dans son champ de vision et la regarde longuement.

« Comment tu te sens, chérie ? »

Les yeux de Charmaine s'emplissent de larmes.

« Oh, Stan ! C'est toi ? Où sont tes cheveux ?

— Oui, c'est bien moi, murmure-t-il. Ils vont repousser. »

Ça marche, ce truc ? Elle l'entoure de ses bras.

« Ne me quitte jamais ! J'ai fait un tel cauchemar ! »

Elle l'enlace étroitement et plante ses lèvres sur sa bouche à la façon d'une pieuvre. Une pieuvre bouillante. À présent, elle lui arrache sa chemise et descend la main vers....

« Oh là là, attends, chérie ! Tu viens d'être opérée !

— Je ne peux pas attendre, lui murmure-t-elle à l'oreille. Je te veux tout de suite ! »

Putain, c'est énorme, pense Stan. *Enfin.*

Une fois que Charmaine est retombée dans le sommeil avec, il l'espère, un sourire satisfait aux lèvres, Stan se rhabille et sort dans le couloir. Il se sent vidé mais euphorique. Il a tellement faim qu'il mangerait un bœuf. Il doit bien y avoir une cafétéria quelque part dans le coin où, avec un peu de chance, on sert de la bière.

Comme il tourne, il tombe sur Conor, Jerold et Rikki plantés devant une porte. Ils ne sont plus verts et ont troqué leur tenue de scène pour un costume noir. Tous ont une oreillette, et tous ont une petite bosse sous le bras gauche. Tous portent aussi des lunettes de soleil polarisées, alors qu'ils sont à l'intérieur du bâtiment.

« Salut, frérot. Tout est bien qui finit bien ? s'enquiert Conor avec un large sourire plein de sous-entendus salaces.

— Je ne peux pas me plaindre, dit Stan en s'autorisant un petit sourire suffisant. Ça a marché comme sur des roulettes. »

En fait, il est sur un petit nuage. Charmaine l'aime ! Elle l'aime de nouveau. Elle l'aime plus qu'avant. Et ça transcende une simple question de sexe, c'est quelque chose que Conor, avec son raisonnement vulgaire, ne pourra jamais comprendre.

« Félicitations, dit Jerold.

— Génial », ajoute Rikki.

Tournée de topettes et de checks.

Stan se laisse féliciter comme si c'était un match de foot. À quoi bon essayer d'expliquer ?

« Qui êtes-vous censés être dans ces costards ? demande-t-il.

— La sécurité, lui explique Conor. Pour tenir les journalistes à distance, au cas où ils devineraient où se trouve notre pote.

— La vraie sécurité est dans les chiottes pour mecs, ajoute Jerold. Jocelyn leur a fait quelques piqûres pour dormir, ils seront HS jusqu'à ce soir.

— Déni plausible, dit Conor. On ne pourra rien leur reprocher.

— Bon, laisse-moi émettre une supposition, lance Stan. Ed est dans cette chambre ?

— Exact. Il a été amené en urgence à la clinique. Il paraît qu'il fallait l'opérer. Une question de vie ou de mort. »

Il consulte sa montre.

« Et où elles sont, ces deux-là ? Elles ont intérêt à se magner, sinon il va se réveiller et bander pour la table de chevet.

— Nan, rétorque Jerold. J'ai demandé à Jocelyn. Peu importe ce que c'est, il faut que ça ait des yeux. Genre, deux yeux.

— Je sais, dugland. C'était une blague.

— Les voilà », dit Rikki.

Deux infirmières avancent à pas pressés dans le couloir ; elles portent l'uniforme des Souliers Rouges : robe blanche, tablier rouge, chapeau blanc avec bordure de fleurs rouges et chaussures rouges à semelles en caoutchouc et petits talons pratiques.

« On arrive à temps ? » demande la première.

C'est Jocelyn ; *elle est vraiment convaincante dans cette tenue*, pense Stan. On jurerait une dominatrice SM jouant à l'infirmière. Elle te collerait un thermomètre ou un concombre dans le cul en deux secondes chrono, et pas question de dire non.

« Stan, s'écrie-t-elle en lui adressant un signe de tête. C'est satisfaisant, j'espère ? »

Stan acquiesce.

« J'imagine que je dois te remercier », marmonne-t-il.

Il se sent bizarrement intimidé.

« Toujours aussi courtois, s'exclame Jocelyn, qui ajoute avec un sourire : Je t'en prie. »

La seconde infirmière est Lucinda Quant.

« Allez-y, servez-vous », dit Conor en leur ouvrant la porte.

Lucinda Quant entre.

« C'est mieux qu'une foire aux monstres, lâche Rikki. Ne ferme pas complètement.

— Tu peux fermer. Donne-leur un peu d'intimité. Chaîne numéro 2 dans les écouteurs, lui conseille Conor.

— J'en ai pas, s'écrie Stan.

— OK, laisse ouvert. »

Silence. Lucinda doit être en train de s'asseoir à côté du lit.

« Qu'est-ce qu'elle va faire avec lui ? demande Stan à Jocelyn. En supposant que ça marche ? Ils vont vouloir l'arrêter, non ?

— Elle parle d'aller à Dubaï. C'est cher, mais on paiera. Ils ne vous posent pas de questions, une foule de possibilités pour des orgies à deux, suites de luxe avec jacuzzi ; pourvu que ça se passe à l'intérieur. Elle veut un final extraordinaire, au cas où le cancer reviendrait. Et il n'y a pas d'extradition, donc Ed pourra exaucer le moindre de ses caprices sur sa liste de priorités. Elle en a pas mal, à ce qu'elle m'a dit. Pour commencer, elle veut être enduite de mousse au chocolat et qu'on la lèche de partout.

— Où est Budge ? fait Jerold. Avec les ailes de poulet ? Je meurs de faim.

— Je serais capable de bouffer un hippopotame, déclare Rikki.

— Je serais capable de bouffer la mousse au chocolat sur l'autre là.

— Je serais capable de bouffer...

— Vos gueules, coupe Conor, ou c'est moi qui vous bouffe tout cru.

— Pourquoi tu lui permets de s'en tirer si facilement ? demande Stan à Jocelyn. Après tout ce qu'il a fait. »

Et ce qu'il comptait faire, ajoute-t-il en son for intérieur. Voler ma femme. Lui bousiller le cerveau. La transformer en esclave sexuelle. En esclave sexuelle du mauvais gars. Jocelyn lui a fourni les détails.

« Tu crois vraiment que j'aimerais qu'il témoigne devant le Congrès ? réplique Jocelyn. Et se mette à table ? J'en étais, au cas où tu l'aurais oublié.

— Ah, oui, c'est vrai.

— Et plus d'un de nos respectés politiciens partagerait mon sentiment, c'étaient de grands bailleurs de fonds, ça ne sera donc pas trop difficile de le flanquer dans cet avion avec ses nouveaux faux médecins. Personne n'a les mains propres dans cette affaire.

— Et pourquoi ne pas l'éliminer tout simplement ? » s'enquiert Stan.

Sa férocité le surprend. Non pas qu'il s'en chargerait lui-même, mais Jocelyn en est plus que capable. Il le croit du moins.

« Ce ne serait pas juste, répond Jocelyn. S'il s'agit de punir tous les responsables, il faudrait que je liquide tous les membres du conseil d'administration et les actionnaires. Non, c'est mieux comme ça. Plus propre. Avec des avantages pour certains, comme Lucinda.

— Que vont devenir Consilience et le Projet sans lui ?

— Une version modifiée, peut-être. Ils vont vendre les divisions les plus justifiables, telles que Possibilibots. Peut-être des copropriétés, sur les bases de Positron, avec attraction touristique à la clé. Prison Rock, ils appelleraient ça. Ils ont converti des prisons sur ce modèle en Australie. À mon avis, il y a des gens qui seraient prêts à payer pour participer à des jeux de rôle dans un cadre pareil, tu ne crois pas ? Enfin, ce n'est pas mon problème, moi, j'aurai entamé ma nouvelle vie. Il ne se passe toujours rien là-dedans ? lance-t-elle à Conor.

— J'entends des murmures, répond Conor. Ou des ronflements.

— C'est peut-être comme ça qu'il baise, suggère Jerold. Avec le nez. »

Rikki et lui ricanent.

« Grandissez un peu, bordel, les tance Conor. Ouais, il se réveille. »

Stan colle l'oreille dans l'interstice ménagé par la porte entrebâillée.

« Je t'adore », entend-il.

C'est la voix d'Ed, pâteuse, soit à cause de l'anesthésie, soit du désir.

« Que tu es ravissante ! Enlève ce tablier !

— Une seconde, Cunégonde ! Attends que j'aie dégrafé mon soutien-gorge !

— Je ne peux pas attendre. Je te veux tout de suite ! »

Un bruit à mi-chemin entre le rire et le cri, venant de Lucinda. Puis des gémissements, à moins que ce soient des grognements ?

« Ferme la porte, ordonne Jocelyn. Éteignez les écouteurs. Il y a des choses dont on n'a pas à se mêler.

— On peut jamais se marrer, proteste Conor, tout en s'exécutant.

— Lucinda est une cliente, répond doctement Jocelyn. On a des principes. »

FLORAL

Le mariage est un pur enchantement ! Ou plutôt les mariages, les deux, parce que si Aurora et Max se marient pour la première fois, Charmaine et Stan renouvellent leurs vœux, donc ce mariage est aussi le leur.

Un Elvis de mariage se charge de la célébration – c'est Rob, d'UR-ELF, dans un combi-pantalon blanc et or, avec ceinture argent et cape mauve parsemée d'étoiles argent – tandis qu'un trio d'Elvis chanteurs assurent les interludes musicaux sur une bande-son provenant d'une enceinte cachée dans l'une des corbeilles de fleurs. Charmaine a choisi les fleurs de la chapelle – elle a opté pour la sélection Ne m'oubliez pas, mélange de fleurs bleu pâle et de petites bottes de roses roses miniatures. C'est tout simplement ravissant. Le soleil brille, mais, bon, il brille tout le temps à Vegas, quoi qu'il puisse se passer dans le reste du monde.

En guise de gâterie supplémentaire, il y a un groupe de cinq Marilyn, vêtues de robes bustier en taffetas rose, un peu comme dans la scène culte des *Hommes préfèrent les blondes* où elle chante la chanson sur les diamants, mais sans la longue traîne. Les Marilyn sourient comme si elles étaient éperdument heureuses, ce qu'on attend à un mariage, et vu qu'il n'y a pas de famille pour ce rôle, Charmaine a embauché ce quintet. Avec elles, on en a pour son argent : elles applaudissent, rient et, à la fin, se jettent du riz les unes sur les autres, et l'une d'elles attrape le bouquet d'Aurora.

Charmaine n'a pas de vrai bouquet, parce qu'on ne peut pas dire exactement qu'elle se marie, même si elle en a l'impression, mais elle a une mini-botte de roses roses, c'est presque pareil. Elle porte un imprimé fleuri rose et bleu, et Stan une chemise avec des pingouins, qu'elle a trouvée en ligne. C'est sentimental, mais elle *est* sentimentale.

Du champagne est servi à la réception qui se tient dehors, dans un vaste patio doté d'une zone ensoleillée, d'une zone ombragée et d'une fontaine sur laquelle trois sirènes brandissent un micro à la façon d'un groupe de choristes, trois surfeurs jouent de la guitare et trois cupidons déversent de l'eau via un poisson, tandis qu'au sommet, sculptée dans la pierre, trône une tête d'Elvis qui sourit de son sourire d'Elvis. Quelqu'un lui a passé une couronne de fleurs autour du cou. On est complètement dans le thème ! « Dieu se cache dans les détails », comme disait mémé Win.

Que Charmaine est heureuse ! Le côté sombre de sa personnalité qui la tourmentait depuis si longtemps semble avoir complètement disparu. C'est comme si quelqu'un avait pris une gomme et effacé la souffrance de ces souvenirs. Ce n'est pas qu'elle ne se souvient pas des choses qui se sont passées – ces choses auxquelles mémé lui disait de ne pas penser. Elle s'en souvient, mais ce ne sont plus que de simples images, comme un mauvais rêve. Elles n'ont plus de pouvoir sur elle. Ça doit être un truc que les médecins ont fait quand ils lui ont rectifié l'intérieur de la tête afin qu'elle aime Stan, rien que Stan et personne d'autre. C'était l'autre Charmaine, la Charmaine des ténèbres, qui s'éloignait de lui, et cette Charmaine a disparu à jamais. C'est stupéfiant ce qu'on peut faire avec un laser !

Elle a même regardé Max, ou Phil, épouser Aurora sans ressentir la moindre pointe d'envie ou de jalousie. Et à la réception, quand, au moment d'embrasser les mariées, Max lui a donné un petit baiser sur la joue, cela ne l'a pas du tout troublée alors qu'à une époque, il suffisait qu'il l'effleure pour qu'elle fonde comme une sucette dans un micro-ondes ; là, ça a été un peu comme une mouche qui se pose sur vous et qu'on chasse de la main sans plus y penser. Toutes ces choses qu'ils ont faites ensemble, cette période où elle était tellement folle de lui – folle est le mot approprié –, tout ça a disparu. C'est comme si elle avait été sous l'effet d'une sorte de charme, qui ensuite, pouf, s'est envolé.

Elle garde de ces intermèdes un souvenir clair et lointain, empreint de tendresse aussi, presque comme si elle repensait aux singeries d'un enfant – un enfant qui n'avait rien à voir avec elle parce qu'à l'époque elle ne faisait pas de singeries. Elle avait trop peur.

Voici maintenant Max, ou Phil, avec Aurora ; debout sous l'un des parasols, il a coincé Aurora contre une table, la tient plaquée contre lui et l'embrasse dans le cou. On voit bien qu'il a hâte de l'emmener au lit et de faire courir ses mains expertes sur son visage refait. Charmaine sonde son cœur, et ne trouve au rayon Max que le bonheur qu'elle souhaite à Aurora, car, malgré son physique, il est évident que Max est très épris d'elle : pas une seconde il ne la quitte des yeux. D'ailleurs, elle est plus jolie qu'avant, elle rayonne de bonheur et c'est la beauté intérieure qui compte. La plupart du temps. Parfois. Et Max doit être heureux aussi ! Il doit l'être !

Voici Stan près de la fontaine aux Cupidons, en compagnie de deux Marilyn qui lui font manger des morceaux du gâteau de mariage. Le gâteau est blanc, avec un glaçage bleu et rose représentant des merlebleus tenant des rubans et des festons roses dans leur bec et entre leurs serres, un motif commandé par Charmaine pour aller avec le thème de la décoration d'ensemble. C'est très fin, mais elle l'a fait imprimer en 3-D.

Les Marilyn en font vraiment trop et leurs robes bustier roses en taffetas exposent généreusement leur poitrine à la vue de tous, dont Stan justement. Qui pourrait lui en vouloir, car à quoi bon un présentoir, s'il n'attire pas les regards ?

Il est temps d'intervenir. Elle s'approche, assez vite.

« Merci de prendre autant soin de mon merveilleux mari », dit-elle en passant le bras sous celui de Stan.

Puis elle s'aperçoit qu'une des Marilyn n'est autre que Veronica, coiffée d'une perruque blond platine, or tout le monde sait que Veronica ne peut aimer que son nounours bleu, la pauvre, de même qu'elle-même ne peut aimer que Stan – cette histoire de nounours était partout à la télé, Veronica est une célébrité désormais –, donc tout va bien.

« Veronica, s'exclame-t-elle, je ne t'avais pas reconnue !

— Comment est-ce que j'aurais pu manquer ça ? dit Veronica. Je voulais être là pour le happy end. Tu te souviens de Sandi ?

— Sandi ! »

Charmaine fond en larmes en la prenant dans ses bras. La dernière fois qu'elle l'a vue en chair et en os, elle avait des menottes en plastique aux poignets et des chaînes aux chevilles.

« Oh, mon Dieu ! Je suis si heureuse que tu t'en sois sortie ! Je t'ai vue à la télé ! C'est un miracle !

— J'ai eu chaud, reconnaît Sandi. J'avais la cagoule et ils m'avaient poussée hors de la cellule, et je me rends compte maintenant qu'ils allaient me recycler sous forme de pièces détachées, ce dont je n'avais aucune idée à ce moment-là. Puis il y a eu des tas de blablas au téléphone, c'était Jocelyn qui leur disait d'arrêter jusqu'à nouvel ordre parce qu'on venait de découvrir qu'Ed était parti avec la caisse. Les gardes m'ont plantée là et se sont sauvés en courant et, le temps que je me relève et arrive à l'extérieur, tous les portails étaient ouverts, en mode « on se casse d'ici » ! Quelle cohue ! Je me suis esquinté le coude. Mais bon, on ne va pas se plaindre, pas vrai ? Je suis toujours entière, j'ai échappé à la version chiche-kebab.

— Je n'arrête pas de lui répéter qu'ils ne l'auraient pas découpée en morceaux, proteste Veronica. Elle est trop mignonne. Ils l'auraient envoyée à la clinique de Vegas et lui auraient fait le truc du cerveau. Elle aurait fini avec un vioque pété de thunes, qui lui aurait dicté toutes ses lubies.

— Comme le cercle de fornication, dit Sandi, mais avec des sentiments cette fois.

— Et beaucoup plus de blé », précise Veronica, ce qui les fait rire toutes les deux.

Sandi lève son verre de champagne.

« Au bon vieux temps, déclare-t-elle. Qu'il rôtisse en enfer. »

Les Marilyn vont se resservir à la table à champagne tandis que Charmaine noue les bras autour de Stan et le presse contre elle.

« Oh, Stan, murmure-t-elle. Que c'est merveilleux ! On a de la chance, hein ? »

Stan la serre dans ses bras aussi, mais il a l'esprit ailleurs. Il a l'air ahuri, c'est peut-être le champagne. Il a bu ça comme du petit-lait, beaucoup trop. *Il sera en meilleure forme demain*, songe Charmaine. Tout s'arrange au mieux, le passé n'est qu'un prologue et tout est bien qui finit bien, comme disait mémé Win. Encore que ce ne soit pas la fin. Non, c'est un début, un nouveau début. Le début tel qu'il aurait dû être. Tout le monde n'a pas cette chance.

Un doute continue de la hanter. Est-ce que son amour pour Stan compte vraiment, si elle n'y peut rien ? Est-ce bien que le bonheur de sa vie conjugale ne doive rien à un quelconque effort de sa part, mais tout à une opération du cerveau à laquelle elle n'a même pas donné son consentement ? Non, ça n'a pas l'air bien. Pourtant, elle a le sentiment que ça l'est. Elle n'en revient toujours pas – tellement elle a le sentiment que c'est bien.

C'est Jocelyn qui a tout payé ou qui s'est arrangée pour que ce le soit. Mais elle n'a pas assisté à la cérémonie de mariage proprement dite, bien que Charmaine ait insisté.

« Je ne veux pas être la vilaine sorcière de la fête », lui avait-elle dit.

Pour être honnête, Charmaine en avait été soulagée, parce qu'en dépit de tout ce qu'elle a fait pour Stan et elle, il faut bien admettre qu'il y a des choses que certaines personnes ne jugeraient pas d'un très bon œil. Comme le coup de fricoter avec Stan, par exemple. Pourtant, Charmaine n'en veut pas du tout à Jocelyn, elle n'en a pas le droit. Tout s'équilibre, comme quand on n'a plus un sou en banque et plus de dettes.

Mais voici Jocelyn qui entre dans le patio extérieur. Elle est venue à la réception, ainsi qu'elle l'avait laissé entendre. Elle est en mauve, ce qui n'est pas dans la palette rose et bleu, mais ne jure pas non plus. Charmaine se réjouit que Jocelyn ait un peu réfléchi à la question et qu'elle ait trouvé une solution élégante.

Le frère de Stan, Conor le pénible, l'accompagne. Il porte des lunettes polarisées qui lui donnent, croit-il, l'air cool. Sont là également ses trois amis malfrats. Non, pas malfrats, Charmaine ne dirait pas ça. *Singuliers*. C'est mieux, comme terme, parce que Conor et ses hommes l'ont tirée des griffes d'Ed, donc comment pourrait-elle jamais les considérer comme des malfrats, même s'ils le sont le reste du temps ? Bien que, d'après elle, Conor ait toujours eu une mauvaise influence sur Stan. Du moins quand ils étaient plus jeunes. Aujourd'hui, Conor lui paraît plus mûr. Peut-être rencontrera-t-il une femme plus âgée et avisée qui l'aidera à devenir un membre productif de la société. C'est ce qu'elle lui souhaite, en ce jour merveilleux où chacun devrait avoir droit à quelque chose de bien.

Charmaine s'écarte de Stan afin que Conor, ses amis singuliers et lui puissent sacrifier au rituel des tapes dans le dos, checks et prénoms répétés : « Conor ! Stan ! Rikki ! Jerold ! Budge ! » Comme s'ils ne les connaissaient pas. Mais c'est la façon dont les mecs cimentent leur amitié, elle l'a vu à la télé, c'est comme se dire « félicitations ! ». Ils se dirigent à présent vers le champagne. Stan devrait pourtant s'arrêter, sinon il sera trop soûl pour faire les choses qu'elle espère qu'ils feront quand ils seront rentrés dans leur chambre d'hôtel et qu'elle aura pris une bonne douche, avec des serviettes blanches et moelleuses, et se sera enduite tout le corps d'huile d'amande douce.

Et une fois que Conor et ses copains auront descendu un peu d'alcool, Conor voudra embrasser la mariée, et Charmaine aussi ; il voudra la bécoter bruyamment, pour embêter Stan. Il faudrait qu'elle prévienne Aurora à son sujet – Max, maintenant qu'il est vraiment amoureux, pourrait ne pas supporter qu'un autre homme pose la main sur Aurora, ça déclencherait une bagarre, que Max perdrait, vu que ce serait à quatre contre un, peut-être même cinq en comptant Stan, et Max saignerait du nez, à tout le moins, et abîmerait le gâteau de mariage ou les arrangements floraux, ce qui gâcherait cette journée si belle, si parfaite –, cependant, lorsqu'elle regarde autour d'elle, elle constate qu'Aurora et Max ont déjà disparu. *Ils s'y mettent au trot, encore qu'à ce stade, ce ne soit plus du trot mais du galop*, songe-t-elle sans l'ombre d'un regret. N'est-ce pas là un soupçon d'ombre pourtant ? Impossible, le laser ayant effacé en elle chaque ombre de regret, chaque ombre, point à la ligne. Toutes ses ombres.

Elle décide de prendre le plus de distance possible et s'esquive derrière la fontaine, où Conor ne la verra pas. Loin des yeux, loin du cœur. Jocelyn lui emboîte le pas.

« Alors, joie et beaux jours d'amour ? lance cette dernière.

— Je crois, répond Charmaine (Jocelyn a parfois de drôles de remarques). Pour moi et Stan, c'est vrai, oui.

— Bien, reprend Jocelyn. J'ai un cadeau de mariage pour vous. Mais je vous le remettrai dans un an. Il n'est pas encore prêt.

— Oh, j'adore les surprises ! » s'exclame Charmaine.

Est-ce la vérité ? Pas toujours. Parfois, elle les déteste. Elle déteste les surprises qui vous tombent dessus tout à trac. Cela étant, la surprise de Jocelyn ne sera sans doute pas comme ça.

« Je ne sais comment vous remercier pour tout ce que vous avez fait pour nous. Pour Stan et moi. »

Jocelyn sourit. Est-ce réellement un sourire, chaud et amical, ou un sourire un peu effrayant ? Charmaine a du mal à décrypter les différents sourires de Jocelyn.

« Remerciez-moi plus tard. Lorsque vous saurez ce que c'est. »

Puis, après les poignées de main et les adieux, après que Conor a embrassé Charmaine quand même, sur la joue seulement, Jocelyn, Conor et les autres types montent dans une voiture noire aux lignes pures et aux vitres teintées et s'éloignent.

Charmaine, debout à côté de Stan et le bras sous le sien, agite la main jusqu'à ce que la voiture disparaisse.

« Tu crois qu'ils sont ensemble ? demande-t-elle. Conor et Jocelyn ? »

Elle aimerait assez qu'ils le soient, parce que Jocelyn cesserait de rôder en célibataire, et il y aurait moins de risques qu'elle mette le grappin sur Stan. Charmaine lui est reconnaissante, mais, compte tenu de tous ses mensonges, de toutes ses ruses, elle n'en est pas encore à lui faire confiance.

« Je parie que oui, répond Stan. Conor a toujours aimé les nanas coriaces. Pour lui, elles représentent un plus grand défi et elles savent ce qu'elles veulent. Et puis, elles en ont sous le capot. »

C'est une expression qui a trait aux voitures, Charmaine le sait. Mais ce n'est pas très poli.

« Ce n'est pas très poli, riposte-t-elle. Les femmes ne sont pas des voitures.

— C'est la façon de parler de Conor. Il n'est pas poli. En tout cas, ils font des affaires ensemble.

— Quel type d'affaires ? »

C'est forcément un truc où ils sont bons tous les deux, le bluff par exemple. Peut-être qu'ils travaillent pour des casinos. S'ils sont en couple, elle se demande depuis combien de temps ça dure.

« Moi, je dirais que ce n'est pas notre affaire, leurs affaires », conclut Stan.

XV | LÀ-BAS

LÀ-BAS

Stan a un nouveau job. Il est expert-vérificateur du Module Empathie dans l'unité de production Possibilibots qui vient d'ouvrir à Vegas. Il est chargé d'améliorer le sourire d'Elvis, qui n'a jamais été très bien rendu. Trop pincé et la voix frise le grondement, trop ouvert et Elvis bave ; dans un cas comme dans l'autre, ils ont reçu des plaintes. Mais Stan s'améliore : il va être super bon là-dedans ! Après ça, il a déjà été retenu pour les Marilyn, des mises au point de la moue s'imposent.

C'est le week-end, il est donc à la maison, sa maison, et taille la haie de cactus, sa haie de cactus. Et avec son taille-haie ; il veille à ce qu'il soit toujours bien affûté. Sur la pelouse – sa pelouse, ou plutôt leur pelouse, synthétique à cause des restrictions en eau de Vegas –, bébé Winnie, qui a déjà trois mois, gazouille sur une couverture ornée de mignons petits canetons. Stan a eu des doutes sur le prénom Winifred – son surnom évoquerait trop l'ourson des histoires pour enfants, et à l'école ils l'appelleraient Popo et se moqueraient d'elle, mais Charmaine lui a expliqué que c'était en hommage à mémé Win, que serait-elle devenue sans elle, et d'ailleurs il n'y a que les petits garçons qui soient aussi pipi-caca. Ils pourraient donc balayer cette question le moment venu, et opter alors pour le second prénom de Winnie, à savoir Stanlita. Charmaine avait insisté pour ça, en prétextant que ce serait une sorte de mémorial de leur amour éternel. Stan avait rétorqué que ce prénom n'existait pas, mais Charmaine avait soutenu le contraire ; il avait vérifié en ligne, et merde elle avait raison.

Assise sur une chaise de jardin à l'ombre d'un parasol, Charmaine tricote un minuscule bonnet pour – elle l'espère – le prochain bébé, tout en gardant un œil sur Winnie. Elle couve la petite : ces derniers temps, les journaux ont signalé plusieurs disparitions de bébés inexpliquées et Charmaine craint qu'on ne les ait kidnappés pour leur précieux sang de jouvence éternelle. Stan prétend qu'il est peu probable que ça se produise dans leur quartier, mais Charmaine réplique qu'on ne sait jamais, qu'un point à temps en vaut cent.

Elle garde également un œil sur Stan, parce qu'elle a dans l'idée qu'il pourrait aller traîner et se retrouver impliqué dans des aventures, avec ou sans femmes prédatrices. Elle n'était pas aussi possessive avant, c'est depuis cette chose qu'ils lui ont faite dans la tête qu'elle a ce comportement. Un micro-manager de Stan. Au début, il en a été flatté, mais il y a des jours où il se sent trop surveillé.

Il ne peut pas non plus oblitérer, en dépit des copieuses et bruyantes pleurnicheries de Charmaine, le fait qu'elle ait été prête à le tuer. L'histoire – l'histoire que Jocelyn lui a servie par la suite – veut que Charmaine ait toujours su que c'était une mise en scène, ce qu'ils prétendent croire tous les deux. Mais il n'est pas convaincu : elle était sérieuse.

Il ne peut néanmoins pas utiliser ça contre elle. De même qu'il ne peut davantage utiliser son aventure avec Max, car, grâce à Jocelyn, Charmaine a des munitions pour contre-attaquer, à savoir son aventure avec

Jocelyn. Il pourrait dire qu'il y a été forcé, mais ça ne suffirait pas : Charmaine avancerait un argument identique. *Je n'y pouvais rien*, etc. En plus, Charmaine sait tout de son obsession à poursuivre la Jasmine imaginaire, ce qui est plus qu'humiliant pour lui : c'est une chose que d'être une canaille, c'est presque respectable, mais c'en est une autre que d'être un idiot – c'est pathétique. Pour ce qui est du jeu de bascule de l'infidélité, ils sont à égalité, de sorte que, par consentement tacite, ils n'évoquent jamais le sujet.

D'un autre côté, sa vie sexuelle n'a jamais été aussi satisfaisante. En partie grâce aux ajustements qu'ils ont effectués dans le cerveau de Charmaine, mais grâce aussi à son nouveau répertoire de mots excitants. Ils viennent tout droit des vidéos de Charmaine et Max que Jocelyn l'a forcé à regarder et, bien que ç'ait été un cauchemar à l'époque, il lui en est reconnaissant aujourd'hui, parce qu'il n'a qu'à sortir un de ces riffs – *retourne-toi, mets-toi à genoux, dis-moi que tu aimes* – et Charmaine se transforme en caramel mou sous ses doigts. Elle fera tout, dira tout ; elle est tout ce dont il avait rêvé chez la Jasmine imaginaire, et plus encore. C'est vrai que leur quotidien verse dans la routine, mais qui s'en plaindrait ? Il faudrait être sacrément con. Ce serait presque comme se plaindre de manger de trop bons petits plats. C'est quoi ce genre de jérémiades ?

CADEAU

Charmaine paresse au soleil comme un phoque. Ou comme une baleine. Non, un hippopotame. En tout cas, comme quelque chose qui paresse. Même ses tricots sont plus mignons qu'avant, maintenant qu'elle sait à quoi ils vont servir. Elle a tricoté un nounours pour Winnie, mais vert, pas bleu, sur lequel elle a brodé les yeux pour éviter tout risque d'étouffement. Quant à ce bonnet, il sera à croquer une fois fini.

Quelle belle journée ! Mais toutes les journées sont belles. Quelle chance qu'elle ait bénéficié de cet ajustement au cerveau, elle n'aurait pu espérer davantage de la vie. Elle apprécie les choses tellement plus qu'avant, même quand il y a un problème, tel ce tuyau de vidange qui a fuité hier dans le sèche-linge, plein, pour ne rien arranger. Après que le plombier l'a réparé, elle a remis la charge de vêtements dans la machine avec une dose supplémentaire d'adoucissant à la lavande, et ils sont sortis comme neufs.

Tant mieux, parce que son chemisier à volant en coton blanc était dans la machine, et elle veut le mettre pour la réunion des survivants de Positron. Elle y verra Sandi et Veronica, et elles papoteront. D'après leur réseau en ligne, elles vont bien : Sandi fait dans les extensions de cheveux, elle a le coup de main, tandis que Veronica travaille dans une agence de communication, pour qui elle va à droite et à gauche parler de la façon de gérer son orientation sexuelle quand celle-ci ne cadre pas avec les normes de la société. La semaine dernière encore, elle s'adressait à une assemblée de fétichistes des chaussures et, au lieu de lui offrir un bouquet, une plaque ou allez savoir pour la remercier, ils lui ont remis une adorable paire de chaussures bleues aux talons vertigineux, laissant juste apparaître le bout des orteils. Charmaine ne peut plus porter ce genre de choses, ça lui fait mal aux tendons d'Achille. Ce doit être qu'elle vieillit.

Max et Aurora seront peut-être là aussi. Elle n'a pas gardé le contact avec eux. Il y a toujours une petite aiguille douloureuse enfouie quelque part dans les vœux chaleureux qu'elle prend soin de leur envoyer chaque fois qu'elle pense à eux. Ou à Max. Oui, elle pense toujours à Max, de temps en temps. Pour *ça*. Ce qui est bizarre, parce que ses sentiments envers Max sont censés avoir été éradiqués.

Ce à quoi elle essaie de ne pas penser, c'est au travail qu'elle faisait dans son autre vie, à la prison Positron, avant qu'on ne supprime ses zones d'ombre. Si on commet de mauvaises actions pour des raisons dont on vous a dit qu'elles étaient bonnes, est-ce que ça fait de vous quelqu'un de mauvais ? Si elle pense trop à ces trucs, ça risque vraiment de tout gâcher, ce qui serait égoïste. Elle s'efforce donc de chasser totalement ce passé de son esprit.

Stan arrête le taille-haie. Il relève la visière qu'il est obligé de porter à cause des épines de cactus qui volent de partout, retire ses gants en cuir et s'éponge le front.

« Stan, chéri, tu veux une bière ? » lui crie Charmaine.

Elle-même ne boit pas, ce ne serait pas bon pour Winnie.

« Dans une minute, dit-il. Il me reste encore une trentaine de centimètres. »

Charmaine pense qu'ils devraient peut-être se débarrasser de la haie de cactus et mettre à la place une bordure en plessis, mais Stan a rejeté cette idée. Il a grommelé « on ne change pas une équipe qui gagne ». En fait, il a dit « qui gagne, bordel », et lui a demandé de ne plus le tanner là-dessus. Elle ne le tannait pas, mais peu importe. Qu'il pense comme bon lui semble, sinon quand il est grognon, il ne veut plus faire l'amour, or c'est génial, bien mieux qu'avant ; comment pourrait-il en être autrement, maintenant que son cerveau a eu droit à une nouvelle naissance ?

Stan est encore capable de se montrer un peu impatient avec elle dans la vie de tous les jours. Même si tout est merveilleux. C'est à cause de la pression au boulot.

Charmaine aussi va se remettre à travailler un peu, d'ici quelque temps, peut-être à mi-temps, car c'est agréable de recevoir une certaine validation du monde réel.

Une voiture noire, une hybride, s'arrête en face de la maison. Jocelyn en descend. Elle est seule apparemment.

Stan abaisse sa visière, remet son taille-haie en route et lui tourne le dos. *Très bien*, se dit Charmaine : *c'est donc que Jocelyn ne l'intéresse pas, malgré la manière dont elle montre ses jambes.*

« Jocelyn ! s'exclame Charmaine tandis que la visiteuse traverse la pelouse synthétique pour venir la rejoindre. Quelle surprise ! Quel plaisir de vous revoir ! »

Elle pose son tricot et agite bras et jambes du fond de sa chaise de jardin.

Jocelyn porte un élégant fourreau en lin gris foncé, des sandales blanches à talons cubains et un chapeau à bord flottant.

« Ne vous levez pas, s'écrie-t-elle. Quel adorable bébé ! »

Il est clair qu'elle n'est pas très intéressée. Sinon, elle aurait pris Winnie dans ses bras et gazouillé des gouzi gouzi ou un autre truc normal dans cette veine-là. Mais Winnie serait capable de crachouiller sur la coûteuse tenue de Jocelyn, ce qui n'arrangerait pas leur relation. Non pas qu'elles en aient une : Charmaine n'a pas revu Jocelyn depuis le mariage. Conor et elle vivent à Washington où ils font quelque chose de top top secret. C'est la version que Stan a eue de son frère.

« Je vous offre une boisson fraîche ? propose Charmaine en bonne hôtesse.

— Je ne peux rester qu'une minute. Je suis juste passée vous remettre votre cadeau de mariage.

— Oh ! s'écrie Charmaine dans l'expectative. Génial ! Qu'est-ce que c'est ? »

Jocelyn n'a aucun paquet avec elle. Peut-être que c'est un chèque, ce qui serait bien aussi, mais pas de très bon goût. D'après Charmaine, il vaut mieux un article qu'on choisit soi-même. Pas toujours cependant.

« Ce n'est pas un objet », précise Jocelyn.

Charmaine repense alors à la tête de Jocelyn dans la borne d'accueil de Positron. À l'époque, elle croyait que cette tête pouvait déchiffrer ses pensées, et voilà que Jocelyn recommence, sauf qu'elle n'est plus dans une borne d'accueil.

« C'est une information, vous concernant.

— Me concernant ? » balbutie Charmaine, atterrée.

Est-ce une nouvelle ruse, une sorte de chantage comme pour les vidéos de Max et elle ? Elles sont censées avoir été détruites.

« Vous avez le choix, poursuit Jocelyn. De l'entendre ou pas. Si vous l'entendez, vous serez plus libre, mais moins tranquille. Si vous ne l'entendez pas, vous serez plus tranquille, mais moins libre. »

Elle croise les bras et attend.

Charmaine ne peut que réfléchir. Comment pourrait-elle être plus libre ? Elle l'est déjà assez. Et elle est déjà tranquille, tant que Stan a son job et qu'elle l'a, lui. Néanmoins, elle se connaît suffisamment pour savoir que si Jocelyn tourne les talons sans lui avoir rien dit, elle se demandera toujours de quoi il s'agissait.

« D'accord, dites-moi.

— C'est juste que vous n'avez jamais subi cette opération. Cet ajustement du cerveau.

— Ça, ce n'est pas possible, répond Charmaine d'un ton catégorique. Ce n'est pas possible ! Il y a une telle différence !

— L'esprit humain est infiniment influençable, rétorque Jocelyn.

— Mais... mais maintenant, j'aime tellement Stan. Je suis *obligée* de l'aimer, à cause de ce truc qu'ils m'ont fait ! C'est pareil que pour une fourmi ou je ne sais quoi. Ou un petit canard. C'est ce qu'ils m'ont dit !

— Peut-être que, de toute façon, vous aimiez Stan. Peut-être que vous aviez simplement besoin d'être un peu aidée.

— C'est injuste, dit Charmaine. Tout était si bien calé !

— Rien n'est jamais calé. Chaque jour est différent. N'est-il pas préférable de faire quelque chose parce qu'on l'a décidé ? plutôt que d'y être obligé ?

— Non, s'insurge Charmaine. L'amour ne marche pas comme ça. Avec l'amour, on ne peut pas se contrôler. »

Elle veut être impuissante, elle veut...

« Vous préférez la contrainte ? un flingue sur la tempe, pour ainsi dire ? suggère Jocelyn en souriant. Vous voulez qu'on vous confisque vos décisions pour ne pas être responsable de vos actes ? C'est parfois tentant, vous le savez.

— Non, pas vraiment, mais... »

Il va falloir du temps à Charmaine pour bien réfléchir à tout ça. Il y a une porte ouverte, et Max est juste de l'autre côté. Pas le vrai Max, parce que son cerveau a vraiment été modifié et qu'il est maintenant lié à Aurora et lui restera toujours fidèle. Ce n'est pas que Charmaine soit jalouse d'Aurora, qui a tellement souffert dans sa vie précédente, ne mérite-t-elle pas un peu de folle passion, comme... ?

Peu importe comme quoi. Mieux vaut ne pas s'appesantir là-dessus. Ce qui est fait est fait.

Donc, pas Max, mais l'ombre de Max. Un être à l'image de Max. Quelqu'un qui n'est pas Stan, et l'attend dans l'avenir. Que ce serait destructeur ! Pourquoi même y penser ? Elle devrait peut-être aller voir un thérapeute, quelqu'un comme ça.

« Bien sûr que non, proteste-t-elle. Mais j'ai besoin de...

— C'est à prendre ou à laisser, dit Jocelyn. Je ne suis que le messager. Comme on dit au tribunal, vous êtes libre. Le monde s'offre à vous, riche de possibilités.

— Comment ça ? » demande Charmaine.

REMERCIEMENTS

Je remercie tout d'abord Amy Grace Loyd, mon éditrice sur le site Byliner, qui a publié le premier épisode de cette histoire. Celui-ci a donné naissance à trois autres épisodes, connus collectivement sous le nom de «Positron», publié sur Byliner courant 2012-2013. Amy a également eu la gentillesse de lire *C'est le cœur qui lâche en dernier* et de me proposer quelques suggestions.

Ma reconnaissance va à mes éditeurs : Ellen Seligman chez McClelland & Stewart, Penguin Random House (Canada) ; Nan Talese chez Nan A. Talese/Doubleday, Penguin Random House (États-Unis) ; et Alexandra Pringle chez Bloomsbury (Royaume-Uni). Et à la correctrice Heather Sangster chez strongfinish.ca.

Merci aussi à mes premiers lecteurs : Jess Atwood Gibson, une lectrice toujours extrêmement consciencieuse ; Phoebe Larmore, mon agent nord-américain ; et mes agents britanniques, Vivienne Schuster et Karolina Sutton chez Curtis Brown.

Merci aussi à Betsy Robbins et à Sophie Baker chez Curtis Brown, qui s'occupent des cessions de droits. Merci à Ron Berstein d'ICM, et à LuAnn Walther chez Anchor ; Lennie Goodings chez Virago ; et à mes nombreux agents et éditeurs de par le monde. Et à Alison

Rich, Ashley Dunn, Madeleine Feeny, Zoe Hood et Judy Jacobs.

Merci à mon assistante, Suzanna Porter ; et à Penny Kavanaugh ; à V. J. Bauer, qui a conçu mon site web margaretatwood.ca. Aussi à Sheldon Shoib et Mike Stoyan. Et à Michael Bradley et Sarah Cooper, Coleen Quinn et Xiaolan Zhao, et à Evelyn Heskin ; à Terry Carman et aux Shock Doctors, pour veiller sur la lumière. Et à la librairie Book Hive à Norwich, en Angleterre, pour des raisons qu'eux seuls connaissent. Enfin, un remerciement spécial à Graeme Gibson : bien qu'il m'inspire toujours, il ne m'a inspiré aucun personnage dans ce livre. Et c'est une bonne chose.

TABLE

Imprimé en France par CPI
en août 2017

La photocomposition de cet ouvrage
a été réalisée par
GRAPHIC HAINAUT
30, rue Pierre Mathieu
59410 Anzin

N° d'édition : 56508/02
N° d'impression : 143183